夜行仙 著

弥天记

MI
TIAN
JI

④

浙江文艺出版社
Zhejiang Literature & Art Publishing House

目录

第七十六章 —— 丑陋的国正厅 /001

第七十七章 —— 胡妹儿的挑衅 /008

第七十八章 —— 少年冷彻 /015

第七十九章 —— 牙尖嘴利的梵音 /032

第 八 十 章 —— 姬仲的屈辱 /046

第八十一章 —— 新主将 /057

第八十二章 —— 灵主亚辛 /068

第八十三章 —— 管赫之死 /075

第八十四章 —— 阴森的连雾 /086

第八十五章 —— 音冥斗气 /094

第八十六章 —— 再探辽地 /106

第八十七章 —— 花婆的信 /121

第八十八章 —— 军政部的偶像见面日 /127

第八十九章 —— 魏灵超 /139

第 九 十 章 —— 南扶摇的憎恨 /147

第九十一章 —— 鱼骨海魂 /152

第九十二章 —— 时空术士 /156

第九十三章 —— 夜探大荒芜 /166

第九十四章 —— 情深意浓 /179

第九十五章 —— 十年生死两茫茫 /191

第九十六章 —— 梵音雷落 /206

第九十七章 —— 我去你的 /217

第九十八章 —— 列国豪宴 /225

第九十九章 —— 斗舞 /236

第一〇〇章 —— 情歌 /243

第七十六章
丑陋的国正厅

半夜,一个身披黑色大衣的人急匆匆往国正厅走来。只见那人刺溜一下绕了个弯,避过国正厅广场正门前,往国正厅远处的侧门走去。

"来者何人?"把守在国正厅侧门的守卫高声道。这里是国主姬仲一家居住的私人宅邸入口。

"麻烦通传一下,我是管赫!"通信部总司管赫猫着个腰,细声细语地对一个守卫道。

"管部长?"守卫一时没有认出管赫,仔细看去才发现说话的人正是管赫,"您这么晚了来拜访国主吗?"

"是,是是!"管赫急道,声音小得很。

守卫看着管赫只觉得奇怪,总司是何等官阶,算起来也是和军政部主将平级的人物,怎么此时显得如此鬼祟?哪里还有一点总司的风范。

"您稍等,我先通传一下执行官。"守卫说的执行官正是姬仲的亲信严录。

"好,好的,麻烦快点。"管赫搓着手,眼睛时不时四处瞟着,"哎!等等,请直接通传国主!"管赫突然阻止道。

守卫一顿:"这……"

"请直接通传国主吧!"管赫再道。

"您事先和国主约定好时间了吗?如果有国主的手信,属下可以让您进去,但如果没有,我们必须先通传执行官才可。"

管赫皱起眉头,沉吟不语,过了一会儿说:"那,那你们先通知严录吧。"

管赫穿过国主宅邸的石柱长廊,碎步快速往前走着,不一会儿便来到了国主的会客厅。他推门而入,姬仲已经站在了里面。

"国主!"管赫见到姬仲后,迫不及待地叫出声。

"把门关上!"姬仲面堂发红,斥责道。

"是!"管赫立马照办,然后急匆匆走到姬仲面前,一时没收住嗓门,尖声道,"国主!怎么办,主将死了!"

"喊什么!没用的东西!他死了,关你什么事?你激动个屁!"姬仲勒令制止管赫失态的样子,然而管赫根本控制不住自己抖动的身躯。

事实上,此时距离红鸾羽化使用时空术穿越战场带回北冥等人已经过去半月有余。在这期间管赫无数次用各种通信设备试图与姬仲联络,然而没有一次成功,姬仲屏蔽了一切与管赫有关的通信方式。管赫的信卡已经更换了一百次,可都是杳杳无音。他急得在通信部上蹿下跳,可始终不敢贸然前来。直到北唐穆仁发丧,他的精神彻底崩溃了。他看着军政部为牺牲的战士们悲愤震天的模样,看着北唐北冥力顶千钧的杀伐气魄,他觉得他完了。

"可是……可是……可是主将在前线的通信是我中断的!"管赫根本无法控制自己的情绪,几乎要嚎叫出来,"是您,是您,是您让我……"管赫还要说下去,姬仲猛然跨步逼近他,提溜起他的衣襟道:

"你是不是活腻了?啊!你想说什么?你想说什么!是我怎样?是我怎样!"姬仲咆哮着,这些天,他亦是压抑着一股极重的情绪在心里。北唐穆仁死了,狱司暴乱,军政部伤亡巨大,而他是一国之主,他要出面平乱。他激情澎湃,他等的就是这一天!北唐穆仁死了,整个东菱最威重的人就是他姬仲一人了,然而此时他却乱了阵脚。军政部死伤关他什么事!狱司里那帮污秽他更是不想沾染,脏得很!这些乱七八糟的事,跟他姬仲有什么关系!可东菱之后的布防怎么办?北境那边,死的那些人,用不用管?姬仲想到这里就觉得心烦意乱。

北唐穆仁死了,他却不知道怎么接了。

"是您,是您让我中断了军政部前线通信的啊……"管赫被姬仲的样子吓坏了,可此时他头脑发涨,六神无主,什么话都是从他嘴里秃噜出来的,完全是想到哪里说到哪里,只是声音小了下去。

"管赫,你是不是活腻了?如果你再敢胡说八道,我就立刻把你交给军政部!"

"不是……不是属下干的啊!是您!是您盼咐我这么做的!"听到"军政部"三个字,管赫的腿已经软了,几乎跪倒在地。姬仲提溜着他道:"你有证据吗?"他压低着嗓子,眼睛瞪得怒圆。

"我……我……我……"姬仲都是暗中下令,管赫哪里来的证据。管赫是姬仲一手提拔成为总司的人,刚上任时,他人前礼数备至,谦虚恭谨,在各位总司面前从不出挑,私下里对姬仲感恩戴德,俯首称臣。转眼数年,管赫在通信部的位子越坐越稳,底气越来越足,也敢稍稍与人争辩几句了。加之姬仲暗里的支持,他更是把压抑多年的得意得势释放出来,以至于渐渐不把比自己官阶低的人放在眼里。即便大战时,南宫浩来催促他通信状况,他也爱搭不理。也正是因此,姬仲成了管赫唯一的巨大靠山,他对姬仲百依百顺,点头哈腰,全无防备。他自是知道自己的一身权势,都是姬仲给的,哪里还会存有异心。

被姬仲如此一问,已经魂不附体的管赫彻底傻了。

"管赫!你敢信口雌黄污蔑我,我先把你扔进狱司,再交给军政部的人!看你还活不活得成!"姬仲咬牙道。

"国主!国主!属下不敢!属下不敢!不是您,不是您盼咐的!可是,您要帮帮我!您要帮帮我啊!主将死了,军政部的人一定会彻查到底的!"管赫称呼北唐穆仁为主将,不敢直呼其名,姬仲一听顿时火冒三丈。

"他死了,军政部查个屁!他是力竭而亡的,关你屁事!"

"可是北唐穆西没死啊!他那个人精明得很。此次战败,他肯定会逐一分析战况的!此次大战,贝斯山通信几乎全线崩溃,战场受到严重阻碍牵制!到时候,通信部一定会成为军政部的眼中钉的!属下首当其冲,难辞其咎啊!"说到这儿,管赫扑通一下跪倒在地。

姬仲一把把他摔在一边,挺直身板,待情绪平复后道:

"你也说了,你只负责通信。军政部的通信是中断了,可最后有没有恢复呢?"

"恢复……"管赫瘫坐在地,咕哝道,"恢复……他们的通信……最后是恢复了。"

姬仲缓缓出了口气道:"军政部的通信压根没有全线中断,只是信号不好,时断时续而已。更何况,北唐穆仁在北境四分部时已经和第五梵音会师了,这怎么还能叫前线通信受阻了呢?"

"这……第五梵音和主将……"

"贝斯山极寒天气,通信不佳是常有的事。无论是谁也怪不到你头上,更何况你压根没有阻碍他们的进程。军政部所有援兵最后都赶达战场,没有落下啊。"姬仲拧着手中的指环冷漠道。

话虽如姬仲所说,然而军政部为了恢复各方通信付出了极大代价。全线战士疲乏不堪,未到战场已经战力大损。

过了半晌,管赫道:"您说得对。"

"不是我说得对,是事实本就如此。你们通信部没有耽误军政部一点军机。"

管赫听着姬仲这话,一口一个"你们通信部",已经是把他自己全然排除在外了。管赫心落谷底,再无生气。

"谢谢您的提点。日后军政部找上门来,属下自会应对。"管赫踉跄站起身来,弯腰低声道。

"军政部找上门?管赫,不管怎么说,你们通信部的通信设备也太不中用了,这等大战之时,你们未能全力以赴,你难道不应该对此有个说法吗?"

"属下应该怎么做,还望您指点迷津。"管赫曲着身子,不敢抬起。

"引咎辞职。"

姬仲话落,管赫虚脱无力,浑身垮塌。

"总比你一家人没命的好。严录,送客!"

随后严录拖着管赫出了国正厅。等他返回时,姬仲还在会客室。

"国主,属下已经把管赫送走了。"

"让他把嘴闭严实了!"

"他不敢胡说。我警告他,没了您这个靠山,军政部能扒了他的皮。"

"嗯。"

"您若无事,属下先行告退。"

"北唐穆西那边什么状况了?"姬仲道,拳头仍然攥得死紧。

"为了给北唐穆仁续命,北唐穆西的灵力已经耗损殆尽,是个废人了。"

听到这儿,姬仲长长出了口气。北唐穆仁一死,姬仲眼下棘手的不仅是通信部这一个漏洞。他心里思忖着。那日北唐穆仁率兵北上,姬仲很快收到了狼王修罗的来信。修罗信上说,想请姬仲帮个忙:

> 姬国主,多年不见,别来无恙。小子前几日去拜访,多有冒昧,但我想念故人心切,还请见谅。
>
> 话不多说,我知北唐穆仁率兵北上,攻打灵魅。我要你帮我一个忙,阻碍北唐穆仁顺利北上,损他兵力。
>
> 狼王修罗

姬仲收到此信先是一惊又是一怒,多年来他受狼王威胁,受制于人,恨不得把对方剥皮抽筋,吞肉喝血。他看过此信,瞬间撕碎成团,再不理会。可随着军政部兵力进驻北境,姬仲发现,民众对军政部的拥护声浪越加高涨,他心生妒意。这时,狼王再次传信而来:

姬仲，此次阻碍军政部兵力前进，于你来说是件上上好事。北唐家的军政部压你多年，声望极盛。如果此次军政部兵力耗损，北唐穆仁受伤，那你的威望还不即刻到达鼎盛？再说北唐穆仁为你卖命天经地义，受些阻碍，又能如何，你何乐而不为？

姬仲看着狼王的话，心念瞬间动摇。他捻算着，正如修罗所说，北唐穆仁的兵力耗损后定当苦战，正是削他灵力的好时候。他原没想着要害死北唐穆仁，只不过是给他前线战况多加点绊子，所以便指使管赫在通信上动了手脚，断了军政部各方联络。谁承想，北唐穆仁就此命落黄泉，他也是始料未及，这几日千思百转，苦想对策。

然而就在姬仲听到北唐穆西灵力全散，已经是个废人时，他的心思突然豁亮了一下。

"北唐穆仁死了，北唐穆西废了，军政部群龙无首，这时候拿下军政部的指挥权，岂不是轻而易举！"姬仲说着说着，突然举掌重重拍在桌子上，前几日的压抑瞬间一扫而光，他忌惮的人死的死，伤的伤，他还怕什么，"北唐穆仁死是他无能，与我何干！"

"可是……国主，"严录看着姬仲一番激进张狂的模样，开了口，"北唐北冥还没死……"

"他一个乳臭未干的小子能挡得住我？！"

"您话是没错，但是大战结束时，您有没有注意到他身上的那件兵器？"

"兵器？"姬仲这几日慌乱盲从，根本没去再顾战况，至于东菱军是如何转危为安的，他似乎都忽略了。

"北唐北冥是个时空术士，灵魅几十年前就在大肆搜捕了。"严录一点点提示着姬仲。

"北唐北冥是个时空术士……"姬仲的眼神忽然一凝，"夜家！北唐穆仁的老婆是夜家的人！他和他老子北唐关山当年骗我父亲说时空术士一族已经被灭了，然而都是假的！他娶了一个时空术士！北唐晓风……根本不是她的本名，她应该叫夜风！"

"不仅如此，北唐北冥手里还有一个强大无比的兵器，一时间挡住了灵主数万黑刺，并瞬间使它们四分五裂。但属下目前也不知那兵器是何物。"

"北唐北冥的兵器……"姬仲回想着大战的最后一幕，当时一个巨大的像船舶一样的重型兵器抗在北冥的肩上。"那是个什么东西？……"姬仲喃喃道。

"国主，依属下看，收编军政部的事，需要您从长计议。"

"他爹拼了老命,他叔废了,算是捡回了北唐北冥一条命……狼毒……不知道他解了没有……"

深夜,姬仲在床上辗转反侧。忽而一双玉臂搭在他的肩上,轻声道:"老爷,这么晚不睡,想什么呢?"

"军政部的事。"姬仲答。

"军政部?葬礼不都完事了吗,想他们干什么?"

"你懂什么,成天就知道享受!要不是我大权在握,你这个国主夫人算个屁啊!现在菱都一塌糊涂,狱司毁了,通信部完蛋了,花婆中了狼毒,礼仪部也快不行了,军政部……更是残兵败将。正是我——"

"正是您一举拿下军政部的好时候!"胡妹儿一个翻身,转到姬仲身前,"我说的对不对?"

"算你还有点脑子!"

"我说你是怎么回事,自从在葬礼上看见九百斜月,就对我说话带刺!她算个什么东西,早就被九百家踢出去了!"

"你说什么?"姬仲不明所以,但听到九百斜月的名字心中还是禁不住一荡。

"我说九百斜月那个荡妇和自己的奸夫来东菱了,真不要脸!"胡妹儿始终当九百斜月是眼中钉、肉中刺。

"她丈夫到底是什么人……"姬仲蹙眉嘀咕道。

"你还有完没完了?管她干什么!我才是你老婆!"胡妹儿大叫道。

"好了!闭嘴!不是你成天胡搅蛮缠吗!我现在也没工夫搭理那对奸夫淫妇!闭嘴,我在想军政部的事!"

胡妹儿听姬仲这样说来,心情略好了些:"军政部?你要它干什么?整天打打杀杀的,看着就让人头疼。"

"有了军政部,我姬家在东菱就高枕无忧了!你懂什么!戚家的人早就拿下第五家,在九霄唯他独尊了!"

"我倒是觉得留一个卖命的挺好的,省得咱们操心。"

姬仲想着胡妹儿的话,也觉得有理。姬仲一家一向养尊处优、懒散惯了,想着要他操持军政部这一大摊子事,他就烦得要命。可他又不想放过这个大好机会,东菱大乱,却又稳了下来……

他脑子一转,道:"菱霄是不是还惦记着北唐那个小子呢?"

"一门心思都在他身上,这还用问吗?"

姬仲忽然笑了起来:"那就让菱霄明日去看看北唐。"

胡妹儿听着姬仲已经称呼北冥为北唐了,可想他是多么抵触北唐一氏,平日称呼的"北冥"也都只是假意示好罢了。

"知道了。到时候你多个女婿,还什么北唐北唐的啊,都改姓姬了。"胡妹儿应承道。

姬仲眯缝起眼睛看着胡妹儿,阴笑道:"那要看他有没有这个造化,再就是看你们母女俩的厉害了。"

第七十七章
胡妹儿的挑衅

第二日一早,冷家夫妇准备离开。梵音与冷羿陪着他们在宾客区用餐。吃到一半,冷彻忽然抬起头来,望向不远处的主席区,北唐穆西和北冥还有其他指挥官都在那边。原本北唐穆西是邀请他们一起用餐的,冷彻拒绝了。今天,指挥官的主席区多了一个人的身影。冷彻犀利的目光投过去,半晌回了过来。

回到屋中,冷彻对冷羿道:"别得罪不该得罪的人。"他的脸色异常严肃。

梵音在一旁听着,觉得这话似曾听过,她以前似乎也对冷羿说过类似的话。她朝冷羿看去,只见他脸色忽而一变,随即镇静下来。梵音小声对冷羿道:"你真的得罪过什么人,在东菱?"

"没有。"冷羿的脸沉下来。

然而九百斜月开了口:"小音,你知道你哥哥的事?"

梵音一脸茫然道:"我不知道,我就是觉得他……"

"我说了没事,你们别瞎操心。"冷羿打断道。

"你?哼!"斜月看看儿子斥了一声,"你什么样子,我不知道吗?让你留在东菱照顾妹妹,你一口答应,我就觉得不对劲。"

"照顾我?"梵音皱眉道。

"我照顾她怎么了?怎么还不信我?"冷羿打岔道。

"你自己的事,你自己摆平,别牵扯到小音。"冷彻在一旁再次开了口。斜月和梵音朝他看去,只见他周身冷冽气度,便都不再多说了。随后冷彻夫妇打算离开。刚一出房门,便见一个身材高挑、长相大方出众的女人站在门外,正是南扶摇。她见房门开了,礼貌地往后退去,恭敬道:"冷先生,冷夫人。"

冷羿和梵音见到南扶摇前来均是一诧。"扶摇姐……"梵音心思流转，没有作声。

"你是？"九百斜月开了口。

"冷夫人，您好。我叫南扶摇，是冷羿和梵音的朋友。知道您和冷先生今日离开菱都，我前来相送，冒昧打扰，还请您见谅。"南扶摇颔首，随即一双明亮的大眼睛看着九百斜月，光彩明媚。

"羿儿，你有这样一位出众的朋友，为什么这几天没有和我们介绍呢？还让人家女孩子独自前来，多不合适。"斜月说着话，眼睛却看着南扶摇。

只见南扶摇在听到冷羿的名字时，眼神不禁摇摆了一下，望向他。之前的那股明媚中掺杂了一丝犹疑。九百斜月的眼光一向精准，什么人什么态度都逃不过她的眼睛。

"她前几日身体不适，我就没带她过来。"冷羿道。南扶摇从南线调头追赶支援东菱在辽地的战场，一路奔波，耗损亦是不小。她忽而听到冷羿这样说，心中一跃，道："你呢？身体好些了吗？复原了吗？"旁若无人。她平日一向和冷羿说不上几句话，今天冷羿开了口，她便高兴起来，跟着道。

冷家夫妇和梵音在一旁看着，心里都是打了个鼓，却都默契十足地没打岔。冷羿自然感到家人的异样，心中一通白眼，可看着眼前的南扶摇等他答复，他秀眉微蹙，强持镇定道："我没事了。"

"断口都好了？腰上的伤呢？"南扶摇神情紧张起来。那一日冷羿为她挡下灵魅的袭击，黑刺穿过腰间，伤势不轻。

此时，一家人越发安静，一个个支棱着耳朵听着冷羿的回答。冷羿眉头越蹙越紧，咽了一口气道："都好了。"

南扶摇这才微微展开笑颜："那就好，我很担心呢。"爽朗的性格一览无余。

冷羿看着南扶摇，眼睛瞟着旁边一家三口，他们的耳朵一个个竖得跟兔子一样，他一向冷酷高傲的性格此时也觉得有些挂不住脸了。

"咳，你们该走了。"冷羿咳嗽一声。

"扶摇，你和我家羿儿很熟啊？"斜月笑眯眯道。看见眼前这个漂亮女孩对冷羿颇为关心，斜月很是高兴，便想多说两句。

"冷夫人，我们，还，还好。"南扶摇被这样一问，突然害羞起来。

梵音则在一旁抬起眉头。她来军政部五年，在她的记忆里，南扶摇除了和北冥、天阔两兄弟亲厚以外便是自己了，要说熟悉，比起冷羿，她和赤鲁可是热络多了。至于冷羿，他们碰面几乎从不说话，可现在看来，尽是蹊跷。

"老大！你的叔叔婶婶要走了啊？怎么也不告诉我一声，我好跟着一起送送啊!"梵音正暗自揣度着,赤鲁憨粗的声音便大老远传了过来。"叔叔阿姨,你们好,我是老大的,哦不,我是梵音部长的纵队长,叫贺拔赤鲁。这几天忙着部里的事,也没好好照顾你们,不好意思啊。"话说着,赤鲁已经风一样来到他们身旁。

梵音看见赤鲁,不由皱起眉来。"叔叔阿姨……你们的样子可比我叔叔婶婶老成多了。"说着,梵音噗嗤一声笑了出来。赤鲁跟着挠挠头,傻乐起来。"哎,扶摇姐,你也过来送叔叔阿姨啊。"赤鲁正说着,忽然感觉身旁一道不善的目光向自己投来,发现冷羿正奇怪地看着自己。

"干吗!"赤鲁烦躁道。两个人你看看我,我看看你,都觉得浑身别扭。赤鲁从战场回来以后,自是知道了大家对他的关心,毕竟他"死过一回"。从战士的口中得知,这其中,数冷羿对他最为关心,一向冷冰冰的冷队长在看到赤鲁"死掉"时,可是痛哭流涕的。而赤鲁得知冷羿是用了水域持天才阻挡住辽地灵魅进攻时,也是为他心惊肉跳,后怕了一把。后来得知幸得南扶摇及时支援,他才得以保命,赤鲁算是松了口气。

现下这二人你瞪着我,我瞪着你,全没了之前相互担忧之意,又变回以往互相看不顺眼的德性。

"切!"两人互相鄙夷了一声,别过头去。

"好啦,我们也该走了。"冷彻道。几人往楼下走去。这时北冥正在楼梯口等待,见到冷彻恭敬道:

"冷叔叔,阿姨,我叔叔还想留二位用过午餐再走,您看?"

"让穆西好好休养,不用麻烦了。"冷彻道。

北冥听罢,也就不再强留,转身送冷彻夫妇离开。一行人来到军政部守门外,正要作别,远处一只豹羚驾着古朴考究的车厢到来,正是北冥家的私人坐骑。高大威猛的豹羚停下,车上下来一个人,身形清瘦,正是北唐晓风。九百斜月看到,赶忙走上前去,扶着北唐晓风道:"夫人,您怎么来了?您应该好好休息才对。"

"斜月,别夫人夫人地叫我,叫我晓风就好了。"北唐晓风淡淡笑着。九百斜月看着她,心中又是怜悯又是敬畏,挽着她手道:"好,晓风。现在天气不好,你要多注意休息。"

"听说你们要走,也没提前告诉我,那怎么行?我怎么都得过来送送你们啊。"晓风温和道。话说着,仲夏也从车上下来,走到嫂子身边。两人闲话几句,晓风怎么都不肯让斜月他们就这样离开,定要吃了午饭再走。斜月和晓风一见如故,也甚是亲昵,她看看丈夫,冷彻同意,他们便准备再留一会儿。

话说着,军政部守门外又来了一驾豹羚厢车。厢车华美非常,熠熠生辉,豹羚的脖颈戴着数圈银亮的颈环，然而豹羚一双晶亮的眼睛却被两片皮革挡住了，像普通马匹一样，灵气不显。车上走下来三个人，当前的是胡妹儿，旁边的是她女儿姬菱霄。只见胡妹儿在看到这些人后，媚眼一弯，笑声阵阵，吆喝道："月儿姐。"

九百斜月瞥了过去，没想搭理。"咱们都多少年没见了！你来东菱怎么也不去国正厅看看我呢？妹妹都想你了！"说着，胡妹儿已经快步走到九百斜月身前。她比九百斜月矮些。"姐姐，你说咱们都多久没见了？"说着，亲昵地拉住了九百斜月的手。

九百斜月秀眉一凛，寥寥道："胡妹儿。"

那语气别人听不出，可胡妹儿却是非常明白，里面净是不确信。"怎么了，姐姐？二十几年不见，你不认得妹妹了，还是认不出了？"胡妹儿媚眼一翻，尽是得意，跟着瞟向九百斜月一旁站着的冷彻。葬礼那日胡妹儿离得远，加之突见九百斜月心情烦躁，忽视了一旁的冷彻，可现在如此近距离看来，她猛然发现，冷彻竟长得这般俊朗，全不像四十多岁的人，那样子怕是不比他儿子年长几岁，简直惊为天人。胡妹儿心脏怦怦直跳，含羞道："这位，这位想必就是姐夫了吧？"胡妹儿用眼翻了一下冷彻，又朝九百斜月看来，"姐姐，我和姐夫初次见面，你还没与我们介绍呢。"

冷彻看着胡妹儿这番样子，皱起眉来道："你还有妹妹？没听你提过啊。"

"远房的，没什么瓜葛。"九百斜月冷言道，已经抽回了自己被胡妹儿攥着的手。听到这儿，胡妹儿的脸瞬间垮了下去，一口火气憋在胸口，欲要发作。

就在这时，只听一个娇柔的声音低语道："哥哥，你的伤好点了吗？菱霄，菱霄都担心死了。"说着，姬菱霄已经默默越过母亲，走到了北冥身边，见人多，不好意思抬起头，跟着吧嗒吧嗒掉下眼泪来。手里攥着一个小瓶子，她慢慢抬起纤细的胳膊，把瓶子递给北冥道："哥哥，这是我平时用的很好很好的药，涂上一点，伤口就不疼了。"等了一会儿，姬菱霄见北冥没有反应，便抬起头来。她泪水涟涟，浓密的睫毛上挂着泪珠，伸出小手，把药瓶抵在北冥身前，倔强地看着他，不打算收回来。

北冥的眉头渐渐皱了起来，只听身旁一个委婉的声音道："北冥，姬小姐好意给你送药来，你留下便是。"北唐晓风对北冥道。北冥听了母亲的话，伸手接了过来。姬菱霄趁机攥住了北冥的手指道："哥哥，你的伤还疼吗？对不起，菱霄早就想过来看你的，可爸爸妈妈不让我来打扰你，我便没有过来。今天妈妈终于同意我跟着她一起过来探望你了，我这才急急忙忙过来，对不起。"说着，姬菱霄开心地擦去自己脸庞上的泪水。北冥想抽回手来，可谁知姬菱霄一只手也攥得紧，他一晃，手没拿回来，反而被姬菱霄沾满泪水的手再一次握住了。

北冥烦躁顿生，姬菱霄却视若无睹，跟着道："哥哥，你看我还带了谁来。"说着，姬菱霄偏过身。不远处，他们的豹羚车厢旁还站着一个人，正远远望着他们。她个子不高,身材瘦小,起初人们都没注意到她。"宋儿,你快过来,站那么远干什么?我北冥哥哥你又不是不认识,在辽地不就是我哥哥救的你们嘛。"说到这儿,姬菱霄忽然捂住嘴巴,有些慌张,"那个,宋儿,你过来嘛。我哥哥人很好的,你们,你们之间怕是有什么误会才——"

"我来这里是要接回我的朋友,如果你方便的话,请把我朋友交出来。"蓝宋儿没等姬菱霄说完,一个瞬步来到北冥面前,仰头道,眼神一如既往地犀利。只是今天她的脸上没有图腾,圆圆的小脸,圆圆的眼睛,没了之前的戾气,模样甚是灵巧可爱。

"你的朋友?"北冥不解。

其实这些日子,胡蔓、落陲、青边、蓝宋四个国家的人都前来菱都拜访,以答谢东菱对他们的救命之恩。蓝宋儿正是代表蓝宋国前来国正厅厚谢的,并且参加了北唐穆仁的葬礼。其他三国的人已经陆续返回,唯有蓝宋儿还留在国正厅暂住。

"胡轻轻。"蓝宋儿冷声道,"你现在能不能让我带她回去?"忽然蓝宋儿感到一道犀利的目光向她看来,那力道不禁让她一颤,她猛地转过头去,"是她!"蓝宋儿心中一惊。梵音盯着她的眼神没有收回。自从北冥中毒回来,梵音心里就对一切与他中毒有关的人和事没有好感,包括胡轻轻。至于蓝宋儿,她大战归来,还不知道她是何人。

"好了,大家也别在冷风里站着了,先回部里吧。"北唐晓风开了口。九百斜月应了她,胡妹儿虽还气着九百斜月刚才对她的态度,可也是不甘心白来这一趟,便忍下了,预备和众人进去。

就在大家转身进去的时候,军政部守门外又来了人。那人一身深红劲装,十寸高的长靴,衬得她越发高挑明艳,一双勾起的桃花眼风情万种。莫多莉步伐稳健地朝军政部走来。见如此多人,她也是不紧不慢,对诸位略略行礼,随即开口道:"本部长。"

"莫总司,您前来军政部有事吗?"北冥道。

莫多莉稍顿,开口道:"没有,我只是来看望你伤情如何了。从辽地回来已经过了十余日,想来你应该多有好转了。"莫多莉没想到会在军政部大门口碰见北冥,更没想到会遇见这么多人,心中一时慌乱,但她的大将气度已然融汇一身,还是稳住了心性应对这番场面。

"多谢您记挂,我已经痊愈。花婆现在状况如何了?我正准备这几日去看望她呢。"

"她……还是不太好。"北冥见莫多莉面有隐色,便不再当着许多人面前过问。两人尚有默契。莫多莉停了一停道:"冷队长也好多了?"冷羿随即对她点了点头。

"不知颜童恢复得怎么样了？"

"半条命也算活过来了。莫总司，您还惦记他啊！嘿嘿。"赤鲁冷不丁在一旁插话道，"我咋听说那小子在辽地没少跟您作对啊！"

"嗯，他活着就好。"莫多莉嗤笑一声。这几人说话略显熟络，别人也不知他们怎么就相熟起来了。正在莫多莉轻笑时，她的眼神扫到了一边，只看胡妹儿正不耐烦地瞪了自己一眼。跟着心中一阵厌烦，想起了她和北冥在辽地从狼王修罗那里听来的胡妹儿和姬仲的苟且事，莫多莉忽然觉得一阵恶心反感，眉头也皱了起来。她转头看向北冥，只见北冥也正看着自己，跟着稍使眼色。莫多莉心中明了，不再多言。

"您来了，也随我们到军政部用顿便饭再走吧。"北冥道。

"好的。"

这一来一回间，两人的默契更添几分，不知端倪的人是看不出有什么异样的。只一个人秀眼骨碌转了一圈，不知在想些什么。北冥带众人往军政部走去，赤鲁在前面引路，他便慢了半分，回头朝梵音看来。只见她眼睛眨巴眨巴地跟在冷彻身边，好像在想着事。忽然她凌镜一闪，灵眸一转，往北冥看来。两个人四目相望，梵音盯着他看了两下，又转过头来，心里闪过一个念头："他们还挺熟的……"

一行人在会客厅稍作歇息，午饭时，北唐穆西与大家在会客厅吃了顿便饭。冷彻与他坐在一起，闲话几句。胡妹儿的眼睛在他二人之间滴溜溜地转，心想："这个北唐穆西看来真是完了，一副病恹恹的样子。哼，军政部，早晚姓姬！"胡妹儿尽管盘算自己的心思，嘴角不由露出窃笑。她一个眼神划过北唐穆西旁边的冷彻，怎么看都觉得那人俊朗非凡，比起年轻气盛的北冥更添几分成熟的魅力。然而她发现在座的人没有一个主动恭维自己，这让她心中不快起来。

"月儿姐姐，咱们多年不见，妹妹带你的小外甥女敬你一杯，还有姐夫。"胡妹儿的水蛇腰柔柔立起。"菱霄，快见过你姨母和姨夫，"胡妹儿突然一怔，跟着笑道，"这样说来，冷羿冷队长可不就是我家菱霄的哥哥了吗？真是，以前还外道说什么冷队长，应该是羿儿才对。快点，叫哥哥。"

姬菱霄刚要开口，冷羿皱起眉来，出言制止道："等等，我和你不同姓，不同宗，要说是外戚，"冷羿回头看过母亲道，"老妈也没和我提过，这声哥哥还是算了吧。我有自己的妹妹，"说着，冷羿又瞥了一眼北冥，冷声道，"那边那个才是你哥哥。"自打刚才胡妹儿母女过来，冷羿就开始看他们不顺眼了。那个姬菱霄更是对北冥动手动脚，然而那小子好像还受用得很。当着众人的面公然打情骂俏！冷羿想到这里就开始气不打一处来，用餐时故意让梵音离北冥远远的。

北冥听到此处亦是倏地向冷羿看来，冷羿瞥了他一眼，自顾自嚼着嘴里的东西。

梵音坐在冷羿身旁，头不觉低了下去，闷不吭声。

"姐姐，不会是我嫁到东菱国主家来，你和我见外了吧？我可是一直把你当亲姐姐呢。逢年过节，我也与家里常联系呢，只是，大伯不曾再提起你来了。"胡妹儿见冷羿对她母女这般态度，她也就没什么面子要留给九百斜月了！毕竟她知道，九百斜月早就和西番国主家断了关系！

"胡妹儿，多年不见了。你当真是变了不少啊。"九百斜月和胡妹儿正式打了个照面。

"是啊，姐姐，自从你十七岁离家，咱们就再没见过。再见面，姐夫和外甥都有了，想来你们也是那时候认识的吧。"胡妹儿挑衅道。当年九百斜月离家出走，胡妹儿断定她是和野男人私奔了。果然不出她所料，儿子都那么大了，丢人现眼！

"既然你知道我现在姓冷，不姓九百，就不用一口一个姐姐地叫我了。我和九百家再无半点瓜葛。"

"难不成是因为姐夫，惹得你和家里人不快了？姐姐，不管怎么说，都是一家人，听我一句劝，儿子都那么大了，还有什么不能坐下来好好说的呢？带回去见见大伯，没准他老人家还高兴呢，平白无故多了这么大个外孙。"胡妹儿越说越得意，她口中的大伯正是九百斜月的父亲，西番国的老国主九百冉。

听到这儿，冷彻、冷羿两父子脸色难看起来，寒意将起。忽而只听九百斜月笑了起来，声音尽是不屑："怎么你对我丈夫很是在意呢？堂堂姬家的媳妇，姬仲不是很让你满意吗？看你这一身，"九百斜月冲着胡妹儿上下扫了一遍，"'变化'，不错呢。"

"多谢姐姐夸奖，总算没给九百家丢脸，也算是不负众望。姐姐有的，上天眷顾，我也拥有了。"胡妹儿说的，自然是九百一族的血统。

"你也有……"九百斜月听着，笑容越发深邃。

胡妹儿忽感坐立不安，即刻转移话题道："说了半天，也不见姐姐介绍姐夫呢。怎么，打算永远不回西番了？再怎么说，您也是西番国的大小姐呢。若是我从中说和说和，没准大伯能原谅姐姐呢，也能接受姐夫。"话到最后，胡妹儿已经变得阴阳怪气，越发没有收敛了，字字露骨，"私奔不私奔的，儿子都给别人生了，还在乎什么呢，你说是不是，姐姐？"

九百斜月听着忽然大笑起来，众人看着她均是一诧。

"我冷斜月费了九牛二虎之力才把阿彻抓到手，要不是我霸王硬上弓，阿彻早就跑了。我还管他什么九百国正厅，你太小看我冷斜月了！"

冷斜月话落，屋内众人忽觉身上一软。双眸划过紫闪，冷斜月唇角一勾。

第七十八章
少年冷彻

这话要从二十八年前说起。

西番国国都九都建在一片云山雾绕的山林之中,是一座名副其实的山中之城。九都山貌美林深,川流暗溪不止,引得不少外族向往。

一年初夏,九都山遍地鲜花绿荫。山腰上,城中的人们多以石壁建屋,道路高低起伏,山石平错,转角移路,蜿蜒曲折。九都城的人出门有溪,踏山有泉,人杰地灵,美人辈出。

这一日,一个十五六岁的浪荡少年偶来九都城玩耍,见山城相貌非凡,与他国大有不同,便来了兴趣,预备多留几日。只见那少年身着青衣,腰间系一白色缎带,凤眉凌目,薄唇上翘,肤如金麦,长发束起,直落脊背。好一个朗朗少年,美颜如玉。

"姐姐,姐姐,你好漂亮。"一个小女孩揪着少年的衣角,仰着头,痴痴地望着他,"你是九百姐姐吗?"

"嗯?"少年纳闷,转身蹲下,看着面前两尺高的小不点,笑眯眯道,"你说什么?小不点。"说着少年用手捏了捏小女孩胖乎乎的小脸蛋,她看上去三四岁的样子。

小女孩看着他咯咯咯地笑了起来,一下扑进少年怀里:"姐姐。"

"哎?"少年一愣,提溜着小女孩起来道,"我是哥哥,不是姐姐。"说话的正是冷彻,"哎哎,小不点,你别揪我头发,我的头发,哎哎。"

冷彻在城里闲逛几日,觉得有些无聊,便往九都山偏处探去。初夏夜深,天气稍凉,冷彻顺着山涧往深山里走去。他冰凉的皮肤忽然感到阵阵暖意,那暖意非常,不像是简单的温泉蒸汽,隐约间似带着一丝灵气。冷彻觉得有意思,也不管山高路滑,就着透明月光往深处寻去。他抬头一望,大约快到十五了,月亮柔滑明亮得很。他心下高兴,步伐也轻快起来,几个闪身,消失在了山中。

不久,冷彻真就顺着薄薄暖意和丝丝灵气找到了一大片温泉。说是温泉,其实更像是藏在山洞密林中的一片静谧湖泊。湖泊周围白石群绕,上面腾起阵阵白雾,冷彻只觉得这白雾香气阵阵,沁人心脾。他脱了衣服便一头扎了进去,游了几个来回,方靠在大石边休息,身子仍泡在温泉里。冷彻架起胳膊,长发落下,映着月光,迷迷糊糊睡着了。

不一会儿,冷彻被一阵微小的波浪扰起。他睁开眼睛,往四周看去,没有野兽啊。冷彻独来独往,常年孤身一人在外浪荡,凭着兴致,经常一人露宿于荒郊野外之地,席地而睡,与天共眠。无论是草原、荒漠,还是戈壁,他都去过。为了安全,他习惯在自己休息时给周身设下防御圈和藏身术,以免鸟兽侵扰。

此时纵是一阵微小的波浪,冷彻亦是警觉而起。

"难不成水里有大鱼?"正在冷彻纳闷时,呼啦一阵水波脆响,不远处的温泉湖中蹿出一个人。冷彻登时激灵一下!大半夜的,有谁会和他一样神经质地来泡温泉?冷彻定睛往那人看去,只见一个背影,长发直落,映着月光,那头发还散着阵阵紫光。

"鬼呀!"冷彻心中大叫,顿时吓得头皮发麻。但他又不敢轻举妄动,手脚瞬间冰凉,默不吱声,看着不远处的鬼。

只见那鬼停在湖中,扬起脖颈往天边看去,月光滑过她的脖颈,像一只白天鹅。

"女鬼……"冷彻心里嘀咕道。

女鬼用手捧起温泉,轻轻在脸上拍打几下,发出惬意的声音。

"她在笑吗?"冷彻咬牙坚持。

忽而,女鬼一个转身往冷彻方向的岸边游来,待到水浅处,从水中站了起来。冷彻离她不过七八米远,看着她的样貌。一头紫色瀑布般的柔发散在身前,身上散发着柔白的光亮,月光为她做了衣裳,柔美的双眸像两轮冷月,嘴唇性感又迷人,脸颊泛着红晕,因为在温泉下待得时间久了,"女鬼"正轻轻呼着气,看上去有些累了。

冷彻望着面前的女鬼,呆了。架在岩石上歇着的手臂不自觉地扑通一声掉进了泉水里。

只听女鬼忽然尖声叫道:"谁在那儿!"她惊诧地用双手环住胸前,此时的她不着寸缕。冷彻也是一惊,跟着一道灵力冲他袭来。他一个闪身,躲过了袭击。由于躲避,冷彻身下溅起水花。

"滚蛋!不要脸的东西!下流!看我不宰了你!"女鬼说着,又冲冷彻频频袭来。灵光剑气,嗖嗖嗖地打在冷彻的防御壁上,就是打不穿。此刻女鬼也看出来了,对方使用了防御术!

"啊！"女鬼大叫一声，想是气急了，一拳砸在水面上，"敢用藏身防御术！今天我不宰了你，就不姓九百！"只见她双掌运于胸前，冲着冷彻的方向就是一击。轰的一声，冷彻的防御壁破了，水花飞溅。他的样貌尽显于九百面前。

九百一看是个男人，顿时火气冲天，大吼道："流氓！混蛋！"冷彻被她骂蒙了，直勾勾地看着她，心里还乱想着："得罪了个这么好看的女鬼！哦不！是灵魅吧！女鬼有灵力吗？"他忽然开始思索，"不对，灵魅没人形啊，是三指吗？"想着他还探头顺着女鬼的手臂往手掌看去。

"你还看！滚蛋！"九百瞳孔骤凝，周身瞬间发出紫色灵光晕。那灵力倏地一下蔓延到冷彻身前，冷彻疏于防范，忽感不对劲，"糟糕！"他心下大惊，"身体不能动了！束缚术？不对！不是束缚术！"还没等冷彻来得及反应，他忽然觉得大脑中一片空白，他的思想被别人支配了！"怎么回……事……"冷彻亦步亦趋地往水中走去，距离九百越来越近。

"让你再看！我要你自己挖了你自己的眼睛！"冷彻只觉一个乖戾的声音顷刻钻进他的脑缝，瞬间让他痛苦难当。他的瞳孔划过紫闪，再看不清前方有什么东西了，恐惧占据了他全部的思想。他被操控了！

冷彻开始大幅度喘气，他的手指弯成了鹰爪的形状，一点点往自己眼睛处挖来。他的脑海中不停传来一个声音："给我挖了你的眼睛！给我挖了你的眼睛！下流的东西！混蛋！"

就在极度崩溃的时候，冷彻突然大喝一声，浑身上下的肌肉瞬间绷紧，跟着体内迸发出强大的灵力。砰！湖面被冷彻炸裂开来，激起千层浪。

只听"啊"的一声，九百被冷彻的灵力波及，震飞了出去。眼看她无力招架，从空中暴雨里落下，重重砸在湖心。嗖！冷彻一个闪身，在水中接住了她。九百被吓得心脏怦怦直跳，被人接住后，也不管对方是谁，只顾紧紧抓住那人臂膀。冷彻为了挣脱九百突如其来的操控术，亦是受惊不小，胸前起伏，喘着粗气。两人衣不附体，肌肤相亲，却都因为变故，没有丝毫邪念歪意。

少时，冷彻缓了过来，九百却因为一系列变故，吓得还愣在水中。她手还环在冷彻脖颈，一双明亮的眼睛望着他。冷彻把她放了下来，两人面对面站着，一言不发。冷彻凤眸掠过九百脸颊，她突然呼吸一滞。

跟着，冷彻转身，往岸边走去。九百看着他的背影，一时呆了，不知道是怎么一回事。可就在冷彻走出几步后，只听背后传来一阵怒骂："喂！你是谁啊？你个流氓！我要杀了你！"

冷彻停下脚步，九百见冷彻停下又是吓了一跳，立马捂住嘴巴，不敢大叫。冷彻顿了顿,没有转身,继续往岸边走去。九百看着他头也不回,顿时火冒三丈,更加大声嚷道:"喂!我跟你说话!你是谁啊?你个流氓!你个流氓!"冷彻继续往前走着,没再停下。

"喂!嗨!我跟你说话呢!你听见没有啊?你给我站住!你给我站住!你个混蛋!你个流氓!你给我站住!"九百见冷彻仍是没有停下,便彻底丧失了理智,暴走起来,快步跟了上来,大声嚎叫道,"啊!喂!你个混蛋!你个流氓!我跟你说话呢!你给我站住!你给我站住!我要宰了你!你给我——"九百骂了一路,不知不觉已经到了岸边,身体渐渐全部浮出水面。

冷彻一个隔空取物,衣服瞬间套在他身上。

"喂!我跟你说话呢!你听到没有?你给我站住!"九百终于追了上来,一把薅住了冷彻的衣服,把他揪过来道。

冷彻转身看着她,只听她自己在一旁噼里啪啦地骂个没完。他听烦了,想用手指堵住耳朵,又被九百打了下来。忽然九百打了个喷嚏,"阿嚏!"她揉着自己笔挺的鼻子。

冷彻皱起眉,无奈道:"你要不要先把衣服穿上?"

"啊?"九百一愣,猛地看向自己身前,跟着啊的一声大叫出来,立刻用双手护住胸前。"啊!你个臭流氓!你个臭流氓!"说着,九百光着脚在石滩上不停用力跺着,可没几下,她的脚便疼了起来,跟着她又疼得哼了起来。

忽然一阵丝滑拂在九百身上,冷彻替她把衣服拿了过来,给她披上:"喏,穿好。"说完,他便要转身离开。

九百拉着自己的衣服,忽然道:"你去哪儿?"

"我?不知道。"冷彻没有回头,九百还在他身后整理衣服。他迈开步子又往前走。

"喂!你去哪儿啊!"九百看他要走,急道。

"不知道,随便逛逛,没准明天就离开九都了。"冷彻话落,消失在了原地。

九百瞪着眼睛,赶忙四周扫了一圈,不见他人影。又看看自己的衣服,脚心传来疼痛,九百忽然感到一阵委屈,扑通一下坐在地上,哇地哭了起来。她今天趁着月色水光好,一个人开开心心地前来美人泉嬉耍。谁知无缘无故碰见一个男人,被他看光不说,还打了一架,还打输了,脚也踢青了,现在就她一个人,黑灯瞎火的,她更加难过起来。

她哭着哭着,忽然一顿,猛地抬起头来,只见身前蹲着一个黑影,吓得她魂飞魄散,啊地尖叫起来!

只听黑影道:"哎哟,你小点声。听你叫唤一晚上了,还不嫌累?"

"你,你,你怎么又回来了?"九百磕磕巴巴道。

"见你脚崴了,我也不能把你一个人扔在这儿啊?你家在哪儿?我送你回去。"说着,冷彻轻轻一托,抱起了九百。九百看着他,不知该说什么。"说话啊,犯什么愣,你家在哪儿?我送你回去。"

"臭流氓!呜!"九百回过神来,又开始哭。

"哎哎哎,你别哭了行不行?咱有话好好说,我不是什么臭流氓。我今天也是误打误撞来这个温泉湖泡温泉的,不知道你在里面。不好意思啊!"冷彻对今天的状况也有些挠头。

"你就是故意的!你就是故意的!你还用防御藏身术!你就是故意的!"九百边说边打冷彻。

"好疼!你别打我了行不行!"冷彻道,"我虽然看见你了,但是你也看光我了呀。你还用邪术把我引到你身前去,要我挖掉自己的眼睛。你也太狠了!"冷彻低头看向怀里的九百,询问道:"你说是不是?"

"不是不是不是!我用的才不是邪术!谁要看你了!谁要看你了!"九百气道。

"那你用的是什么灵法?还挺厉害的。"

"我凭什么要告诉你!哼!"

"那随你便吧。"冷彻无奈道,"你家在哪儿啊?怎么走?"

"我不告诉你!"九百赌气道。

冷彻叹了口气,往山腰的城中走去。他脚步迅捷,如影随风,不一会儿便穿过了密林山涧,来到城中。九百起初不以为意,可她发觉冷彻的速度越来越快,快得竟让她觉得自己飞了起来。她有些害怕,不由自主地往冷彻怀里靠了靠。透过月色,九百仰头看向冷彻,只见他凤眸薄唇,长发束起,一副翩翩公子模样。现在这年月,已经没有男人梳长头发了,可他梳起来却与他俊秀的面庞颇为相衬,更添了几分魅气。九百忽然摇了摇头,心想自己在想什么呢!

九百还在暗自思忖时,冷彻开了口:"你家在那里吗?"

"嗯?"九百朝冷彻示意的方向看去,正是城中最高处的国正厅,石阶一路向上,穿过街巷,还有五六里路的样子。国正厅气势恢宏,灯火通明。"你怎么知道……"九百疑道。

"你刚才要宰了我的时候,说自己是九百。"冷彻漫不经心道。九百一听,鼓起小脸,又可气又尴尬。"你们西番除了国正厅一族姓九百,鲜少有这个姓氏了吧。"冷彻见九百不答,继续道,"我送你上去。"

就在冷彻瞬步向上,眼看来到国正厅大门前时,倏地一道狠烈灵力向冷彻身前袭来。冷彻抱着九百一个避闪,灵力从他侧方击过。跟着又是十几道湛蓝激烈的灵力剑术向冷彻打来。冷彻怀里抱着人,不好回击,然而那灵力剑术快若闪电,冷彻一时不好招架,口中念道:"雷师!"

九百一听,猛然惊醒,一回头往灵力袭来的方向看去。正当她要开口时,几十道雷闪已经劈空而来,顿时吓得魂飞魄散,眼看那雷闪冲着她和冷彻扎来。霍然间,冷彻大喝一声。轰!他二人面前凭空出现一面巨型厚盾,砰的一声砸落在地,雷闪被尽数挡下。九百忽然一个激灵,觉得浑身冰凉,再一看冷彻,他身上已经布上了一层寒冰铠甲。他们身前的厚盾亦是一面巨型冰盾,冰盾下的地面也已经结起冰霜。

"第五!"只听冰盾外,一人喊道。待他还要奋起袭来时,九百忽然大声道:"阿玄!是我!是我!别打了!"

"斜月?"那人听罢也是一顿,"是你吗?"

"阿玄!是我!别打了!"

冷彻一双庆眸仍没放松警惕,稍缓,他低下头来对九百道:"外面那个雷师是你朋友?"

"嗯,阿玄是我朋友。"九百应道。忽然,九百愣住了,她看着冷彻的眼睛。他的眼睛此时布满了冰霜,好似璀璨星河一般晶亮透明。

"斜月!你没事吧?"九百的朋友在冰盾外层大声道。

"啊!"九百一恍神道,"我没事,阿玄,我没事。你还不撤了冰盾,我朋友在外面等我呢。"

冷彻心中稍有芥蒂,犹豫了一下,还是撤了冰盾,一身寒冰铠甲也消失无踪。九百诧异地看着冷彻,出了神。

"斜月,怎么回事?你是谁啊?"冰盾外,一个相貌温润的年轻男人开口道,正是九百口中的阿玄。冷彻上下打量了他一遍。一身暗紫色军装,后背肩膀到腰间绣着银色瀑布般的图案,绣工非凡,明暗交错,绣线透着森森白光,气魄如那爆瀑般呼之欲出。而那人模样完全不像一个雷师,倒像一个白白净净的灵枢。

"你朋友啊?"冷彻又问了一遍。

"嗯……"九百话还没应完,冷彻轻轻向前一抛。九百被扔向雷师,雷师赶忙伸手接住了九百。冷彻调头便走。

"哎!你是谁啊?"雷师问道。

"关你什么事!"冷彻不耐烦道。

"九霄第五家的人吗?"雷师再道。

"切！"冷彻不屑道，只见他脚尖轻抬，欲要离开。

"等等！"九百突然大声道，冷彻听罢，慢了半分，九百赶忙道，"你叫什么名字？"

"冷彻。"

话落，冷彻消失在了国正厅前。九百张着嘴巴还想再说什么已经来不及了。阿玄一头雾水地看着这两人。

"斜月，你脚怎么了？"

"被他踢的！"九百突然赌气道，噌的一下从阿玄怀里蹦了下来。

"哎！你小心脚！"阿玄紧张道。

"没事！我先回家了啊。你也快点回去休息吧！这么晚了！"九百一瘸一拐地往国正厅里走去。

"我送你。"

"不用。"

冷彻经过一番小小摩擦，晃晃荡荡地往城里一处歇脚客栈走去。那里大都是给旅客简单休息用的，也不收钱。木榻上，人们整整齐齐地躺好睡觉，一般都是年轻人。冷彻推开客栈木门发现人太多了，便又退了出来。他四周一望，嗖的一下蹿上一处高枝，双腿一搭，身子靠在树冠上，准备睡了。

合眼前，他念叨着："九百斜月，太叔玄。国正厅，军政部，雷师。西番军政部不简单啊，有这么厉害的雷师。九百……那是什么邪术，让我跟被抓了魂儿一样。"想着想着，冷彻一个激灵，赶忙摸了摸自己的眼睛，心想："还在！还在！吓死了！"

第二日一早，冷彻还在树上睡得迷迷糊糊，就听树下有人在喊："喂！喂！混蛋！你下来！混蛋！你下来！流氓！你听见没有？你下来！"

冷彻侧过身，嘴里咕哝一句，心想：谁啊？大清早的瞎叫唤！

"冷彻！你给我下来！给我下来！"

"冷彻……谁叫我啊……"冷彻想着，脑子还不清不楚的。他慢慢睁开眼睛，往树下看去，"怎么又是你们啊？有完没完了！我都说了，我不是故意看光你的！我也是在洗澡而已！打都打了，骂都骂了，你还要我怎么样！"冷彻越说越烦，嗖的一下从树上跳下来，正正落在九百斜月面前，眯缝着眼睛盯着她道，"干吗！大清早的！让不让我睡了？"

只见九百斜月的脸噌的一下红了，她立刻伸出手捂住冷彻的嘴巴，压着嗓子道："你给我闭嘴！小声点！不然我宰了你！"

"不要挖我的眼睛！"冷彻争辩道，心有余悸。

"斜月，这个人刚才说什么？什么看光……"太叔玄站在九百斜月一边，神情别扭道。

"啊？啊,没什么没什么!听他瞎说呢!"

"你没跟他说啊?"冷彻小声支吾道。

"我没有!"九百斜月揪着冷彻耳朵道,"你个混蛋!白痴!"

"那你们今天来找我干吗?"冷彻挠挠头,直起身子,"难不成是昨晚架没打够吗?"冷彻盯着太叔玄,那人看上去比他略长几岁,个头也高些,看着像个软绵书生,可一身犀利灵法不是好惹的。"太叔玄。"冷彻道。

"你怎么知道我的名字?"太叔玄道,心中多了几分谨慎。昨晚,他看到冷彻一招水系灵法也是大成。

"西番军政部太叔一族的雷师,还是有点名气的。太叔公是你老爸?"冷彻道。

"你对西番倒是了解得很呢? 没想到你们九霄人这么博学广闻,冷彻。"太叔玄道。

"我不是九霄人。"

"你当真叫冷彻? 不姓第五?"太叔玄道。

"我一大老爷们儿,行不更名坐不改姓的,骗你们这个干吗!"冷彻不耐烦道,"没别的事,我走了啊!"

"那个,你昨天是怎么找到美人泉的? 咳咳。"九百斜月磕巴道。

"随便找的啊,顺着灵气就过去了。"冷彻有一搭无一搭地说道。

"你!"九百斜月和太叔玄均是一怔,九百斜月强装镇定道,"你给我小点声!"

"怎么了?"冷彻本是无意说的,可看到九百有些紧张的神情后,态度不由自主地收敛起来,"我,我顺着热气过去的。"然而太叔玄看向冷彻的目光越加严厉起来。

"没别的事,我走了。"冷彻道。

"慢,你先随我去一趟军政部再走。"太叔玄一个箭步挡在冷彻面前。

冷彻凌眉陡然立起,厉声道:"让开!"

"不可能!"太叔玄说着,几招擒拿手已经冲冷彻抓去。两人腕间较量越打越急。九百斜月在一旁看得着急。忽然太叔玄口袋微动,是军政部有急事召。他手下动作慢了一分。冷彻指尖力道顺势向他双眼划去。

"阿玄!"九百斜月大叫一声。

冷彻急转收手,指锋敛去,倏地一声,撤回身前。

"阿玄,你没事吧!"九百斜月赶紧跑到太叔玄身边询问。

"没事。多谢。"太叔玄说罢,往冷彻看去。

冷彻寥寥道:"我是一个游人,你大可不必多心,九都城我不会再来了。"说着,冷彻转身要走。

"你去哪儿?"九百突然道。

"不知道。"冷彻离去。

太叔玄看着冷彻身影,觉得这人是个君子,便也撤去防备。"斜月,军政部找我回去有事,你与我一同回国正厅吗?"西番国国正厅与军政部比邻而建。昨晚,冷彻带着九百斜月归来,正赶上太叔玄夜晚巡视。他忽感一阵强有力的寒冰灵力冲国正厅快步而来,没有止步之意,便上前拦截,这才与冷彻起了冲突。

"我先不回去呢,你回去吧。"九百斜月说着,眼神不停地往冷彻远去的方向看去,"那个,阿玄,我还有事,你先去忙你的吧。我走了啊。"九百斜月一路小跑离开了。太叔玄看着九百离开的方向,叹了口气,心中发闷。

几日后,东菱国国主之子姬仲与其军政部副将北唐穆仁前来造访西番。西番国国正厅上下隆重接见。九百斜月以国正厅大小姐的身份多次出席宴会,她的父亲九百冉更是有意安排她与姬仲相邻而坐,然而九百斜月却不以为意。

一日晚宴后,九百斜月无聊地一个人在国正厅花园里闲逛。姬仲上来搭话,她没说两句便离开了,临走时,倒是对北唐穆仁略略一礼。九百斜月来到偏角处稍息。

"斜月。"一个温柔的声音响起。

"阿玄?你怎么过来了,太叔公没让你陪酒吗?"太叔公,西番军政部主将,太叔玄的父亲。

"没有。"太叔玄答,停了一会儿,见九百不语,于是鼓起勇气道,"斜月,我看你不喜欢姬仲,是吗?"

九百看了太叔玄一眼,轻笑一声,算是答了。

"斜月,我看国主的意思是想把你嫁给姬仲。"

"想得美。"

"你有喜欢的人了吗?"太叔玄突然道。

"什么?"九百一怔,心脏扑通跳起来。

"我问你有喜欢的人了吗?"太叔玄紧追不舍。

"没有。"九百眼神闪烁道。

"你这几天经常往外跑,是去见那个冷彻吗?"

"谁告诉你的!"九百一惊,有些不高兴,她个性高傲,最不喜欢别人插手她的事。平时没有朋友,她只和自己的弟弟九百金辉关系亲近,再来就是太叔玄这么一个朋友了。

"我想应该是的。"太叔玄淡淡道,并不在意刚刚九百对自己不满的态度。

"那又怎样？你管我！"斜月蛮横起来。

"我不是那个意思，你别生气。"太叔玄仍旧温文有礼，"斜月，我喜欢你。如果你不喜欢姬仲，不愿嫁到东菱。你愿意和我在一起吗？"

九百斜月愣在当下，呆呆看着太叔玄，半晌道："阿玄……我……"

"你愿意和我在一起吗？我会用我的生命来爱你。我喜欢你，斜月。从见你的第一面起，我就深深地喜欢上了你。那时你刚出生，我也只有三岁，父亲带我来国正厅恭贺你的出生。从见到你的第一面起，我的眼睛就无法从你身上离开。如果你愿意，那将是我这一生最幸福的事，我也会把全部的幸福给你。"太叔玄深情地望着九百斜月。

九百斜月认真地看着自己的朋友，这是她一生唯一的挚友，无论如何，她都会尊重他。在听完太叔玄的心意后，九百斜月认真道："阿玄，你是我九百斜月这一生最珍贵的朋友。我喜欢你，倚重你。可是，抱歉，我没能爱上你。我们不能成为爱人，但我会永远珍视我们的友情。"

太叔玄看着九百斜月许久，一丝苦笑漫上他的唇边。他仍旧那么谦和，柔声道："我知道了，斜月。无论如何，我太叔玄永远都会守护你的幸福，在你需要我的时候。"

"谢谢你，阿玄。"两人相望许久，最后各自离开。

九百斜月若有所思地在国正厅后院里踱步。夜光柔和，她走着走着，忽然精神一振，心想道："阿玄都这么勇敢地跟我表白了，那我为什么不能去勇敢地问问他！"想到这里，九百斜月喜上眉梢，加快了脚步往国正厅外走去。忽然一个造作的声音在她身后响起：

"姐姐。"

九百回头，道了一句："胡妹儿啊。"从不称呼胡妹儿为妹妹，她从不喜欢这个远房表妹，总感觉对方骨子里透着一股狐媚劲儿，还真应上这个名字了。眼看胡妹儿快到十五岁了，可身材还和六七岁的女童一样，当真有点九百家血脉的意思。然而从古至今，九百一族除了复姓九百的女儿天生具有特异血脉，还从没听说外戚也有这种继承。

"月儿姐姐，这么晚去哪里啊？"胡妹儿娇声道。

"出去转转，你别和别人说，听到没有？"九百斜月道。

胡妹儿看着九百斜月离开，气不打一处来，即便她没有施展任何操控术，也让人觉得魅力不可挡。

"等着吧！我很快就会和你一样了！"胡妹儿咬牙切齿道。

九百斜月一路欢快地往客栈走去,然而来到树下,她没有看到冷彻的身影。

"这么晚了,去哪儿了?"九百纳闷着。

"这么晚了,找我干吗?"话音刚落,一阵冰凉划过九百耳后。斜月心上一紧,赶忙转身:"你去哪儿了?"

"去城里小酒馆看看。"冷彻道。

"你不是不能喝酒吗?"

"所以就看看喽。这么晚找我干吗?"

"随便看看喽,你怎么还不走?"九百不甘示弱。

"嗯,打算明天一早走了。之前你和我说的九都城好玩的地方我都去过了,也该走了。"冷彻随意道。那一日,冷彻离开,九百斜月追了上来,两人又叽喳说了几句。九百说冷彻没见过世面,九都城好玩的地方多了去了,他一个游人没她这个土生土长的人当向导,好多地方都会错过。冷彻想来,反正自己也没事,大老远来一趟九都,干脆再留几天。就这样,一来一回,两个人在城中出出进进,熟络起来。

"你就这么走啦?"九百尖声道。

"还有什么新奇的地方我没去过吗?"冷彻问道。

"你就不想再多留几天了?"

"不想了。"冷彻直言道。

"你!你个混蛋!你去死吧!你爱死哪里去,就死哪里去!爱走不走!我讨厌你!"九百斜月一阵委屈,嘴上强硬,转身往城外山中跑去,一边跑,一边难过。她今天鼓足勇气想问问他的,可是她还没开口,他就说要离开了,还问个屁!她一个堂堂九百家的大小姐,目空一切,冷若寒月,什么时候主动看上过一个男孩了。她越想越气,越奔越急,周身一发力,轰地一阵林动,百米内的高树枝叶都被她震了下来,瞬间成了光秃秃一片。

她一阵急奔,蜿蜒向上,呼哧呼哧来到深山美人泉旁,突然停下脚步,抓起地上的白石一通乱打,嘴上还骂:"混蛋!臭不要脸的!谁要管你去哪里啊!爱去哪里去哪里,别让我在九都城再看见你!不!别让我在西番看见你!啊!"

"你就那么讨厌我?"忽然,一阵冷声又在斜月耳边响起,吓了斜月一跳。她啊的一声转身,方看清是冷彻在她背后。只见冷彻一脸冷漠,毫无情意地盯着自己,她顿时怒火攻心道:"对!我就是讨厌你!我就是讨厌你!你个混蛋!臭流氓!"

"我说了!我那天不是故意看到你的!你怎么就不信,非要怪我是个下流小人?"冷彻霍然间怒道。

九百看他态度恶劣,更加气愤。她一厢情愿前来找他,谁想他想都不想,就说要离开,现在还这样肆无忌惮地吼她。她当下攥起拳头往冷彻身上砸去:"你个混蛋!你个混蛋!你个混蛋!你敢吼我?我要打死你!你个流氓!"

"我不是故意的!你能不能相信我,别再生气了?"冷彻不躲不闪,任凭九百捶打,愤愤无奈道。

"我才不信!你们这帮男的都是小人,没一个好人!只有阿玄一个是好人!你个混蛋!"

听到这儿,冷彻的心突然凉了下去,再不愿多说一句话。等九百捶打累了,停了下来,他淡淡道:"你早些回去吧,夜里山路不好走,女孩子家别再这么晚出来了。"

"我用不着你管!你给我滚蛋!"

"好,随便你。"冷彻一步步慢慢离开。

"啊!"九百斜月见冷彻这般无情,拿起一块石头就往他身后砸去。只听一个闷响,冷彻吃痛。他无力道:"不管你信不信,我那天不是故意的。还有,你以后要是再这么晚来这种偏僻地方,让太叔玄陪你来吧。"

"阿玄当然会对我好!还用得着你说!"

冷彻听完只觉一阵钻心痛,不想再言语,颓然离开。

九百斜月看着他将要远去的背影,忽然怒火腾起。她不甘心,她一颗纯净孤傲的少女心从未对谁动过念头,哪怕是青梅竹马、一表人才的太叔玄,她也是未惦念过半分。可偏偏这误打误撞,就是这个看了她纯洁身子的浪荡小子让她心中掀起轩然大波。然而,这浑小子却当她是空气。虽说九百斜月性情冷傲,从不在乎自己这身特别血统,可自小被人仰慕,还从未尝过被人冷落的滋味,她又是伤心又是气急。但想来想去,她又有什么办法,人家游人一个,说走就走,根本没把她放心上。

"一定是我脑筋不对!男人没什么好东西!除了阿玄,都不是正人君子!走就走,我才不稀罕!"九百斜月暗骂道,"不行!我要撕穿你的假面具!"九百斜月一定要找出冷彻身上致命的缺点,这样她才甘心,她才不后悔!

眼看冷彻越走越远,九百斜月周身灵力汇聚,霍然发力,一股强大的淡紫色雾潮轰然而出,弥漫在山间四野,瞬间将冷彻笼罩在内。

"哼!一定也不是什么好人!要是敢有歹念,我就地把你办了!"九百斜月道。此时的冷彻已经停下脚步,不再前进。九百斜月三步并成两步,快速来到冷彻身后,一个闪身,转到他面前,往他的瞳孔看去,只见冷彻瞳孔中划过紫闪。冷彻缓缓侧过头,盯着九百斜月,他被操控了。

"就知道你也不是什么好人!哼!和那个姬仲一路货色!"九百斜月嘲讽道。就在姬仲拜访西番国正厅时,九百斜月第一次与他会面,便看出那人心术不正,一双眼睛在她身前止不住打转。

"那你就离他远点。"冷彻突然开口道。九百斜月一个寒战,惊恐地看向冷彻,没料到一个被她操控之人竟然开口说话了。照她预计,冷彻这般直勾勾地看着自己,下一步就该对自己采取什么不轨行为了,到那时,她就一举把他拿下。冷彻见她不语,又道:"东菱国那个姬仲人不好吗?"九百斜月呆呆望着他,彻底失语了。冷彻见她这般傻头傻脑,继续道:"他要是人不好,你就别和他去东菱,"说到这儿,冷彻顿了一下,想了想,还是忍着心中不快开了口,"留在太叔玄身边,也比什么国主儿子强百倍。"

"你,你说什么?"九百斜月迷糊道。

"我说,你嫁给什么国正厅未必是好事,太叔玄人不错,你不如留在他身边更好。"冷彻认真看着九百斜月道。

"你怎么知道姬仲的事?"

"前两天你跟我在九都城闲逛,其实太叔玄一直跟着我们呢。"

"阿玄?"

"他怕我不是什么好人,对你们西番或者你图谋不轨。"冷彻道,"有一天你离开后,我让他显了身。"

"阿玄的藏身术被你发现了?"九百斜月惊讶道。冷彻不以为意,没作回答。"然而阿玄并不知道你早就发现了他!"九百斜月心下大惊,这要是敌人,太叔玄不早就被冷彻干掉了!

"我叫他出来聊了几句,他人还不错,顺便告诉了我东菱国造访的事。"

"姬仲的事是阿玄告诉你的?"

"嗯,"冷彻应道,"他虽然说话有所保留,不过我也猜出来了,东菱国国主之子千里迢迢来你们西番,八成是想联姻。"冷彻顿了顿,继续道,"你喜欢姬仲吗?"

"啊?"九百斜月一愣。

冷彻忽然笑道:"你都说了你喜欢太叔玄。"只见他眉心一凝,转身要走。

"我什么时候说我喜欢阿玄了?"

"你不是说天下只有太叔玄一个好人吗?既然你不喜欢姬仲,就别去东菱了。"

"我什么时候说我要去东菱了?"

"太叔玄那个呆头呆脑的都看出你们要联姻了,我能不知道吗?"

九百斜月的小脑袋瓜飞速转着。突然,她大声道:"你刚才说你不想在西番多留几天了,是因为知道我要去'联姻'了吗?"冷彻听后,默不作声。"你说话呀!喂!"九百斜月见冷彻不理她,一情急,抓着冷彻的胳膊摇晃起来。

忽然她道:"你没被我的操控术控制!"

"什么术?"冷彻也纳闷起来。

"操控术!"

冷彻一想,恍然大悟:"哦!原来那天在温泉里你控制我往前走,挖掉自己眼睛,是操控术,不是邪术。你们九百家真邪门,哪里会有这种灵法。"

"你,你没有被我的操控术控制……"九百斜月看着他喃喃道。

"控制了啊,我被控制了,差一点就挖掉自己眼睛了,吓死我了。"冷彻想来心有余悸。

"我是说现在……"

"现在?你又对我做什么了,大姐?"冷彻后怕,赶紧摸了摸自己脑袋,"还好!还在!还在!"

"为什么……"九百斜月痴痴望着冷彻。

"我怎么知道,你功力不到家呗。"

"不可能,我那天没用全力,可今天用了十成十的力,而且,而且还是操控术里不太好的一种……"九百斜月难为情道。

"你们操控术还这么复杂啊,还分种类啊?"冷彻打岔道。

"为什么呢……你不可能不中术的……九百家的驭火,没人能抵挡的……除非,除非……"九百斜月说到这里忽然眼睛一亮,猛然扬起头来,看向冷彻,"你……你……"九百斜月越说脸色越红,后来变得滚烫起来。

"什么?"冷彻费解道。

"你喜欢我吗?"九百斜月难得地扭捏起来,声若蚊蝇。

冷彻一听,登时发根竖起,呆若木鸡,张口结舌,面红耳赤。

九百低着头见他半天不作声,忽又气急,猛地扬起头来准备质问,只看冷彻俊朗的脸颊已经红得像个熟瓢的西瓜,正直直发愣。九百心间一阵急跳,扑到冷彻身前,吻了上去。冷彻凤眸登时睁大,看着眼前美若寒月的九百斜月,他像是喝醉了。九百斜月倏地睁开眼睛,冷彻倒吸一口凉气,一动不敢动。

九百一阵害羞,离开了冷彻身前,双唇分离。冷彻不明所以,心脏狂跳,吞了口口水,呼吸急喘。

"你喜欢我,你为什么不跟我讲……"九百害羞道。

"我……你都要嫁人了,我怎么跟你说?再说,就算说了,我也比不过太叔玄啊……"

"阿玄?你为什么觉得自己比不上他?"

"不是比不上,是比不过。他和你青梅竹马,你处处都想着他,我怎么比得过?"冷彻说着说着有些难过起来,"哎?不对,你怎么知道我喜欢你的?"

"哈!你承认了!"九百斜月倏地跳到冷彻跟前,贴着脸问他。

"大丈夫敢作敢当,喜欢个女孩怎么了?我又没把你怎么样!"冷彻嘴硬道,"你还没说你怎么知道我喜欢你的呢。"

"因为我的驭火。"九百斜月媚眼一翻,含羞道。

"驭火?也和操控术有关?"

"其实,那不是什么光彩的灵法,爸妈都警告我不许用的。"随后九百斜月告诉了冷彻驭火是操控术中的一个小分支,不能登大雅之堂。操控术是九百一族与生俱来的血脉继承,可以控制人的行为、思想、情绪,范围之广,能力之大,让冷彻叹为观止。然而就这"驭火"让九百斜月难以启齿。

"你说的驭火,该不会是勾引男人的吧?"冷彻这个愣小子,一针见血。斜月的脸瞬间涨红。"还真是啊!那你刚才要对我做什么啊?"冷彻赶忙用双臂护住胸前。

"没什么……就是看你是不是个混蛋。"

"你都说了,你们九百家的操控术举世无双,就算我不是混蛋,也会被你变成混蛋的。你这个家伙,这样可不对啊!"听到这儿,斜月突然凑上前来,再次吻住了冷彻。这番深情冷彻这个愣头小子也是感受到了,他嘴唇轻动,不敢越矩地轻轻抿了她的嘴唇一下。斜月身上一阵战栗,瘫软在冷彻怀里。冷彻喘着粗气,不敢说话。

"你不是混蛋……"斜月喃喃道。

"你怎么知道,万一是呢……"

"你对我什么都没做。爸妈告诉我,只有一个真心爱上我的人,才会对我的驭火毫不动心,毫无反应。哪怕这中间掺杂了一点点杂质也是不行的,只有纯粹的爱才能抵挡驭火的侵蚀。"斜月说着,手指在冷彻胸前轻点着,这一下真让他神志恍惚了,"你个混蛋。"

"你再这样下去,我怕我真变成混蛋了。快快站好!"冷彻突然一本正经道。殊不知,他现在已经是骨头发酥,手脚发麻了。斜月以为他不解风情,嗔怪地推搡他一下,冷彻腿脚一麻,扑通坐在地上。斜月开心,就势倚在他胸口。

"你别,你别这样!我真!我真!"冷彻一个撤身,慌忙爬起来,心想,我真把控不住!这一下可让斜月恼了,捡起身边的碎石粒就往冷彻身上打去。"你去哪儿,让你跑!你给我站住!"冷彻一路往湖边奔去。

"没地方去了吧,你给我回来!"斜月叉着腰,追在他身后。

"你稍微离我远一点,你稍微离我远一点。"冷彻央求道。

"我就不！我就不！有本事你跳湖啊！"

冷彻看她这副娇蛮样子，又是怜爱又是心动，斜月步步紧逼，冷彻扑通一下跳进湖里。

"哎呀！你个混蛋！你到底喜不喜欢我啊？讨厌鬼！你给我说清楚！"斜月见状，气得原地打转，"你给我过来！"

冷彻游得远了些，心跳这才缓下来几分，心想：我可不能给冷家丢脸啊，这万一把持不住，做出伤天害理的事来可就晚了！

"你！"斜月急道，脱了凉鞋，追了过去。可谁想她跑得急，脚下一滑，咕嘟嘟掉进水里，没了身影。

"斜月？"冷彻眼前一晃，斜月身影没了，"斜月？"又叫了两声，还不见斜月答应，冷彻这下急了，"斜月！"他身上发力，倏地游了过来，"斜月！你可别吓我！"还不见斜月身影，他一个纵身扎进水里，水下漆黑一片。冷彻翻起手掌，朝四周发力，水下霍然被他的灵力点亮。

"咕噜噜！"一阵呛水声，九百斜月被冷彻的灵力打中，向下沉去。

"斜月！"冷彻大惊，冲她而去。片刻后，抱她浮出水面。"斜月！你别吓我啊！"冷彻使劲拍着九百斜月的后背。半天，九百斜月呛出几口水，缓了过来。

"嗯！讨厌！"九百斜月的坏脾气这个时候还没发完，拳头软绵绵地打在冷彻胸前。

"我讨厌！我讨厌！行了吧？你伤着没有？我刚才打到你没有？"其实冷彻刚刚击出的灵力甚是微弱，在水波的阻力下更是微乎其微，可他此刻关心则乱，双手在九百斜月身上胡乱胡噜，"伤着哪里了？"

九百身子一紧，在水中缩成了一团。

"怎么了？"冷彻急道。他猛然抬起头来，对上斜月柔美的双眸，她沾湿的深紫色长发魅惑地散在水中，好像一个精灵。冷彻呼吸一滞，吻了上去。两人在水中久久缠绵，难舍难分。

"斜月，不行，停，停，停！"冷彻突然急道，把斜月移开。"怎么了？"九百斜月脸色红晕，眼神迷离地浮在水中道。她这番魅惑样子，害得冷彻都不敢看她，慌忙闭紧眼睛。

"我们，我们不能这样，我还没成年。"冷彻用手捂着眼睛道。

"什么？"斜月皱起眉头，"你多大了？"

"我刚十六！"

"我十八了！成年了！我管你成没成年，我九百斜月就要嫁给你！"斜月说着，一个猛扑,把冷彻摁进水里。两人在水中翻云覆雨,情意缠绵。

在这之后,九百斜月不顾家人反对,执意嫁给了冷彻。九百冉怪女儿不顾大局,把她禁足起来,冷彻孤身一人闯进西番国国正厅,带走九百斜月,并与其父当面对峙,承诺今生今世唯爱九百斜月一人,护她周全,全力让她幸福。不管九百冉派出多少能兵悍将,伤得冷彻体无完肤,他亦是半分不退,誓死要带走九百斜月。

之后,姬仲提亲,与胡妹儿结为连理。九百冉看大势已去,家丑不可外扬,万不得已,让九百斜月跟着冷彻离开了。临别时,太叔玄前来相送,望冷彻能好好爱护九百斜月。斜月感激太叔玄对自己的赤子深情,也愿他保重。冷彻心中虽有些吃味,但也敬重太叔玄为人。三人就此话别。

第七十九章
牙尖嘴利的梵音

冷斜月天性高傲妄为，做事别出一格，这才如愿嫁给了浪荡不羁的冷彻。他夫妻二人的事原本与别人无关，双方更不是在意权势的人，可今日胡妹儿当着众人面前多有酸话，冷斜月那不可一世、盛气凌人的气焰登时高涨。管他餐桌上是谁，都不能把她夫妇二人小看了。

只见众人瞳孔中紫闪一过，缓了过来。胡妹儿与姬菱霄急喘不已，坐在他们身旁的蓝宋儿亦是骤然惊醒，面露惊恐。莫多莉、南扶摇、赤鲁等人均是一身冷汗。

"我妻子任意妄为惯了，北唐兄别见怪。"冷彻与身旁北唐穆西道。话虽如此，态度却随性得很。北唐穆西笑而不语，彬彬有礼。

"当好你的姬夫人吧，胡妹儿。我冷斜月没兴趣！"冷斜月挑声道。

胡妹儿此时只觉得手脚发软，尽量保持风度亦是不轻松，开口说话的力气已然没了，只能极力掩饰心慌的表现，手心攥满了冷汗。这等操控术，她永生不可得！胡妹儿想到此处，又是惊恐又是愤恨。

刚才，冷斜月稍稍调动了一下自己的操控术，在座众人瞬间都在她掌控之中，脑海中浮现的幻象皆是受冷斜月指令。北冥轻轻呼了口气，就在冷斜月操控他的一瞬间，他已有所防备，欲要挣脱，可随即发现这股异样灵力全无恶意，便随它走了进去。

"我们啊，都是嫁给了如意郎君，别人是羡慕不来了。你说是不是，晓风？"冷斜月轻轻扶着身旁北唐晓风的手。北唐晓风只觉得一丝和缓从容流进了自己的大脑，让她不禁想起与北唐穆仁相知相伴的年年岁岁，原本悲伤的情绪化成美好的回忆。晓风脸上露出温暖的笑容。

"是啊，斜月，谢谢你这几天的照顾。"

"以后你就照我教你的方法调息，身体也会慢慢好起来的。"冷斜月笑道。说完，她朝在座的年轻儿女望去，见他们一个个若有所思，神思游离。她眉眼一翻，心想：哎，都是痴男怨女啊。随即轻笑无言。

"叔叔，你年轻的时候……真好看。"第五梵音没头没脑说了一句，接着道，"和我爸爸真是七八分相像呢。"

"你这话说的，叔叔现在就不好看了吗？"冷彻皱眉道，忽然瞪了一眼妻子，低语道，"你是不是让他们知道太多了？"冷彻想起了夫妻秘事，突然羞臊起来。

"我有分寸。"冷斜月得意道。他们夫妻的事当然只有他二人知晓，别人在幻象操纵中只囫囵知道个大概罢了。可即便如此，就在刚才诡异迷幻的状况下，那些各怀心事的少男少女脸上还是一阵绯红。

忽然，斜月拉着晓风道："晓风，你几岁生的北冥啊？"

北唐晓风一阵脸红，不承想身边这个姐姐说话这么由得心性，然而自己也觉得喜欢，答道："二十八岁。你呢？"

"哈哈，你这就不如我了，"冷斜月爽朗道，"我十九就生了冷羿了。"斜月自豪道，"呀！这么说来我们家小音今年也十九了吧？"斜月突然回过头来喜爱地看着梵音。

梵音不知道为何，有些难为情道："是啊，婶婶。"

"在部里是忙了些，"斜月若有所思道，"没时间交什么男朋友。我像你这么大，羿儿都生出来了。不过，你们军政部的人都是出类拔萃的，都不用着急。"说着，斜月瞟了一眼在座男女，"我生羿儿的时候，你叔叔才十七！厉害吧？"

"咳咳咳！"冷彻听到这儿咳了出来。这个无法无天的大小姐妻子，还真是想到什么说什么。冷羿尴尬地咧了咧嘴。梵音捂着嘴笑了起来。

"哎！你家北冥今年也十七了吧？啊！小音刚好也十九！正好是我和阿彻当年生羿儿的年纪啊！我俩像你俩这么大的时候，孩子都有了！哈哈，好巧啊！"斜月觉得有趣，看着北冥和梵音道。

"噗！"北冥一口青果酒没咽下去，喷了出来。还好身边天阔眼疾手快，用餐巾捂住了他的嘴。北冥接过，咳嗽起来。

梵音的脸瞬间绯红，扭扭捏捏，焦躁起来。

"妈！"

"斜月！"听到这儿，冷彻、冷羿父子俩突然出声制止道。真是自家闺女和妹妹，两个大男人比谁看得都紧。

"啊？"斜月一愣，没反应过来。

"妈，梵音才多大啊，您别瞎说。"冷羿忙道，皱着眉头。

"我知道啊,我这不是说着好玩吗。赶巧了,小音和北冥的年纪,正好和我和你爸当年一样,你说多巧。"说着斜月又开心乐起来,好像回忆起了和丈夫初识的甜蜜。

"巧什么巧,你不知道军政部里有多少士兵都是十七岁啊,很多年轻的士兵都是。"冷羿阻止道。

"是吗?"斜月皱眉,好像自己的浪漫被打破了一样。

"是的。"冷羿趁热打铁,母亲终于停止了这个话题。

午餐过后,冷彻夫妇离开,临别时,冷彻叫住梵音在一旁道:"你自己要好好照顾好自己啊。"

"叔叔放心吧。"

冷彻刚一动身,又忍不住止住脚道:"那个,不要听你婶婶瞎说啊。你年纪还小,不用着急找男朋友。"

"知道,叔叔。"

冷彻看着梵音一本正经的样子,又急道:"你知道啥啊,我不是那个意思,我的意思是,咳咳,"冷彻说着,瞟了一眼稍远处正送客的北冥,小声道,"你看上谁之前先和叔叔说一声,叔叔替你参考一下,万一是个混蛋,叔叔帮你宰了他!"

"啊?"梵音看着突然狰狞的叔叔,满脸问号。

"啊?啊……叔叔的意思是,叔叔替你参谋参谋。"

"知道了,叔叔,您放心吧。"

我放心啥啊……冷彻心里嘀咕道:"要是跟叔叔说不方便,你就告诉冷羿,他和你近,让他替你把把关。"

"冷羿?"梵音反问道。

冷彻看着梵音一脸质疑的样子,无奈道:"算了,靠他还不如靠你自己……"

"你放心吧,叔叔,我会帮你盯着冷羿的,不会让他得罪人的。"

冷彻凤眸一闪,心道:"怕是已经得罪了……"之后,冷彻夫妇离开。

胡妹儿并未与他们作别,随后离开。姬菱霄央求半天要留下来照顾北冥,胡妹儿故作不允许,与女儿说了半响。

"妈,菱霄不走,菱霄要留下来照顾北冥哥哥。"姬菱霄央求道,"而且,而且我也得陪宋儿留下来啊。她一个人从蓝宋那么远的地方来,又要接回自己的朋友,人生地不熟的,我得照顾她。"

"好啦好啦,知道你最懂事,那你就留下来照顾你北冥哥哥和宋儿吧。北冥啊,我们也不能怠慢了蓝宋国的宋儿小姐,既然她要留下,那菱霄理应照顾她。你说呢?"胡妹儿道。

北冥本想拒绝,奈何这母女俩难缠,他也就不想周旋了。他想着,若是送走胡轻轻,蓝宋儿她们也就会一起离开了,便不再多说。

"北冥,我看你今天还有的忙,我就先返回礼仪部了。"莫多莉道。

"莫总司,我和你一起去礼仪部看望花婆。"

"不急,你先安顿好胡轻轻她们也来得及。"

"可是花婆的狼毒到底怎样了,我很挂念。我想和青山叔一起去看看。"

忽而,莫多莉面有难色,迟疑稍暇道:"还可以支撑,你也不用太过担心。总之,你先处理好部里的事再说不迟。"莫多莉亦是看出,北唐穆西灵力已失,军政部兵力大损,百废待兴,还不知今后如何走向呢。

蓝宋儿在不远处听着他们言语,在听到莫多莉说花婆尚可支撑时,她的眼中划过一丝异样。她的一举一动都没逃过一个人的眼睛。梵音在一旁时刻注意着这个不速之客。蓝宋儿过甚的警惕突然一怔,倏地回过头去,正与梵音打了个照面。她刁钻的眼神霎时锋利起来。可就在她充满敌意地看向梵音时,只觉一股寒意向自己周身袭来,她心中登时一紧!然而梵音站在不远处一动不动,面如止水,只是她眼底的一片冷意让蓝宋儿顿时发寒。

"老大,二分部这边还有事,你过来一下。"赤鲁道。

"好。"梵音应声,转身与赤鲁、冷羿一起离开。

在送走莫多莉后,北唐穆西渐感体力不支。北冥便让他回去多作歇息,剩下的事他来办。天阔帮忙照看着穆西与晓风。

"现在能轮到我朋友了吗,大部长?"待人群散去,只留下蓝宋儿、姬菱霄二人后,蓝宋儿道,"还真是用人朝前,不用人朝后啊。哼,我朋友就那么不重要。"

北冥无意回嘴,姬菱霄却插进话来:"宋儿,你别这么说我北冥哥哥,哦不,"她突然害羞道,"我的意思是,你别,你别这么说北冥哥哥。他今天有点忙,现在就能带你去看你朋友了。是吗,哥哥?"说完,姬菱霄眨着水汪汪的大眼睛看向北冥,笑意盈盈道。

"你跟我来。"

几人随后来到十层灵枢部。北冥叩响了一间客房,见里面无人应答,他开口道:"胡小姐,我是北唐北冥,你在里面吗?"不一会儿,里面传来一连串脚步声。房门哗啦一下大敞。一个身着白布薄裙,皮肤白里透着红,直发落腰,赤脚行走的女孩来到门前。胡轻轻见是北冥来看她,登时欣喜若狂:"北冥,你来了!"胡轻轻站在门口,只会直直看着北冥,没有了下一步举动。

北冥冲她笑道:"你的朋友来看你了。"

蓝宋儿盯着北冥,心中一时不爽,他可从没有像对胡轻轻这般温和地对她过。可她也不想想,她又何时对北冥有过善意？一时气急,她便不想说话了。

"嗯?"胡轻轻慢半拍道。她对身外事都没有过多回应,只北冥除外。

"蓝宋儿是你的朋友吗?"北冥道。

"蓝宋儿……"胡轻轻僵硬地把头转到一边,迟疑地看着蓝宋儿。此时蓝宋儿一言不发,愤愤看着别处。

北冥皱眉:"蓝宋儿,胡小姐到底是不是你的朋友？如果你们不认识,你还是请回吧。"

"你还挺护着她!"蓝宋儿突然抬高调门道。

"我看你是不用留在军政部了,待会儿我让我的属下……"北冥没了耐心和好脸色。

"我偏不走,你能奈我何！你对邻邦小姐这个态度,你就不怕你们国主责难你吗！哼！"

"来人！送客!"听到"国主责难"四字,北冥压在心中的怒火登时暴起,大声道。十层守卫听到北冥下令,瞬间有二人赶到北冥身侧,敬礼道:"是！本部长！"

"你敢！你不过就是个带兵的,你敢跟我嚣张！你知不知道我的身份,我可是蓝宋国的小姐！"

北冥根本不理她那一套,面色严厉。姬菱霄站在他们一旁,一言不发,心中美滋滋的。北冥越是对身边的女人不客气,她越高兴。

"影子呢？我要把影子带走!"蓝宋儿气得双拳紧握,还不示弱。自东菱士兵从辽地战场归来后,蓝宋儿的坐骑幻影豹羚影子也与他们一同回来。北冥伤势初愈后,去看望过影子,影子在那一仗中伤势严重,半张豹脸已被削去,再无法复原。影子性情高傲,独自在山中偏僻一地安顿下来,不与其他人往来。

"那要它跟你走才行。"北冥冷淡道。

蓝宋儿咬牙切齿,恨不得跺脚,"我们走!"她吆喝姬菱霄道,把胡轻轻撂在一旁,似乎与她全无关系。

"北冥……"只听胡轻轻小声道,不明所以,慌乱地抓住了北冥的手。北冥反手脱出她的掌心,扶住她的手腕道:"我送你进屋,没事的。"

"放开她!"蓝宋儿冲了上来,一把拽开北冥扶着胡轻轻的手。看到北冥对胡轻轻如此客气,她登时火冒三丈,没了理智。

"我没工夫陪你闹。胡轻轻你也别想带走了。你们不是朋友。你再这样,别怪我逐客。"

"谁说我们不是朋友！轻轻,告诉他,我们是不是朋友。"蓝宋儿猛然回头看向胡轻轻。胡轻轻踟蹰地看着她。"轻轻,我是宋儿！你赶紧醒醒！你认得出这个男的,怎么认不出我？轻轻!"

半响,胡轻轻喃喃道:"宋儿……宋儿……"

"认出来了!"蓝宋儿急于证明。

"宋儿……你,干什么来……"胡轻轻有些语无伦次。

"你爹爹拜托我接你回胡蔓国,你还不跟我走?"蓝宋儿烦躁道。

"我不跟你回去!"说着,她往北冥身后躲去。

胡蔓国首领胡尔丹为人闭塞,此次东菱出兵相助,让胡蔓国等边陲小国躲过一劫,他本应与其他三国首领前来答谢,可他性情守旧,不愿抛头露面,便拜托蓝宋国的蓝宋儿帮忙接回胡轻轻。

"你在这里干什么？这里又不是你家！当心他们对你不怀好心!"

北冥看出她二人确实相识,这样僵持也不是办法,便开口道:"蓝宋儿,你先和姬小姐返回国正厅。等我改日亲自送她回胡蔓国,不用你费心了。"

"她爹爹拜托的是我,又不是你。我凭什么走?"

北冥见她一直胡搅蛮缠,欲转身离开。

"哥,宋儿说的也对。胡首领既然委托她来接人,咱们总得尊重才对,你说呢?"姬菱霄慢声细语道,"要不咱进屋先歇歇？我觉得胡小姐还有些认生,没准儿待一会儿就好了。行吗,哥?"

蓝宋儿看着姬菱霄识大体的样子,北冥似乎也听了进去,瞬间觉得尴尬起来,有些懊恼生气。姬菱霄一口一个哥哥,好像和北冥亲近得很。她想比,也比不来了。

"胡小姐,你愿意让这位蓝宋儿进到你的房间吗？你们认识吗?"北冥道。

胡轻轻想了想道:"宋儿,你怎么来了?"

"算你还有点儿良心,记得我了!"蓝宋儿傲慢道,见胡轻轻又不讲话,继续道,"你爹让我接你回去。"

"我不回去。"胡轻轻道。

"好了,我们进屋再说吧。哥,咱们别这么站着了。让守卫这样看着我们,我怪怕的。"姬菱霄腼腆道。比起蓝宋儿的疾言厉色,姬菱霄的吴侬软语可让人舒服多了,就连守卫的士兵也很喜欢听。蓝宋儿心中烦躁。

"如果你不愿意见她们,我就先送她们走。"北冥对胡轻轻道。姬菱霄心中登时一狠:"哪里冒出来的怪胎？比那个第五梵音还缠人!"蓝宋儿也不高兴起来。

"宋儿,进来吧。"胡轻轻隔过北冥道,好像没听见他说话一样。

蓝宋儿看了胡轻轻一眼,心情好像也好了很多,小声冲她哼了一句:"嗯。"像是两个小姐妹在打招呼。她插足到北冥身前道:"让开吧,我朋友让我进去呢。"北冥见状应允。

"等等,宋儿,我呢……"姬菱霄急切道。

蓝宋儿犹疑了一下,道:"你也和我一起进来吧。"姬菱霄听到自己的去留竟让一个鸟不拉屎的破败小国家的女儿决定,顿时不爽,面上却笑盈盈道:"嗯。"说着,伸手挽上了蓝宋儿。她高挑的身材越过蓝宋儿许多,却仍显得娇羞。北冥撤步,让三个女孩进屋。

"我在外面等你们。决定好何时出发后,我送你们回去。"

"北冥,你和我一起!"胡轻轻见北冥身形稍移,赶忙过来拽着他道。

"这……"北冥迟疑。这时,一个清脆稚嫩的声音在北冥身后响起:"北冥?你干吗呢?"说话的正是崖雅。她站在北冥身后,侧过头来,忽然看见胡轻轻黏着北冥,小眉头皱了起来。"你在干吗?"她怪声怪气地问道。

经过这番大战,崖雅亦是成长了许多。在看到梵音和北冥平安归来,不仅是挚友一般庆幸,更像亲人一样感怀。对于北冥,崖雅在受到他那次鼓舞以后,变得比任何时候都坚信梵音一定可以平安回来。一丝微妙的情感拉近了北冥和崖雅的距离,她看对方有了兄长的感觉。

"我……"

"你要进去?"崖雅质问道。她的领地意识很强,性格也孤僻。就像以前,梵音是她的好朋友,她便认为,梵音在这世上只与她一人最好,别人都无法超越她。现在,崖雅不仅觉得梵音是她的家人,北冥和天阔同样都是,她会时刻把他们几个划分到一国里,别人都是多余。

"你不想进去?"崖雅看出北冥面有难色。

"北冥,你去哪儿?"胡轻轻道。

"他不想进去。"崖雅大着胆子,鼓起勇气道。对于朋友的维护,崖雅即便紧张害怕,也都不会退让。然而胡轻轻依然拽着北冥不放。

"我等一下可能要送她们离开。"北冥尴尬道。

崖雅不太愉悦地看着胡轻轻,勉强道:"那我陪你进去吧。天阔送晓风阿姨回家了,不在。"她自然而然地觉得,朋友遇到难题时,他们几个是绑在一块的。

几人在屋中稍坐,蓝宋儿对胡轻轻表达来意,胡轻轻却不愿离开。

"轻轻!你脑筋什么时候能清醒一点啊?非要别人吸干你的血才行啊!"蓝宋儿烦躁道,看着她手腕上缠着的白色纱布,想来是取血时留下的伤口还没完全愈合。

"给他喝我的血,我愿意。"胡轻轻淡淡道,满脸幸福。就在北冥伤重归来后,崖青山等人为了迅速压制北冥体内的狼毒,再次在胡轻轻身上取了血。北冥听到此处则是万般抱歉,崖雅也是无话可说。

"胡小姐,多谢你数次搭救之恩,如果你有要我北唐北冥办的事,我定当竭尽全力。"

"我没有要你办的事。"胡轻轻说着,已经挽上了北冥的胳膊。北冥轻轻闪了出来,他低语道:"轻轻,我毕竟是男孩。你对我亲近,待我真诚,我自然感谢,但如此亲密总是不太妥当。"北冥不管身旁是否有人,和缓地对胡轻轻解释道。

胡轻轻秀眉微蹙,道:"不好吗……可是我喜欢这样……"

"没关系,无论如何我都会待你像朋友一样的,你放心。"北冥微笑道。一旁的三个女孩看着有些傻眼。

"他从没对我这样温柔过!"姬菱霄攥着手心想,"一个痴痴癫癫的人有什么好!不就是假装柔弱了点吗!"

"明明是个杀伐战场的人,怎么对轻轻这般亲近,显得比那第五梵音也不差了……"蓝宋儿心里嘀咕着。

"什么情况?"崖雅站在一旁翻了个白眼,心里纳闷。

"既然你的朋友来接你,你要与她回去吗?你出来这么久,我想你父母也十分惦记你了。"北冥继续道。

"你会跟我一起回去吗?"胡轻轻看着北冥。

"我送你回去,但不会留下。"

"那我留在你身边。"胡轻轻不假思索道。

"这……"北冥有些为难,语气婉转道,"可是你迟早是要回家的啊。一直留在军政部,也不是办法,知道吗?"

"除了在你身边,我哪里都不会去的。"胡轻轻不高兴道。

"爱回不回!随便你!你要是不走,我就走了!"蓝宋儿看着北冥和胡轻轻一唱一和,不耐烦起来。

"轻轻,你这样不可以。如果你今天不愿意回去,我就明天送你。毕竟你父亲也记挂你。"北冥句句认真道,对待胡轻轻像个温柔讲道理的哥哥。"你想走,随时可以,不要再来军政部。"北冥回过头去对蓝宋儿道,脸色一变,换了态度,不禁让蓝宋儿住了口。

"我要带走影子!你快把影子交出来!谁要在你这个破地方再待下去!"蓝宋儿恼羞成怒。

"哥,要不然先带宋儿去看看她的豹羚吧。至于胡小姐的事,我们稍后再定,反正也不急。你的伤那么重,怎么能再劳碌奔波呢?你应该好好休养才对。"说着,姬菱霄走到北冥身旁,满目关切地看着北冥,"哥,你身上的伤还痛不痛?宋儿,你也别恼我哥了。哥哥父亲刚走,自己又受了那么重的伤,他实在没精力顾全那么多事情了。要是你信得过我,等你走后,我陪哥哥一起送胡小姐回国,也算尽了我们东菱的礼仪。你看行吗?"姬菱霄颇识大体,一席话挡下了北冥和蓝宋儿之间的不愉快。

蓝宋儿半句话堵在心里,不知为什么这次看到北唐北冥她就怀着一股闷气。明明先前那么惦记他,在家时总是想到他"威胁"自己、"恐吓"自己、救下自己、救出影子时的样子,他的身影一直挥之不去。她时常觉得腰间暖暖的,因为北冥曾从她腰间搜索出暗器对付狼兽。她这次前来东菱,是要答谢东菱国国主对他们国家施以援手的大恩。一想到会在答谢宴上看见北冥,宋儿就开心不已,迫不及待地随父亲蓝朝天一起前来东菱。可谁知,东菱军政部此战大损,主将牺牲,答谢宴上军政部未出席一人。

当再看到北冥时,已经是在他父亲的葬礼上,蓝宋儿看着他坚毅的样子,心中澎湃。此次借着前来接胡轻轻回国的借口,蓝宋儿终于得偿所愿,可以再见北冥一次。可谁知,当再见到北冥时,却发现他对所有人都很客气,唯独忽略了自己。午餐时,她更是时时刻刻注意着他与第五梵音的一举一动,看到两人"眉目传情",让她怒火中烧。等再看到胡轻轻时,她更是发现,他对胡轻轻别有一番情谊。这让她醋意大发,越发骄横,却不自知。

此刻听见姬菱霄一番识得大体的话,方觉得自己过分了。姬菱霄看着蓝宋儿,心中窃喜:"就是等你发疯完,才显得我好。蠢货!"

"哥,你说呢,先带宋儿见见她的豹羚吧,毕竟之前一直和她形影不离的,哥也不太好拒绝。好不好?"姬菱霄刻意与北冥保持了距离,轻声提议道。

北冥稍想:"好。"

几人出了房门,崖雅跟在他们身后,忽然皱起鼻子,嗅了嗅,心道:"奇怪,这是什么味道?"

这时,军政部后面,东菱山后,梵音处理完二分部的事,来到此处。忽见一座明晃晃的"山丘"发着冲天火光,映得半面山峰都是红色。

"红鸾,你还好吗?"梵音柔和的声音响起。

"山丘"在听到梵音的声音后,扑棱一下动了起来,只见无数鸾羽像火蔓云霞一般灵动明艳。红鸾伸着长颈冲梵音跑来,鸾冠华美冲天,仿佛太阳射出的根根金光。

"呵呵！"梵音一把抱住红鸾，身子埋在了它颈下的丰满鸾羽中。

"阿嚏！"随着一声喷嚏，噗！一个银色小球从羽毛中翻滚出来。聆龙用翅尖揉着自己的龙鼻，"好痒。"它刚才一直攀在梵音的耳廓上，红鸾猛地抱住梵音，连带聆龙也被埋了进去。

"身体好些了吗？还有哪里不舒服吗？"梵音闷声闷气地在红鸾胸脯里唔哝着。现在的红鸾好似一个小山丘般大小，梵音在它面前就像一个小娃娃。

红鸾抖动了一下身体，示意自己很好。那日红鸾羽化，穿越空间，从北境和辽地带回众多伤员，自己也灵力大损。等回到东菱后，红鸾就一病不起了。聆龙还有崖雅日夜照顾它，这才让它慢慢恢复起来。

梵音笑着从红鸾的羽毛中探出头来，仰着头望着它："你这个小家伙，终于长大了！我还以为你一辈子都是我的小不点呢！"

红鸾张开翅膀，高兴地扑棱着，聆龙被它刮起的大风吹飞出去。"哎呀呀！它不是小不点了，它是超级大鸟！"

"红鸾，你既然都好了，就随我回部里吧，部里后面的场院那么大，住下你没问题的。"梵音道。只见红鸾身上的火光突然忽明忽暗。

"小胖鸟害羞了。"聆龙在一旁打趣道。

红鸾不像聆龙，虽都是灵兽，却不是幻兽，没有幻形的本领，不能像聆龙一样可大可小。现在它已羽化成型，就不能再缩小了。

"是这样吗？"梵音笑眯眯地看着红鸾。红鸾把它与梵音身形差不多大的脑袋抵在梵音身前蹭了蹭，以前它都是在她脖颈蹭蹭的。梵音开心地笑起来："不管你变化多大，都是我的小红鸾。"红鸾听到，开心地发出嘶嘶低鸣。

"红鸾，原来你和北冥一样都有穿越空间的本领啊，看来你也是时空术士了。"梵音道。听到北冥的名字，红鸾的鸾羽又亮了起来。

"瞅瞅，我就说这个小胖鸟喜欢北冥吧。闹了半天，它也会时空术。"

梵音和灵兽闲话许久，嬉嬉闹闹说得开心，全没注意身后已经来了人。

"小音，咳咳，小音。"一个细小的声音在梵音背后响起。然而梵音正和红鸾、聆龙说笑，全没在意。

"你这家伙，不够朋友！怎么我和你这么多年，你却喜欢北冥呢，我可不高兴了。"梵音拿红鸾打趣道，红鸾又害羞地扑扇起翅膀，身子也跟着乱摆。"哈哈哈。"梵音看着红鸾这样，开心笑起来。

"人家是小女孩，喜欢你干什么？"聆龙趴在梵音肩膀，甩着尖细的小尾巴道，"我喜欢你就行了，小音。"说完，大伙又开始笑起来。

"小音……咳咳……"

红鸾忽然一怔,羽毛一下晶亮起来,头也不知道该往哪里摆了,直往梵音怀里钻,好像害羞了一般。

"怎么啦?"梵音笑道。

"小音。"又一个轻轻的声音道。

梵音压根没有听见身后有人叫她,聆龙也懒散地、享受地趴在梵音肩膀,没在乎其他。

忽然,一个人用手点了点梵音肩膀,只听梵音嗷的一声叫了出来,"啊!"吓了她一跳。

"啊!"梵音身后的小女孩也被梵音吓了一跳,只听一个声音道,"小音……我叫了你好久了,你倒是听见没有啊?"崖雅无奈地站在梵音背后,双手叉在胸前。

"我,我没听到啊。"梵音惊慌道,手中还抱着她的大红鸾,活脱脱一个小女孩模样。

"耳朵怎么回事?看来还得好好给你治,急不来。"说着,崖雅提溜起梵音的耳朵,朝里仔细望着。

忽而一道柔光向梵音看来,梵音捉到了,她抬头向前面看去,只见北冥正目不转睛地看着自己。刚刚梵音和红鸾撒娇的模样尽数被北冥收在眼底。梵音看到北冥,不知怎的小脸儿一红,立马扭了过去,假装理着红鸾的鸾羽。红鸾和她一样,比她还害羞,一头扎在梵音怀里不出来。

北冥情不自禁地冲梵音笑了起来。梵音只觉背后都被北冥盯得火热。

突然两道厉芒冲梵音射来,梵音倏地回头,脸已经冷了下来,道:"她们怎么过来了?"

"那个蓝洼洼要找她的豹子。"崖雅在梵音耳朵边道。

梵音看向对面四人,道:"影子?它没在这儿。"

"哼。"只听蓝宋儿轻蔑一笑,抬起右手,把小拇指横在唇边一吹,一声鸣响清脆。瞬间,只看一道黑闪倏地停在众人面前。

"影子!"蓝宋儿看见自己的幻影豹羚半面已毁,心中突然酸楚,抱了上去,"影子!还好你没事!担心死我了!"影子昂首站得笔直,一动不动。

"你什么时候送胡轻轻走?"梵音走到北冥身边,好像没再看到身边其他人一样。

"这一两天。"北冥道。

"第五梵音,你这是什么态度?我朋友救了他的命!没我朋友的血,他活不到今天!你得感恩戴德!"蓝宋儿自从第一眼看到梵音就不喜欢她,虽未与她打过交道,可总觉得自己的气场被她压制着。

"我并不认识你……"梵音锐眼向蓝宋儿看去,"没他,你也活不到今天,包括她。"

"你说什么!"蓝宋儿尖声道,气得小脸通红。

"没他,胡蔓国早就被夷为平地了。"梵音淡淡道,不再理会。而蓝宋儿还不知北冥先前用连坐阻拦修弥的夜衷,救下胡蔓国一事,此时一听,愣在当下。

"第五姐姐,咱们不管谁救了谁,还是要礼待邻邦贵国小姐们的。姐姐说是不是?"姬菱霄道。

"那就带去你们国正厅礼待吧,军政部恕不接待外客。"看看眼前这个女人,梵音觉得头痛,不想废话。

"这……"姬菱霄略显为难,"难道姐姐的叔叔婶婶来做客可以,菱霄来姐姐就不欢迎?我没别的意思,只是担心哥哥的伤势。"说完,姬菱霄乖巧站在一旁,不作声了。

"该看的都差不多了,你也该回去了。"梵音倒是接了话。北冥和崖雅都没想到,毕竟梵音一向不是个习惯与人口舌的人。

"影子,你要跟蓝宋儿走吗?"北冥对幻影豹羚道,听语气像是在和一个同伴说话。

"那当然,还用你问!"蓝宋儿刚要得意,却见影子往后退去。"影子!你去哪儿?你不跟我走吗?"只见豹羚郑重看向蓝宋儿,没有作揖,没有颔首,忽而鼻腔喷出一股热浪,双眸晶亮,与蓝宋儿对视片刻,转身离开。"影子!"蓝宋儿在它背后大叫道。

"别喊了,它的意思是以后要和北冥当战友了。"聆龙在空中有一搭无一搭道,"这小黑子还挺有个性,挺孤僻哈!"

"你也看到了,影子不会跟你离开。既然如此,你也该离开军政部了。"北冥道。

蓝宋儿觉得脸面上挂不住,一把抓起胡轻轻:"我们走!"

忽然,北冥口袋一动,拿出信卡,看到上面写着一串暗语。他神思稍凝,道:"胡小姐,抱歉,我不能送你回国了。我会让我的手下颜童护送你们回去,还请见谅。"

"可是我……"胡轻轻还有话将说。

"我什么我!你没看人家根本没空搭理你吗?赶紧跟我走!"蓝宋儿气急败坏道。

"这个你拿着,如果你有事找我,可以随时与我联络。"北冥把自己的一张空白信卡塞进胡轻轻手中。

"真的吗?"胡轻轻睁大眼睛问道。

"是的。"北冥道。

胡轻轻虽有不舍,却也笑了。一旁的姬菱霄已经妒火欲出,因为这些年,她根本没有得到过北冥的联络方式,他从未与她交换过信卡!

随后,北冥派人送胡轻轻、蓝宋儿、姬菱霄三人离开。三个姑娘各怀心事。

"怎么了?"梵音在看到北冥收到信卡后,机警问道。

"有裴析的消息了。还有,管赫辞职了。"北冥道。

"啊!"崖雅突然在他俩身边尖声叫道。

"怎么了?"梵音惊道。

"刚才那股怪味道,就是那个蓝宋儿身上的!"崖雅道。

"什么怪味道?"北冥道。

"一股……腥味……还有一股奇怪的香料味。"崖雅皱眉道。

梵音嗅了嗅:"我怎么没闻到?"

"她用身上的香味掩盖了身上原本的腥味,所以你们闻起来不大明显,但我天天泡在药罐子里,就这鼻子最好用!"说到这儿,只见崖雅眼睛里冒出精光,异常兴奋。

"你闻到了吗?"梵音见崖雅神色异常,不明所以,问身旁的北冥道。

北冥想了一会儿道:"腥味没有闻到,但香味,听崖雅这么说来,是闻到了一些。"

"哈哈!北冥!你鼻子也够灵的啊!这香味甚微,你竟然也闻到了?"崖雅激动道,看来自己的判断不会错。

"是香料吗?或者香水?"北冥问道。

"是她的体香!从她的身体里散发出来的,头发上和呼吸间最为明显!"崖雅有些得意起来,"但是这香气底下还有一层腥味,想盖是盖不住的。"

梵音渐渐皱起眉头,纳闷道:"为什么我没有闻到,你们两个是什么鼻子?"

"确实,这两种味道都很淡,感觉像是刻意不想被我们发现。我想,平时她身上的香气会更加浓郁,今天却藏了起来。"崖雅道,"北冥,你能闻到也是不一般呢。"

"我也不是今天闻到的,大约是在辽地时闻到的。"北冥解释道,"今天你这么一说,我就想起来了。"

"辽地?"崖雅和梵音一同闻道。

"当时我和她被狼族困住,我抱起她时,那个味道很是明显。"北冥道。

"记忆犹新是不是?"崖雅笑道,"这味道,我闻所未闻,到底是怎么配出来的?那腥味又是怎么一回事?"崖雅已经开始在脑子中盘算草植调配的方法了,神神叨叨。

"确实很奇特。"北冥应道。

梵音在一旁瞥了他一眼,心想:"记忆犹新……"

"你抱她干吗?"梵音突然大声质问道,登时把北冥吓了一跳。

"啊?"北冥磕巴道,"有,有狼族攻击,我掩护了她一下。"

梵音斜看着北冥:"人家也没领情啊。"说话阴阳怪气。

"啊。"北冥呆呆道。

梵音哼了一声扭过头去,不再理他。

"哎,北冥,你当时闻见的是她身上的吗?还是头发上,又或呼吸间,嘴巴里?"崖雅凑过来道。今天的味道太淡,她还没十分了解。

"什,什么?"北冥只顾看着梵音,被崖雅这么一问,脑袋一时有点蒙。只见梵音猛地回过头来,盯着他,等他的答复。"我,我,我不记得了,我不记得了……"北冥心里一颤,结巴道。

"你想想啊!是不是头发上和呼吸间最明显?我应该没有说错。"崖雅认真地问。可北冥哪敢再认真答,早就被梵音盯得头皮发麻:"我真不记得了。"

"你再好好想想吧,万一有什么用呢。"梵音冷飕飕道。

"那个,大概是头发吧,还有嘴……""巴"字还没说出来,北冥一滴冷汗落了下来。梵音看着他的眼睛已经眯成了一条缝,一根针好像从里面射了出来。

"你们看,这是什么?"崖雅笑嘻嘻道,一小撮长头发被她捏在手中乱晃,"我刚才趁她不注意,从她头上割的。"

"割的?"梵音蹙眉。

只见崖雅指缝间闪了一下,是个极小的刀片,可以毫不被人察觉地藏在指缝中。"天阔说我灵法不好,就给我做了一个小暗器,没想到还真派上用场了。"

"指影刀。"梵音道。崖雅开心地点了点头:"我要赶紧拿到部里研究一下。"说完,迫不及待地一溜烟儿跑了,边跑边喊:"北冥!你想到了什么随时来灵枢部找我!"

看着崖雅跑远,梵音幽幽道:"还不赶快去帮忙?没准儿还能想起点别的什么东西。"

"没了!"北冥一口咬定道。

"哼!"梵音瞪了他一眼,大步走开。

第八十章
姬仲的屈辱

夜黑风高，满地泥泞，一个哆哆嗦嗦、步履维艰的枯瘦佝偻背影在辽地的腐蚀地上艰难地行走。腐臭泥烂的污秽沾满了裴析的裤脚。他面色黑青，颈间的血管在暴跳，仿佛下一秒就要迸裂一般。忽然，他污浊的双眼用力向地面看了两下，紧接着，一瘸一拐往不远处跑去，可没跑两步就摔倒了，他连滚带爬，指尖里抠得全是泥，用力往前抓地而去。

裴析一把抓住一根长满荆棘的褐色枯枝，上面挂着几片褐色叶子。裴析二话不说，抓着枯枝连根带叶便往嘴里塞去。他用力一嚼，口中瞬间被划出无数道血口子，浓稠的黑血从裴析口中流了出来。叶片上无数的倒钩刺喇着裴析的喉咙，可他却感觉不到疼。浑身上下的狼毒，下一刻就会要了他的命，他早就痛不欲生，而这小小的一棵蚀髓草能帮他延长一时半刻的寿命。

这是他在辽地找到的第三棵蚀髓草。三天过去了，裴析倒在地上，痛苦地蜷缩成一团，他还不想死。然而他知道，蚀髓草救不了他的命。

"咚！"一个东西砸在了他的脸上。"哇！"一声响亮的婴儿啼哭，瞬间炸开了裴析的脑袋。他狠狠地抬头看去。

"还不吃？等死吗？"一个女声响起。月光下，修彦的狼鬃好像银色海浪，冷酷华贵。

裴析齿间相磋。因为狼毒带来的痛苦，裴析的牙齿早就被自己咬碎了，磋成了尖利的锯齿状。

"你们为什么要害我！"裴析扯着喉咙道，又一口黑血吐了出来。

"害你？我是在救你。既然你不想要，那就算了。"说着，修彦把婴孩从裴析身上踢飞出去，砰的一声摔在远处的地上。婴孩登时没了哭声。"死了，就不管用了……"修彦道。

裴析发出呃呃的声音，双眸瞪大，又一阵疼痛袭来，他张大嘴，却头脑清楚，他用尽力气向婴孩落地的方向奔跑而去。裴析抓起婴孩，一口咬破他的颈管，大口大口吸吮起来。

东菱这一头，北冥与梵音来到北唐穆西的房间。北唐穆西坐在椅子上，闭紧双目。为了救回北唐穆仁，北唐穆西冒险把全部灵力给了北唐穆仁，然而北唐穆仁灵力强盛，灵丧之后所需的灵力补给也远远超过一般人，即便北唐穆西倾囊相助也没能挽回哥哥的性命。他悲痛不已，但总算救回了北唐北冥的性命，纵是一身灵力尽丧，也是无憾了。此时他倍感疲惫。

"叔叔，您还好吗？"北冥关切问道，梵音亦是跟在身旁。"叔叔，要不今天的会议别开了，您再休息一天吧。"梵音道。

"姬仲已经找上门了，咱们再不下手，恐怕军政部不保。"北唐穆西道，"他今天让胡妹儿前来，无非是看我的状况。我现在的情况，根本骗不得人。到时候他联合聆讯部、狱司、通信部等各大司部取代军政部主将一职，不仅是军政部，东菱也得毁在他手里。"

"叔叔，我保得住军政部，您放心。"北冥凌眸一凛，握紧了北唐穆西的手。

北唐穆西看向北冥，半晌道："你爷爷当年早早让你从你父亲手中接下永灵石，看来是对的。"北唐穆西轻笑一声，"老头子，还是你想得远。"北唐穆西看向一旁的梵音，见她安静听着，也不插话，温和道："过来，孩子。"

"叔叔。"梵音走到穆西身边。

"你父亲应该没有和你提过永灵石的事。"穆西道。

"没有。"梵音道。

"那是从上古九周峰上崩出的一块灵石，我们现在称九周峰为九周天。关于九周天的传说，只有东菱、九霄、西番三大国国正厅的后人，还有各自军政部的世袭后人知道其中秘密。然而，你们两个的父亲都走得匆忙，也就没人和你们提过这些。

"在弥天大陆开天之时，大地上有座通天灵石峰，就是九周峰。九周峰蕴藏着大地之上所有的灵力。随着时间变换，九周峰有一天终于不堪重负，崩裂毁塌。九周峰崩塌之时分裂出三块巨大灵石，分别是赤金石、徒幽壁和美人面。而这三块灵石飞往了弥天大陆不同的方向，正是当今的东菱、九霄和西番。在这三国的土地上，孕育出众多灵法强大的世家，此后三国鼎立时代正式开启。

"然而，即便是同为军政部后人的我们，都认为九周天崩塌之后再无残存，统统碎化成了新的三块灵石。谁知道，就在二十多年前，灵魅大肆搜捕时空术士时，时空术士夜家最后把一块灵石交给了我的父亲，北唐关山。老爷子拿到此物便知绝非凡物，正是当年九周天崩塌之后残存下来的九周峰灵石。夜家人告诉父亲，这东西叫永灵石。

"北唐家与时空术士夜家是世交，并替他们隐藏身份多年，知道他们被抓捕后，老爷子便通报国正厅，率兵营救。原来说，我们并没有救下夜氏一族。但现在你们已经知道了，你的母亲北唐晓风，正是夜家的女儿，原名夜风。夜家当年为了永避灾祸，选择避世而居，让我父亲帮忙隐瞒，就说在营救时从未见过夜氏一族的人。这样，无论是哪一方势力，只当时空术士一族已经消失在弥天大陆之上了。

"这一次，北冥展现了时空术士一族的血界灵法，你和你母亲的身份也就再一次曝光在大众面前。时空术士一族从此不再是个秘密，而是事实了。"北唐穆西道。

"该来的总会来，那东西找上门，我也定会迎击而上的，叔叔。"北冥道。

"你爷爷拿回永灵石，与木家铸灵师在兵器库足足冶炼了十年才把永灵石打造成了你腰带上那枚环扣，掩人耳目。为了炼化这块永灵石，你爷爷耗费了毕生灵力，更是早早把主将的位置让你父亲接任，好把全部精力用在铸造这枚灵器之上。普天之下，除了你爷爷、父亲、木沧已故的父亲和木沧，再没一人知道这灵石灵器的来历了。"

说到这儿，北冥稍一沉思道："叔叔，冷叔叔知道这东西是永灵石。"

"什么？我叔叔知道？"梵音在一旁问道，显然她之前对此一无所知。

"冷家的人早早脱离九霄，甚至第五家。恐怕他们已经神不知鬼不觉地进过大荒芜了。"北唐穆西对此毫不感到意外。

"我叔叔吗？他从没对我提过。"梵音满脸疑惑。

"你叔叔为人缜密，却也不想再插足这纷扰之中了。"穆西道。梵音点了点头，不再多问。

"你们知道东菱赤金石隐藏在什么地方吗？"穆西突然道。

"国正厅海角之南的崖壁上。"北冥道。

"没错，那三层防御结界之内的崖壁里正是赤金石。它亦是国正厅，乃至菱都天涯海角最南端的唯一屏障，也是最坚固的屏障。

"国正厅之所以倚崖而建，正是为了保护赤金石，不为外人知道。"北冥道。

"是。"穆西道。

"如此说来，知道东菱赤金石秘密的，除了国正厅、军政部，端家也知道。"北冥道。

"没错,那三层防护结界正是由姬家、北唐家、端家合力施下的。少了任何一家的秘术,那结界也打不开,取不出赤金石。外敌也不能从海角之南攻进国正厅。转言之,国正厅是全菱都最安全的地方。"穆西道。

"然而现在,灵魅已经得到了少许赤金石,"北冥眉宇一凝,"国正厅后的防御术被破过!"

"你说的没错,"穆西道,"赤金石和其余两块灵石一样,都是一面巨大石壁。这场战役中出现的赤金石和徒幽壁碎砾都是从整面灵石上凿取下来的。然而灵石本身坚固异常,并非凡人可以轻易凿取的,而且我们的赤金石又被结界保护着,按说不可能破。到底什么时候被灵魅窃取的呢?"

"那就要问问姬仲了!"提到姬仲,北冥神思一凛。他早就查出此次北境一战,通信部大有纰漏,认为必有人从中捣鬼,嫌疑最大的就是姬仲。他将在辽地得知的姬仲秘事,原原本本告诉了北唐穆西和梵音。

梵音听得姬仲与胡妹儿的苟且之事,忍不住道:"真是恶心!"双手揽在了胸前,面色愤然。

"北冥,如果我们没有找到确实的证据,就不能和姬仲闹翻。军政部现在实力大损,恢复军力迫在眉睫,我们暂时没精力耗在这上面。而且,正如冷先生所说,灵魅之事不会就此罢休的。大战之时告诉你父亲灵主真身是亚辛的又是谁,我们不得而知,这都需要我们一点点查起。

"相传亚辛是弥天大陆之上一远古灵物,但它是人是灵无从得知。有关它的记载寥寥无几,到底是谁……告诉你父亲的……"穆西极力沉思,"现在你接任军政部主将一职是当务之急,再不能损兵折将。"穆西说了这半天话,咳嗽起来。

"叔叔,您需要休息了,之后的事,我来处理。白部长和青山叔都说,您万不能再劳神下去。"北冥担心道。

"你父亲在世时,一直想进大荒芜,奈何三国联署不同意,他终没得愿,也和国正厅渐生嫌隙。"穆西道。

"以后军政部的事不由国正厅说了算。"北冥低沉道,"三国……我倒要看看他们葫芦里卖的什么药。"

北唐穆西看着北冥,他身上除了有他父亲的影子,更有七分厉气。如今这种局势,北唐北冥锋芒外露,不失为一种上策。

之后,北唐穆西在全军面前下达了北唐北冥继任军政部主将一职的命令。按照章程,要接任主将一职,需得到国正厅以及各司部联合统一授权,并且在全军将士面前做一次大型灵力试炼，以彰显他足以匹配军政部主将位置的实力。然而北境一役，北唐北冥一战成名，更是巩固了他在东菱军政部无可匹敌的位置。单是他身上以永灵石幻化出的兵器——千斤重器，不仅重量惊世骇俗，催动之时更需要调动浩瀚灵力，军政部上下便没有一个人可以加持在身。当年，十二岁的北唐北冥接任一分部部长一职时，他私下在颜童面前试炼幻化出了重器，颜童敬佩撼然，心甘情愿辅佐其右。

北唐北冥的声望一时响彻东菱国上下。主将牺牲，北冥执掌军政部，东菱民众欢欣鼓舞，齐力顶赞。姬仲虽心有不甘，但如此混乱时期，他也理不清该怎么掺和一脚，脑中一团乱麻，烦躁不安。北冥随后任命颜童接任一分部部长一职。

这一日，北唐北冥从战场归来，第一次离开军政部，亲自登门国正厅，却有一人比他先到一步。

"今天什么风把你吹来了？"姬仲满脸殷勤道。

"赤金石是怎么回事？"端镜泊阴郁的双眸看着姬仲道。

姬仲在听到"赤金石"三字后脑袋嗡地响了一下："赤金石？什么赤金石？"说出的话倍显愚蠢。

端镜泊审视他的目光越加深邃，让他不禁身子一抖。"赤金石，在啊，那不好好地在我后院呢嘛。"姬仲想都不想回答道，后觉不妥，"就在国正厅后海角南端的崖壁上啊。怎么了？"

"你好大的胆子！动了赤金石，竟然没有通报我和军政部！姬仲！"端镜泊声音陡然一厉，质问道。

"你胡说什么，端镜泊！我什么时候动过赤金石？"姬仲被端镜泊一喝，登时胆战，恼羞成怒！

"北境战场上连续出现了赤金石和徒幽壁！你还醉生梦死在你的国正厅里，以为能只手遮天！"

"北境？北境什么时候出现过赤金石？你信口雌黄！"姬仲矢口否认。

"哼！该出现的早就出现了，只有你还混沌不知！"端镜泊道，他尖刻的目光审视着姬仲，若对方有半分隐瞒，绝逃不过他的眼睛。然而看姬仲慌乱的样子，端镜泊知道自己打了他个措手不及。"真是昏庸！"端镜泊心中咒骂，"赤金石到底怎么回事？为何会落在灵魅手上？"

"你胡说！端镜泊你有什么证据？"

"证据？那漫山遍野的鳞蛇草作祟，你以为是怎么来的，都是靠赤金石孕育出来的。"

"鳞蛇草……你是说,塔吉村坟场里那漫山的诡异灵植,那蛇树?"姬仲回想着战场上的惨况,不禁觉得身子发麻,蛇芯响尾的声音顿时嚓嚓作响冲进他的脑壳,"你没去战场,你怎么知道得那样清楚?难不成你和军政部私下……"姬仲脑子一片混乱,全无章法。

"哼!愚蠢!"端镜泊嗤之以鼻道。

"你!"姬仲刚要发火,可随即一想,端镜泊为人刁钻孤僻,和军政部更是明争暗斗,他绝不可能和军政部私下走动。"你们聆讯部自己查到了?"姬仲试探地问着。

端镜泊不屑一顾,待要开口继续质问时,会客厅外严录的声音传了进来。

"谁啊!"姬仲没好气道。

"国主,主将到访。"严录在门外恭敬道。

"主将?什么主将?"姬仲一时没有反应过来,突然一惊道,"北唐北冥!"

"来得还真是时候。"端镜泊心中念道。

"你们!"姬仲猛然看向端镜泊,心想他定是与北唐北冥串通好了,一起来兴师问罪。端镜泊不屑回应。

"让他进来!"姬仲想了半晌,没好气道。

北冥一袭暗红色军装长衣,肩头金色猛虎伏肩而下,虎口大开,气势夺人。他两鬓的黑色短发已拢过脑后,剑眉星目,锋芒外露。

"今天还真是好时候,你们二位都大驾光临我的国正厅。还没来得及恭喜你北冥继任你父亲主将一职。"姬仲话中透出不满,"本应该让我们都参加你的继任大典的,现在也没了,怎么说都该让我这个国主给你授勋才对啊。"

"军政部军务繁忙,无须继任大典,也就不劳烦国主亲自登门了。军政部的事,军政部自行处理即可。"北冥眸光锐利道。

"那也太不合规矩了!北冥!"姬仲怒道,"您说呢,端总司?总不能这么草率就完事了吧!"

"是越矩了。"端镜泊淡淡道,北冥看向坐在一旁席上的端镜泊。姬仲心中稍宽,正如他所想,他们两家互不顺眼,不可能一个鼻孔出气。端镜泊接着道:"他们军政部一向如此,你还不习惯吗?有什么大惊小怪的。"一语毕,姬仲倒听不出端镜泊向着谁了,干脆不再理会,自己继续道:"北冥,我看着你长大,你父亲又与我是故交。此次战役你父亲牺牲,我深感惋惜。你年纪尚轻,突遭逢大变,行事难免有失偏颇,我也不会与你计较。加之穆西伤重不负,对于决策军政部事宜定会力不从心,我也不会在此时多加苛责。不过,任命军政部主将一事,事关重大,绝不能如此轻率,定要给国正厅乃至各司部以及东菱国上下一个完整交代,等大家一致表决过后才能生效!"姬仲一口气说完这许多,憋在心口多日的不快,现在终于能当着北唐北冥的面发泄出去了!

端镜泊坐在一旁,看着姬仲对北冥发难,默不作声。

"哼,"只听北冥冷哼一声,沉声道,"那要看国正厅有没有这个资格了。"

"你什么意思!"姬仲怒道。

"刚才我进来打断了您和端总司的谈话,等您二位谈完,我再说明来意。"北冥道,"需要我回避吗?"这一句,他已在试探。国主与聆讯部总司的谈话,如关国事,都不应回避军政部。

姬仲心里一紧,想到端镜泊此行为的是赤金石之事,这事不能张扬,毕竟端镜泊还没有实在证据。当着北冥的面,他怎么都不能让端镜泊再提赤金石一事,于是姬仲看向端镜泊道:"端总司,您刚才的事我们稍后再谈可否?北冥的事看来重要得紧!"他又瞪了一眼北冥。

"我也想听听新主将的来意。"端镜泊反问道,"用回避吗?"

"不用,您在这里正好,这事也和聆讯部有关。"北冥道。端镜泊听来,眉心一颦。"这东西怎么会落到灵魅手中,你解释一下。"说完,北冥砰的一声把手里的赤金石摁到了三人面前的会客长几上。

"这……这……"姬仲看着桌子上的赤金石,登时惊了。

"梵音冒死从北境带回来的,里面的暗黑灵力已经毁了。这东西不是在国正厅守着吗?什么时候被人撬下来了!"北冥双眸一凛,厉声道。

"看来,新主将和我的来意一样啊,"端镜泊瞥了一眼北冥,转头看向姬仲,"解释一下吧,姬仲。"

"通信部又是怎么一回事?"北冥道。

"啊?"姬仲慌神。

"北境通信全线瘫痪,管赫引咎辞职,这事,平不了。他得去聆讯部接受审查。"北冥咄咄逼人。

"管赫失职,我已经让他写过失报告给我,随时可以给军政部和聆讯部过目。"这套说辞姬仲准备了许久,此时紧张,却也对答如流。待他还想继续说明情况时,北冥再次打断了他:"那就先说赤金石的事吧。"

姬仲只觉自己脑袋嗡嗡作响,聆讯部、赤金石,两件事、两个人,一起夹杂起来,让他混乱不堪。端镜泊注意着北冥的一言一行,看出他是有备而来,为的就是打姬仲个措手不及,比他父亲行事犀利激进。

"赤金石……"姬仲幽幽看着桌子上的赤金石,只觉得头脑发涨,几欲昏厥。

"它是怎么到灵魅手中的?"北冥字字尖锐道。

"你要说不清楚,咱们就一起去你的后花园,海角南崖看看,正好带新主将认清东菱赤金石的出处。以后防御结界的事,少不了他出力。"端镜泊不紧不慢地追加道。

姬仲扑通一下坐在椅子上,双手掩面,身形骤然垮塌下去,样子十分痛苦。过了许久,他缓声道:"我本来想着,为了我夫人,我这一辈子忍气吞声也就算了,永远不再提及此事。谁想到今日你们两个一起来兴师问罪,"说到这儿,姬仲苦笑起来,"好像是我害了东菱一样。可是你们谁又知道我这些年是怎么过来的,要不是为了我夫人,我怎么能忍得下这口气!罢了,也怪我,到头来被贼人钻了空子。可是我从没想过赤金石会落到灵魅手中!更不知道灵魅竟然会利用它造成这番轩然大波!如果我知道事情会成今天这个样子,我一早便告诉你们算了,还保什么我夫妻二人的颜面……"姬仲的声音再次颓然下去,缓了半天道,"到了如今这般田地,我也不再瞒你们二位,我说来就是了。但你们要保证,此事只有你们二位知道,万不可再告于旁人。"姬仲抬起头,乌眼浑浊。

北冥和端镜泊二人心中无疑都打了个盘算,但听他接下去的说辞。两人示意姬仲继续讲下去。

姬仲撑着身子,慢慢道来:

"十年前,狱司还由东华狱司长执掌。我父亲在世时一直与他相交甚深,在我继任国主之后,东华狱司长作为父亲老友对我颇为提携与照顾。诸多国内繁杂事宜,东华狱司长都不辞辛苦为我指点迷津,对此我亦是感激万分。

"东华狱司长灵法大成,甚至可以比拟北冥的祖父北唐关山主将。然而,他从未居功自傲,我亦深表感谢。东菱国需要的是国泰民安,我也不想在我执掌期间,军政部与狱司有什么变动。这双方都是我在极力维护的。"说到此处,姬仲顿了顿,见北冥未有回应,他深吸了一口气,继续道,"我对东华狱司长恭敬备至,连带我夫人也是如此。谁知,有一次,我南下去南境视察,回来后见我夫人郁郁寡欢。我几次询问未果,也就不再烦她。毕竟那时菱霄才五岁,她身为母亲难免操劳,我又忙于国事,照顾她不周也是有的。可有一天晚上,我夫人竟然被噩梦惊醒!"姬仲突然怒目而视前方,面门涨得紫红,双拳紧握。

"我夫人以手格挡,张口大喊'不要!不要!'我也从觉中醒来,看着身边的夫人,此时她已是泪流满面,面容惊恐。我唤醒夫人,把她抱入怀中,问她出了什么事。她还是支支吾吾不肯说。我情急吼了她,让她务必告诉我发生了何事。她突然扑在我胸前大哭起来,说都是为了我,都是为了我,她才忍气吞声的!"姬仲越说越悲,至此戛然而止。

北冥和端镜泊在一旁听着,等他继续。

"东华强暴了我夫人。"姬仲一语毕,北冥和端镜泊双双皱起眉头。"他趁我南下之时,在我家中强暴了我夫人!我夫人为了家中幼子,不敢声张,更想着东华能辅佐我国正厅诸多事宜,便心善愚昧地忍气吞声下来!可我身为男人怎么可能就此作罢!当天晚上我便要去狱司为我夫人报仇,可我夫人苦苦阻拦,说我即便去了,也不是东华的对手,到时我再有什么闪失,她可怎么活下去。我一意孤行,不听夫人阻拦,她便以死相逼,最后,我只能痛苦作罢。从那之后,我夫人便躲着东华出入家中,亦告诉我要小心为上。

"事情到此,我本想暂忍一时之痛,等有朝一日,定拿下东华这个狗贼!可谁知,事出不过三月,一日深夜,东华来与我报狱司之事,我恰巧外出,夫人待客,让东华那个狗贼稍等。谁知,东华那个狗贼见我不在,又对我夫人起了歹念,再次强暴了我夫人!

"然而这次,我回来得稍早,正撞见东华对我夫人施暴。那天晚上与我一同回来的还有狱司副总司裴析,他也是为了狱司之事前来和东华会合,只是他俩一前一后到来。我正巧碰见晚登门的裴析。我俩一起来到会客室,不见东华踪影,等我再往里屋去时便撞见了那令我痛心疾首的一幕。我当下发狂与东华决斗起来。

"原本等在会客室外的裴析见状况不对,也冲了进来,正正撞见我夫人衣衫残破和东华无耻禽兽的嘴脸。他登时冲上来相助于我。我二人与东华厮杀开来。东华想逃,从窗户奔了出去。我二人一路紧逼,他躲过守卫,最后被我们逼迫至国正厅后场院,海角南端的崖壁附近。东华见无路可退,便和我们厮杀起来。

"我怕惊扰国中民众,便让守卫设下防御结界,我们三人在其中决斗。最后,在裴析的帮助下,我杀死了东华。就在我们精疲力竭,以为一切都结束之时,让人难以置信的一幕发生了。东华的尸身里钻出一道黑烟,冲着崖壁之上袭击而去。速度之快,我们没能拦住。只听一声巨响,崖壁一角的防御结界被撞出了裂痕。待我们赶上去时,东华化成的那缕黑烟已经冲破士兵们的防护结界消失了。

"我这才发现,崖壁的防御结界被撞出了一个拳头大的坑洞,赤金石被掘走了一块!我心下大惊,却不敢张扬,毕竟那是除了咱们三部没有任何一人知道的秘密。就连在场的裴析我也搪塞了过去,只跟他说这里我会派守卫修护好的。"说到这里,姬仲深深喘了一口气,闭上眼睛,休息了片刻。

"我原本不想隐瞒此事的,可为了我夫人的清誉,我不得不那样做!"姬仲咬牙道,"不然,我夫人下半辈子可怎么见人!在那之后,我一人修补了赤金石崖壁的防御结界。我虽知道赤金石被挖去了一块,却也不承想它会招出什么祸端。谁知,今日酿成大祸。你们二位要怎么处理此事,我悉听尊便,只是我姬仲问心无愧,与灵魅更无半分瓜葛!你们不要胡乱揣测!"说完,姬仲打起精神,端坐在了椅子上,等待北冥与端镜泊接下来的"发难"。

北冥心中盘算:"鬼话连篇!"

"一派胡言,推在一个死人身上,死无对证,老狐狸……"端镜泊暗里鄙夷冷笑道,"裴析……也已经跑路了,谁又能来证明他的话!"

北冥和端镜泊在听过姬仲的话后各有想法,却都不急于应答。姬仲被这两人瘆得慌,前后思量,眼珠子时不时转动。

"你的意思是东华最后变成灵魅了,并没死?"许久,端镜泊看似漫不经心道。

"什么……"姬仲早已等得心发慌,原本端坐的姿势,一口气懈怠了下去,听到灵魅不禁后背发出虚汗。"灵魅?东华变成了灵魅?"他自言自语道,好像也是觉得不可思议。

"你说东华化成的黑烟卷走了赤金石,那黑烟不是灵魅难道是鬼魂?"端镜泊道。姬仲听着冷汗直流,端镜泊继续:"姬仲,你这鬼话连篇,让谁信呢!"

"端镜泊!我什么时候鬼话连篇了!这件大事有关我夫人的名誉,我怎会胡言乱语!裴析虽然不在了,但如果你不信,大可调查当日在国正厅值守的卫兵!"姬仲反唇相讥,"严录也可作证!"

姬仲的话端镜泊自然不会信,谁不知道严录是他的亲信,国正厅的卫兵更是他的亲兵呢。"你见过鬼魂变成灵魅,还是孤魂野鬼飘荡了?东华变成黑烟夺走赤金石,哼,你给我解释解释那是个什么东西。"

"我怎么知道那是个什么东西!也许是他练了邪法呢!天下之大,无奇不有。我要说的说完了,你若不信,大可调查,至于那黑烟是什么,那是你们聆讯部应该调查的事,和我国正厅无关了!"

"那就让严录今天去我的聆讯部接受审查!"端镜泊亦是不退让。

"我做事问心无愧!你何时想带走人都可以!"姬仲道。

两个人都在气头上,姬仲缓了一口气,对着北冥道:"新主将,端总司已经问完话了,您还有什么指示?必要的话,我也可以请我夫人当面说明。"

"东华是不是灵魅,尚无定论,但他夺走了赤金石是千真万确,对吗?"北冥不紧不慢道。

"没错!"姬仲变得理直气壮起来。

"赤金石落在了灵魅手里,这也是事实。"北冥看着姬仲,姬仲一时间不知他是何意,对此话也没有异议。"你除了这次失守丢过赤金石,还有其他时候吗?"

"当然没有,你当国正厅是谁想闯就闯的吗!"姬仲不满北冥质问道。

"既然赤金石在灵魅手里,灵魅又躲在大荒芜中,那答案就在大荒芜里面,我要你国正厅拿到三国联署令,让我去大荒芜探查,真相自然会大白。到时候你说的是真是假,自然有个定论。"

"你!"姬仲一怔,没想到北冥会有如此盘算。端镜泊也在一旁看了过来。

第八十一章
新主将

"当然,你拿不拿得到三国联署令,我都会去大荒芜。在这里你是一国国主,我与你请示是应当,但你办不下来,我照样会去,现在只是与你提前说明而已。"

"北唐!你父亲刚过世,我念你心情沉痛,胡思乱言不与你计较,可你不要得寸进尺,不知道自己是谁了!你坐不坐得上军政部主将这个位子,不是你们北唐家说了算的!更不是一个北唐穆西任命就了事的!这件事,国正厅没同意,都是扯淡!你没资格在这里跟我吆五喝六!"

"我没资格?国正厅在你在位期间丢失了赤金石,造成重大过失,北境战况被严重牵扯导致全军疲乏,这是你一个囫囵故事就能一笔带过的损失吗!我不管赤金石与你夫人以及东华到底有什么关系,但事实已经严重影响到了东菱安危,对此,你必须有个交代!再来,裴析和管赫在你手下多年,一直直属效命于国正厅,更是和你私交甚深,现在管赫渎职,裴析不知所终,你身为国主自然脱不了失察之责!至于你想取代军政部主将一职,哼!等你们国正厅的人先有修复海角南崖上赤金石屏障的本事再说吧!"北唐北冥咄咄逼人,把姬仲逼得哐当一声坐在座位上,嘴唇发紫,再说不出一句话。

端镜泊的眉头越皱越紧,扫视着北冥。只见北唐北冥一双凌眸,目光锋利,沉不见底,毫不退让。

少刻,北冥继续道:"您不打算先让我们去修复赤金石屏障吗,国主?"

姬仲瞪着北唐北冥双眼愤愤,两臂颤抖,紧闭牙关,半天道了句:"你想送我去狱司!"

"那要看您到底有没有触犯东菱国的律法了,在这之前,端总司说的算,去不去狱司,那是后话。"北冥照实说来。姬仲气得倒吸一口冷气,背靠过去。

"铛铛铛!"会议室外传来一阵急促的敲门声。"父亲,您在里面吗?"姬世贤在门外道。

姬仲缓了缓道:"什么事?"

"母亲身体不太舒服,想让您过去看看!"

"进来吧。"姬仲道。

姬世贤推门而入,看到北冥站在堂中并不招呼,只对沙发上的端镜泊点头一礼。"父亲,母亲身体不太舒服,想让您过去看看,您看现在方便否?"

"那要看这位新主将同不同意了。"姬仲道。

北冥撤步,给他让路,不作言语。姬仲提了口气,正了正精神,碎步走了出去。剩下北冥和端镜泊二人留在会议室,此间两人都未说一话。大半时过后,姬仲带着姬世贤、严录、胡妹儿和姬菱霄一起前来,跟在后面的还有国正厅上下的侍卫长。

"北唐,我姬家行得端,坐得正,你要对峙,当面对峙即可,不用心存怀疑!"姬仲偕一众人前来,底气瞬间变足。

"提审谁,不是军政部的职责,我只负责汇报战况给东菱各部首席指挥官听。现在狱司、通信部、礼仪部、灵枢部的各位总司都不在其职,情况特殊,我只与你和端总司说明。至于提审谁,不提审谁,是聆讯部的职责,并非在我。"北冥道。

"北唐北冥,你到底把我拽进去了,打了一手好牌啊!"端镜泊坐在一旁观战,心中冷笑道。姬仲再要与北冥口舌,北冥已无意再听。

"姬仲,按北唐说来,赤金石确实出现在战场,阻碍了军情。这事与你丢失赤金石有脱不了的关系,你们国正厅自然要与我去聆讯部说明缘由。至于裴析和管赫的事,我聆讯部自然也会查下去,不用谁说。"端镜泊随之道。

姬仲心中大怒:"端镜泊!你这个意思是要与军政部联手对付我了!"任何驳了姬仲颜面的人,他都不能原谅,不会放过。此时他性情大乱,不管孰是孰非。

"父亲,既然北唐和端总司都提出了异议,我们国正厅配合就好。您乃一国之主,天家风范,配合聆讯部的调查,实属分内之事。"姬世贤在一旁道。

姬仲还在气头上,本要反驳,却被姬世贤拦了下来:"父亲,想必端总司也会秉公办理的,不会因为军政部几句话就有失偏颇的。"

姬仲忍了忍道:"既然如此,那就走吧,端总司!我们陪你去聆讯部!由北唐北冥押着!"

"国主,我想你搞错了,我今日来的目的是为了赤金石,现在没有一件事比赤金石更重要。国正厅后的屏障已破,你不赶紧通知军政部和聆讯部一同修复,还要延误到什么时候?"说到最后,北冥的声音愈加严厉,"端总司,您以为呢?"这是北冥到国正厅以后,第一次正面和端镜泊对话。先前是不需要他的态度,可在这件事上,北冥需要端镜泊发话,不能任由他旁观。

端镜泊心思一沉,开了口:"姬仲,既然你自己说了赤金石屏障已破,那你还等什么?"说到此处,端镜泊已然皱起眉头,"赤金石当然是东菱首要大事,至于聆讯部,你们要去的一个也落不下。你领着这堆人,别在这里杵着了,今天我和北唐都在,不立刻修复屏障,还等什么!这也正好让你这个国主见证一下北唐的实力,至于他当不当得成这个军政部的主将,还是你说了算。"

姬仲先前听着端镜泊如此应和北冥,心中早已掀起轩然大波,可后面越听越不对劲,到最后端镜泊竟话锋一转,还是偏向了自己。"哼!"姬仲心想,"真以为你改了性儿和北唐家一个鼻孔出气了呢,到最后还不是要和我站在一边,遏制军政部的风头。打压多年的劲敌,不在这个时候还等什么!还在北唐穆仁的葬礼上多站了那么一会儿,装模作样!"

姬仲正了正神色,道:"既然这样,你们跟我去海角南崖。"他身后跟着自己的亲兵护卫,又有端镜泊的加持,好像自己全无错处一般,有了底气。

众人来到国正厅后庭。国正厅修建在菱都最高的南崖之端,南崖之下是无边海潮,围绕着南崖绵延数里有着一面高耸石壁,参差错落,让人无法逾越。国正厅的守卫在此严防看守。众人亦是走了半晌才来到这里。

石壁看似寻常,可走近才觉有一股异样阻隔了人不能再靠近。姬仲来到石壁中央,身后跟着他的侍从们。他高声道:"要加固防御壁,现在就开始吧。不过,我早就说过,防御壁已经被我国正厅的人修补完善,比以往更为坚不可摧,你们担心也是多余。"

北冥快速扫视了全护防御,倏地一个闪身,来到石壁中央往东一里外的地方,只听他洪声道:"这里就是当年的缺口?你不是说只有拳掌大小吗?"

姬仲听他一言,心里咯噔一下,没想到北冥竟如此敏锐地发现了缺口!姬世贤展开灵力,闪身来到北冥身前。他二人平时并无交集,说话无多。姬世贤往北冥示意的方向看去,观察了半晌才恍然发现这里的屏障与周围不大一样,虽然已经极力修复和隐藏,可还是在衔接的边界处露出破绽。一面城门般大小的区域边界出现了蚕丝般的痕迹,只有灵力高超的人才能分辨出这里被人布下了极为精湛的防御结界。不要说守墙的侍卫对这里的防御结界无所感知,就连姬世贤也是用了十成力才看清这里防御结界的破绽,然而北冥只用了眨眼工夫便找到了此处。姬世贤在看过防御结界后,转身看向北冥,只见北冥神色严峻,等待着姬仲一众人到来。

姬仲原本还是底气十足的样子,登时变得腿软,脚下也虚浮起来,慢慢吞吞走了过来。待端镜泊到跟前后,亦是一惊,说道:"姬仲!你不是说只有拳头大小吗?这是怎么回事?"

端镜泊是除了姬仲外唯一见过赤金石真容的人,他不仅一眼看出了防御结界上的破绽,更看出了里面的赤金石崖壁被挖走了大块灵石。

姬仲冷汗直流道:"我也是不想让你们担心,才好心隐瞒。"

"好心?赤金石缺失如此之大,你这个国正厅是怎么防守的!你知情不报,把我聆讯部当摆设吗!"端镜泊厉声道,随之他手中一拈,手信传出。

"那日,东华来犯,你与北唐穆仁都不在菱都,我无法,才这样办的。如果你们那日在,我怎会不求助于你们。说白了,这,这都是东华那个狗贼的错处。"姬仲断续道。这时,在他一旁的胡妹儿已经哭了起来,姬菱霄扶着母亲,不时安慰。

端镜泊看着他们一家只觉头疼,不爽道:"叫你们国正厅的人来,立刻重新联合三部布置防御结界!"

"国正厅的人都在这里了,你们聆讯部的还有军政部的……"姬仲道。要知道,这结界可不是一人布下的。眼下,军政部和聆讯部只有北冥和端镜泊在,显然完不成这浩瀚工程。

不一会儿,一旁守卫前来报讯:"国主,端倪到。"就在端镜泊发现防御结界出现破损后,他即刻给端倪传讯,让他速来国正厅。姬仲听罢,让端倪前来。

"国主。"端倪先是对姬仲一礼,随后站到端镜泊身侧。他往身旁的北冥和姬世贤看去,发现两人脸上均是不善。当他掠向防御结界时,忽然发现不对,心中道:"这!"

"开始吧。"端镜泊道。

"你二人……"姬仲稍显质疑地问端镜泊。

"无非多些时间。"端镜泊不屑一顾。姬仲又看向北冥,聆讯部有端家父子两人,但军政部只有他北唐北冥一人,他根本没见过布置赤金石防御结界的阵仗。想当年,这防御结界是北唐关山家父子三人加固的,现在死了俩,剩下的北唐穆西也废了,就凭他北唐北冥一个人……哼!姬仲心中盘算又打得好了起来。

"北冥,被破坏的防御结界只有崖壁里面这两层,你们军政部外面那层防御结界还是完好的。不如,你就在一旁先看着好了。"姬仲自知理亏,便不再硬生说什么。

"你们做你们的,不必管我。"北冥冷言道。

"不识抬举!"姬仲心中骂道。"好,那就我们国正厅先开始。"姬仲也不再理会他,"端总司,还请您打开第一道防御结界的密匙。"赤金石防御结界分里外三层,最外面的，也就是海角南崖外侧的防御结界由军政部负责，内侧国正厅后庭里的防御结界则由国正厅和聆讯部负责。三层防御结界间有密匙相连，为的就是更加稳固牢靠地守住赤金石这个秘密。三部之间密匙各不相通，互为秘密，要打开防御结界除了硬闯，便是要同时得到三部之间的密匙。所谓密匙就是连接层层防御结界的秘法，三部之中各有自己的灵法秘术，从不为外人道，想要破解，除非三家本家聚齐，外人不得，只可强攻。

端镜泊走到结界前，掌力一挥，肘力一撤。只听砰的一声闷响，好似山谷闷雷，灵法甚厚，灵浪涌来，第一层防御结界开。跟着姬仲带领严录等十名亲信和自己的儿子姬世贤在崖壁前列阵开来。霍然间，众人向防御结界发力，轰然一声剧震，第二层防御结界被国正厅的人从赤金石上拔开。霎时间赤金石壁出现在众人前，原来整个南崖上绵延不断的石壁厚墙都是赤金灵石所铸。只见赤金灵石内蕴藏着醇厚的灵性，仿佛在石壁间涌动，那灵力让人欣然向往，好像赤金色的宝石，光彩灵韵醇厚却不耀眼。

忽然北冥感到腰间一动，却是在防御结界被打开的同时，他的永灵石猛烈震抖起来。北冥指尖轻拂，永灵石瞬间安静。

姬仲一行人跟着齐齐向赤金石壁使出灵法，十几道至纯灵力顷刻间衔接起来，顺着崖壁延展开去，跟着高涨开来，那灵法如行云流水，内蕴深藏。

"国正厅，临着赤金石果然灵法不俗！"端镜泊心道。挨着灵石的人积年累月吸取着灵石的灵性，即便有防御结界格挡，功效还是不容小觑。端倪看着姬世贤的灵法也是心中不平。父子俩虽不言语，却心意相通。国正厅这世世代代的子孙占到的好处还真是多得很，即便不刻意修习灵法，常人也远不及他们的修为，姬家的人自视甚高也就顺理成章了。

姬仲敢瞒着军政部和聆讯部私自修补防御结界自然也有他的道理，他对自家灵法有恃无恐，信心十足。

忽而，防御结界骤然升高，一个急纵，竟跨过了高崖石壁，翻越过去！国正厅以姬仲、姬世贤父子俩为首，防御术愈加猛烈。一小时后，众人收了灵力，第一层防御结界实施完毕。姬仲缓缓回身，暗道："军政部又如何？看到我国正厅的厉害，北唐，你那主将之位自然不保。现在，不用我再多言，端家父子对我国正厅的实力也只有羡慕的份！既然你今天来者不善，我定让你铩羽而归，卸了你北唐家的威风！主将之位，我今日要定了！"

"端总司，之后就劳烦您了。"姬仲对端镜泊道，眼角不时瞥向北冥，只见北冥站在远处，无意看清他们施展灵法的套路。

随后端家父子用时稍长,足足三个小时才把数里赤金石壁防御完成。姬仲在一旁闲歇,起初他还强装着气度,不以为意,只偷偷观望端家灵法,但到后半程,他已自顾自喝起清茶,不再理会。端家灵法既不嚣张,也不浓烈,纯属防御一派,正合适给这赤金石壁完成防御结界。然而一切不具备攻击性的灵法在姬仲眼里都不足以造成威胁,他自然不屑一顾。

东菱国中,最具灵法的除了军政部便是聆讯部、狱司和国正厅。此时比来,聆讯部不值一提,狱司又乱作一团,姬仲心中越发踏实。

端家父子完成结界后,撤了下来,不与国正厅的人站到一起。姬仲也不招呼。

"端倪哥哥,施了这半天灵法,累了吧?我拿了一些糕点和茶水,你和端伯伯一起用点,休息一下吧。"一个娇柔的声音传来,正是姬菱霄。

"不用了,谢谢。"端倪看到姬菱霄过来,略略道谢,便和父亲到一旁无人处静歇。

姬菱霄自然知道端倪一直对自己有意,自从他们幼时第一次在国正厅见面起,端倪那隐晦的眼睛便记住了姬菱霄的样子。温柔可人,绵若无骨的姬菱霄好像海浪上的泡沫,映着春光,俘获了端倪闭塞隐藏的心。姬菱霄待端倪也甚是亲厚,即便她在人前更加张扬地表达对北冥的喜欢,可对端倪也从不怠慢,与他相处似乎更加游刃有余,两人你来我往。谁晓得,今日端倪如此干脆地拒绝了她,她心中一怔,掂算了起来。

"难道是我之前对冥哥哥太过明显,使得端倪对我疏远了?"姬菱霄心中快速思忖着,她并不想因为北冥而失去自己的仰慕者。

"哥……"姬菱霄不罢休,待要继续上前时,忽然感到端倪身上似乎带出一股拒人千里的意思,让她脚下生了根,再难前进。"这……"姬菱霄不明所以,缓了半刻,也不再向前,忽而她转身离开。

北冥站在最远处,远离他们。见一行人施术完毕,稍待片刻,他起身往崖壁走来。姬仲见他只身一人,连招呼都不多一声,只在一旁斜睨。端镜泊稍事休息,远远往北冥看来。

只见北冥来到空场,远离人群,远离崖壁,双掌一翻,重重向地面打去。众人茫然不知所以,按说北冥要加固的防御结界在赤金石壁的外侧,面朝大海的方向,眼前他这一施法全不对路数。过了半晌,众人仍不见有何动静,姬仲更是对他嗤之以鼻,说第三层防御结界无碍,他施不施法都无所谓。

然而,时间稍逝,人们似乎感到脚下有轻微的震动。那感觉像是海潮击打着崖底的崖壁传来的,震动甚微。只是国正厅建在菱都南端断崖之上,地势甚高,断崖之下便是大海,常年的风浪翻涌亦是影响不到国正厅分毫。坚实的防御结界阻隔着一切外扰。

忽而,北冥翻掌一起。隆隆之声越发明显,那声音由远及近,从低升高,众人蓦然回首,只听轰然一声巨响,翻天骇浪一般,一面浩瀚结界灵力从赤金石壁外冲天而起。

"这!"众人骇然。

只见北冥双拳怒收,赫然加力,那灵力破海而出,从百丈断崖下直冲九霄,仿佛一面天障环住了国正厅整个海角南崖。那灵压逼迫而来,众人只觉窒息一般,怔在当下。霍间,铮的一声,震得人耳膜生鸣,北冥腰间的环扣倏地飞离出去,越在半空,铮的一下幻化开来。一斩船舰般大小的兵器悬在高空,不断发出嗡鸣,从那兵器上传来的灵压似乎比北冥身上的还要剧烈,在场之人无一不脸上煞白,双唇紧闭,惊恐地看着这一幕幕。国正厅的侍卫已用防御术保护起了胡妹儿和姬菱霄,以防她们被灵压所伤。

北冥双臂一收,那昊天结界一个翻涌,霍地从天而下,直插在了国正厅南崖赤金石壁之前,骤然锁紧。大地震动,三层防御结界完成。北冥跟着抬手一挥,重器瞬间归于他掌中,未等众人看清,又灵力尽收,重器重新扣在他腰间。他常年用灵力镇着重器,方才为了完成结界防御,全力展开灵力,重器一时无束,才解了开来,现下他完成了结界,便把重器收回。

国正厅的上空翻云覆雨,一面昊天结界不仅加持了内部防御,更是从断崖之底彻底封住了赤金石的全部。原来,国正厅的赤金石壁不仅仅是内部看到的这些,整个断崖外壁百丈皆是由赤金石所铸。北冥的一招灵化防御锁住了国正厅正面的断崖峭壁,堪称绝对防御。

姬仲睁大了眼睛,神情僵愕。姬世贤更是始料未及,情绪难平。

"千丈幕!"端镜泊心中乍叹,口中轻说。

"什么?"端倪皱着眉头,听着父亲的话。

"北唐用的这一招是他祖父北唐关山的究极灵化防御术,千丈幕!"那灵力拔地而起,升置千丈,好像一面通天灵障,无处可破。端倪远远看着北冥那面防御结界,若有所思。灵化防御是聆讯部的看家本领,而非军政部的,实化防御才是北唐家的路数,好比北冥先前用过的长门。谁料,北冥竟越过了他父亲,继承了他爷爷的防御能力。端镜泊面色如常,心中却难测。

"他那是什么东西!他那一招是……是……"姬仲心跳加速,脑中飞转,想了半天,心道,"难道是北唐关山的千丈幕?是的,没错了,是北唐关山的千丈幕!他什么时候学会的?他老子都没学会这一招!"姬仲心中愤愤,眼睛珠子急转,嘴中磨叨,

"他手上的是什么兵器？难道就是严录之前跟我提到的那个奇怪的兵器？这兵器又是哪里来的呢？"

姬仲还在胡乱思考，北冥已向他走了过来。

"防御结界，已经完成，希望国正厅以后不要再出什么差池。"北冥对姬仲道。

"你手中是……"姬仲瞳孔聚光，不顾其他，险要脱口问出北冥手中是何物，可话到一半收了回来，一时无言。北冥转身，等端家父子过来，亦不再多言。姬世贤心中思忖，避过北冥的视线。

端镜泊与端倪前来。"看来，军政部也已经完成防御了，接下来，就是你们国正厅的事了。"端镜泊道。姬仲听了端镜泊的话，缓过神来，盯着北冥，先前的所有想法被遏在嘴边，脱不出口了。他本想借此机会拿下北冥主将的位置，可现在看来……

只听北冥开了口："国主若对我接任主将一职尚有不满，三天之内，我在军政部恭候大驾。你若有良将举荐，我定奉陪，一较高下。"

姬仲不想北冥毫不避讳，主动提出主将一事，倒让他一时无策。望眼国正厅上下没有一个人能与北冥匹敌，就连能以多胜少侥幸获胜的人都没有！他原想用国正厅众能手打压北冥的气焰，谁想对方来了个回马枪，让他慌不择路，束手无策。

"端总司，您怎么看？"姬仲脑筋一转，忙把问题踢给了一向看军政部不顺眼的端镜泊。

"方才看你们国正厅高手如云，还等什么三天，今天众人在场，你国主选拔出一两个和北唐较量岂不干脆，谁要到他们军政部再去观战。哼。"端镜泊道，跟着嗤了一声。他这一句，倒不知是向着谁了。

"可以。"北冥道。

"您的聆讯部不先来？今天端倪在场，正是和北唐切磋的好时候。"姬仲道。

"我对军政部没兴趣。"端倪回绝道。

"再不然，我们把狱司和花婆他们请来，再定夺？"姬仲试探道。

"狱司？"端镜泊瞥了一眼姬仲，"他们自己的事弄明白了吗，还有工夫掺和这些？花婆……你指望莫多莉来和北唐较量吗？"

"再不成，还有其他司部，都应该来一起参与定夺吧。"姬仲越发心虚。

"随便你，你们两家定。"端镜泊的意思是自己退出了商讨。

"国主，你推荐人选，我在此恭候。"北冥道，"到你满意为止。"算是给了姬仲面子，自己也不落人话柄。

姬仲见状，忙与姬世贤和严录打眼色。二人聚在他身边，三人商量一番。过了片刻，姬仲道："北唐，主将一事，国正厅一时还拿不出完整方案，所以，你需要再……"

"国主,我没时间等你再提出什么方案,菱都现在一片大乱。你若执意要推举人选,那就趁端总司今日在场,您二位向菱都各部发函,让他们即刻推举出可用人选,我在此恭候。但若要再拖,我北唐北冥没那个工夫。"说罢,北冥环扣一解,铮的一声,重器又出。他挥手一掷,砰的一声,一面千斤重兵巨盾被他嵌于崖顶。那重器瞬间激发出剧烈灵压,逼得人连连后退,无法靠近,呼声潇潇。北冥洪声道:"你找来的人,要是能把我这重器擎在手,我北唐北冥在军政部恭候大驾!"

姬仲用手遮面,那重器灵压让他的五脏六腑犹如翻江倒海一样被混乱挤压。国正厅的侍卫无一不在全力抵挡。这东西要是放在这里,别说三日,就连一时,他们也都要遭殃。姬仲愤恨咬牙,只见北唐北冥面不改色,等他决定。他又看向端镜泊,只见他父子二人冷眼旁观,事不关己一般。又过片刻,姬世贤亦是无法抵挡,他低声对姬仲道:"父亲,您看?"

"闭嘴!没用的东西!"姬仲道。他不想就此放掉这个机会,可他现在全无办法。霍地,几个侍卫长被灵压逼迫出去,飞身开来。

"父亲!可以了!国正厅没有人可以操控北唐这把灵器!到此为止吧!"姬世贤不管父亲的不满,仍旧直言道。然而姬仲却无动于衷,咬牙切齿。忽然间,保护胡妹儿和姬菱霄的防御结界破碎,侍卫长纷纷被撂倒。姬世贤大惊,赶忙冲过去护住母亲和妹妹。

只听"啊"的一声尖叫,胡妹儿和姬菱霄缩成了一团。端倪眉间一蹙,脚步将移。忽然一道厉气向端倪射来,正是他的父亲端镜泊。端倪即刻定了下来,不再动作。只见北冥拂手一挥,重器的灵压骤减,胡妹儿和姬菱霄安然无恙。

"谢谢……谢谢北冥哥哥……"姬菱霄在远处边咳边道。

"你谢他干什么!"姬仲刚怒,便马上发现蹊跷,"北唐为了菱霄收减了灵力……"

"可以了,北冥!"姬仲忽然大声道,"收了你的兵器吧。国正厅暂无人选与你比试,你先收了这灵器吧。"

北冥朝他看去,手中却无动作。

"我说可以了,国正厅暂无人选。"姬仲再次大声道,面色似有和缓之意,"主将一职,就先由你代劳吧。"

姬仲话落,北冥眼底寒意已起,骤然撒手。重器灵压激增,姬仲霍地飞了出去。就连端镜泊两父子脚下也开始有了动作,端倪一个蹍足,稳在当下。严录倏地扶住姬仲,仓皇下落。姬世贤护着母亲和妹妹也越发吃力。

严录的手已经开始发抖,姬仲气得面色青白,身体却已经受不住了。"停下!"他气道,然而北冥无动于衷,"停下!快停下!我让你停下听到没有!"

"等您找到人选,拔了它再说吧。"北冥道。

"北唐你!"姬仲怒吼道,可声音未出,气已经被顶了回来。

"父亲!可以了!国正厅没有这样的灵能者,东菱也没有!您不要再坚持了!"姬世贤大声道。

姬仲运了十足的气,却也无法,最后道:"北唐,就由你担任军政部的主将吧!"姬仲说完,向北冥看去,见他仍不作声,最后放弃道,"从今日起,国正厅任命北唐北冥继任军政部主将一职!即日生效!"

北冥听罢,看了一眼姬仲,又看向端镜泊。

"端总司,您是否还有异议?"姬仲道。

"没有。"端镜泊开了口。

"国主那就劳烦您,正式把我的任命下达至东菱各处。"北冥严肃道。

姬仲双眼通红,伸手从严录手中拿过书信,写好任命函,即刻发往各司部。一切结束,北冥张手一挥,重器被他轻而易举地持在掌中,好似擎天之物。咔哒一声,重器已变成环扣,被北冥扣在腰间。国正厅众人如获大赦,终于喘了口气。

姬仲喘着粗气,就要站不稳了。"防御结界已经完工,各位今日请回吧!"他逐客道,转身欲往国正厅走去。

"慢!"北冥突然放声道。

姬仲噌地回头道:"怎么,主将还有何指教?"

"裴析不在,可管赫还在通信部。今日,您和端总司都在,那就今日去提审管赫。您意下如何,端总司?"北冥回身看向端镜泊道。北冥突如其来说要提审管赫,姬仲登时一个激灵。

端镜泊亦是看向北冥,心中冷笑:"北唐北冥,当真激进!"

"今日?"姬仲惊道。

"您以为呢,端总司?"北冥隔过姬仲,再询端镜泊。

"新主将的意思,我要是驳了,岂不是不识抬举?"端镜泊冷笑道。姬仲听罢,猛地咳嗽起来。

这时,一个娇柔羞怯的声音响起:"北冥哥哥,我父亲今日灵力消耗许多,又在这里坚持了许久,你看能否改天呢?"姬菱霄含羞道,跟着姬仲又强烈咳嗽起来。"哥哥……"姬菱霄最后这一声哥哥,叫得在场人骨头都酥了。

"北唐,我父亲今日有些劳累,明日如何?"姬世贤也道。

"国正厅的实力,原要匹敌军政部的,如此小事,对国主来说也不过是顺手而已。"北冥道。姬世贤看北冥对国正厅如此态度,心有不满。

"那总也要我父亲休息一下吧,北冥哥哥!"姬菱霄急道,朝北冥快步走了过来,神色稍怒,她从未对北冥这般态度过。

"北冥哥哥,你刚刚也施了半天灵法,菱霄也担心你的……喏。"说着,姬菱霄端过一杯热茶给北冥递过去。北冥见此,接了过来,现下还不是他和国正厅翻脸的时候。借此稍缓,北冥按捺了下来。姬菱霄蜜唇一弯,笑了起来,扭捏地转身往端倪走去。可还差些距离时,姬菱霄停住脚步。刚刚端倪拒绝了她,现在她故作无措状,轻声道:"端倪哥哥,你要喝些茶水吗……"看着像有些怕他。

"谢谢。"端倪回道。姬菱霄见端倪回应,欢喜地往他身边走去,把茶水递给了他。"端伯伯,您也休息一会儿吧。"说着,她又让侍女沏了一杯,亲自送到端镜泊手中。

只因姬菱霄这一圈问候,众人缓了下来。

"茶也喝了,歇也歇了,我先告辞了。国主,你要不适,就在国正厅歇着吧,我和端倪去通信部,你把提审令给我即可。"端镜泊放下茶杯,漫不经心道,"不用劳你大驾。"提审总司一级的官员,端镜泊无法单独定夺,需要国正厅的提审令。

"你今天要去?"姬仲忙问。

"主将在这儿,我听着便罢。何况,也省得我再来一趟国正厅跟你要提审令了。"端镜泊道,"你要与我一同去吗,主将?省得你不放心。"

"好。"北冥道。

姬仲无法,只得应了众人的意,只是他没有独自留在国正厅休息,而是跟着北冥和端镜泊一起去了通信部。待众人到了通信部,通信员前来迎接道:"国主,管总司今天刚回部里收拾文件,我这就带您进去。"

通信员敲了半天管赫办公室的房门,却无人应答。"奇怪了,总司今天进来后就没有出去过呢。"通信员顺手拧了下门把手,谁知门没锁,等房门打开以后,在场人都愣住了。管赫倒在自己的办公桌前,死了。

第八十二章
灵主亚辛

大荒芜,弥天大陆之上最隐蔽的地方,人类无从踏足。

夜幕降临,风呼啸而过,大荒芜深处,寸草不生。这里有一个无边黑潭,无论多么强劲的风,那黑潭中的黑水都纹丝不动,毫无波澜,毫无生气。若不是潭中还有一轮月亮的倒影,竟让人认不出那里还有水,仿佛黑夜被黑潭尽数吸尽,分不清哪个是天,哪个是地,哪个是夜,哪个是潭。

无边黑潭的中央有一个缺口,那缺口大得像天上的飞星砸落留下的坑洞,风呼啸而过,从缺口的一端吹不到另一端,仿佛一个城池大小。从那城池般大小的缺口望下去,深不见底。缺口边沿向下直扎着无数石笋,直到洞底,好像是岩石融化凝固后留下的,根根锥入地心,撑起这巨大的地下城池。

一丝幽火在地下石柱间窜动,行踪诡秘。忽而,只听洞口的风停止了呼啸,紧接着无数道黑烟从洞外俯冲下来,接踵而至,砰砰砰地砸向洞底。只见那无数黑烟砸向同一个地方,越聚越多,越聚越浓,霎时间,一声怒号震荡开来,浑厚无边,震得洞穴嗡嗡发颤,石笋倾塌。

"啊!"只听那怒声不停,正是从那一团黑雾中发出的。然而那团黑雾聚拢不得,似要飞散。

"混账!"黑雾中撕裂般发出这一声响,像是人在说话。那黑雾愈发用力,可就是无法聚形。忽而,幽火窜过,正要朝那即将散去的黑雾击去,这时巨大坑洞外传来飞音:

"我的儿啊!我的儿!你在哪儿?"那声音尖利无比,令人毛骨悚然,窜风而过。

"灵母!"只听黑雾咆哮道。霎时间,一道黑色瀑布从天而降,正是从洞外那黑潭中涌进来的。城池般巨大的洞口片刻间涌进无尽黑水,惊天雨帘在这地下城池延绵不断,无尽黑潮袭来,似要吞噬这大地,浸没这地心。

"灵母!"黑雾再次叫道,那声音似有颤抖。

"我的儿!是谁伤得你这样重?是谁!"声音从四面八方而来,隆隆不断,说话的正是这黑潭流下的黑水。

"北唐!北唐穆仁!"黑雾大怒道。

"人!又是人!这该死的人!"黑水瞬间咆哮而至,在地心卷起一个巨大旋涡,眼看这地下城就要崩塌。"夜靡裳呢?你的夜靡裳呢!"

"被他们毁了!"灵主怒吼道。这聚形不得的黑雾正是灵主亚辛,而这地府一般的城池正是他的居所——灵主王庭!

"他们?他们又是谁!"黑水大叫道。

"人!东菱人!"灵主道,"灵母,我要不行了,我的灵力聚集不得,我要崩散了!"

"不会的!有妈妈在,你不会有事的!"黑水大叫道,这潭无边黑水正是灵主亚辛口中的灵母——黑潭。

黑水顷刻间没过地心,亚辛分散的暗黑灵力被黑水淹没。时间过去很久,黑水水面再无动静,又过了数时,只见一团成型的黑雾慢慢浮出水面,诡异的双眼似乎是两汪黑水,其中的灵波在一团黑雾中流动。无耳无鼻,一个黑雾般的头颅出现在水面上。

"还不出来,东华!"只见灵主的一颗黑雾头颅中张开了嘴巴。

那一丝幽火在听到灵主的声音后,从一根石柱后闪了出来,身上披着一件黑色斗篷,和灵魅身上的一模一样。但与其他灵魅不同的是,这件斗篷上顶着的并非一个融化了相貌般的黑雾灵魅,而是一张具象的样貌清晰的人脸。臃肿的五官,酒糟鼻头,看着就让人觉着油腻,即便那不是真的皮囊,可酸腐之气仍然从那张清楚的面孔中透露出来。

"灵主,您回来了。"话音未落,一道黑水冲着幽火直击而去,灵魅被打飞了出去。接着又是几下,黑水不断冲着灵魅落下去的方向抽打,把他重重砸在水面上。待鞭打了无数下之后,灵主停止了动作,咆哮道:"混账东西!你出的馊主意,害我差点魂飞魄散!"

"呃……"黑水深处传来一阵低吟,听上去痛苦不堪又似有怒火。东华的脸在黑水面上慢慢抬起,从缝隙里看着灵主。"啪!"又是一道黑水抽来,照着东华的面门,只见东华魂状的头颅往里一凹,五官被打得攒了起来。他嗷的一声,半天才恢复过来。

"你个杂碎!让我引北唐穆仁来北境,说这样就能擒拿住他,现在呢?人没抓到,我快死了!我现在就拿你的命来填我的灵力!"灵主咆哮道。

"但北唐穆仁到底是死了!灵主!"东华大叫道。

"我要他死又有何用?我要他的人!"灵主吼道,黑水遏制住东华的脖颈把他擒到半空,"废话真多!受死吧你!"

"北唐北冥还活着!他儿子还活着!"东华挣扎道。听到这儿,灵主手下一顿。"北唐北冥是时空术士!到时候您得到了他,比得到他父亲更加有用,一举两得!"

"你说得轻巧!我这个样子,还怎么抓得住他!"嗖的一下,灵主把东华抽回身前,一双灰暗的魂眼瞪着东华道。

"您还有属下在,还有众灵魅在啊!只要灵母在,您的手下取之不尽,用之不竭啊,灵主!您还担心什么!"东华大声道,以表忠心。这时,只听一声哀婉的呻吟从黑水深处传来:"别听他的,儿子!该死的人类,没有一个可信的人!要不是他的主意,你怎么会伤得这么重?我这就弄死他,替你报仇!"说着,黑水积聚而来,眼看就要吞噬东华。

"永生大人!不是属下的错,是东菱人的错!东菱人!属下已经是您和灵主大人忠实的仆人!是灵魅,不再是人类了!"东华惊惧道,比起面对灵主,他更加恐惧这潭黑水。然而黑水并不听他言说,继续涌来。

"灵主大人!仆人定当竭尽全力为您拿回赤金石!九霄的徒幽壁也跑不了!西番的美人面也是!请您再给我一次机会,灵主大人!是修罗!是修罗临阵脱逃,背信弃义!不然您怎么可能受伤呢,灵主大人?谁都伤不了您!我的万灵之主,万物之祖啊!我的灵主大人!"东华大呼道,眼看黑水已经没过他的咽喉,他仍在大声呼喊。

"灵母。"灵主道。黑水仍在吞噬。

"咕噜噜……"东华断续道,"灵主大人!你手中的赤金石,也是仆人当年竭力奉上的啊!咕噜噜……"东华挣扎道。

"呼!"一道暗黑灵力涌出,黑水被推开,东华的头露了出来。

"儿子,你干什么呢?别相信这个东西!他是个人!"黑水尖声叫道。

"灵母,听他说完,再杀不迟。"

"别信他!"黑水已经失控,尖声叫道。王庭城下黑潮怒涨,顺着岩壁攀岩而起。

"灵母!"灵主海啸一声。骤然间,黑潮下落,砰的一声溅入地心,再无一声,好像死水一摊。

"谢灵主!谢永生大人!"东华卑躬屈膝道,"灵主,只要有仆人在,定当有办法帮您破了东菱国的防御结界,拿到赤金石!灵主大人,请您再给我一次机会!"

灵主的神情暗淡下去:"我不仅要赤金石……徒幽壁,美人面,一个都不能少。"

"仆人都给您找到!都给您找到!"东华的眼珠子骨碌一转,"大人,修罗它们既然有了徒幽壁,又找到您,让您帮它们炼成了神石,助它们那堆畜生幻形成人,我们是不是要先从它们下手,拿到剩下的全部九霄徒幽壁?"

"啪"的一声,一道阴烈的暗黑灵力冲东华抽了过来。东华啊的一声惨叫,半个脑袋没了,只留下半只眼睛,嘴也被抽掉了一半。

"你再多嘴,我就让你死无葬身之地!杂种!"灵主道。

"仆人再也不敢了!再也不敢了!"东华扭曲道。

"我不仅要三国灵石,我还要这世上最厉害的铸灵师!还有……时空术士!"灵主忽然间身长百丈,从黑水中腾跃而起,越升越高,他周身的暗黑灵力穿人肺腑,令人窒息般痛苦。"你要是找不到,我现在就吞了你!"灵主伸出手掌,三根修长手指擒住了东华,把他拎到半空。哼,灵主冷笑一声,从一开始就没想让他活命。

"主人……"东华奄奄一息道,"请您借给我鱼骨用一下,鱼骨……"东华的声音断断续续,"有了鱼骨,我就能为您找到这天下第一的铸灵师……请您……相信我。还有,还有时空术士……"

灵主手中一顿,眉头轻耸。此时他已经没了黄皮面具,全然一副黑色水雾形态,细眼细唇,面无表情,说像个人,更像个灵物,容貌简洁干净,似可与万物融合。

"有了鱼骨……我定能帮您找到全天下最厉害的铸灵师……"东华挣扎道。

"多久?"灵主开口道。

"十天,哦不,五天……五天……"

"你要是办不到……我不会给你第六天的命。赤金石,没了你,我照样能从东菱得来!你这次没拿到赤金石,不要以为可以侥幸躲过,狱司里的人办事不力,我要你何用?"

"再给我一次机会,求您了,灵主大人。狱司里有我的眼线,这次失败了,我会更努力地帮您拿到赤金石,请您相信我。"

"滚!"灵主倏地一下把东华摔到远处,啪的一声他被砸在水面上。

"谢灵主!谢灵主!"东华道。

"鱼骨,和东华去。要是五天之内没找到铸灵师,就吃了他。"灵主淡淡道。

慢慢地,黑水深处传来涌动,那涌动越来越大,越来越近,越来越急,最后一个庞然大物从黑水潭底霍然跃起!只见一个身长百米的"骨架"窜天而上,直奔王庭天顶,发出嘎啦嘎啦的声音。它的无数骨头在碰撞,根根煞白,最顶端是一个巨大的鱼骨头颅,颚骨上长着无数尖牙,比人的腿骨还粗。那鱼骨在王庭上空盘旋游荡,好像鱼跃龙门一般，挥洒自由，忽然，它一个急转往潭底奔来，停在半空灵主的面前。

"嘎啦嘎啦嘎啦。"鱼骨的上下颚在拼命碰撞，发出声音，巨大的身体攀在王庭周围，头抵在灵主身前。

"好了，我没事。"灵主道，伸出三根手指捋着鱼骨的头，"你和东华去办事，五天后回来。"

"嘎啦嘎啦嘎啦。"鱼骨又发出声音，好像是在撒娇。听罢，鱼骨一个急转叼起东华飞离出了王庭。

待东华离去少时，灵主的身形渐渐变小仿若普通人般，只是没了夜靡裳，周身成了一团灵雾。灵主手指一挥，王庭亮起幽蓝的光，好像一座幽暗王城。嗖！他的指尖聚起一束蓝色灵火冲着王庭的一面暗墙打去，一扇石门砰地开启。紧接着，又是几道灵火冲去，灵力集聚冲石门内输去。

片刻，灵主撤了灵力。不一会儿一个人从石门内走了出来，双脚踩在黑水面上如履平地。那人身着一身暗紫色军装。面容苍白无色，来到灵主身前，恭敬地屈身下去，道："灵主大人！"

"嗯，"灵主应道，"融合了？"

"全都是灵主大人的恩赐，属下成功融合了。"

"起来吧。"灵主道。

那人利落起身，可当他抬头看到灵主时，不禁一怔，大呼道："大人！您的夜靡裳呢？"

"被东菱人毁了。"灵主淡淡道。

"什么！您去攻打东菱了！您为什么不等属下回来？"那人焦急道。

"我引东菱人来了北境。"

"到了北境……"那人惊道，欲言又止。

"我输了，大败而归。"灵主道。

"怎么可能？怎么可能！他们已经到了北境！已经……"

"东菱北唐家的军政部不容小觑，我以为他们长途跋涉，又遭埋伏，可以轻易拿下。"

"北唐穆仁伤的您？"那人激动道。

"死了。"

"人呢？"

"被红鸾的时空术带回了东菱。"

"什么！跑了！您没抓到北唐穆仁？"

"没有。"

"我这就去帮您把他带回来!"那人怒道。

"东华去了。"

"东华!那个人类不能相信啊,主人!是不是他,是不是他怂恿您去攻打东菱的?您为什么不等等属下?早知道您会受如此重伤,属下万死也会追随您去的!"那人激愤道。

"行了!收了你的忠诚吧,迦罗!我知道!"

"主人!您受如此重伤,属下却不在您左右,罪该万死!"迦罗悲愤道,捶胸顿足往自己身上打去。

"好了!我不是没死吗,你大呼小叫什么!"

"您当然不会亡,您是永生大人之子,当然与天地同寿!"说罢,迦罗扑通一下跪在水面上,"您的灵骨呢?为何您的灵骨也不见了?"

"什么灵骨,都是骗人的把戏!不堪一击!"灵主怒道。迦罗说的灵骨正是亚辛身躯内类似人类的骨架,在与北唐穆仁的对战中,已经被摧毁了。那灵骨是用成千上万的灵兽之骨炼化而成的,几乎与灵主融为一体,还拥有与人类一样的十根手指。现在灵主又恢复了三指的模样。

"既然灵骨仍然不能助您成人,那您就把属下的……"

"好了!我现在要你去一趟辽界,告诉修罗,它要想活命,就给我再找一棵透骨草,要不然,我让它无子送终!"灵主打断了迦罗的话。

"您的透骨草也——"

"行了!别再多话了!速去速回!"灵主道。

"属下这就去办!"迦罗领首,跟着一道雷光闪过,倏地一下消失在了王庭之内。

这时,王庭之上传来嘎嘎叫声,一只乌鸦兜兜转转从上空飞了下来,落在了灵主肩膀。它的眼睛像赤金耀石般明亮,仔细看去,正是那赤金石镶嵌而成的!幽暗灵力蕴藏在乌鸦的赤金瞳仁里。灵主轻声道:"表现得很好。"

乌鸦往灵主头颅靠去,一动不动了。

灵主抬起手臂,三指向上一送。黑水潭中翻起巨浪,忽听一声骇人嚎叫从潭底破出,像是疯狂野兽一般。一个雾形无状的庞然黑物从黑水中蹦出。灵主反手一挥,王庭城内一石门又被打开,无数灵魅鬼徒又涌了出来,可还未等它们冲出王庭,灵主三指一挥,灵魅鬼徒又尽数涌进那团黑物之中。只见那一团黑雾中心似乎有个空洞,灵魅鬼徒统统被吸附进那空洞之中。黑雾厉声不断,时间久去,渐渐安静下来。那黑雾慢慢成形,呼吸起伏,一颗头颅渐显,比起灵魅们垮塌的样貌,这个黑灵有着张狂的五官,像个吞云吐雾的魔性妖物。比起灵主细长的样貌,他则像放大了般,不受控制。

那黑灵渐渐安分下来,待回过神来看到灵主,忽地涌上前来,跪迎道:"主人!"听那声音像是个癫狂莽汉,粗蛮的声音里还有一丝啜泣。"主人!"那黑灵连连道,"是您!是您救了属下回来!"

"北唐穆仁打得我神形俱损,要不是你舍命替我挡下那一击,我早就死了。"灵主道。原来北唐穆仁用寰葬攻向灵主之时,正是这黑灵全力护住,冲过来护住了灵主,挡下猛烈攻击,灵主才有了一丝残存。然而当时战况焦灼,灵主与黑灵的暗黑灵力相似,无人发觉。而在这黑灵灰飞烟灭之时,灵主用最后一丝灵力把它带了回来。

"为了您,魔坤万死不辞!只是,只是您身受重伤还带了属下回来!属下,属下……"说到最后,那名叫魔坤的黑灵竟哽咽起来。

"行了,我带你回来不是听你哭哭啼啼的。如今我灵力大损,需要重聚灵力,你去给我找更多的灵魅鬼徒来。"

"您先用了属下这些灵力!"

"就你那点道行,如果够用,我何必再救你!"

"属下这就去办!"魔坤道。

"还有,给我拿回更多的斗篷!"

"是!您还有什么吩咐?"

"退下吧。"

待魔坤离开王庭,王庭内安静下去。灵主渐渐没入黑水,乌鸦随着他一起沉了下去。之后,黑水一摊死寂。

第八十三章
管赫之死

通信部总司管赫的办公室很大,让人觉得那并不像他的做派。通信部在东菱并不算一个让人重视的部门,就连礼仪部和灵枢司也比它气派,毕竟通信部是近些年才兴起的,甚至赶不上军政部的一个部。管赫更是为人谦卑低调,从不抢风头。他上一任的通信部总司是在一个简单的办公室办公,然而此刻,众人站在管赫的办公室前惊呆了。碧绿的翠石镶嵌在他近千平的办公室屋顶,没错,是近千平米,只供他一个人使用。

通信员在打开他办公室房门的刹那间,与他身后的众多指挥官一样,吃惊不已。他猛地捂住嘴巴,惊道:"天啊!总司!"他先是看到了这令人震撼的画面,然后才看到了趴在办公桌前的"渺小"管赫。湖泊一般清澈的办公桌足有百米见方,他趴在上面还有倒影,荡漾的清波在他脸上漾起一道道光晕。人们根本不知道那是什么材质做成的。

观察他的会议室,那墙面像是有什么东西在摆动。

"天啊!那是,那是蛾子吗,还是枯叶?"通信员话语一出,姬仲猛地看向四周。只见近千平的会议室墙壁上扑满了大片大片灰褐色的乳蛾子,各个足有人手掌般大小,每只乳蛾身上都有一只黑绒绒的"眼睛"。

所有人皱起了眉头,姬仲哇的一声吐了一地,跟着浑身打摆。他避过头去,不敢再看。当人们仔细看去时,发现那墙上的并不是什么乳蛾,而是形状酷似它的一种叶片,仿佛枯叶蝶。长在叶片上的像眼睛一样的东西忽而发出荧蓝色的光,阵阵闪烁。只见东菱、北境、贝斯山、镜月湖、国正厅,所有东菱国要塞的情况通过"叶眼"都清清楚楚地映在那几千平的墙壁上,串连起来。不止这些,就连距离东菱几千里外的九霄国国都王胜、西番国国都九都的边境状况,在这里也显示得一清二楚。

"总司!"通信员战战兢兢地叫道,往屋里迈了一步。

"站住!"端镜泊厉声道。就在这时,突然,整个会议室的墙面影画灭掉了,整间屋子顿时陷入昏暗。嗖!一个掌心大小的立方体方块被端镜泊掷到空中。灵器在半空中停住,轻嚓一声打开,耀眼的白光从里面射了出来,瞬间照亮千平房屋。匿光器,用来照明的一种灵器。

"怎么了?"姬仲紧张道。

"死了。"端镜泊沉声道。

"什么?"姬仲道。

这时,细碎的声音在门外响起。"都不许进去!"端镜泊大声令道,细碎声顿住。

"你说什么？谁死了?"姬仲满脸惊愕。

"管赫死了。"端镜泊回头看向姬仲,目光阴郁。

姬仲一个冷战,道:"你说什么?"端镜泊阴郁的眼神让姬仲不寒而栗,"你看我干什么?"

北冥看了过来,眼神愈发寒戾。"你们都看着我干什么？我和你们一起过来的!我什么都不知道!"姬仲道,想扒拉开周围的人硬闯,可当他的眼睛瞥到房屋四周时,他犹豫了。

"站住。"端镜泊一把摁住姬仲肩膀。

"你干什么,端镜泊?"姬仲吓得身子一软,大声道。

"我让你站住。"端镜泊道。

"你再说一遍!"姬仲怒道。

"搜查是聆讯部的事,不是你国正厅的。怎么,你想插手?"端镜泊平视着姬仲,眼中震慑加剧,道,"端倪,进去查。"端倪得令,二话不说,走了进去。姬仲气得浑身发抖,脸色涨红。

北冥看着端倪,目不转睛。端镜泊瞥了他一眼,不语。凭北冥如今的灵力,想在他眼皮子底下动手脚是不可能的,一个微小的动作都会让他警觉,所以他才没有阻拦端倪一个人进去。

端倪步履极轻,好像脚不沾地,这一招追踪术哪怕是狱司的人也望尘莫及,他没有破坏这屋里的一分一毫,连脚印都不曾增加。他来到管赫身前,只见对方眼睛暴突,唇口微张,趴在办公桌前。端倪对父亲摇了摇头,接着伸出右手。只见他右手掌心布上一层薄薄的灵力,让皮肤上微小的气孔全部打开,超人的灵感力一瞬间全部聚集在右手掌心之上,那力道不要说现场的任何蛛丝马迹都不会被他放过,就连这空气中短时间内来过几个人他都能捕捉到。任何残留的异样都逃不过他这一招匿迹显影。

端倪屏息而视,从管赫的头顶开始顺着他的躯干探查,由上到下,一根发丝的异样也不放过。片刻过去,端倪起身,看着父亲再次摇了摇头。没有任何发现,那就说明不是暗杀。

"怎么,怎么死的?"姬仲有些磕巴道。

"先把他的尸体带到聆讯部。"端镜泊对端倪道,没有理会姬仲。

"怎么死的?我问你话呢。"姬仲再道。端倪已经干脆利落地把管赫的尸体放进了一个可伸缩卷袋,那是聆讯部的人常年在外搜查证据时随身携带的东西,卷袋伸展开来可装下一头成年棕熊体积大小的证物,此时放一个人进去全不成问题。端倪三步两步已来到门口。

姬仲一个冷战,赶忙往旁边躲去,生怕碰到不干净的东西。忽然,北冥开口道:

"端总司,你不能就这样带走管赫。"他挡在了端倪面前。

"主将有何赐教?"端镜泊道。

"管赫身为总司,死有蹊跷,不能单由聆讯部取证。"北冥转而看向端镜泊,目光锐利。

"你怀疑我?"端镜泊不满。

"他的死,没有证据,谁都可疑。"北冥冷漠道。

"包括你!"端镜泊激辩道。北冥看了一眼端镜泊,不予回应,继续道:"所以,你们聆讯部一部调查不可。至少要有灵枢司的人,还有我军政部的人。"

"如果我不答应呢?"端镜泊道。

"那端倪今天就出不了这间屋子。"北冥冷冷道。

"北唐,你不要得寸进尺,以为可以和我平起平坐!"

"我同意聆讯部带走管赫,但你也要允许我军政部的人在场验尸。"北冥眸光一闪道,"还有,我是与您平起平坐。"端镜泊呼吸略显急促。

"端倪,把人带回去。等军政部的人大驾。"端镜泊道。

待端倪离开后,端镜泊道:"管赫的办公室一直这样气派的吗?"话里透着不屑。

旁边的通信员一怔,赶忙道:"报告总司,不,不是的,我们总司的办公室从来没这样大过啊!"通信员也是一头雾水,"我们,我们以前也没见过!属下也不知道这是怎么回事。"

"他把十间屋子打通了,给自己做了这个办公厅。"北冥道,"以往你们这些屋子对外都是干什么用的?"他指着管赫办公室小门两边的所有地方,管赫打通了整整一道走廊的房间。

"报告主将,是总司的储物室,我们没有钥匙,都是总司一人保管的。"

"他把所有东菱要塞的影画都传送到了自己的办公室,却不让外人知道。"北冥心中暗道。从通信术而言,刚才他们看到的一切,证明管赫做的已是相当高超,此时就连北境、贝斯山的状况也是一清二楚,毫无遗漏。那当时,军政部在前线失联的情况就铁定是被人动了手脚。北冥的神色沉了下去。他忽然一个箭步走了进去,来到管赫办公桌前,伸手去搬他的办公桌。

北冥手臂轻叩他的桌子,空的,有机关。他握拳轻捶,见没有响动,转手反叩桌底,只听咔嚓一声,桌底似乎有个暗格开了。北冥按下按钮,只见管赫青色如水面的办公桌忽然一暗,紧接着桌面上层一分为二向两边打开,桌子里面的东西展现出来。一层层枯叶在桌面下铺展开来,像是密密麻麻的蛾卵,与墙壁上的一模一样。桌子中心有个方盒,空了。正是因为没了方盒子中的根茎,这满屋子的通信才逐步断掉瓦解,墙壁上的枯叶渐渐落下,碎成灰烬,最后连桌子暗槽中的经络也彻底枯萎。

"有人拿走了这里的东西,到底是谁?"北冥心中道。他抬起头审视着对面的人,端镜泊已经走了进来,姬世贤也跟在后面,姬仲还站在门外左顾右盼,脸上堆满了对这间屋子的厌弃。

深夜,北冥回到军政部等待军机处部长南宫浩的消息,他接到北冥的命令后第一时间赶往聆讯部配合端倪的尸检。灵枢司也派出了部长林聪。梵音与天阔同在北冥的房间。北唐穆西的身体一天不如一天,北冥已不让叔叔再参与军政部的事宜,只要他好好休养。天阔接过了父亲的担子。

晚些,南宫浩赶了回来,与北冥汇报了情况。果然如北冥所想,管赫的尸体毫无异样,是心脏骤停,突发死亡。

"主将,您怀疑国正厅还是?"南宫浩道。

北冥冥想了片刻道:"姬仲嘴里没一句实话,但我总觉得这事和狱司脱不了关系。"

"狱司?"梵音道。

"东华骤死,裴析失踪,狱司失守,这接二连三的事不能都是巧合。端倪的追踪术十分精湛,连他都没有发现蛛丝马迹,可想而知对方的暗杀术登峰造极。"北冥道,他断定管赫不是自然死亡。

"狱司中的人,最擅暗杀术,尤其是细作。"南宫皱眉道。

"不止这些,之前我在辽地听到修罗父子说它们要与灵魅里应外合,现在想来,说的就是这次北境之战了。这里应外合的'里'指的应该就是狱司失守,但这个内应到底是谁呢……它们当时说并没有擒住东菱里的那个人……"北冥凝神思考着。

"应该就是裴析了,只有他跑了。再不然,就是姬仲,管赫和他是一伙的,现在杀了灭口!"南宫浩说。自从他得知狼族从姬仲手里拿到了族徽就对其痛恨之极,恨不能现在就去擒了姬仲。他认为主将的牺牲、前线的失利一定是姬仲的圈套,只是苦无证据。"做出那种不要脸的事,还把族徽丢了出去,真是无耻!"南宫浩大骂道。北冥只把探听到的姬仲的事告诉了在座的几位和北唐穆西,再多的人他已是绝口不提。

"裴析……"北冥道,"如果里应外合打开狱司的人是裴析,那杀了管赫的又是谁?裴析已经离开东菱了,谁还有这么厉害的暗杀术?如果不是狱司的人,是姬仲,那他当时惊恐的反应未免太奇怪了些。"他谨慎地一点点分析着。"林聪也没发现尸体上有什么异样吗?"北冥问道。南宫浩摇了摇头。"端倪呢?"

"也没有。"南宫浩答。

"怕就怕他已经看出了什么,而没有告诉你们。"北冥道。

"你是说端倪?"梵音道。

"他今天用了一招匿迹显影探查管赫尸体上可能受到袭击的位置,确实在心脏处停顿了一下,"北冥想着当时的情景说道,"但那一下停顿微乎其微。管赫的死真的是病症所致吗?匿迹显影探查出来的结果应该是受到外因突袭或灵力袭击所致。"端倪的一招匿迹显影如行云流水,细致非凡,聆讯部搜证的法子也极为精妙。今日,端倪那一近乎没有发生的动作,看在北冥眼里却觉得蹊跷。

此时的聆讯部寂静一片。巨石青岩修建而成的聆讯部冷酷异常,寒风袭过,无缝可入。高厦守卫身着灰色长身制服,与这石殿融为一体。

端倪盯着床板上的尸体,眼睛看着管赫的心脏,眉头第一次皱了起来。此时军政部、灵枢司的人都走了。他掌心忽然集聚灵力冲着管赫早已停止跳动的心脏发力出去,只见管赫的心脏瞬间膨胀起来。这时端倪的眼睛眯成了一条缝,他的手掌感到了一丝异常的气流,就在心脏中心。那儿有一个细密的小孔,肉眼不可见,但端倪还是清楚地察觉到了。他瞬间收了灵力,心脏再次收缩回去,毫无异象。

端倪站在尸台旁,片刻后走了出去。

"除了我,还有谁跟你购买过裂簇寒针?"一段讯息从端倪的信卡中传了出去。他在自己的房间等待着回讯。很快,端倪的信卡上有字显出。

"哼!怎么,端部长也有事询我的时候吗?我国有难,我求助于你,却不见你回应呢!我当你我从不相识呢!"对方字迹刚硬却震抖,显然是情绪激动。

"你我买卖关系,从不拖欠。其余的,互不相干。"端倪道。

"哈！哈哈哈！好好好！端部长好硬的口气！既然如此，从此以后你也不必再来找我！我们的买卖到此为止！"信卡卷成听筒，一个尖细猖狂的女孩声音传了出来。

"你要多少钱，我出。只要你告诉我，谁还跟你购买过裂簇寒针，做过交易，多少价都无妨。"端倪道。

"我呸！要不是我临危和……"女孩的声音颤抖起来，怒不可遏，却憋住了，"要不是北唐北冥，我早就死无葬身之地了！你们东菱人没一个好东西！龌龊的野国！虚伪的蠢货！我蓝宋儿从此和你们聆讯部再无往来！去死吧！"说到最后，话音那边的蓝宋儿一把把信卡揉成碎末，扔在了地上。忽然，她又掏出一张信卡吼道："想知道谁用了裂簇？做梦吧！别让我再看到你，端倪！"

此时的蓝宋儿站在自己的卧室里，气得眼冒金星，双手发抖，直跺脚，喊道："混蛋混蛋混蛋！那个端倪不是个东西！枉我多年和他交易，关键时候竟置我于死地不顾！那个混蛋！"

"姐姐，那个，北唐北冥不是东菱人吗？"一个小猫一样的声音从蓝宋儿的床上传来，正是她的妹妹蓝灵儿。她睁着一双水汪汪的圆眼睛看着姐姐，姐姐发起脾气来，她可是大气都不敢喘的。

"你说什么？"蓝宋儿猛地回头，大声道。

蓝灵儿吓得嗖的一下钻进被窝。"我问你说什么？"蓝宋儿又道。

"我说，我说，那个叫北唐北冥的哥哥不是东菱人吗？"蓝灵儿蒙着被子道。

"北唐北冥？你提他干什么？"蓝宋儿火气不减。

"不是，不是我说的，是你自己说的。"

蓝宋儿跑过去一把抓起妹妹的被子道："我什么时候说了？"

妹妹吓得抱住脑袋道："就在刚才啊，你和端倪说话的时候说的，你说没有北唐北冥，你死无葬身之地，还说东菱人没一个好东西！"

"我，我，我没说！"蓝宋儿结巴道。

"你说了！"小妹妹据理力争，她可不想被人冤枉。

"我没有！"蓝宋儿的脸忽然红了起来。

"你们俩在吵什么？还不快睡觉！"房间外响起了大姐的声音，蓝盈儿正站在妹妹房外。

"没什么！这就睡了！"蓝宋儿道，"啊！对了，大姐！从此以后我们不再卖给东菱人东西了！"蓝宋儿气急败坏，可赶忙又改口道，"哦不！不卖聆讯部东西了！不卖端家东西了！知道了吗，大姐！就这样，我们睡了！明天我就去告诉爸爸！那个混蛋！小人！哼！"

端倪站在房间里，攥着信卡，脸色难看。"北唐北冥，刚才就是他要拦我！"想到刚刚在通信部北冥阻拦自己的一幕，他心中不忿，当时却忍着没有冲突。"军政部想得到消息，哼，门都没有，凭自己本事吧！"

蓝宋儿躺在自己床上，想着端倪可憎的样子。原来早在狼族攻打蓝宋之前，她就向端倪发信求救，然而端倪竟连回应也没有。蓝宋儿一连发出三次求救信，最终只得来端倪一句："自求多福。"这才导致蓝宋儿憎恨东菱人，不分青红皂白，不顾东菱战士生死，更是与北冥针锋相对。直到北冥出手相助，她才渐渐变化了态度。

蓝宋儿眨着眼睛，看着窗外，"他与那个女孩很要好吗？"想着北冥在战场上看着梵音眼神焦灼的样子，想着莫多莉对自己说的话，"他在乎的人不在这里。"蓝宋儿一遍遍想着北冥伸手救出自己的样子，身形潇洒，干净利落，她皱着眉，叹了一口气，睡了过去。

东菱这一边，北冥坐在办公桌前，从口袋里拿出一个东西问道："你们看这是什么？"一个手掌般大的褐色蛾子死在北冥手里，翅膀上还长着一只毛茸茸的黑色"大眼睛"。梵音看到后吓得立刻捂住了眼睛往后退了两步，她平生天不怕地不怕，最怕的就是蛾子。她啊的一声尖叫出来，随后又赶紧捂住了嘴巴。

"对不起，我忘了你怕这个东西，小音。"北冥见状赶忙温声道，叫了平时在外从没叫过的梵音的小名。

梵音闭着眼睛，战后她的听力得到些许恢复，勉强听见北冥的话，低声道："没，没什么，对不起，吓到你们了。"梵音不好意思。

"这东西是？"天阔看得认真，"梵音，你别怕，这东西不是蛾子，是片树叶。"他回头，只见梵音还是闭着眼睛不吭声。"梵音，梵音。"天阔再叫道，"怎么只有我哥说话你听得到，我说你就听不到了？"天阔笑着走到梵音跟前，拽了拽她的胳膊，吓得梵音又一激灵："啊！怎么，怎么了？"

"我说，这东西不是蛾子，是片树叶，你把眼睛睁开吧。"天阔又大了点声音。

"什么，是树叶吗？是树叶？"梵音紧张道，还是不敢睁眼。

"是的，你睁开眼睛吧。"天阔道。梵音慢慢睁开眼睛，往桌子上瞟了一眼，立刻躲到天阔身后，小声道："真的是树叶吗？"

"是的。"天阔道，"哥，你这个东西是哪里来的？"

"管赫的办公室，他用这个东西代替了长信草。"北冥说明了他在管赫办公室看到的情况，然而在座的人没有一个人认识这种灵植。

"它是从辽地来的。"北冥道。

"你怎么知道?"梵音问道。

"我当时在辽地看到修弥用这个东西与狼族通信。"北冥道。

"怪不得我们都没见过。"南宫浩道。

"进大荒芜是被各国严令禁止的。但辽地才是人类几乎无从踏足的,"天阔道,"那里毒草百生,环境恶劣,根根要人命。我想没有几个人认识这种东西。"天阔从小喜爱奇闻异志,博览群书,脑子里存得下这天下所有他见过的东西,然而对此物他也是一无所知。"你回来时有问过青山叔吗?"

北冥笑了一下,这小子还真是了解他哥哥。不仅青山叔,北冥也问了白槐,然而他二人对此都一无所知。这种东西怎么会出现在管赫的办公室,而且避过了所有人的耳目?他偷偷打通了周围的房间,平时却用暗门格挡开来,让聆讯部的下属以为他的办公室只有一点点大。北冥在打开管赫办公桌上的暗格时拿到了这唯一仅存的枯叶,其他的都已经随着根茎被偷走而腐朽掉了。大家都认为这东西不过是管赫培育出来的新的通信灵植而没有重视,北冥却暗自收起了它。

北冥盯着桌子上的枯叶草,想着姬仲和狼族的关系,管赫的死似乎又多上一层迷雾。随后天阔拿走了枯叶草,打算细查下去。北冥若有所思,大家离去后,梵音留了下来,走到他的身边道:"今天你在国正厅……"

"梵音,我有话对你说。"北冥抬起头,看着梵音,截断了她的话,跟着站了起来,"你离开东菱,让冷羿陪着你,去找你叔叔。"

"你说什么?"梵音不明所以。

"我让你离开东菱,退出军政部,去找冷叔叔。"北冥道。

"为什么?"梵音恍惚。北冥的话不似商量,而是通知。

"东菱现在是一摊浑水,灵魅和狼族看似退去,可这内里的事一件件都和它们有关系。冷叔叔说得对,我不能强行把你留在我身边,留在东菱,更不能让你再上战场。所以我现在要你离开。"北冥眼神深沉,做了决定。

"我不要。"梵音有些不快。

"等我解决了这所有事情,我就去找你。"

"我不!"梵音越发抵触。

"这件事你要听我的。"北唐突然严厉道。

"我不想离开你!"梵音突然大声道,不知怎的,她的鼻子有些发酸。

北冥那颗沉重的心在听到梵音的话后剧烈跳动起来,看着她有些泛红发怒的眼睛,一把把她扯进自己怀里,情浓道:"我不会离开你,我永远都不会离开你。你也不能离开我!永远都不能!梵音,你不要误会我,我只是想让你安全,绝对安全!我不能容忍再次把你放到战场上的可能,你明白吗?"

梵音有些难过,闷在北冥怀里,倔强地不肯出声。

"所以,你听我的话,先暂时离开,好不好?"

"不好!"梵音气得大声道,声音有些颤抖,北冥眉头一皱,把她抱得更紧了些。"今天,你打开重器了,是不是?姬仲找你麻烦了,是不是?"梵音喃喃道,"我们在军政部感知到了你的灵压,赤鲁和颜童还有嬴大叔都很火大,想去国正厅找你,我也要去的。可是穆西叔拦住我们了,说一旦我们去了就成了兵变。可我们管不了那么多!但我心里想着,就国正厅那几块料也不是你对手,果不其然,没过一会儿姬仲就向全国颁布公告,告知你正式继任军政部主将一职,我就知道你摆平他了。"说到这儿,梵音缓了片刻继续道,"我不想走,我觉得这里挺安全的,行吗?"梵音小声道,像是在试探,又像是在撒娇,"有你在呢,我又不害怕……行吗?"

北冥一颗坚硬的心被梵音弄得瞬间软化了,百炼钢也成了绕指柔,可是他咬了咬牙又道:"不行!"

"哼!"梵音不高兴,又闷在了他怀里,这一下弄得北冥顿时七荤八素,找不到北了。梵音赌气,半天不理北冥,北冥也不敢强说,半天后道了句:"手还疼吗?"

"不疼!"梵音气道,也不知道他在问什么,反正对着干就对了。这一下,弄得北冥心脏又蹿了一下。

"怎么会不疼呢,青山叔都没办法治好这道伤疤,怎么会不疼呢?"他摸着梵音的掌心,那条让他触目惊心的伤疤还清晰地留在梵音的手心里,几乎割断她整个手掌。梵音想把手抽回来,却拗不过北冥。北冥轻轻把梵音扶开,两人之间留出了空隙,他翻着她的手,想把那条伤疤看得更清楚些。

许久,这温热的气氛让梵音浑身滚烫,小脸通红,梵音推搡了北冥一下,想从他的怀里挣脱出来。北冥捧着她的手心,低头看着她,梵音抬头。两人情深意浓,血气方刚,两颗心都要从嗓子眼里蹦出来了,北冥越发不想松手。梵音紧张地眼睛乱瞟,北冥却离她越来越近。

"哎!"突然,北冥房门外响起了激烈的敲门声,跟着门外的人喊道,"哎!哎哎哎!干什么呢?干什么呢?里面的人干什么呢?小音!你在里面吗?"喊话的人正是冷羿,只见他气急败坏地站在北冥房门外,大声喊道,"小音,你在里面吗?"

北冥登时愣在那里,停止了下一步动作,梵音还靠在他怀里,爱意朦胧,外面的吵闹声她没有听见。冷羿见里面的人不答话,问道:"聆龙!他们在里面干什么呢?你听见没有?"只见一个银色小影停在半空,贴着门,支棱起大耳朵听着,"没听见,好像没有再说话了。嗯……"聆龙努力着,憋着气听着,"北冥好像在喘气,还挺急的!

哇！他的心跳好快呀！"聆龙用了十足的灵力在探听屋内动向。

"什么！"冷羿一听，顿时乍了毛，边敲门边喊道，"哎哎哎！你们俩干什么呢？小音！你在里面吗？该回去睡觉了！天儿不早了！"冷羿开始胡言乱语，张口就来。

北冥皱着眉头，心想，"冷羿……"他要是不应声，冷羿能把他房门拆了。这种情况，北冥只得柔声对梵音道："梵音，冷羿在外面找你。"他轻轻扶起了她。只见梵音眼神迷离，小脸温热，看着他道："什么？"

北冥看着她的模样，赶忙深吸了一口气，强装镇定道："咳咳，冷羿在外面找你，咳咳，咱们去看看。"

"嗯？"梵音迷迷糊糊道，"什么？"

"冷羿在外面，咳咳。"北冥又清了清嗓子。

"哦！我哥来找我了？"梵音听到冷羿的名字，立马清醒过来，小脸一红，好像自己做了错事，赶忙站好。北冥走过去给冷羿开门。

"哎哟！"冷羿闪了进来，慌忙站好质问道，"我妹妹呢？"

"在里面。"北冥说话还算客气，可冷羿此时的眼神已经要杀人了，一把推开他。梵音看见冷羿，噌地立正小声道："哥。"

"你，"冷羿正想发脾气，可看见是妹妹，又赶忙调转了枪口，他可不舍得凶自己妹妹，对着北冥道，"你刚才干什么呢？"

"没干什么。"北冥道。冷羿盯着北冥那张死不认账的脸，顿时发火，压低了嗓子说："我和聆龙可都在外面听着呢，你想对我妹妹做什么？"

"我对她，你不是很清……"北冥回过头，被冷羿这么一激，他还真就杠上了。

"你当我老爹说的话是废话吗？"冷羿不等北冥说完，迎头压制，牙缝里钻出的话让人不寒而栗。

北冥眉间一蹙，道："我没有……"

冷羿压低了嗓门，避开梵音道："我劝你一句，不要跟有可能成为你未来老丈人还有大舅哥的人对着干！"

"老丈人"三个字一出，北冥一下清醒，态度立刻收敛，不再多话。

"很好！没有下一次！别再让我逮到下一次！"冷羿咬牙切齿道，"梵音！回去睡觉了！大晚上的！"

"哦！"梵音听了哥哥的话，立刻蹦了过来，也没敢在意他们两个刚才在嘀咕些什么。她小步跑到哥哥面前，模样十分乖巧。"好了，跟我回去。"冷羿道。

"好。"梵音应道，"那我先回去了。"她又回过头来看看北冥，突然样子扮凶道，"我不走！"

"嗨！你还不走了？赶紧给我走！我看我不仅得盯着他,还得教育你！真是够我操心的！赶紧给我走!"冷羿催促道。

"啊？哥,我不是那个意思。"梵音道。

"赶紧回屋！回头你住我那里,我上来住!"冷羿道,心想得赶紧把他们分开。北冥和梵音现在就住隔壁。"不对,北冥你什么时候赶紧搬家啊,赶紧去楼上主将的房间住。颜童要搬过来了。"颜童现在是一分部部长,理应在十五层住,只是这段时间军政部里忙碌,大家还没来得及调整岗位和住所。

北冥听到这里,皱起眉头,突然很不情愿要搬走。

"干吗?"冷羿瞪了他一眼,像看一匹饿狼似的看着北冥,赶紧带妹妹回了房间。

北冥送他二人离开,关上房门,心中虽有忧虑却又起了暖意。他走进浴室,水帘中,背脊上的伤疤深深浅浅,正中的那一道是与梵音手掌上那道相连的。那巨大的黑刺穿过梵音手掌,扎进北冥背中,几乎穿了他的胸膛。

"枯叶草,辽地,狼族。明天我要赶紧去看一下花婆,不知道她的狼毒怎么样了。"北冥想着。

第八十四章
阴森的连雾

从通信部回来后姬仲就把自己关在了办公室里，反复踱步，心神不宁。"管赫怎么死了？管赫怎么死的？"他重复地说着这两句话，心脏突突突地跳。"那墙上的东西，是狼族的……是狼族的。怎么会出现在那里，怎么会出现在通信部！不是都清除了吗？该死的管赫，难道是当年他骗我，其实没有清理干净？"

夜深了，严录在他的房间外道："国主。"

"进来！"姬仲大声道，"收到聆讯部的消息了吗？管赫是怎么死的？"

"听林聪来报，管赫是心脏病突发死的。端倪至今还没有回复。"严录道。

"心脏病……"姬仲皱着眉头道，"怎么会是心脏病……林聪来报说明就是事实了……端倪还没有回复，是什么意思？"

"尸首还在聆讯部手里，端倪一直没有直接汇报。我发去问询，他也没有回应。"

"他们还在查……"姬仲思考着，"军政部的人回去了吗？"

"也已经返回了。"

"那就是真的没有蛛丝马迹了……不然军政部不会这么轻易离开。难道真的是心脏病？"姬仲难以置信。

"父亲。"这时，姬世贤的声音在外面响起。

"这么晚了，他来干什么？"姬仲一向不太喜欢自己这个儿子，说不上为什么。当年姬仲和胡妹儿从西番国回来，胡妹儿就怀孕了，很快便产下了姬世贤。每当看见姬世贤，姬仲便想起自己被修罗威胁的事。如果当年他不答应修罗给它族徽，修罗便要将赤身露体的姬仲和胡妹儿二人扔在西番的国正厅前。

姬仲根本不是修罗的对手，到那时，不管他承不承认自己的苟且之事，都会让自已颜面尽失、身败名裂。他不能冒那个险。加之姬世贤的灵法平平,致使他觉得这个儿子不能堪当大任,所以一直对他刻薄寡言。

"父亲,您休息了吗？儿子有事想与您相商。"

"有什么事明天再说！"姬仲不耐烦道。姬世贤在门外等了良久也不见父亲开门,便独自离去。不久后,严录也离开了。姬仲独自坐在软绵的沙发上焦灼。正在这时,他办公桌上放着的那盆长信草开花了,长出了一片白色花瓣。姬仲浑浑噩噩,神志不清,眼睛一扫,睡意顿时全无！他噌地从沙发上站起来,直奔长桌,一把揪下信瓣。只见上面寥寥写着几个字:"求见国主,告知管赫一事真相。"

姬仲看完后,全身乍凉,恨不能指尖成冰,发根成霜,一屁股坐在地上。他哆哆嗦嗦地拿着这片新鲜的信瓣,它还没完全长成信卡的样子。这盆长信草是国正厅的密匙,记载了姬仲和他父亲姬僚两个人的灵纹,只有他们两人共同的亲信才能通过这盆长信草找到他们。

"不是他,不是他。"姬仲喃喃道,看着手中的信卡,那上面的笔记不是他预想的那个人。当今世上只还有一个活人知道这株长信草的密匙,剩下的两个都死了,然而这笔迹显然不是那个活人的。姬仲的冷汗冒了出来。

"是谁,到底是谁？"姬仲的嘴唇开始打战,"东华和叶有信都死了……还会是谁……"

忽然,信卡上又传来讯息:"国主,我这就到,请您开门。"

姬仲好像见到鬼一般,一把丢了信卡,死死盯着房门！突然,姬仲会客厅的地板下面传来了"敲门"声！姬仲一个摆子,险些叫了出来。"是鬼！是鬼！"他心里大喊着,不敢出声。片刻,地板下的敲击声再次响起。姬仲面露青筋,打着寒战恐惧道:"谁！"

只听一个细软的声音从地下传来:"国主,属下有事相告,还请您打开暗道。"

姬仲一愣,心道:"不是东华！"他又大着胆子问道:"你到底是谁？怎会知道这条暗道？"

地板下传来恭敬的声音:"我是为您清除障碍的人,您打开暗门便知。您若顾虑不愿召见,属下这就离开。"

姬仲急喘,想了半天,抬手一挥,厚重的沉木办公桌犹如货箱,被他轻而易举移到一边。他盯着脚下的地板,自从东华死后,那地方十年没有打开过了,满是灰尘。他鼓足了勇气,运力一开,脚下的木地板被打开了,一个空洞出现在那里。慢慢地,一个人从里面走了出来,浅棕色的头发乖顺地贴在他的面额两边,弯弯的笑眼眯成一条缝,恭敬道:"多谢国主,属下给您问安了。"

"是你！"姬仲惊讶道。眼前这个人正是狱司的捕手连雾。

"正是属下。属下前来，多有冒犯，还请国主降罪。可事出突然，属下急于向国主禀报，以免国主不安，还请您见谅。"连雾鞠躬禀报，礼数甚厚，不敢越矩。

"你，你怎么知道这密道的？还有这长信草的密匙？"姬仲心神不宁，问道。

"属下在搜查东华的机密档案时查到的。"连雾道。

一听到东华的名字，姬仲的汗毛再次乍起，忍不住大声道："你和东华什么关系！"手中已摆出攻击的姿势，蓄力待发。只听连雾不慌不忙地说道："您忘了属下是东华的徒弟，裴析的师弟吗？东华死后，属下前来东菱狱司谋个差事糊口。"

姬仲听罢，手中的灵力瞬时击出，再不等待。只看那灵力到了连雾身前，呼的一下，化了。他没作攻击，没作抵挡，而是把姬仲的灵力无声无息地融了。只看连雾的身子弯得更低了些，虔诚道：

"属下前来绝无恶意，还请国主知晓。东华早死，裴析叛逃，属下和他们并无瓜葛。属下在东菱孤身一人，只想寻个雇主，有个倚傍。现下想为国主办事，替您分忧，盼您高看一眼，让我不再被他们踩在脚下，任人驱使。东华那个淫贼作恶多端，早死早好，裴析阴晴不定，根本不正眼看我，我又何苦为他们做事？为证清明，还请国主明察。"

"你怎么知道东华是个淫贼？他收你为徒，你不应该感恩戴德吗？别想拿花言巧语骗我。你今日前来究竟为何？若你信口雌黄，可出不了我的国正厅！"姬仲道。

"他强奸了我母亲，杀了我父亲，祸害了我整个游人村，我和他的仇不共戴天。本想亲手杀了他，可谁想，在我来东菱的前夕，他就已经死了。"连雾风平浪静地说着这一切。

"他强奸了你母亲？"姬仲讶异道，"胡说八道！那他不连你也杀了，还收你为徒？我看，你就是他的私生子，来寻仇的！我这就杀了你，让你们父子团聚！"

连雾忽然脱下上衣，只看他浑身上下伤痕累累、断筋挫骨，脊柱处似乎都被人打断过，又接了起来，以至于他的整根脊柱歪七扭八并不直挺。他的左半边肩胛骨更是被人削去一块，凹了进去，那上面还烙着两个字，"东华"。

"你这是？"姬仲大惊道。

"都是东华所赐。他在强奸我母亲，杀我父亲后，也想杀了我。可天意不愿，我活了下来。他在兽性大发屠村之后，发现我还活着，苟延残喘，并发现我灵力奇特，可以化了他的灵法。当然我已奄奄一息，他觉得好玩，便又把我救活了。这些东西，都是他烙在我身上的，跟个牲畜一样。您若打我，我必死无疑，我虽能化解攻击者的灵力，可自己的灵力甚弱，逃脱不了，久而久之，也就死了。"连雾一五一十地说着，

"您要哪天看我不顺眼，随时都可处理了我。我诚心投奔于您，便把我的弱处都告知于您，等您发落。"

姬仲看着眼前的怪胎，虽说只字不信，却也动摇了一开始要弄死他的念头。过了半晌，他见连雾一直弓着身子，便放松了警惕，开口问道："你说你今日前来告诉我什么管赫的事？"

"是。"连雾道。

"你起身说话吧。"国主道。

"谢国主。"连雾起身，微笑应道，眼睛弯成了月牙儿，毫无攻击性，就像他柔顺的头发。

"管赫怎么死的，你知道？"姬仲面有不屑，随口问道。

"我杀的。"连雾脱口而出，脸上仍挂着笑容。

"你说什么？"姬仲的脸色登时僵在那儿。

"管赫是我杀的。"连雾道，"请您放心。"

"你胡说八道什么！什么是你杀的，还请我放心！"

"管赫要出卖您的秘密，被我发现，我及时赶到，灭了他的口，毁了证据，所以属下说请您放心。"

姬仲听得一头雾水，气急败坏道："你信口雌黄！管赫知道我什么秘密？我什么都没做过！你再这样乱咬人，我即刻杀了你！"

"是，属下遵命，绝口不再提此事。"连雾温顺道，不再言语。

姬仲看他这个样子，不觉反感起来，催促道："到底怎么回事？你快点说！别跟我拐弯抹角的！"

"是！北境之战之后，东菱大乱，一日我发现管赫鬼鬼祟祟出入于通信部之间。细细打探才知，他辞去了通信部总司一职。属下觉得事有蹊跷，便默默跟踪他多日。北境之战，通信几乎全面瘫痪，管赫引咎辞职，属下总认为背后另有隐情，才多作观察。"连雾解释道，姬仲的神情暗暗沉了下去，一丝杀意漫上心头，连雾不察，继续道，"今日，我忽感国正厅这边有强大灵力迸发而出，想来是主将北唐北冥所出。那灵压顷刻铺盖菱都城上下，身为狱司捕手，我们的灵感力探知极为精密，因此狱司上下无人不惊。随后，我们便收到了您颁发的北唐北冥正式接任军政部主将一职的亲笔手令。他的灵力之强可谓东菱城上下，一时无人能出其右。"连雾认真道来，姬仲轻嗤了一声，连雾自当没听到，继续道，"属下赶来国正厅一探究竟，怕他对国正厅不利，要挟于您。"

"他敢！"姬仲突然怒道。

连雾心中划过一丝笑意,道:"待属下来到国正厅,发现大殿安然无恙,这才放心。"

"你倒忠心。"姬仲讽刺道。

连雾又是一礼,继续道:"可就在属下稍作停留之际,发现一人蹑手蹑脚前来,藏在了国正厅高阶下一隅,观察着里面的动向。正是管赫。属下见他神情从惶恐不安渐渐变成了笃定孤注,且就在北唐北冥灵力散去之后,调转方向急往通信部走去。属下紧随其后,跟着他进了通信部。直到跟着他进了办公室,他也不曾发现。"姬仲越听越紧张,身子渐渐僵直起来。

"就见他急忙打开办公桌上的暗格,霍然间他的办公室变化起来,几扇墙壁退隐而去,紧接着,偌大的办公室连接起来,足有千平。属下愕然。他打开桌子中心的一个暗盒,里面大约是长信草的根茎。他扭动开关,一瞬间,四面八方的墙壁全都亮了起来。东菱各地的地貌山川无一不清,贝斯山脉更是一览无余,属下便知,大战之时,就是他故意切断了通信设备。就在这时,他从口袋里拿出一张信卡,投在了暗盒之内,紧接着迎面投下一幅影画。属下看去,竟是当日大战之时,您在国正厅前和管赫说话时的情景。您背离人群,与管赫耳提面命轻声道'给我断了军政部所有通信'。"

话到这时,姬仲已经头脑发涨,接下来连雾又细说了那些时日,姬仲对管赫下达的所有命令。他多次交代管赫中断军政部通信,延误军机,使军队疲乏困苦不堪。原来,管赫早已为自己留了退路,暗中录下了姬仲的所有指使,只怕有朝一日性命不保。连雾看他拿走暗盒,似要与谁传信。只见管赫拿出一张信笺,亲自提笔写道:"主将北唐北冥,属下管赫自知犯下大错,今日负荆请罪,告知真相,还请您面见,饶过属下一命。"

连雾登时知道管赫要背叛国主,投奔北冥。他说道:"我想管赫是怕了主将北唐北冥的神威,想要投奔于他,出卖您。"说到这儿,连雾微微睁开眼睛向姬仲看去。只见他脸上苍白,冷汗直冒。"看到这儿,属下索性一不做二不休,杀了他。"

姬仲猛然提气,一个踉跄,靠在了办公桌前,不得说话。半晌,他道了一句:"他拿住了我的把柄,全都录了下来?"

"是。"连雾应道。

"该死!"姬仲发狠。

"是。"连雾再道。

"你怎么杀的他?"姬仲已经缓过神来,继续道。

"细作的暗技,国主无须知道,总之干净利落,绝不留一丝蛛丝马迹。聆讯部不是也没发现嘛。"连雾道。

"你确定?"

"千真万确,万无一失!"

"若有闪失呢?"姬仲阴森道,全无刚才害怕模样,瞬间像换了一个人。

"人是属下杀的,命案在身,属下不会蠢到引火烧身,自找麻烦!"

"最好是这样。"姬仲道,"证据呢?"

连雾从身上掏出一个暗盒,里面记录了管赫多年来的讯息。姬仲一把拿了过来,翻开来看,果不其然,那一张张信卡、枯叶,都记录了他的所有罪证,放出影画,全部呈现。姬仲再不等待,用力一捏,毁了所有证据。他突然看向连雾道:"你留了备份没有?"

连雾缓缓从衣兜里又掏出一枚影画信卡,递给姬仲。姬仲看去,上面竟清清楚楚地显示出连雾杀害管赫的全部过程。他用藏身术跟踪管赫,管赫直到死时,也不知是谁杀了自己,用什么方法杀了自己,瞬间暴毙。就在管赫断气的一瞬间,连雾撤了藏身术,从影画里显示出来。姬仲难以置信地看着。

"这样,您就有了我的把柄,再不用担心属下背弃于您。"连雾道。

姬仲心中乍叹:"好厉害的暗杀术,好厉害的追踪术,好厉害的藏身术……杀人留影,只为取我信任,和他师父一样,都是疯子!"

"你替我杀了管赫,毁灭证据,取信于我,想要我怎么报答?"姬仲阴阳怪气道。

"属下不敢!"连雾道,"其实,出卖军政部的根本不是您,而是裴析。"连雾一语道,姬仲震惊。"您根本没有指使管赫做任何事,他就是暴毙而亡的。真正出卖军政部的人是狱司长裴析。"姬仲难以置信地听着连雾的话。"不仅如此,裴析还给狼族通风报信,告诉了它们莫多莉潜入辽地的事,致使她误中狼毒。"

"你有证据?"姬仲问道。

"我有,属下查到了他所有的罪证。早在十几年前,裴析就中了狼毒。"姬仲愕然,中了狼毒的人不可能活,更不可能活了这么久。难道,裴析中毒是在自己让他追查崖青山一家下落的时候?千思万绪,姬仲似乎明白了。

"他是怎么活下来的?"姬仲问道。

"他喝了婴儿血,吃了蚀髓草。"之后连雾详细道来。

这些年,裴析杀的婴儿无数,即便他想极力克制,也是不行的。而且,蚀髓草只有辽地才有,他毒发不定时,于是派出了手下不少细作到辽地为自己找取蚀髓草,两者配合才得以活命。然而,近一年间,裴析手下的细作回来的越来越少,直到半年前,他的细作统统死在了辽地,有去无返。从那时开始,裴析的狼毒变得愈发严重,不可控制。

连雾查到,裴析为了得到蚀髓草,暗中与狼族取得了联系。作为交换,他告知了狼族东菱的诸多秘密,包括兵力部署,以及军政部战将的灵法秘术,其中就有第五梵音。他们最后一次通信,便是裴析告诉了狼族莫多莉潜入辽地的讯息。然而,从那时起狼族不再给裴析秘密送来蚀髓草。他的狼毒几乎发作到不可控制的地步。最后,他答应狼族打开了狱司的囚牢,放出所有囚徒导致东菱大乱,而他自己趁乱逃到了辽地,投奔了狼族。

随后连雾给姬仲拿出了散落在裴析办公室里的蚀髓草枯枝,上面沾满了裴析的血迹。显然他为了解毒已经到了生吞蚀髓草荆棘枝干的地步,然而那东西入喉如刀,根本无法下咽。连雾又找到裴析在狱司囚牢下秘密暗藏的婴儿尸首,大大小小五十六具之多。最后连雾拿出了裴析通知狼族莫多莉行踪的信卡,和狼族要求他打开狱司的秘信。

当时的裴析早已病入膏肓,连雾借机多次潜入裴析办公室,找到了证据。这一桩桩一件件都是姬仲不曾知的,裴析身中狼毒,隐瞒至今,又做了这许多事,只能说他隐藏甚深,能力之强绝不弱于他师父东华。

连雾告诉姬仲,普天之下只有狱司长一人有整个狱司囚牢的钥匙,而且,裴析带走了它。

姬仲呆在当下,想着连雾告诉自己的霹雳消息。先前他是想把所有脏水推到裴析身上,谁让他无故失踪做了代罪羊呢。可谁料,这其中种种竟真是裴析所为,姬仲恍然。

"通信部断了军政部的联络,有什么证据可以做死赖到裴析身上?"此时姬仲已经坐在了自己的位置上,神情镇定,语带命令。

"属下不才,您看看这个可否?"连雾递上了自己的一张手信。姬仲看去,那上面写着狼族要求裴析想方设法断了军政部联络的秘信。字迹与先前他们通信时的一模一样。

姬仲叹为观止道:"你还真是个仿真高手。"

"多谢国主夸奖,属下举手之劳。"

"哼!你确信聆讯部和军政部查不出来吗?"

"这种事,他们胜不过狱司。"连雾再次笑了起来。

没错,凭连雾的暗杀术,就连端倪也没发现踪迹,可想而知他奇门异术的本事有多精湛。姬仲暗道。

"你还真是有本事呢。"姬仲道。

"国主谬赞。"

"既然裴析确定叛逃,狱司还少一个总司之位,你想坐得?"姬仲故意道。

"全凭国主吩咐,属下不敢居功。"连雾态度甚是尊敬。

"你倒比你师父和师兄听话,可是,我怎么都觉得你比他们还不可靠。你就不怕我杀了你灭口?"

"若您真要杀我,属下从这暗道跑了就是。"连雾忽然仰起脸来,诡异地笑道,那样子顿时让姬仲毛骨悚然,接着连雾又道,"东华虽是个畜生,却也教了徒弟几招本事。"

"你敢威胁我,信不信我现在就杀了你!"姬仲恼羞成怒。

"国主,您别动气,当下是您用人之际。裴析和管赫都死了,您一下失去两大心腹,如何在东菱立足,如何与军政部抗衡?有朝一日,军政部反叛,您又如何是好?"连雾的话句句戳中姬仲心窝。

姬仲强硬道:"军政部如何敢反叛!北唐北冥还是个乳臭未干的小子!"

"他今日敢在国正厅前要挟您,他还有什么不敢的?"

"混账!"姬仲大怒道。

"是,他是混账!"连雾接道。

"你想当狱司的总司?"姬仲道。

"成为您的心腹。"连雾一礼。

"你若要有异心?"

"属下势单力薄,不可能是国正厅的对手,您多虑了。至于军政部,属下就更不可能倒戈了,谁会信我?"连雾道。

"好好好!"姬仲大笑道,连雾的话句句中他心意。

第八十五章
音冥斗气

翌日清晨,北冥早早离开了军政部,赶往城中礼仪部。红漆红瓦,雕廊刻柱,凤檐飞走,整个礼仪部像是座华贵精美的朱砂殿,镂空红漆花廊柱,巧夺天工,贵压群芳。北冥一身暗红金虎军旅劲装,踏上朱砂殿。

"主将!"殿外,礼仪部的礼官向北冥敬礼。他一早已经通报礼仪部,说今日会来拜访。

"落。"北冥道。

北冥来到大厅,由礼官引导他到花婆的住处。穿过红漆长廊,闻到花香清幽,礼仪部的廊灯都是用琥珀色琉璃瓦制成的,暖彩柔滑。穿过几处蜿蜒,廊前是一扇金丝鸾雀的正红大门,好不气派。北冥走进其中越发觉得不对劲,浓郁的花香已经变得呛鼻,挥之不散,早失了先前的清淡。而在这极重的香气下面,一丝腥气和膻气滚滚翻涌,冲人脑壳,似乎还有一些刺刺啦啦的嘈杂声在这附近。

北冥走到大门前,房门打开,礼官退了下去,一个身着青丝、明媚挺拔的女人出现,正是莫多莉。

"莫总司。"北冥道。

"你过来了,"莫多莉看见北冥张口道,后觉不妥跟了一句,"主将。"

"花婆在哪里?"北冥道。

"在里面,我带你去。"莫多莉让了一步,请北冥进来,随后关上了房门。

一进房门,北冥便觉得花香全无,房间里满是腥气还有臊气。北冥心下一沉,赶忙往里面走去。只见一个人躺在床上,用青丝帷幔遮着,气息混乱。床边还坐着一个人,手里正拿着捣药用的石碗。那人干瘦身材,个子不高,一缕白色发辫绑在头顶,颇为讲究,正是灵枢司总司陈九仁。陈九仁今年七十五岁,是东菱年纪最长的总司,性情孤僻,不与人往来,已将近二十年不参加东菱国的大小事宜。北冥甚至没见过他几面。

"陈总司。"北冥上前,恭敬一礼,陈九仁头都没回。

北冥绕过陈九仁,对着床上那人轻声道:"花婆,我来看您了,您身体可好些?"

床上的人听见外面有动静,挪动了一下身子,没有应声。北冥上前,走到床边俯下身来,又道:"花婆,听得到我的声音吗?"陈九仁看北冥和花婆甚是亲近,模样乖顺,像个孙儿,自己坐在一旁冷视,北冥也不在意。昨天国正厅那么大的动静,新主将好大的架势,敢威逼国正厅,陈九仁原本与国正厅也无什么交情可言,可还是觉得这军政部的动静未免欺人了些,对北唐北冥便没了好感,只当他是强势权谋之辈。可眼下看来,这眼前的年轻人模样甚俊,对花婆又是亲昵,不像利欲熏心之徒。但他转念一想,谁知是不是装的。

少时,花婆勉强翻身过来,从青幔下伸出手臂,喃喃道:"是冥小子来看我了?"

"哎,是我,花婆。"北冥即刻握住花婆细手,只觉骨瘦如柴,顿时心中一酸,险些落下泪来。

"瞅瞅,多大的人了,还哭鼻子。刚当上了主将,羞不羞?"花婆心如明镜,不观也知北冥模样。

北冥笑笑道:"花婆,我看看您,好不好?打开床帘也好透透气。"

"哎,别看了,花婆现在样子丑,不想见人。"

"这就胡说了,我还没见比花婆长得还好看的人呢。"北冥逗她开心道。

花婆在里面轻笑:"你呀,这张嘴也就在我这里乱说说,真到了漂亮姑娘面前跟个石头似的,比不上你弟弟灵巧。"

北冥笑而不语,攥着花婆的手,缓了片刻道:"我打开帷帐了,行吗?"

忽而,花婆哽咽,北冥不再等,轻轻撩开帷幔,只见眼前那人枯瘦如槁,原本白皙的皮肤早已皱皱巴巴,颈间全是道道竖纹,青筋暴突,眼下乌青一片,脸颊下凹暗黑,嘴唇青紫。

"花婆。"北冥强压着惊愕,攥紧了花婆的手,心疼不已。

"是不是吓着你了,我的冥小子?"花婆本想避开北冥的目光,可又惦记着这个孩儿,还是忍不住看向了他。

"没。"北冥柔声道,用手抚着花婆雪白的发际。

"瞅瞅,我们家冥小子长得可真好看。"说着,花婆将将伸出手,要摸向北冥脸庞,奈何力气不够,塌了下来。北冥接住,把她的手扶在自己脸上。两人互望着,笑着笑着忽然都哭了出来。

北冥猛地撤出帷帐,一把擦干眼泪对陈九仁道:"陈总司,我花婆还能救吗?怎么救?我能做些什么?"

陈九仁看着北冥,不知他是真是假,毕竟之前和他没交情,再说交情都是假的,人心难测。北冥见他不答,追问道:"这些日子您是用什么方法维持花婆生命的?"陈九仁避过身去,继续捣药。北冥费解,不知他为何这般不好相处。

"主将。"莫多莉小声一句,把北冥叫到一旁,告诉了花婆这些日子活命的方法。北冥听了大惊:"饮猴血!"

"是的。"莫多莉道。

怪不得北冥在进到花婆的房间后就闻到冲鼻的腥味和骚味。腥味是血腥,骚味就是猴子身上的了。就在花婆隔壁的几间屋子里养着许多小猴。花婆发病不定且愈发频繁,几乎三不五时就要饮血,更要取鲜血来饮,所以猴子只能圈养在附近。花婆爱美,起初拒不服用猴血,坚持用灵力压着,可渐渐地毒发愈烈,她抵不住疼痛,只能求全。

"其实饮猴血也是不得已,原本陈总司的意思是饮人血的。"莫多莉小声道。

"你的吗?"北冥不解。莫多莉现在狼毒已解,身上的血和胡轻轻一样都有抵抗狼毒的作用。当日莫多莉中毒,北冥及时帮她吸出大部分毒血,才让她侥幸得以解了狼毒,如若不然也是无用的。

"不是我的,是婴儿的。"

"婴儿的?"

"据陈总司说,婴儿血加蚀髓草能克制狼毒发作,只不过人饮了之后就再也戒不掉婴儿血了,而且会越饮越多,不久便会伤人性命。花婆知道结果,说什么都不肯。陈总司无法只得用猴血勉强代替,但效果不佳,花婆的身体一天不如一天。"莫多莉说着,神色黯淡下去,"而且陈总司私藏的蚀髓草数量越来越少,这几日怕是就要用光了。"

"我去辽地取来便是,你让花婆一定等我。"北冥道。

"你重伤刚愈,还要去辽地!不要命了吗?谁知那里现在是个什么状况!"莫多莉急道。

北冥不听她言,转身来到陈九仁身旁:"陈总司,我知道您医术高超,请您务必帮我照看好花婆,我即刻去辽地取回蚀髓草替花婆解毒,还请您费心了!"北冥鞠躬下去,行了大礼。"还有一事,我想与您商量。"北冥不管陈九仁什么态度,继续说道,"我知道要解狼毒凶险万分,需用千百种毒虫毒草混合,稍有差池都会要人性命,以毒攻毒恰到好处才能得解。其中最重要的一味毒草便是蚀髓草,单是这一种草药就剧毒无比。但我想,花婆现在已经是这种状况,我们可不可以渐渐加大药量让花婆一点点解毒?"

"哼！一个屁都不懂的门外汉在这里装什么大尾巴狼!"陈九仁说话难听,口气极差。北冥却不在意继续道:"花婆是不肯饮用婴儿血的,所以只剩下这一种办法救花婆了。"

"你懂个屁！喝婴儿血为的就是解其他毒虫毒草的药性,尤其是蚀髓草,如果剂量一大,顷刻要人性命,只有配合婴儿血才能保命。倔丫头不喝婴儿血,我怎么能大胆用药！你赶紧给我滚一边去,我看着你眼烦！一身臭味!"陈九仁道。

"花婆是不肯喝婴儿血,但我们有莫总司。"北冥道。

陈九仁一顿,道:"你说什么?"

"您说婴儿血是为了防止药量过大反而伤人性命所用的。现在花婆不肯饮用,那我们就只能孤注一掷！我们少用解毒剂量,一点点加上去。我知道,药量一过人必亡,而药量不够狼毒顷刻间爆发。但,我们还有莫总司!"北冥一气道。他转而看向莫多莉,又是一礼:"莫总司,我有个不情之请,您若答允,我北唐北冥欠您一命,您有盼咐,我定当效犬马之劳。您若有顾虑,我绝不强求。"

"你的意思是说?"陈九仁越听越觉得有门路。

"我们为花婆解毒,一点点加大药量,待药量不够狼毒发作时,莫总司可以用她的血暂时压制狼毒。这样,只要有莫总司在,我们暂时不用太顾虑花婆狼毒无法压制的情况,也可以不用婴儿血和猴血这种根本无法根治的治疗方案。不知您以为如何?"

"你的意思是,让我放弃婴儿血为倔丫头保命,冒险直接尝试解毒?"陈九仁脑中转得飞快,眉头紧皱道。

"是!"北冥道。在陈九仁思考时,北冥转向莫多莉道:"莫总司,我知道我这样让您身体受损,实在不应该。但您给我一年时间,一年时间一过,花婆生死由命!"

"混蛋！你说什么你!"陈九仁咆哮道。

莫多莉听着情绪激动,刚要开口,却听花婆道:"浑小子！你说什么呢！花婆的事,你求别人干什么？像什么样子！给我过来!"北冥站着不动。莫多莉一下急了,尖声道:"你把我想成什么了？要是能救花婆的命,我在所不惜！不要说一年,十年,二十年都行！你这样说我,是把我当薄情寡义的人了吗？花婆,您也是！什么叫您的事不要求别人！多莉在您眼里就是别人了,就是外人了?"莫多莉说着说着,哇的一声哭了出来,气得回身掩面,愤愤不已。

"唉。"只听花婆在帷帐里叹了口气。北冥俯身过去，抚着她的手臂，想让她好受些。一老一少，都不言语。

"她是怕我不肯啊……"花婆捏着北冥的手，颤抖着说。北冥的眼泪又落了下来。莫多莉站在外面，眉眼一转，恍然大悟。北冥之所以说一年时间，是因为即便只是这一年时间，花婆都不一定同意饮用莫多莉的血，更不要说长久之计了。这一幕，竟和北冥拒绝饮胡轻轻的血如出一辙。莫多莉看着这两人，心中叹然，怪不得他二人关系这般亲昵。外面看两人性格大相径庭，一个高傲华贵，一个凛冽少语，内里却都是极其固执的将人之气。现在看来，其实他两人外面也是一模一样的将人气度。

北冥擦了擦眼泪，道："花婆，您就听我一次，行吗？"他像是一个孙儿般在央求，早没了以往的坚决果断、强势行事。花婆看他难过，心也碎了，半天嗯了一句，点下头去。

"好！您安心养着，我去去就回！"北冥给花婆掖好床被，起身离开。

"你何时动身？"莫多莉道。

"现在。"

"我跟你一起去。"

"你留在这里照看花婆，随时与我联络。"

"我去了帮衬你。"莫多莉急道。

"不用。"北冥拒绝。

"冥小子，让多莉跟你一起去吧。别怕她给你拖后腿，她的灵法也是可以的，尤其是火焰术。辽地那里，有些火焰术还是要紧的。再说，以后我要是死了，就是多莉当家了，她要再不历练历练，难保不会有一天位置被人夺了去。你看行吗？"花婆低声道。

"我这次速去速回，用不着……"北冥道。

"要是我明儿就死了呢？礼仪部的人不能都是废物！让她跟着去！"花婆蛮横道。

"你这倔丫头能不能说话饶点人？以前不饶别人，现在对自己更狠！你就不能好好说话！"陈九仁生气道。

"听见了吗，冥小子！"花婆不理。

北冥无法，只好应下。他转身欲离开，忽然花婆又开了口，像是询问，又像是有些难以启齿，只听她小声嘀咕道："通信部的总司又死了？"

北冥脚下顿住，稍稍侧头，想听清楚，却见花婆不再言语。陈九仁停下了捣药的手，脸色变僵，嘴巴紧闭。

"冥小子,通信部的总司怎么……死的?"花婆又开了口。

"可能是,心悸而死。"北冥道。

"心悸……又是得病死的吗?哼,还真是不吉利的地方。"花婆说着,昏睡过去。北冥刚一出礼仪部便给天阔发了讯息,信上说:天阔,去查通信部上任总司叶有信的死因。随后他和莫多莉一同骑着豹羚离开了菱都往辽地赶去。

中午时分,军政部的人在餐厅用餐,梵音左顾右盼没见北冥回来,以为他还在礼仪部看望花婆。不一会儿,崖雅从外面走了进来,嘀咕道:"也不知道忙什么呢,饭也不吃。这一天天的,军政部里的人都要忙疯了。"梵音不知道她在抱怨谁,自己吃了起来。过了大半晌,颜童从外面急匆匆地跑了回来,赶紧扒拉了一口饭,又要出去。

"这都忙什么呢?"梵音心想,"哎,颜童,你们一分部忙什么呢?"她开口问道。

"部长不是说要计划招兵吗,哦不,主将说的。我得赶紧把人员名单统计出来,再看看要多少兵力合适,还有一堆事,忙死了。你们二分部没开始吗?"颜童道。

"没人通知我啊。"梵音纳闷道。"你知道吗?"她转身看着正在吃吃喝喝的赤鲁。自战场回来以后,他一直情绪不太好,时不时自己出去溜达溜达。他的二纵伤亡大半,他几乎是挨家挨户去慰问的,每次回来都眼睛通红,也不与人说话,倒头就睡。

"不知道。"赤鲁随便应着。

梵音蹙眉,又问一旁的冷羿:"你知道吗?"

"昨天晚上他没跟你说?"冷羿阴阳怪气道。

"没有啊。"梵音道。

"哼!就知道他找你没正事!以后不许大晚上去他房间!"冷羿凶道。

"哥!"梵音瞪了冷羿一眼,冷羿回瞪了她一眼。

"哼!"只听赤鲁闷哼一声,把凳子拽到了一边,抱起碗,哗啦哗啦大声吃起来。

"哎,你怎么了?"梵音看他不对劲,关心道。赤鲁不说话,继续大口吃饭。冷羿最先吃完,走了出去。赤鲁翻着小眼儿,看着冷羿出去后,又哼了一声。

"怎么了,谁又惹你了?"梵音道。

"哼!"赤鲁又故意哼了一大声,吓了崖雅一跳。

"怎么了?怎么又不高兴了?"梵音还得哄着赤鲁。

"你现在就和他最好了吧!"赤鲁突然生气道。

"谁啊?"梵音道。

"冷羿呗!"话说着,赤鲁干脆抱起碗,换了个方向,背对着梵音吃起来。梵音看着他,不知道怎么回答,皱着眉,盯着他。明明是虎背熊腰的身材,却跟个受气包大小孩儿一样。"你就跟他最好了吧!"赤鲁见梵音不吭声,忍不住又大声问了一句。

"你是没看你死那会儿,第五部长抱着你哇哇哭啊,说连仇都不报了,就要带你回家。要不是她亲口否认喜欢你,我都不信。"颜童突然在一边调侃道。

赤鲁扒拉饭碗的声音突然小了下来,竖起耳朵,认真听着。颜童继续道:"哭得差点没断气,抱着你脑袋哭的,嗷嗷的。没见她对谁这样过。我们部长当时中毒回来,也没见她这样。"

赤鲁假装继续扒拉着饭碗,碗都见底了,就听着筷子碰瓷儿的声音。"那我肯定比他强啊,她和本部长又不咋的。"赤鲁自己小声嘀咕道,"我还能比不过他,那我成第几了都……"

"听说冷羿伤得也不轻呢,都是南部长帮忙照看的。第五部长净往你身边跑了,就怕给你打了那么多针有什么后遗症。哎,你是不是前一阵肉皮总疼?"颜童问道。

"噢,怎么了,你也疼啊?"赤鲁道。

"我听白泽说的,说第五部长三天两头往他那里跑,说你这儿疼那儿疼的,她不放心,让白泽给你整点药调理调理。白泽跟我抱怨呢,说他都快成了你的私人灵枢了。还调理,他恨不能把你当成他的试验品。用了他所有的再生针,他老婆本儿都没了!"颜童夸张道。

"喏,你喜欢吃的肉丸子今天一个都没吃呢,赶紧吃几个吧,不然凉了。"梵音道。

只听赤鲁抽抽搭搭的,还要擤鼻涕,梵音把纸给他递过去,见他不接,直接上手给他抹了一把。只看赤鲁扔下碗筷,哇的一声跑了出去。梵音叹了口气,对颜童道:"谢了啊。"

"不客气。"颜童笑眯眯道。

"颜童,北冥什么时候跟你说招兵的事了?"梵音问道。

"就刚才,他去辽地之前,说可能晚几天回来,让我先着手弄着。"颜童道。

"辽地!他去辽地了?"梵音吃惊道。

"嗯。"

"什么时候?"

"上午,走了挺长时间的。我特意把毛腿儿给他带过去一只,跑得快还省力。"颜童道。

"他一个人?"梵音道。

"还有莫多莉,说是给花婆找解毒药去。我本来也想跟着去,但他让我照看部里,没让我去。"颜童道,"其实我还挺不放心的……"颜童说着说着,有些烦躁,索性不吃了,走出部里。梵音呆在那里,开始有些焦躁。不一会儿天阔也下来了,手里还捧着资料。

"你在干吗?"崖雅问道。

"没什么。"天阔有一搭无一搭道,头也不抬。

"别看了,先吃饭行不行?"崖雅低语道。

天阔不说话,坐了下来。崖雅又在旁边叨叨了几句。天阔皱着眉:"要是能在辽地找到这个就好了。"天阔说着,想着枯叶草的事,顺手给北冥传了信。

"你也知道他去辽地了?"梵音道。天阔刚要回答,梵音消失在了餐厅。

加密山中两头豹羚一棕一银,急速奔驰着。烈阳下,莫多莉一身银色劲装同她的银色豹羚一起化成了山雪的颜色,凛冽中透着极度冷艳。北冥的黑棕雄豹羚足足大了莫多莉的银色豹羚一倍,后者在一旁似成了小鸟依人。莫多莉与他并驾齐驱,忍不住看他。

北冥一心要尽快抵达辽地,雄豹羚奔跑的速度极快,银豹羚个头虽小却极为迅捷,不落北冥半步。忽而,北冥眸光一凛,向后看去。只觉一阵寒芒袭来,莫多莉也顷刻警惕起来。那寒芒瞬息将至,唰的一下来到二人跟前。

"吁!"北冥即刻叫停了豹羚。只见梵音一身银装停在二人面前,连那精致的面庞都覆上了一层寒霜。莫多莉看去只觉华美,以前她只在影画屏上见过梵音战场上银面的样子,不知当面相见竟如此震撼。

"你怎么来了?"北冥骑在豹羚上俯视她道。

"我和你一起去辽地。"梵音口中呼出一口寒气,比那冰霜还冷。

"不行,你即刻回去。"北冥命令道。

"颜童不跟着你,徐英也不在,你总要有个副手!"梵音道。

"不用,你回去。"北冥道,不留一丝余地。

"北冥!即便我用脚程也跟得上你们!主将在外,哪有没有副官的道理!你总要有个策应!"梵音极力道。

"我说了不需要你当我的副手!你给我即刻返回军政部!"北冥忽然言辞激烈。他二人均是怒气冲冲,北冥见梵音站在前面不肯让路,开口喝道:"回去!"跟着捋过豹羚长颈,豹羚一个侧身绕过梵音疾驰而去。莫多莉不知二人为何这般,却也跟了上去。两人两骑,飞驰离开。

梵音站在原地,转身看着离去的那二人。来时一路追赶,她急喘的呼吸慢慢才平复下来,久久不语。忽而,一个声音在梵音耳边响起:"小音,你怎么了?"

梵音站在那里没有说话。不一会儿那个声音又从梵音脑海中传来,却还是不见她应声。

"北冥,小音好像不高兴了。"一个小心翼翼的声音从北冥脑海中传来。北冥骑在豹羚上一怔,是聆龙!聆龙的冥声传响可传百里,不要说这区区一点距离。

只见聆龙小心翼翼地飞到梵音面前,看着她冰晶一样的眼睛,觉得自己要醉了。梵音出来追赶北冥,正巧撞见闲逛的聆龙,聆龙不由分说便跟了来。聆龙扑棱了一下脑袋,让自己清醒过来,不要沉醉在梵音的眼睛里。它看梵音一脸冰霜,面色冷淡,就觉得浑身发寒,壮着胆子再问道:"小音,你怎么了?你这样我有点害怕。"聆龙用爪子托着自己圆滚滚的肚子,直觉紧张。见梵音半天不动,它又用爪子轻轻拂向梵音的面庞,道:"你怎么了?"那凉意顺着聆龙的爪心传了过来,它打了个寒战,一身银色龙鳞抖动。

"北冥,你是不是不要小音了?"

"既然你这么想让我走,我就走。"梵音突然低语道,"反正也是无用的人。"双眸一闭,寒霜退去,直顺的黑色短发落了下来,她转身离开。谁知她刚一抬脚,便被拦腰抱了起来,腾在半空,咕咚一下被人安置在了豹羚背上。那人手臂一紧,环住了她,豹羚接住主人后调头开拔。

一路上,梵音不语,推开那人,隔出间隙。豹羚速度飞快,梵音知道花婆救命要紧便不多作挣扎,坐着便是。眼看就要出加密山了,音冥两人还是不搭一话,莫多莉看去,心中不觉一酸。即便那二人刚有争执此刻又不言语,可在她看来却是羡慕。

豹羚马不停蹄,不作喘息,似乎也让那二人没了说话的机会。聆龙扒在北冥衣领上不敢插嘴,总觉得气氛很差,冷飕飕的。刚刚梵音自言自语后,聆龙便赶紧联系了北冥,问他是否不要梵音了,梵音才说要走。北冥听了出一身冷汗,调转豹羚追了回来。

"我刚才语气重了些,对不……"过了这许久北冥才开了口,梵音不愿理他,只与他保持距离。

"花婆的事要紧。"梵音打断了北冥的话。

北冥尴尬开口,却被拦住,豹羚的速度可不会因为两个人别扭而减慢。很快,他们出了加密山。

"花婆怎么样了?"梵音开了口,她知北冥担心花婆,自然体谅他。

"不好,陈总司全力帮她续命,但仍在恶化。"北冥道。

"到了辽地找到蚀髓草,会有好转的,你别太担心。"梵音知道北冥记挂花婆,安慰道。

"梵音,辽地我一人去就可以,你没必要和我一起来。"北冥道。

梵音淡淡道:"你不让我跟,我不跟就是。"预备翻身下去。

"我既然把你带来,就不会让你一个人回去了。"北冥道。

"我不会拖你后腿,你放心。"梵音突然道。

北冥一怔,低头看着身前的梵音,她与他隔开距离。北冥不想拗她意,便伸长手臂环过她身侧拉着缰绳。

"我没你想的那么不中用。"梵音继续道。

北冥皱眉道:"我不是那个意思。"

"他们都知你去了辽地,为什么就我不知?怎的我在你身边就成了累赘一般?"梵音说着,不觉看了一眼莫多莉,"怎么在你眼里,我谁都不如了?"梵音自觉以往与北冥默契甚佳,可现在北冥嘴上说着关心她,却让她觉得自己与他的距离越来越远,他似乎什么事都不愿让她参与,快与外人无异了。梵音这心里不快,却不知该怎么说来。

"我什么时候说你不如别人了?"北冥辩道。

"你连话都不愿和我多说一句了。你若不愿我在东菱,我回去走了便是,不再让你烦心分心。从此以后也别有联络,省得麻烦。你与谁在一起,都比与我在一起安心,我还真是自不量力。"

北冥越听越不对路,怎么就离开以后再不联络了?"你这样说什么意思?"

"我与叔叔一家在一起,一家团聚,还和你有什么关系?你来与不来我都安全。省得你以后再麻烦,干脆永远别来往了。"梵音一句加一句,话不落空。

"我——"北冥舌头打结,应对不上。

"我第五梵音不是草包,也不劳你北唐北冥多费心!等从辽地回来,我们就此分道扬镳!"梵音突然大声道,憋了一路的气不想再忍了。

"什么分道扬镳!"北冥手中缰绳一紧道。

"就是你我再无瓜葛,再不用你费心安排!"梵音气道。

"梵音!"北冥一把揽过梵音,扭过她的腰身,要她看着自己。梵音也应了他这一手,转身怒气冲冲地瞪着他。

"你就是要我走,是不是?"梵音从小与家人分离,最不愿再尝的就是与人分离的苦楚。北冥这般相逼,全是违拗她的心意,她一番难过他全不能体会理解,让她心里好生难过。

北冥看着面前的梵音,仍不改口。

梵音看北冥如此坚决,气得眼眶泛红。简直跟个石头一样冥顽不灵,真是应了他的名儿!

"你为什么不要小音了呀,让她一个人?你没看她很难过吗?没想到你是这么个浑小子！有了新欢，便不看小音了！"一阵刺耳的声音传进北冥大脑，听得北冥脑袋嗡嗡作响。

"小音，别跟他这种人在一起了。人家也用不到，你还去辽地干什么？人家和新朋友都去了许多回了，要你也没用。"聆龙突然飞到梵音耳朵边道，它气不过北冥这样对梵音。梵音一听，登时一愣。"咱们走！省得他嫌咱们碍手碍脚！"

"走啊！还愣着干什么？他现在都不要你了！快放开我家小音！"聆龙飞出去，用后腿踹着北冥的胳膊。

梵音嘴唇一咬，霍地推开北冥，动作之快闪了北冥一个空档，手臂松开。北冥登时大惊，大声道："你去哪儿？"即刻把她环了回来。可梵音灵力渐起，北冥控制她需费一番力气。

"不用你管！"梵音还要离开，身法游离，北冥眉间一蹙，忙来招架。

"不行！"

"走都走了，凭什么还听你的命令？我跟你们东菱没关系了！"梵音回嘴道。

"回来！"北冥情急道。

"放手！"梵音手臂几个格挡，北冥迅速招架。

"不行！"

"到底是要我走，还是与我永不相见？"梵音咄咄逼人。

"我不要你走，好了吗？不许再生气！"北冥道。

"回去以后呢？"梵音还不放心。

"也不让你走！"

"你要再赶我，我就永不见你！走得干干净净，让您放心！主将！"

"我错了，行了吗？能不能不再这样和我说话斗气？"什么永不相见，什么走得干干净净，梵音说话一句比一句决绝，让北冥心里发凉、头冒冷汗。

"比起颜童，我的速度更快！军内较量我也没输过他，怎就让你小看我了，好像我成了绣花枕头，娘娘腔！"

"我不对！"北冥频频认错。

"回去后，我再不和你搭档！你真不如赤鲁待我如兄弟，肝胆相照，不离不弃！"梵音一张小嘴说个不停，显然是被北冥这个倔脾气气坏了。

"我知道了，第五部长，我错了，行不行？你别再和我生气，好不好？第五部长！"北冥义正词严道，可这话说得有些奇怪。

梵音猛地回头看他。只见他一脸真诚道："我错了，第五部长，你别生气了，行不行？"

"讨厌!"看北冥一本正经叫着自己的官称,梵音小脸儿一鼓,不再理他。

北冥他们很快越过胡蔓、青边和落陲三国,眼看到了蓝宋脚下。北冥给莫多莉做了个手势,两匹豹羚一个调转,绕过蓝宋城墙往辽地驶去,以免多生事端。天色已黑,北冥想在天明前进入辽地,于是快马加鞭,全速而出。梵音一个后仰,掉进北冥怀里,北冥顺势一环,搂住了她的腰身,挡开了她要抓住缰绳的手。

"干什么?"夜色甚浓,梵音说话的声音随着夜色一起沉了下去,低语道。

"你手上伤还没痊愈,不要去扯缰绳。"北冥道,"扶着我便好了。"

梵音还想起身,脱离北冥控制,北冥却是不许了。

第八十六章
再探辽地

莫多莉趁着夜色漆黑朝那两人看去。只见那二人不言不语,规规矩矩,却显得那样亲昵。即便这寒夜刺骨,她亦觉得旁边那二人热得像那干柴烈火,暖得彼此滚烫,不舍不分。莫多莉的目光一时无法从两人身上移开,她想看得更真切些,来证明也许是她误会或者多想了,他们并没那么要好。忽而一道敏锐的目光向凌镜看来,梵音觉得有人在盯着自己。

"莫总司……"梵音从凌镜里面看到莫多莉正看着自己还有北冥。瞧了她半天,也不见她把目光移开。梵音觉得有些别扭,便在北冥身前扭动了一下,不想被别人这样盯着。可过了许久还不见莫多莉撤去目光,她便想要正襟危坐起来。"咳。"梵音轻咳了一声。

"怎么了?"北冥问道。

"没什么。"梵音低声道,"咱们快些吧,别让花婆等急了。"

子夜过后,北冥等人终于到达辽地边界。眼前的腐蚀地已经变成焦土,瘴气早已不在。北冥放出巡回蜂侦察周围状况。稍事片刻,三人收了豹羚踏进辽地。

莫多莉走在北冥身侧,梵音自然而然地跟在他二人身后。进入辽地不久,梵音俯身摸向地面,这是她第一次来到辽地。烧焦的土地引起她的注意。走在前面的北冥停了下来。"怎么了?"他来到梵音面前道。

"这就是你们口中的腐蚀地?"梵音问道。

"是。"

梵音嗅了嗅摸过地面的手,除了焦味似乎里面还掺杂了一丝水汽。按说被火焰术士集中猛攻过的地方寸草不生,更不可能再有水汽。难道是这天气的缘故?梵音纳闷,用力吸了几口周围的空气。不对,不是一种味道。只见梵音指尖突然幻出细长冰锥,哧的一声扎进地里,冰锥在地里越长越长,越扎越深。待了一会儿,梵音收回冰锥,只留指尖那一点拔出地面,上面挂着一滴水珠。梵音拿到面前嗅了嗅,皱起眉头。跟着滴到北冥手背上。

"味道不对,是不是?"梵音看着北冥的表情知道他也发现了。

"不像是普通的水。"北冥道。之前的连续作战让北冥忽略了这其中关卡。梵音的敏锐细心更胜北冥。

北冥定睛看去,发现似有什么东西在水珠里流动。难道是灵力?北冥不能确定。他随即拿出指影刀往地面掘去,指影刀瞬时消失在泥土中,很快又蹿了出来。北冥双指一接,从指影刀上抠出一捧湿润的泥土。那味道比刚才的一滴水珠明显一些却不浓烈,并且有渐渐消散之意。北冥收起了泥土,继续往前探去。

莫多莉跟在他身侧,梵音依然殿后。自从梵音出现,莫多莉便觉得有些不得劲。进入辽地之后,她更觉别扭,自己想帮忙却不知从何下手,想与北冥并驾齐驱,可梵音一人在后,她又觉得哪里不妥,好像应该让梵音和北冥两人一起才对。

辽地越探越深,莫多莉有些心不在焉。忽然天空中传来异动,北冥和梵音齐齐向一旁土丘避去,隐去身形。莫多莉一怔,待反应过来时才发现自己已经和北冥挨在一起,北冥正拽着自己的胳膊朝天空看去。莫多莉看向周围,竟不见了梵音。她四下张望有些心慌,忍不住低声道:"梵音呢?"

"在我身边。"北冥道,顺势比了个默语的动作。可莫多莉根本没有看到梵音的影子。然而她不及再疑虑,就听到一声刺耳的怪鸣从天空传来,那声音好像哑了的龙吟,仿佛喉咙被烫损过一样,难听贯耳,让人头皮发麻。

不一会儿只见一个庞然大物飞行在夜空之上,挥动的蹼翼摩擦扯动,滴答的污水落下带着腥气,似有鳞片在飞行刮擦的时候从其身上脱落,蜥蜴般的头颅毫无光泽,皮如暗涩秽土。

"食苍兽!"聆龙嗖的一下趴到梵音耳后。恶心的鱼腥味让它不停干呕。众人屏息凝视,在这里和食苍兽起冲突可不是好事。食苍兽乃上古灵兽,其威力更大过红鸾和聆龙,聆龙见其往往避之,红鸾则与它是死敌,相逢必战。

那食苍兽在上空盘旋,一跌一宕,姿态扭曲,像是病态。忽地它腹部一凸接着一凹,一股东西涌到它七八米不止的长颈处,撑得它似要爆裂。

"不好!它要吐水啦!"聆龙吓得忍不住尖叫道。

聆龙话音刚落,哗的一声,瓢泼大雨倾盆而下,越下越猛,越下越急,瞬间犹如九天瀑布一般浩荡落下。顷刻间地面漫上大水。北冥带着莫多莉朝远处退去,可哪知这洪水不断,渐渐没上人的脚踝。眼下三人皆是第一次见到食苍兽的厉害,骇然之际又叹为观止。一只食苍兽足以水漫菱都,当时如不是有狱司之人及时收服食苍兽,后果不堪设想。

"这水的腥气,正和这腐蚀地的气味一模一样。"北冥心中起疑。

这食苍兽在天空喷吐半响,缓了下来,待要离去。忽而它蛇眼一耸,化成一条黑线,猛然调头朝地面俯冲下来。砰的一声,梵音的藏身术破,她几个鹞子翻身离开原地。此时水深已没过她的小腿,难闻的腥臭味加上泥泞的腐土让她身形一晃。食苍兽张开大颚扎向地面,一口吞了一方土地,跟着急摆蹼翼,泥水被它浩大的身躯扇动得犹如海浪。梵音见状心中一紧,连连退去,首见如此恶兽她不免胆寒。手中寒冰刺棱刃已化出,跟着向后挥出,谁知那蹼翼力量巨大,梵音一个踉跄被掀飞了出去。身未落,已有人接住了她。

北冥一个收手,把梵音放到他背后。食苍兽攻来,北冥劈极剑挥出朝它面门斩去,跟着灵力一开挡住了食苍兽攻来的水浪。只听食苍兽仰面嚎叫,一只铜钟巨眼被北冥砍破,鱼鳞巨身狰狞怒摆。霍地,它猛然俯身,张开大口,十米高的黑水从巨口喷出,如爆瀑开闸,猛攻过来。北冥、梵音一个急跃,齐往天空跃去。梵音凌空斗转,身法干练,正正落在食苍兽的脖颈上。她幻出刺棱刃凌眉一竖,狠狠往妖兽脖颈刺去。

食苍兽鱼鳞翻起,犹如片片钢刀。梵音脚尖一点,跃在刃上,往食苍兽头顶奔去。这妖兽身形巨大,一两个剑口伤处根本要不得它性命。还未等她跃上兽顶,只见一个身影突然出现在半空。食苍兽巨头一侧,北冥停在其侧,拔出铄镰杵冲着妖兽耳孔打去。食苍兽没有耳朵,只有两个如面盆般大小的耳孔。

北冥张开臂膀,全力而出,连击三下。妖兽耳孔中鲜血迸溅而出,击打之力直传脑中,痛得它登时嘶叫起来,浑身扭摆欲往天空飞去。梵音见状,一个回旋从食苍兽身上跳下。可就在她下落之际,原本要逃跑的食苍兽突然停住飞行的蹼翼,长尾一摆怒冲梵音抽来。只见它独眼一睁,目露凶光,似要在临逃之际夺梵音性命。

梵音见状,猛地向后收身,然而这庞然大物像个妖物旋涡一样,长尾蹼翼急悬,身体蜷缩,瞬间把梵音困在里面。梵音立起刺棱刃,钢刀一样的鱼鳞被她砍得铮铮作响,那妖兽却是越缠越紧!

梵音正待发力,只觉妖兽身墙外漫来灵浪,顷刻间倾轧而下,跟着寒芒刺过,十三道冷剑劈空而来。食苍兽顿在半空,嚎叫声戛然而止,下一刻爆裂开来。巨大的尸块轰然坠落,血腥的恶味弥漫开来。北冥、梵音双双落下,北冥手持劈极剑向身旁一挥,恶味散去,跟着把剑递到梵音面前,让她收好。梵音不明。北冥道:"你的重剑破损以后再无兵器,以后你用我的劈极剑。"

"你留着,我不用,这剑从小跟着你。我有刺棱刃足矣。"梵音推却道。

"拿着。即使你这次不跟我出来,我也早准备把这剑给你了。"北冥说着已经把剑和鞘递到梵音手中。梵音接过劈极剑,顿了一下道:"谢谢。"劈极剑是纯粹的冷兵器,不同重剑等以往军人们佩戴的灵器,不用灵力幻化,也不能用灵力幻化,只有一种形态。锋芒剑气单是出鞘时就让人觉得棘手,灵力不佳之人佩戴劈极剑,那剑气寒厉会让人身体无名刺痛,分不出是人的厉气还是那剑的。

"这个你也拿着。"北冥说着,拿出身间的铩镰杵。

"这个不行,这是佐领特意送给你的。"梵音道,她知铩镰杵是北冥十二岁接任一分部部长时木沧特意送给他的。

"拿着。"北冥道。

"你的东西我能要,佐领赠予你的我不能收。"梵音坚持道。劈极剑是北唐家先辈铸炼而成,袭承百年。每一任接过劈极剑的北唐家后人都会用灵力再次加铸剑身,使得它锋芒锐增,越来越盛。北冥想了想道:"好吧。"

梵音把劈极剑别在腰间,那剑锋利无比,秀丽修长,即便不能化成灵器介质却也十分合身,有着灵性般跟着佩戴它的主人。梵音看了一会儿便觉得这真是一把无可匹敌的宝剑,爱不释手。

"北冥,你还是拿回去吧。这么贵重的宝剑,我不能收。"梵音解下宝剑道。

"我答应让你留下,你答应我收下它。"北冥见梵音还有犹疑再道,"我不在你身边时,有这把剑在,我放心些。"

"这……"梵音想着,"我现在不走了,会在你身边的,所以你还是拿回去吧。"

北冥听着梵音的话,看着她清澈的双眼,心间悸动,忽然伸出手去亲自把剑再次别在梵音腰间,道:"你当然要在我身边,但是剑也必须拿着。"

梵音被他拽着剑扣,身子没稳住往前一倾,两人险些脸对着脸撞到一起。她立马绷住身子,尴尬道:"知道了。"北冥也是一怔,梵音此时离他如此贴近,他不禁停住了。

这时,只见一个家伙晃晃悠悠从梵音脖颈里飞了出来。刚才的一番恶斗,把聆龙吓了个半死。

"吓死我了,吓死我了。"聆龙抱着肚子迷迷糊糊地飞到梵音和北冥二人中间,一屁股坐在梵音胸口上。它倒没什么,北冥和梵音顿时一醒,梵音忽然鼓起小脸看着聆龙,觉得哪里不对,但又说不上来,北冥则盯着聆龙,眉毛登时立了起来。

"你干吗呢!"他没太好气道,"下来。"

聆龙目光呆滞，吐着舌头，瘫在梵音胸口听不到北冥的话。

忽然北冥眼神一凝道："你怀里藏了什么？"聆龙不答，梵音也不知北冥是何意。"聆龙，你怀里藏了什么？"北冥再道。

梵音低头看着聆龙，发现它已经吓傻了，小心地从胸口抓下聆龙道："你在和他说话吗？"她手心捧着聆龙，道："它吓坏了，你别吓它了。"

北冥脑袋一歪，看着梵音对聆龙温柔的样子，脑袋一热，一把抓过聆龙到自己面前："喂，醒醒，你到底藏了什么东西在身上？"

"哎呀！你轻点，你把它吓坏了！"梵音秀眉一蹙，抢过聆龙道。就在梵音接过聆龙时，一片红艳艳的东西从聆龙怀里掉了出来。梵音没想到聆龙身上真的带了奇怪的东西，可也不知所以："聆龙，这是红鸾的羽毛吗？"

聆龙一愣，赶忙划着爪子要捞回羽毛，北冥眼疾手快，轻轻一捏，羽毛到了他手中。"还我！"聆龙喷着鼻孔道。

梵音瞪了北冥一眼，要他不要凶聆龙。聆龙在她眼里越发像个宠物。北冥收敛了些，道："就是因为这个，食苍兽才一直攻击梵音的。你差点害了她，知道吗？"他故意沉着脸。

聆龙一听，立马耷拉下耳翼，像犯了错一样，慢慢扭过身瞟了一眼梵音道："小音，对不起。"

"到底怎么回事？"梵音奇道，又对北冥嘱咐道，"你不要吓唬它。我又没事。"北冥不以为然。

"那个羽毛是红鸾身上的。"聆龙蔫着道，"是我跟红鸾要来的。"聆龙跟着解释。

原来这片羽毛是红鸾鸾冠上最为珍贵和艳丽的羽毛，名叫知羽。经过北境一战，红鸾羽化，长成真身。红鸾灵兽具有穿越时空的本领，是整个弥天大陆之上最为珍贵的灵兽之一。它鸾冠上的知羽，更为神奇。拥有红鸾知羽的人无论身在什么地方，只要通过知羽传出灵力，红鸾便能瞬间来到拥有知羽的人的身边。这个秘密只有红鸾一族知晓，然而聆龙一族自古耳听千里，可辨万物声，知道这天下间不少稀奇古怪的事，这一件便是它们知道的众多怪事之一。

聆龙胆子小，从战场救回梵音等人以后，确实知道了红鸾的能力，便千方百计跟红鸾讨要来了一缕知羽。

"我想着万一以后遇到什么危险，喊红鸾来救我。"聆龙低着头，嘟囔道，爪子不停地在梵音手上画圈，"谁知道害小音有危险，我不是故意的，对不起。"

北冥和梵音听来只觉不可思议，不知红鸾身上竟有这般秘事。

"那你刚才为什么不叫红鸾来救你呢？你已经怕成这样了？"梵音问道。

"食苍兽和小胖鸟是死敌,而且十有八九小胖鸟打不过食苍兽,单看体形就知道了,食苍兽比小胖鸟还要大出十倍。我怎么能喊它来救命呢,万一危险怎么办?"聆龙喃喃道,"可是我不知道那个该死的妖兽竟然那么厉害,一根小羽毛也被它发现了,害得它来攻击你。"聆龙抱歉地偷偷看了梵音一眼,"对不起,小音。你有危险,我会幻形来保护你的,刚才我就准备赴死一战了,谁知道我还没幻形,那个小子就喊里咔嚓把那个大块头给砍了……"说到这儿,聆龙打了个激灵。

梵音盯着聆龙,忽然把它捧到面前亲了一口道:"谢谢你,小不点。"

"哎!"聆龙一怔,嗖地站了起来,仰头看着梵音,一双金铃般的眼睛直盯着梵音清瞳,"你,你不生我气?"

"当然不会,你不仅替红鸾着想,又为我着想,我感谢你还来不及,当然不会生气了。"梵音笑眯眯道。

"真的吗?我以为告诉你,你就讨厌死我了,所以我刚才才不敢第一时间告诉你的。"眼看着聆龙眼睛里蓄上了泪水。

"真的。"梵音道,"不过,你以后就不要再想着保护我的事了,我保护你还差不多。"梵音说着,咯咯笑了起来。

"小音……"聆龙龙鳞发热,摇摇晃晃朝梵音走去,一双华丽的银丝耳廓张开,好像张开怀抱一般。

北冥一把拎起聆龙,揪到自己面前:"你看你还是赶紧回东菱吧。"

"哎哎!你放开!"聆龙挣脱道。

"北冥,你们刚刚没事吧?"话说着,莫多莉从一旁走了过来。食苍兽吐的黑水很快被干涸的大地吸收了。

"没事。"北冥应道,顺手把聆龙再次放到梵音手心里。聆龙还不高兴呢,梵音摸了摸它,安抚下它的情绪。聆龙一扭身蹿到劈极剑上,上上下下打量个遍,又用脚踹了踹,听见一声搁楞响赶紧蹿了回来。

"这黑水被大地吸干了,会不会再长出那些东西?"莫多莉道。

"应该不会了。"北冥踩着脚下黑土再次变干的裂缝。

原本莫多莉是担心北冥的,可此时看见他们几个聊得开心,却不知如何继续了。"我们现在可以上路吗?"话语间显得有些生分。

"再等等,经过刚才一番打斗,辽地不安分,我们先越过腐蚀地,找个地方暂歇。"北冥道。他之所以一开始没用重器砍杀食苍兽就是因为不想惊动辽地的狼族,这才用劈极剑砍伤了食苍兽一只眼睛逼它离开。谁知食苍兽感知到知羽的存在不肯罢休,北冥这才运力解决了它,弄出大动静。

随后几人潜行进入辽地深处。一路上没有发现蚀髓草，却也没有狼族动静。走兽出没，不再像之前有腐蚀地时那般死寂。忽而地面上有东西在扇动，息在树梢间的梵音灵眸一转朝那物看去。只见她一个激灵，不由贴靠在树干上。这般细小动作被停在不远处树干间的北冥发现，指语问她何事。莫多莉一直随北冥一起。梵音通知他稍等。一枚凌镜从梵音身边飞出，往地下探去。很快，凌镜里传来令梵音深感不适的画面，一个手掌大的褐色"巨蛾"从土里慢慢钻了出来，扑扇着带粉的绒翼，上面长着一只巨大的黑眼睛。梵音定了定心继续看去，发现那东西不是巨蛾，而是一片枯叶。她皱起眉头，给北冥打了个手势。

莫多莉亦顺着北冥的目光往下看去，轻声道："枯叶蝶？"

北冥小声道："不是蝶，是一片草叶。"

"我知道，但那东西就叫枯叶蝶。"莫多莉道。

"你识得？"北冥问道。

"很多年前在花婆的房间里看到过一次。"莫多莉解释道。

"花婆也有这个东西？"北冥问道。

莫多莉随后跟他解释。多年前，有一次她找花婆谈事，看见花婆在妆台前沉思，便走了过去，当时花婆手中正拿着这样一个东西。因为那东西形态丑陋，莫多莉一时厌恶便发出声音。之后花婆告诉她这东西叫枯叶蝶，是从辽地得来的，并让莫多莉不要再与外人提起此物此事。

"花婆是如何知道这个东西的来历的？"北冥道。

"我也不清楚，但据我所知，花婆是没有来过辽地的。"莫多莉道。

少时北冥想从树端落下摘得那片枯叶蝶，却被梵音制止了。只见梵音一个手势，身形从树影间隐了去，北冥同莫多莉一起也消失在林间。那地上的一株枯叶蝶越长越高，不一会儿便接近半人身高，枝干上缀满了将要纷飞的叶片，随风乱摆，诡异异常。那叶片上的眼睛好像会眨，反复轮转。

"小音，你怎么不和北冥待在一起，这里怪怕人的，你一个人不怕吗？为什么让那个女人和北冥在一起？"聆龙用冥声传响小声道。

"莫总司灵力不及我二人，让她跟着北冥比较安全，我在一旁策应即可。"梵音唇语解释道。

"我感觉咱俩也不安全呢。"聆龙不忿。梵音不语，看着树下状况。

"你看什么呢？"聆龙插话道。

"那东西会反视。"梵音道。

"什么？"聆龙刚开口，梵音比了个静音的手势。

嗖,一根棕色木刺从远处射来,啪,枯叶蝶枝断了。过了一会儿,只见一个圆滚滚的东西从辽地方向鬼鬼祟祟地奔了过来,身上还扛着一个大包袱。那家伙左顾右盼,蹑手蹑脚来到枯枝旁,瞅了两眼,从圆滚滚的身子里伸出两个毛爪子,麻利地捡起草叶扔进自己包袱里。

"它在咕哝什么?"梵音道。

"它说那东西是枯叶蝶,运气还不赖。"聆龙翻译着噜噜自言自语的话。眼下那个圆滚滚的粗笨灵兽是只身材肥大的噜噜,刚刚射断草枝的东西正是噜噜身上的棱刺。现在它正仰着鼻子四处乱嗅,好像在找什么东西。

不一会儿噜噜准备开拔,往辽地外的方向走去。当它正准备离开时,一个人挡在了它的面前。

"可否把你包袱里的东西借我瞧瞧?"梵音道。

噜噜不晓得梵音是从哪里冒出来的,嗷的一声吓倒在地。梵音瞅着它,忽然它细缝的眼睛在狭长的眼眶里嗖嗖急晃,紧接着身形变大,身上的棱刺岁了开来。梵音道了一句:"我不与你为难,只想看看你包袱里的东西。"

那噜噜不听,下一秒冲着梵音撞了过来。梵音手掌成冰,抬手一擒,一把抓住了噜噜的棱刺,奈何噜噜滚圆的身体比她高大数倍,竟是动不了了。噜噜气急,被攥在梵音掌中的棱刺突然激变,噗的一声从她拳心刺了出来。噜噜硕大的鼻孔拼命往天空喷着气,怒气满满。梵音掌心一凝,啪的一声,噜噜的棱刺化冰崩碎了。它的身形越发膨胀起来。

梵音摇头,与噜噜对话果真不容易。那家伙天性鲁莽暴躁,不由分说便与一切外物为敌,即使是它们同族之间,打架斗殴也是常事。梵音还欲开口讲话,可眼前的噜噜已经壮大成一个山丘那样大,看样子好好说是不行了。正当梵音准备御敌时,北冥一个空掌击出灵力,砰的一声闷响打在噜噜面门。

"呃!"噜噜咣当倒地,嘶的一声泄了气,变成原本大小,个头只到梵音腰间。噜噜捂着鼻子一脑袋闷在土里,像只鸵鸟。

"我刚刚看了这方圆几里,恐怕只有这一株枯叶蝶了,若是不跟它拿,我们找起来怕是要费一番功夫了。"梵音对北冥道。

"你把它打死啦?"聆龙道。

梵音笑道:"若是我,怕是要伤到它,北冥不会。"聆龙听着奇怪,莫多莉却在一旁不作声。梵音的意思是北冥对灵力收放掌握的力道极为精准,若说要伤你一分,绝不多添一毫。莫多莉看着他两人的配合如行云流水,彼此相知得仿佛深入骨髓,她的一颗心一点点沉了下去。

"我们问你要你包袱里的那株枯叶蝶,无意伤你。"北冥道。只见噜噜的身子一僵,脸依然埋在土里。"你们替狼族做事,就等于与东菱为敌,我杀了你也无妨。"忽然北冥周身杀气起。

噜噜听到,赶忙把脸抬起来,呜呜啦啦指手画脚地拼命比划着。

"它说,狼族给钱,它们才干活的,怎么就是与东菱为敌了?"聆龙在一旁道。噜噜一怔,一双细眼朝聆龙看来,紧接着隐了下去,半晌不语。

"怎么,不装傻了?"北冥淡淡道,这只噜噜显然精通人语。噜噜神态微动,仍不言语。

"你若要钱,我给你就是。不过,你要领我们再去一次辽地。"北冥道。

噜噜仰起头,整张脸陷在棱刺中,看不出表情。突然噜噜脸部下陷,跟着嘴巴吐出刺来。北冥上前一步,指尖指影刀叮当挡下棱刺,一拳打进满是棱刺的噜噜的身体中。

"小心!"莫多莉忍不住低声惊呼。

北冥用力一薅,噜噜的脸被拽了出来,龇牙咧嘴,相貌狰狞。狭缝中的眼睛拼命翻动,诡异至极。

"是你?"北冥道。

噜噜黑眼珠避到眼缝一角,钻营地看着北冥。

"我在东菱城抓过你。"北冥道。

噜噜一顿,眼珠慢慢从眼角中滚了回来,盯着北冥半天,突然粗着嗓子道:"是你!"原来眼下这只噜噜正是北冥当年在菱都城外拿下送到狱司的那一只。当时它暴躁伤人,北冥和端倪替姬菱霄挡下了它的攻击,然而就在国正厅的随从准备射杀这只噜噜时被北冥阻拦了。此时噜噜也认出了北冥。

"你也是给狼族修建宫殿的?"北冥低沉道。

"我不是,我是跟着它们进来顺道捞点好处的,我可没和你们东菱为敌。你赶紧放了我吧,那东西我给你就是。"噜噜道。

"你刚才还要攻击我,现在变得倒快。"北冥道。

"当年我就打不过你,现在更不是你对手,你赶紧放了我吧,大不了那些东西我都不要钱了,算我倒霉。"

"一提狼族你便要攻击我,还说你们不是一路的!"北冥恐吓它道。

"我没有!我不是!你别!放了我吧,求你了!"噜噜挣扎道。

"你在辽地看到了什么呢?"北冥忽而阴森道。噜噜一个寒战,惊恐地看着北冥。"说!"

"你,你怎么知道?"噜噜害怕道。

"你若不说,现在便随我一起去。"说罢,北冥拎起噜噜抬腿便走。

"别别!我说!我说!别再拽我进去。辽界里面有恶狼,像鬼一样,乱咬乱杀,我不进去,再也不进去了!"噜噜求饶道。

果不其然!刚才在北冥提出让噜噜带他去辽地时,噜噜立刻摆出了攻击态势,它要不是狼族的同伙,就是有什么原因让噜噜宁肯放弃金钱财宝也不愿意去。

"辽界里面的恶狼狰狞异常,比宫殿里面的还凶猛?"北冥道。

"没错!"噜噜道。

"也就是说辽地现在没有狼族了?"北冥道。

"好像是没了。你赶紧让我出去吧,别问了,这里不安生。"噜噜急道。

"辽界距离这里还有多远?"北冥道。

"什么?"噜噜一愣。

"辽地距离辽界还有多远?"北冥道。

噜噜惊愕地看着北冥,牙关紧咬。一旁的梵音和莫多莉不明白北冥的意思。北冥却看出自己问对了问题。这个噜噜不简单,孤身一人在辽地行走绝不是一般噜噜敢做的事。它刚刚情急之下说的辽界应该不是指他们现在所处的辽地。根据北冥的巡回蜂传来的讯号,方圆百里的地界除了飞禽走兽再没有狼族踪迹。

那一日,狼族撤离,似是早有打算。北冥回去后反复分析与修弥的战局,虽说他们找到了狼穴,可一切显得太过轻松,不合常理。以狼族肆虐成性、奸诈狡猾的劣性,怎么会轻易丢弃修建好的宫殿?只有一种可能,即被噜噜修建得万般宏伟的宫殿前不是狼族真正的老巢。

对辽地的边界东菱只是略有所知,而深处究竟是个什么情况,更无人知。然而眼下这只噜噜似乎知道很多关于辽地的事,从它口中说出的辽界绝不是人们认知中的辽地,而是辽地以外的另一个地方。

北冥审视着噜噜,沉声道:"你去了辽界。"

"我没有!"噜噜即刻否定道。可它说完自己就后悔了,立马用毛爪子捂住大嘴,但为时已晚。

"你说的像鬼一样的恶狼是怎么回事?"北冥道。

噜噜闭口不答,浑身紧绷。

"你不想和狼族为敌,现在却是在我手中。你想活着出去,还是死在我手里?"北冥的声音越发阴沉。聆龙刺溜一下伏在梵音耳后。

"别,别杀我,我说,我说。离辽地很远的地方,很远,大约三个加密山以外的距离,就是辽界,那里净是恶狼。成群成片,以撕咬野兽为食,熊、豹、虎都吃。我不要再去了!不去了!"噜噜战战兢兢道,拼命扭转。

"那像鬼一样的狼呢?"北冥眼神锐利。手中的噜噜突然一怔,整个皮囊都变得僵硬了。"说。"

"就是,撕咬野兽时候的狼族,连咬带扯,跟恶鬼一样。"噜噜道,语气突然变得平缓。

"你叫什么名字?"北冥忽而转了话题。

"什么?"噜噜道。

"你叫什么名字?"

"噜酱。"噜噜看着北冥道,"我记得你叫北冥。"

"北唐北冥。"

噜噜眼神一亮。"你怎样才肯放我走?"它问道。

"你包袱里的东西可以卖给我吗?"北冥道。

噜噜忽然抖擞了一下精神,试探着问道:"你真的要买吗?"

"是。"北冥道。

噜噜开始自言自语起来,叽里咕噜说着它们种族的话。聆龙道:"它说,那它可得好好盘算一下。"

噜噜猛地捂住自己嘴巴,忘了聆龙刚才就听懂了自己的语言。

"你包袱里有什么,我全买了。"北冥道。

噜噜一乐:"我怕你买不起。你知道,我们噜噜是不要你们东菱人的钱的,我们要的都是金银珠宝,真材实料。"

北冥放开噜噜,让它在包袱里翻找。等噜噜摊开包袱,在场众人都吃了一惊。那里不仅有刚刚的一株枯叶蝶,更有数不清道不明的各种草植,其中几株便是蚀髓草。还有一些狼族的獠牙,大约是从死去的狼兽口中卸下来的。把狼牙做成匕首武器最是锋利坚硬不过,只是,从死去的狼兽口中卸下来的狼牙时间一久便失去了毒性。包袱里还有一些让人叫不出名字的宝石,璀璨异常,好像狼兽的莹莹绿瞳。

噜噜拿起刚刚的枯叶蝶伸到北冥面前:"这个东西要一块金子,你有吗?"

北冥眉头一皱,他哪里会带这些东西。噜噜诡眼一翻,知道北冥拿不出手。噜噜一族最爱金银财宝,踏遍千山万水只为找到天下至宝。至于灵植,它们本身并不感兴趣,只不过人类喜欢得很,所以噜噜会顺便采摘一些和人类交换财物。它们去的地方多,自然识得许多罕见的灵植灵物。就在刚才,噜酱已经认出了枯叶蝶。这是辽地才有的一种通信灵植。噜噜久在辽地动工修建狼穴,自然留意到了狼族会用此种东西通信。

"没有钱,我可是不卖的。"噜噜表明道,全忘了自己还在北冥手中,简直视财如命,见利忘义。

"这些东西,你敢卖出辽地吗？这是狼族的东西。"北冥道。

噜噜听了不禁打了个嗝,立马掳回自己的东西,愤怒地收拾起包裹。口中骂骂咧咧,一听就知不是好词。它冒死闯进辽界,寻了一些宝贝,为的就是卖出好价钱,如今被北冥这样一说真是晦气！噜噜寻宝,哪次不是上刀山下火海,要是真怕,也就不会豁出命去寻天下宝物了。噜酱本想趁着辽地大乱,潜入其中从中捞一笔,谁想撞见这档子事,想想就觉得倒霉。

"你手里的蚀髓草,我全买了。"莫多莉道。

噜噜翻了个白眼,看莫多莉的穿着似乎像个有钱的,不像刚才那两个要和它干仗的家伙。

"拿东西来。"噜噜说着,已经系好了自己的包袱。

莫多莉从手腕上摘下一个珍珠手环,上面嵌着一颗晶莹剔透的珍珠,像是一轮圆月那般明亮。

"月沉珠！"噜酱的眼睛登时瞪得老大,圆溜溜的。梵音一撇嘴,心想,原来它们不是小眼睛。她也跟着往莫多莉处看去,果真是个了不起的珠子,看得梵音也觉得拔不出眼睛。

"用这个跟你换一包袱的东西也够了。"莫多莉道。

月沉珠是海灵鲸身体运化出的宝物,据说有了月沉珠的人在海底可以如水族一般进出自由,上升下潜随心所欲,是海中最名贵的宝物之一。这东西价值连城,即便有钱也是买不到的。礼仪部在东菱设立数百年,女儿家的东西数不胜数,珍奇异宝也是不胜枚举。但月沉珠这等贵重的天然灵器花婆也允许莫多莉佩戴,可见对她器重甚深。

"都给你！只要你把月沉珠给我！"噜酱二话不说,将包袱双手举过头顶。

"你这蚀髓草是在哪里采的？"莫多莉突然把月沉珠攥进手里道。

"就在辽地啊。"噜酱见她收起月沉珠,赶忙道。

"是吗？"莫多莉眉眼一挑道,"那我在这里等你,你再帮我找到十棵,我就把月沉珠给你。"

"十棵！怎么可能？方圆百里也没有十棵蚀髓草了！你以为那是遍地都有的野草啊？"噜酱粗声道。

"只有辽界才有。"北冥道。

"那可不是！"噜酱咧咧着，忽然又闭住了嘴巴，咕哝了一会儿，"你们到底换不换啊？这么好的东西，只有我才有！告诉你们，枯叶蝶这方圆百里也是再没有的！"噜酱擤着鼻涕，得意地嗅了嗅。

要说狼族的五感最盛，那唯一不比噜噜的就是嗅觉。噜噜一族天生灵力不佳，却是难得的幻兽灵族，幻化成的猫狗最擅躲避和逃跑。世上难以匹敌的嗅觉不仅可以嗅寻天下百味，还能嗅得奇石真宝，更厉害的是它们可以凭借嗅觉追查到弥天大陆上任何一个种族的灵力，衡量灵力的大小，寻找他们的位置。这诸多本领无一不为找寻宝贝和躲避强敌提供帮助。

莫多莉看了北冥一眼，北冥示意她可以。就在噜噜递过包袱接住月沉珠的一瞬，它嗖的一下消失了。紧接着一道灰影穿梭在林间，三两下就不见了。聆龙瞪着个大眼，下巴张得老大道："它幻形了！那是个什么东西？"

"应该是只猫。"梵音道。

"太快了，比我幻形的速度还快！"聆龙惊讶道。

梵音顺着夜色看去，眼睛眯了起来。果然是最擅躲避的种族，怪不得刚刚噜酱在明知与梵音实力相差悬殊的情况下也要应战。一是因为噜噜一族本身性子暴烈，二来就是它们有把握无论在什么情况下都能逃出生天。这一招幻影移形，就连梵音的鹰眼也觉得分辨困难，一旦混入夜色林间，实难发现。

"就这么放它走吗？"莫多莉道。

"追不上了。"北冥和梵音异口同声道，显然他二人都明白这只噜噜本领非凡。

莫多莉一怔，接着道："你二人也不行？"北冥和梵音同时摇了摇头。若不是刚才北冥抓住噜噜，又想方设法与它攀谈，恐怕那只噜噜早就趁他们不备溜走了。辽地不是外族的地盘，杀一只噜噜不难，可若是再用灵力保不齐会引起狼族注意。北冥刚刚在进入辽地时已经和食苍兽大打出手，不可再掉以轻心。

噜酱的一番话，含含糊糊，却也让北冥思虑起来。再往辽地深处前进显然是不明智的。辽界，那个他们闻所未闻的地方到底是何情况，他想一探究竟，可花婆的病等不了。三人当下决定返程。既然辽地之上再无异动，只能说明狼族统统退回了辽界。至于噜酱口中说的像鬼一样的狼兽显然不是信口开河，可就在北冥想继续追问时，噜酱已经换了态度，毫无征兆地收敛起来，全无之前的狂躁模样，这就更说明问题。但让噜酱都能守口如瓶的事情，再纠缠下去也是无果，北冥索性不再继续。

"蚀髓草只有辽界才有，那就是说，当时莫多莉进入辽地拿到蚀髓草后中毒，不是巧合，而是中了圈套。东菱里有人把莫多莉的事告诉了狼族。"北冥一路上思考着。可为什么要出卖莫多莉或者礼仪部呢？北冥不解，这似乎是无关紧要的讯息。

一路无言,三人马不停蹄连续奔走了十几个小时,终于在落日前赶回了菱都城。北冥亲自把蚀髓草送到陈九仁手上,陈九仁接过毒草,审视了一遍北冥,独自走到药房研磨。花婆在帐中安睡,北冥不便打扰。

　　"如果花婆有任何情况,还请莫总司及时相告,我一定全力相助。"北冥临走时嘱咐道。

　　"你放心。"莫多莉把北冥送出礼仪部,梵音在外面等着他。花婆需要静养,不宜人多喧杂,她也不便前去探望。等他二人离去,莫多莉站在廊前少时,漠然返回部里。当她来到花婆床前时,只听花婆道:"送冥小子走了?"

　　"花婆,您醒了。"莫多莉道。

　　"我本就没睡。"花婆道,"看清楚了吗?"

　　"看清楚什么?"莫多莉不知花婆何意。

　　"冥小子心里有你吗?"花婆直截了当,毫不顾忌莫多莉的面子,莫多莉瞬时一身冷汗,瞠目结舌。

　　"花婆你……"

　　"你以为我让你和他去辽地干什么,难不成真让你去拼命?"

　　"您怎么知道第五梵音会跟着他去?"莫多莉问道。

　　"我不知道第五会跟着去,我只是想让你跟着去,看清冥小子的样子。他一路猛进,不论你跟不跟得上他,都不曾放慢分毫,我说错没有?"莫多莉想着花婆的话,这一路确是这样,北冥驾着的豹羚全速前进,导致她的银豹羚几乎竭力过度,拖着一条命才勉强回了菱都。

　　"你念冥小子在辽地救你一命,这颗心便放不下他,但你不知,换作旁人他也会救。冥小子心善刚正,对他来说只是顺理成章的事,更何况你是我的爱将,情急之下他才顾不了那许多,就算之后他为此丢了性命,也不会有半分怨怼。"说到一半花婆咳了起来。"花婆,您别说了,快些歇着。"莫多莉无措,颤抖的纤纤玉指扶着花婆,心中难过。

　　"除了这以外,冥小子不会再对旁人有任何牵念。他十二岁开始带兵,摸爬滚打,早就和他父亲一样,一身铁血,行事果决。然而他的性格比起穆仁来,又多了七分犀利。所以你心里念着他,也是无用。"花婆停了下来,莫多莉不言。"第五那个小丫头能跟着北冥,我也放心了。"过了一会儿,花婆喃喃道。莫多莉又往花婆身旁看去。

　　"穆仁走了,对冥小子打击甚大,却也让他提早撑起军政部,不然姬仲能吞了他。

但若是第五梵音死了,冥小子一条命都得去了,不定变成什么样子。爱情这个东西,有时候就是这么不争气！没得理性,乱人心志！"花婆人在病中,却记挂着前线发生的事,瞬息变化她都记在心里。说到对男人女人的了解,没有一个人比得过花婆。

莫多莉沉默半晌道:"花婆,如果我说我不死心呢？"

花婆冷笑一声道:"哼,你从小争强好胜,什么都要最好,和我一模一样。让你死心,比登天还难。但是,多莉,人心这个东西不是你要就能有的,何况他早就给了别人。别最后落得和我一样。你比花婆聪明,所以花婆喜欢你,东菱的好男人多得很,配得上你莫多莉的大有人在。"说罢,花婆翻过身去,不再言语。

第八十七章
花婆的信

北冥出了礼仪部,梵音在阶下等他。北冥看着她的背影,静静站了一会儿,心里一团暖融,平和踏实,数日的疲惫烟消云散。"若是她此刻离开我身边,远走他处,我又会如何?"北冥心中闪念,"还好她没走。"薄唇不禁上扬。梵音回过身来看着他:"花婆好些了吗?蚀髓草有用吧?"

"陈总司拿去了,应该有帮助。即便一时无效,莫总司的血也能替花婆续命几时。以后我再想办法。"北冥道。梵音看北冥神色淡然,以为是花婆有了安稳的消息之故,不知是因为自己在他身边。梵音冲北冥笑笑。

"我们回去吧。"北冥道。

"好。"梵音道。

回去的路上梵音与北冥说了枯叶蝶的事。她发现枯叶蝶可以反视。人类用的长信草虽说也可以两地互通信息,却需要人力加工后才可应用,多数只能通过灵力传递文字。然而这枯叶蝶天生具有传信的能力,即便没有人操纵它,它那长在叶片上的黑眼睛也能把周遭的环境反视给另一方的枯叶蝶。刚刚梵音就在那令她不适的叶片上发现了端倪,她看到一片荒芜出现在了叶片上。

开始梵音还以为自己眼花,可就在她定睛看去时发现,那逼真的场景真的出现在了枯叶蝶的黑眼睛上。荒芜的场景甚为辽阔,梵音的鹰眼甚至透过漆黑的叶片看到了天空和飞鸟。只是那需要极强大的瞳力才能办得到、看得清,不然没有人会留意那漆黑丑陋的叶片能有什么作用。再联想噜噜说的话,梵音看到的荒芜很可能是辽界里面的状况。

"这种东西,花婆为什么会有?"梵音问道。两人边走边说,很快到了军政部。

忽然,北冥身子一怔。一道摄人的寒袭从他耳边飞过,半面空气瞬息成冰。梵音在他另一侧,当她回身时,那道凛冽的寒芒消失了,她甚至还来不及察觉。

"你当我是摆设吗,北唐!"一声低沉的寒冽在北冥耳边响起,冷羿已来到了他的身侧。

"哥。"梵音叫了出来,冷羿避过了梵音。

"我定会让你吃不了兜着走!咱们走着瞧!"冷羿发狠道。梵音擅自做主离开菱都与北冥前去辽地探查,冷羿把这罪过全都算到了北冥的头上。

两人还没交涉完毕,又一道强风袭来,砰叽一下把他二人撞开老远。只听一个粗声粗气的大嗓门道:"老大,你这几天去哪儿了?可想死我了。你下回再偷偷出去可得告诉我啊,不然我该不高兴了。"赤鲁撒娇般地嘟起了大嘴,"还有,本部长,你以后要再有什么任务布置给我老大,你得跟我说一声啊,我好陪着她一起去。走吧,老大,回屋吧。累了吧?我帮你拿东西,哦,也没什么东西可拿。哈哈。那咱们快进去吃饭吧,我给你留着呢。"

"你知道我今天回来?"梵音撇嘴道。

"哎呀,你别跟我较这个真儿嘛,你回不回来食堂不都有剩饭吗?走吧走吧。"赤鲁哄着梵音,快快离开了那两人身边,自己随着梵音飞也似的进了军政部。

北冥和冷羿齐齐向他二人看去,眉毛不约而同地抖动了两下。

当夜,天阔来找北冥。北冥临走那日交代天阔去查叶有信的死因。北冥离开后,天阔不停地在为叶有信的事情奔波,然而能查到的资料甚少,他请教过父亲,可穆西也不甚了解。叶有信当年因哮喘突发死亡,聆讯部搜证后很快便存档结案了,无人再去追究。

叶家世代袭承通信部各处要职,对研发通信灵植和灵器颇有天赋。军政部现在所用的灵器巡回蜂就是出自通信部灵匠之手。叶家人的灵法延展性极强,虽说在攻击力和防御力上偏弱,但穿透力超乎常人。他们把自己的灵力所长与长信草融合,培植出了通信性极强的灵植,更与灵器相结合,在没有铸灵师的帮助下,凭一己之力造出了巡回蜂,这不仅让各部受益匪浅,更让聆讯部端家对叶家刮目相看。从此叶家在东菱站稳脚跟。然而到叶有信这一代,却只剩下他一个独子。叶家人天生体弱,与灵枢陈家关系颇为密切,时常需要陈家出手相帮。

据天阔了解,叶有信是死在自己的办公室中。因为是总司病故,聆讯部自然派人前去查看,但未发现有何不妥,于是又请来陈九仁帮忙鉴定。陈九仁最后得出的结论与聆讯部一致:叶有信是病故,其死因为哮喘。这一事简单结束,叶有信的事也就不再有人提起。

聆讯部与军政部的关系日渐生疏。虽说天阔也发现端镜泊在北唐穆仁的葬礼上驻足良久，可他总觉得自从大伯故去后，聆讯部与军政部的关系更加不如往日。之前听哥哥的转述，要说当日在国正厅哥哥拿下军政部主将一职的任命，端镜泊旁敲侧击，没有阻止算是相帮，那之后他们一起去通信部发现管赫死亡后端镜泊的态度却不甚友好，更有独揽处理之意。一时间，天阔即便想从聆讯部要出叶有信的卷宗也是不可能的了。

天阔反复思量，查遍了军政部现有资料库中与通信部相关的资料，可都与之无关。当日夜里，他独在休息处冥想，连晚饭时崔雅来找他也是连门都没有开。天阔用手指轻点着桌案，脑子里想着一切和叶有信有关的事。既然叶家到这一代就剩他一个独子，那就从他上一辈开始查起。天阔很快找到了叶家的资料，果不其然，资料显示，叶家人世代身体不佳，少有长寿之人，多于六十前后故去。

叶有信当年故去只有四十多岁，这样看来是早了些。天阔暗自揣度。他继续翻阅资料，忽然一处地方引起了天阔的注意。他又快速浏览了一遍叶家的全系家谱，一个信息进入了他的视线。花若水、花灼、花漾、花嵌叶……叶家近七代的族谱里有四辈人娶了花姓女子为妻，直到叶有信祖父这一辈才不再有这个姓氏出现。天阔放下叶家资料，立即冲到资料库找寻花家一脉的资料。他希望自己的判断没有错。

天阔第一时间便查询到了花家的资料。东菱国甚大，军政部当然不是资料库，不要说平民百姓，就算在东菱有一官半职的人也不会在军政部资料库存档，然而，灵法超群的世家血脉和世代在东菱任职的官员，军政部对他们的资料都有备份。花家，世代在东菱礼仪部任职，天阔想找到这个毫不费事。然而这世上姓花的成千上万，真的如他所料吗？他快速翻到资料的最后，花嵌叶、花漾、花灼、花若水的名字再次出现在他眼前，天阔连日混忙的大脑终于出现一丝兴奋感。他又立刻翻开最后一页，花婆的名字出现在那里。

这花家和叶家算是世代联姻了，天阔暗道。他把目光定在花婆祖辈的那一行人中。差了二十岁……天阔独自念道。花婆祖辈一行人中只有一个姓花的女孩，然而这个女孩比叶有信的祖父整整小了二十岁。"所以他才没有再娶花家的人。"天阔喃喃道。他的目光继续向下搜索，叶有信……天阔的眉间突然一蹙，他比花婆小十二岁……"这个年龄若说婚配，也无妨啊。"天阔闪念。然而事实上，花婆和叶有信都未婚嫁，他二人均是独身。

"哥哥正是从礼仪部返回时让我即刻去查叶有信的死因，他一定是发现了什么蹊跷。"天阔的大脑飞快思索着。他把手伸进衣兜里，拿出北冥给他的枯叶蝶，现在它只是一片毫无灵效的枯叶。天阔看着它，突然掌心一攥，枯叶碎成粉末。跟着他灵力一出,碎末随着他的追踪灵力在资料库中飞速蹿了出去,天阔一个箭步跟上,直往资料库最深处探去。嗖的一下,这簇枯叶末停在了一道门前。

"大伯。"天阔道。眼前这扇木门里面正是北唐穆仁专属归存卷宗的地方。准确来说,这里是世代军政部主将独自归存档案的地方。除了主将一人,无人再可进入。

天阔二话不说,拿出钥匙,加注灵力密语密匙,轻一转动,资料室的房门开了。资料库的钥匙是北唐穆西交给他的。大伯离世,父亲休养,军政部最机密一层的资料保管库的钥匙便由天阔保管了。只见那簇粉末倏地蹿了进去,几个回转,停在了一排书架旁。天阔打开灯,跟了过去。一卷用羊皮包裹严实的卷宗出现在天阔眼前。

羊皮里面是个纸筒。天阔打开纸筒,里面只有薄薄的一张纸。一片东西随着泛黄的纸稿滑了出来,枯叶蝶,是一片枯叶蝶。天阔深吸一口气,接住枯叶,正和北冥给他的那片一模一样。他的眼睛扫到纸稿最下方,登时一怔,只见纸稿最后的落款写着:花婆上。

原本毫不搭界的混乱信息,在天阔脑子中迅速织成了关系网,让他在最短的时间内找到了踪迹,这就是他天赋异禀的地方。要说他捏碎枯叶蝶使用追踪灵力是灵机一动,不如说他早就在缜密的推理过后,用唯有的一丝证物去找有可能与之相关联的一切。枯叶蝶是北冥从管赫的办公室里得到的,叶有信又是管赫以前的上级,管赫有的灵具,叶有信可能也有。

北冥读着天阔递给他的卷宗,听着他的叙述。说是卷宗,其实是一封花婆写给父亲北唐穆仁的亲笔信。信中语气颇为隐晦沉重,全不像以往花婆对北唐穆仁混不吝的熟络样子。信中写道:

> 穆仁吾弟,姐姐有一事相求,请你相帮。叶有信猝死,我想查明他的真正死因,但姐姐能力有限,人脉颇浅,希望你能帮我彻查。无论最后有无真相,都请如实告知。此事只有你我姐弟二人相知,切勿再让第三人知晓。多谢吾弟!
>
> 这片不知为何物的叶片是我从叶有信家中找到的,我没见过这东西,但总觉得这东西颇为鬼气瘆人,拿给你也许对你有帮助。聆讯部的人没有搜到此物,也搜不到了。
>
> 花婆上

信中内容简短,却可看出花婆对穆仁行了大礼。先说相求表明此事对她来说不能再重了,全不顾自己与穆仁的长幼身份,宁把自己放在后面;后才说相帮略显亲厚。信中下方写了一个"阅"字,出自北唐穆仁亲笔。"阅"字之后北唐穆仁又批了一段文字,上面写着:

> 花婆此事,我亲力亲为多年,未在东菱等诸国发现与此叶相同的植被。据我推测,这植被若不是出自大荒芜就是辽地。叶有信死因为哮喘病发,我只能与花婆这样汇报。其他不宜再言。

北冥看着父亲的笔记,静默片刻。

"父亲不想让花婆知道他的揣测。"他开了口,语气不是在商讨案情。这两个长辈对他来说都是重要的人,现在失去了一个,另一个性命垂危。在这个时候,他又从一封信上看到了两位长者相互信任、互为对方着想的样子,心中感念。

"是。"天阔应道。

"怪不得叔叔对此事一无所知,连枯叶蝶也未见过,原来是花婆的意思。"北冥道。花婆不愿让除了北唐穆仁以外的任何人知道她所托之事。

"花婆和叶有信的关系不一般。"天阔道,"只是我没想到这东西会被花婆找到。"

北冥看了天阔一眼,沉声道:"你不是没想到,你是想得太快了。"

通信部总司唐突过世,军政部真的没有卷宗?天阔想过这个问题。他的思维敏捷程度超过了他父亲,且不受军中影响,更为发散。事实证明他找到了卷宗,在大伯的机密资料库里,这也解释了为什么北唐穆西对此一无所知。北唐穆仁和北唐穆西两兄弟血浓于水,当然没有秘密可言。但两人在军政部年长,行事作风贯彻了军队固有的模式,分工明确,加之穆仁忠厚刚正,有些只可主将一人知道的秘事不宜与外对接的,或军机处单独上报的,即便是对亲弟弟穆仁也不会多言。

而北冥与天阔不同,虽然是堂兄弟,但兄弟之情甚笃,从小一起长大,两人秉性相得益彰,又都是机警聪慧之人,三言两语便能知道对方意图,颇为相通。兄弟二人合作起来更是游刃有余。

"我只是想,也许大伯那里会有存档,却没想倒是花婆给的。"天阔直言。

"我从莫多莉那里知道,花婆手中还有一片枯叶蝶。"北冥道。天阔点头,却不觉得吃惊。"从管赫到通信部到叶有信再到花婆,人物关系串连起来,这枯叶蝶就是疑点,也是钥匙。如此看来花婆对叶有信的死耿耿于怀,唯一能够信任求取帮助的就是我父亲,于是她把东西交给了我父亲。一切都顺理成章,你却在不知道前因后果的情况下,找到了这封信。天阔,再过两年,你来当我的参谋长。"北冥道。没有人比他更清楚,天阔嘴上说没把握的事,其实脑子里已经有了七分关联、五分判断和三分可能性了。

"好,弟弟全力而为。"天阔郑重道。

随后两人正式推演起叶有信和管赫的死因。枯叶蝶的出现说明叶有信和管赫与狼族都有关系。至少,叶有信是有直接关系,而管赫有可能是从叶有信手中得到枯叶蝶,并且藏了起来,纳为己用。然而无论是谁,最后都没有留下多余的枯叶蝶。那东西一旦离开辽地,没有特殊的灵力培植根本无法存活。如梵音所查,枯叶蝶有反视作用,管赫用此功能监视着东菱各部的一举一动,纯属窥探心理作祟,那叶有信又是为了什么?他身为世家子弟,不乏权贵,对这些东西应该不屑一顾才对,不比管赫初掌大权,外表隐忍,内心波澜。单看管赫秘密建造的华丽气派的办公厅,就知他这人内心狂躁,贪得无厌。

管赫因为主将的牺牲表面上引咎辞职,背地里一定不甘。他最后死亡,像是猝死,更像是畏罪自杀,却怎么都说不过去。北冥和天阔断定他是被暗杀的,有人封了他的口。

"叶有信死后三年,管赫才当上了通信部总司,而这三年之中,通信部总司之位一直空缺。"北冥道。

"不能操之过急,招人耳目,所以位置一直留着。"天阔道,"管赫和国正厅走得最近,最后名正言顺当上了总司。叶有信的死会不会是国正厅里面那位下的手?"兄弟二人相视,有着同样的默契。

"只为一个总司之位?"北冥觉得这个理由似乎不够充分。

"哥,你说枯叶蝶有反视作用,那叶有信会不会是看到了不该看的东西,而被灭的口呢?"天阔道。

"这只能算是假设。"北冥道。

"如果假设成立,这就是比一切都致命的理由。"天阔道,那阳光通透的眼睛好像能看到罪恶的深渊。北冥知道天阔那对事件发展的敏锐嗅觉开始启动了。

"那就查下去,别让花婆知道。"北冥道。

第八十八章
军政部的偶像见面日

数月过去，天气回暖，军政部休整完毕，北冥向全国正式下达了征兵启事。在这之前，国正厅通知东菱上下司部会议商讨狱司司长人选，并宣告裴析叛逃一事。连雾拿出了裴析叛逃的证据。在裴析离开后，连雾打开了裴析办公室的秘箱，那个硕大的青铜铸造的方桌里面有裴析与狼族修罗通话的信笺，信笺中他告诉了修罗莫多莉潜去辽地之事和花婆中毒的事。他让修罗有所防备，故意在辽地外圈安插了几株蚀髓草，草叶上涂满毒液，使莫多莉误中狼毒。连雾站在国正厅会议室中央拿着证据平铺直叙地向东菱各司众指挥官阐述着，行事颇稳。在他说到裴析与狼族里应外合、狼狈为奸出卖东菱时，姬仲忍不住用眼角偷偷瞄了一眼北冥。北冥目光锐利，审视着连雾，看不出波澜，姬仲赶紧收回了目光。

随后连雾又拿出了数具婴儿残骸和被裴析咬成断枝破叶的蚀髓草，那上面的狼毒灵枢司的人一验便知。裴析身中狼毒之事被曝光出来。这些年裴析一直和狼族暗中交往，通过加密山的噜噜偷偷购买蚀髓草续命解毒，但那东西必须配备婴儿血才能发挥疗效。听到这儿，坐在北冥一旁的莫多莉已经气得浑身发抖，脱口而出："混账东西！"既是为了自己，也是为了花婆。

然而据连雾汇报，最近一年里裴析已经无法从噜噜处获得蚀髓草，这使得他的狼毒愈发严重，终难自控。为了从狼族得到蚀髓草，裴析听从了修罗的吩咐，打开狱司囚牢，致使菱都祸乱，牵扯战局。连雾把修罗给裴析的亲笔信笺呈上，供国主、主将和众总司传阅。众所周知，狱司底的钥匙只有狱司长一人持有，就连国主也不知道狱司底圈禁着食苍兽和狼兽，能放他们出来的也只有裴析一人。看到这儿，在座的指挥官们开始骚动起来。

连雾眯眼恭敬地看着每一位传阅的人,到了北冥手里时,他温顺的笑脸不知为何有些发僵,像张假面。北冥审阅后看向了连雾,道:"你怎么打开裴析秘箱的?"他的眼睛一转不转,像柄重器立在那里,连雾探得到底,却不敢上前。

"属下不才,打造了几柄钥匙,其中一把打开了秘箱。属下这么做也是为取证,还请主将明示。"连雾恭敬道。

在说完裴析中毒、出卖莫多莉、打开狱司后,大家本以为裴析的恶行到此结束了。谁料,连雾深吸一口气,缓缓道:"主将,属下还有一事禀告。"他特意把北冥放在前面。姬仲端坐着,没觉有什么不妥。北冥看了他一眼,没发话。连雾停了半响,继续道:"裴析断了北唐穆仁主将在北境的通信,导致军政部主力全线受阻,最终战力耗损,伤亡惨重,北唐穆仁主将牺牲。"连雾掷地有声道,一双眯眼已经睁开,站得笔挺,细长锐眸正正对着北冥,"这是属下在他办公室搜查到的最后一份信函,请您过目。"

北冥接了过来,上面清清楚楚写着修罗对裴析的要求,如若不为,他必死无疑。让一个狱司长毁了通信设备简直就是小菜一碟,几枚暗器就能搞定。北冥的眼神在信笺上游走了两遍,这是唯一一封直接指向他父亲的,上前字字分明地写着,切断北唐穆仁军队的通信设备。北冥看完,把信笺转给了坐在他身旁的国主。姬仲接过,认真审阅着,等他看完,北冥道:"您怎么看?"

"什么?"姬仲一顿,没反应过来。

"通信部的事和狱司的事。"北冥道。

"看来导致穆仁通信中断的事不单单是管赫失职这么简单了,还得严查!"姬仲严厉道,"是我之前想简单了。北冥,有狱司的这些证据,我们还可以进一步调查!穆仁的牺牲不只是力竭这么简单了!裴析我定要抓回来审判,给你公道!连雾,你这就从狱司派人,查探裴析踪迹,必须给我抓回来审判!"

"是!"连雾道。

这次会议用时颇长,从取证到供述,全由连雾一人包办,在座不少指挥官对此深表感叹。会议最后,姬仲提出狱司长空缺已久,不能再这样闲置下去,连雾办案有功,觉察力强,就由他主办裴析一案,至于狱司长一职,想听听在座指挥官的意思。最终,连雾顺理成章地成为代理狱司长。在听过姬仲的耳提面命后,连雾返回了狱司,回到了自己身为捕手时的房间。他在东菱没有家,吃住都在狱司,办公室和卧室是两个连着的小房间,二十几平米,将将够他自己住。

连雾进了房间,反手关上房门,深吸了一口气,冷汗唰地落了下来。"你怎么打开裴析秘箱的?"北冥在会议上的询问让他差点露出马脚。他如实回答了,"属下不才,打造了几柄钥匙,其中一把打开了秘箱。属下这么做也是为取证,还请主将明示"。连雾回忆着自己的作答,白皙的脸突然抽动了一下。他不敢说假话,当着北冥的面,他不敢说假话,会被看破。那双像他身上背着的重器一样的眼睛,连雾不敢不直视,一个慌神,都能压死他。

在那一瞬,连雾有想过要不要拿出裴析出卖主将,断了军政部联络的伪证,因为那是连雾自己亲笔仿造修罗笔迹的假货,一旦被北冥识破,他必死无疑。然而那犹豫只耽搁了瞬秒。在北冥面前,他必须说谎!他要把这个谎天衣无缝地圆上!不然,一旦有缺口,北冥那滴水不漏的犀利会让他功亏一篑!

"他怀疑了。"连雾暗道。北冥不仅怀疑他的取证,更怀疑姬仲。那个看似漫不经心的把证据递给姬仲时的问话在之前几个问题上都没有过。"他在测试姬仲的反应。"连雾忽然一声冷笑,国主果然不是个草包。在面对北冥突然抛出的问题时,国主如往常一样,好大喜功、一脑袋糨糊的样子真是完美呈现。连雾笑到一半,嘴角戛然顿住,接着慢慢垂了下去,越闭越紧。姬仲、北冥,没一个好对付的。没关系,咱们走着瞧!

连雾这环环紧扣的证据套死了裴析,军政部一时间找不到任何漏洞。之前北冥在辽地看到狼族持有狱司打造的锁骨匙用来控制被胁迫的战士,通过裴析这次反叛的铁证,似乎也有了合理解释。东菱各部逐渐风平浪静下来。不久后,北冥正式下达了全国征兵启事。军政部各部全体出动,每天报名的人人山人海,围得东菱山水泄不通。

军政部每五年征兵一次,以往从没这样热闹过。刚刚接任一分部本部长的颜童这些天有些头疼,他已经连续半个月守在试炼场了。人们由最开始的一对一试炼测试逐步提高到十对十,十人一组。报名人数太多,颜童不得不更改规则,不然再招三十天,也是招不完的。

"子游,你去帮我盯一下!我头疼得厉害!"颜童刚吃完早饭就去试炼场了,然而没到十分钟就跑回来了,一屁股坐在餐厅饭桌上,喝了三大杯水,太阳穴上的青筋噔噔噔地跳。子游是一分部三纵队队长,此次战役留守在东菱没有去前线。颜童升为部长,徐英重伤退役,邢真还在养伤,之后接替一纵队队长的职务。现有的三大作战部,没有一个不缺人手。

"咳咳,部长,您昨天已经一天没出去。咳咳,不少人想……"子游比颜童小一岁,属于机敏策应的类型,身材精干,没有徐英壮实,也不及颜童挺拔,但甚为灵活。

"我出得去吗我!"颜童没好气道,吓了旁边吃饭的梵音一跳。还没等他说完,又有一个急匆匆回来的人一屁股坐在了椅子上,咕噜咕噜也喝了三杯水。

"你又怎么了？"赤鲁挑起眉毛看着脸色微红的白泽，眉眼秀气的他鲜有急躁的时候。

"没事。"白泽轻一皱眉，白皙的小脸有些像个女孩子。忽然，一个灵枢部的女孩蹑手蹑脚向白泽走来，小声道："部长。"

"嗯？"白泽应声。

"那个，咳咳，我表妹想要一个您的签名，她已经排队来了三天了，都没看见您。我说您忙，没工夫，这不今天终于看见您休息一会儿了。那个，您能不能抽个空？"小灵枢面带微笑，甜甜地看着白泽。只见白泽猛一回头，气声道："你哪只眼睛看见我清闲了。没空！告诉赫连宣，今天最后一天！灵枢司的人够了，不用再招了！"赫连宣，灵枢司一纵队队长，是个做事稳健的男人，不喜说笑。

白泽这一叫，把北冥也吓了一跳。他不用负责征兵，正和赢正不慌不忙吃着早饭。白槊看见儿子失了礼数，咳了一声。女灵枢脸皮薄，被白泽当着这么多人的面呵斥，一下子转身跑了出去。白泽的脾气在军政部是最温润的，他们部里的人不论男女都不怕他，大都很喜欢和他一起共事，能学到本领不说，人也舒服。

"什么情况？"赤鲁悄声对梵音说。梵音摇了摇头，低声道："不知道啊。"

"呀！你衣服怎么了？"梵音突然看见白泽的军装上衣下摆处被扯出了一个口子。白泽一低头，腾地一下面色通红，急匆匆跑了出去。

"颜童，征兵人数还差多少？"北冥道。

"四万左右。"颜童道。

北冥这次征兵比以往扩充了三倍兵力，还不算要填补上战役中耗损的兵力。半月之内，全国各地前来报名的人数更是接近百万之多。三分之二的人选被留在菱都城外，由韩战统一部署。北冥今天就要去城外视察情况。由主将一手统领的亲军人数众多，北冥这几日暂没听到韩战有何应策难处。

"韩战那边还缺两万，一分部还缺五千，二分部还缺四千，三分部征兵完毕。"颜童简短地跟北冥汇报着。北冥把主将以前的亲军从五万人扩充到十万，一分部和三分部均从一万扩充到三万，二分部由一千扩充到五千。

"二分部怎么回事？"北冥道，转头看向梵音。

梵音一怔。这次招兵的事冷羿全全拿下，甚至没让梵音插手。赤鲁和梵音一起去过试炼场几次，却被冷羿的人逐了回来，说是不要扰乱他的进程。赤鲁原本就不喜欢这人多烦躁的琐事，既然冷羿出头他也乐得清闲。梵音为了保险起见，让钟离与冷羿一起，相互配合。冷羿这些天忙得根本见不到人影，梵音与他通信也不见回应。幸好有钟离一直汇报状况，说是一切稳妥进行，几天之后就可完成。二分部此前战役伤亡过半,然而现在还剩四千人没有招募到,着实说不过去了。冷羿到底在干什么?梵音心中疑惑,半个月了一个人都没招到。

梵音眉头一皱,甚感不妥,理亏道:"我这就去看看。"

"怎么,当了主将以后脾气也见长啊,主将。"只听一个阴阳怪气的声音从大堂外传来。

"冷羿。"进来那人正是冷羿。梵音见他针锋相对的态度,即刻出言制止,换上平时部长御下的做派,不论兄妹。

"你该称呼我为哥哥。"冷羿盯着北冥。他进门时听见北冥"质问"梵音,其实北冥只是照例询问状况,没有任何态度,但在冷羿耳朵里听着就是不顺当。

"冷羿!"梵音板起脸来。

"主将不是问你怎么征的兵吗?那你今天就随我一起去看看吧,让主将也跟上。如何,第五部长?"冷羿跟梵音说着话,眼睛却是看着北冥。

"你瞅瞅让他干点事儿那个样儿,谱都摆到天上去了。"赤鲁吧唧着嘴,跟梵音嘟囔着,用眼睛挤了一下冷羿,都快成三角眼了。梵音无奈摇了摇头。

不仅北冥应邀,干脆整个军政部的指挥官都跟着冷羿出去了。征兵到了最后几天,指挥官们也想看看这次招募的质量。还没等到山中的试炼场,就听到人浪的呼声。征兵到了尾声,名额越来越少,年轻人争先恐后怕被刷下来。北冥他们从山顶下来,想看看报名的情况,发现人员有序,一切控制得非常得当。

"为什么?为什么灵枢部不再招人了?招募不是还没有结束吗?"忽然只听一个女孩跺着脚高声道。

"抱歉,我们部长刚刚下达了指令,灵枢部人员已满。您请回吧。"一个负责招募的士兵道。

"部长,你是说白泽部长吗?他今天来了吗?他来了?在哪儿?在哪儿?"女孩忽然兴奋道。

士兵忽然眼睛一转道:"您是不是昨天来过了?"

"是啊。"

"被刷下去了?"士兵继续道。

"对啊。"

"那您今天还来干什么呢?"

"我昨天没有见到白部长,今天想再见见嘛!前几天人太多了,我也没有挤进去!"女孩气道。

"噗!"赤鲁喷笑出来。白泽在他一旁嘴角抽动。"他在这儿。"赤鲁欠嗖嗖地嚷了一句。

"别!"白泽出口时已晚。

女孩忽然回过头来,一声尖叫窜天而起:"啊!他在那儿!"话音刚落,乌压压一片女孩冲了过来,有几十个那么多,都是这些天守在这儿的。"白部长在那儿!"她们哇的一下冲白泽冲了过来。白泽拔腿就跑,出溜一下没影儿了。只见一个人默默往后退了几步,闪到赤鲁身后。

"干吗呢?"赤鲁道,看着颜童。颜童呲的一声让赤鲁闭嘴。"咋了?人家白泽那个小书生有追求者,你跟着躲什么,颜童?"

一个女孩的耳朵抖动了一下,眼睛滴溜溜往这边看来。"颜队长……"说完,哇的一声跑下山去。

"颜队长也来了吗?"唰,一伙人齐齐往颜童的方向看来。颜童道了一声:"主将!我先进去了!"说着,唰的一下闪身进了试炼场,无影无踪了。

"在哪儿?在哪儿?"听见颜童的名字,又有几十个女孩冲了过来。"颜队长在哪儿?"长发飘飘的女孩子手里还拿着条幅,旁边的人捧着鲜花。

"老大,条幅上写的什么?"赤鲁奇怪道。

"呃……"梵音有些难以启齿。

"写的啥?"赤鲁又问道。

"哼!颜童有什么好!"忽然一个刺耳的声音传来,四五个女孩叉着腰,不屑一顾道。

"你们说什么!颜队长不好,难道是白泽好吗?哼!他不过就是个灵枢!"十几个女孩冲了上去理论。

"没有他,军政部活得下这么多人吗?你再说他一句试试!"又有几个女孩加入了维护白泽的队伍。

"颜队长可是双属性灵能者!你懂吗你!你见过吗你!井底之蛙!"

"双属性又怎么了!会喷火又怎么了!第五部长还会用冰呢!到头来,没有我们家白部长不都要小命不保了!"女孩们七嘴八舌地嚷嚷着。

"咳咳咳!"梵音听到有人提起自己的名字,还说什么小命不保,很是尴尬,咳嗽起来。

"妈呀,这些个女孩子是为了颜童和白泽在打架吗?敢情是啦啦队啊!这都哪跟哪啊?"赤鲁看得犯迷糊。

"没有白部长,贺拔队长也得死掉!"一个女人突然道。

"噗!"赤鲁听到这儿也喷了出来,这都什么情况?"哎哎哎,你们几个,瞎嚷嚷什么呢？这里是军政部招兵的地方，你们女孩子来掺和什么？"

"我们是来送行的！"争吵的女孩们瞬间统一口径，大声道。

"哎呀！"赤鲁吓了一跳。

"哎，这个人是，是贺拔队长！你们快过来，贺拔队长来了啊！"

"啊！天啊，啊！第五部长！你是第五部长吗？啊！你们快来啊！第五部长来了！"女孩子们在看到赤鲁身边的梵音后，瞬间放声道。

"怎么了？怎么了？这是怎么了？"赤鲁紧张道，"要打架吗这是！"

忽然，一个女孩愣在了那里。北冥正从征兵处看完今天的情况往这边走来。女孩屏息凝视，北冥抬头望了过来，只觉征兵处外有些嘈杂，颜童跑得太快，已经进了试炼场。他还想在外围看看。

只听咣当一声，女孩倒了下去。

"啊……啊……啊……"赶上来扶她的女孩在走到一半时也停住了，眼光直直看着北冥的方向。

忽然一声窜天响，一个女孩飞也似的离开了，跟着一群女孩静谧得一声也不出了，手里的东西掉在了地上。

"怎么了？"北冥道，示意执勤的灵枢赶紧上前看看昏倒的女孩。

"北唐……北冥……"一个短发的女孩断续喊出北冥的名字。

北冥看了看她，确定自己不认识她，声音低沉地疑虑道："你是？"

女孩双手掩面，哇的一声哭了出来。北冥凌眉动了一下。

"本部长，哦不，主将……你把人家怎么了？"赤鲁狐疑地看着北冥。梵音尴尬地站在一旁，又往赤鲁身边错了错。显然这些女孩是为了军政部的军官而来的。她忽然觉得站在北冥身边有点别扭，嘴里似乎想发出和赤鲁一样的声音："啧啧啧。"莫名地对这种场景有些嫌弃，不过梵音还是忍住了。

女孩们越来越多，差不多聚集了上百人，一个个不出声地看着北冥。北冥突然理解了上午颜童和白泽的异常，现在他感觉后背直冒冷汗。梵音和赤鲁错着步子悄悄往试炼场走去。

"主将……"一个女孩突然开口道，"我好喜欢你。"

北冥眉头一皱，对一旁不出声看热闹的士兵道："送她们下山。之后再有这样的情况，就不要让她们上来了。"

"是！主将！"士兵道。

"我们是来应召入伍的。"一个女孩大着胆子道。北冥向女孩子们的手中看去，果然所有人都过了初试，每个人手中都拿着通行卡。

"那就去那边排队吧。"北冥道。

"你负责哪个分部?"女孩直接道。北冥不再言语,转身往试炼场走去。

"笨蛋!主将当然负责整个军政部了!"旁边的女孩喊道。

"只要我进了军政部,是不是就可以经常看到你啦?"女孩跳着脚道,笑得直开心。

"你们几个应该过不了中试的。"士兵提醒道。

"谁说的!"女孩们怒气冲冲地回过头。

"灵枢部已经满员了,你们还是……"士兵委婉道。

"那我们就去一分部和二分部,哼!"女孩子转身往会场另一端跑去。目前只剩下一分部和二分部的人还没有满员。然而那里的灵浪使得女孩们还没走到跟前就已经退了回来。十人一组的队伍如火如荼地竞争着最后的名额。所有人的灵力都被淋漓尽致地发挥着。梵音等人已经到了试炼场的最高看台上。今年入伍的士兵灵力颇强,都是层层选拔上来的,其中有人已经到了队长一级的能力,不容小觑。

观战的指挥官席引来了应征者们的注意,北唐北冥的身影出现在了那里,年轻人开始躁动起来,跃跃欲试。一时间,他成了热血青年们的终极目标。场下的比试愈演愈烈。

"主将,没想到你这么受人欢迎啊,不论男女。"这话从赢正大叔嘴里出来怎么听都觉得有点别扭,可他说得又没错。梵音和赤鲁在一旁捂着嘴笑了起来。北冥挂着一张脸,认真看着场下没有搭话。

"实力相当不错啊!"赢正夸赞道,"你们几个再不努力,直接有人替了你们。"他指着身旁的几个纵队长道。赤鲁瞥了他一眼,蛮不乐意。

北冥看了一会儿,忽然往赛场一隅看去。那里是黑压压的一片人,灵力相当突出,却没有一个人上场组队参赛。他目光一扫:"二分部?"赛场下面正对着招募部门,二分部的名字亮在上面。

"部长,要不要去咱们二分部下面看看?"冷羿忽然道。

梵音看着他,理所当然地应道:"好啊。"

"主将也一起吧?"冷羿道。

"走。"北冥应道。

几人到了台下,应征的士兵们近在眼前,年轻人开始紧张起来。梵音走到二分部应征官的座位上,竟然没人!她有一些恼火:"冷羿!这怎么回事?我交代给你的事,你就这么给我办的!"梵音一改近日来"女孩"和"妹妹"的模样,冷脸瞬时挂在面上,俊眉一挑,厉从眸中来。

只见冷羿斜嘴一笑，仰头往二分部场地一角看去。梵音顺着他的目光望去，灵眸一闪。

"第五……"细碎的声音在人群中响起。梵音听不到，却看得清楚，有人在念她的名字。

"第五梵音来了。"又有人说道。渐渐地，原先聚集在场地一角的人们开始往二分部的方向走来。

"一千……两千……"梵音迅速扫视着，足有七千人。那群人从场地过来时，同样引起了其他部门的注意。一个个身姿挺拔，身材矫健，年轻人的脸映着朝阳充满光辉，朝二分部的方向走来。此时的梵音还不知道，经过北境一战，她早已声名鹊起，响彻整个东菱。冷冽的灵法、异于人类的"野鬼幻形"、刚毅的性格、外族的样貌，让多少年轻人对她向往，都想一睹真容。这其中也不乏女孩们，她在那场战役里点燃了所有年轻人为之奋斗和倔强的热血。

应征的人们有序地列成了队伍，等待二分部的试炼。梵音站在那里嘴角渐渐露出笑意，灵感力告诉她，前来应选的人个个灵力不俗。"原来都留在这儿了。"梵音暗笑道。冷羿这个家伙。钟离宣布试炼开始，很快地，二分部选出了许多优秀的人。当人们来到梵音面前报道时，她都面带笑意与他们握手道："辛苦了。"一些男孩看见她时，眼睛里的目光有的变得锐利，有的变得温柔，有的有些道不明。

"你就是第五梵音。"忽然一个男孩握着梵音的手道。

"是。"梵音微笑道。

男孩眉清目秀，眼神锐利，看着她的眼睛一动不动，手也没再松开。冷羿的脸上渐渐露出笑容，放眼二分部的应征者，这样的年轻人比比皆是。

"你今年几岁？"

"十九。"梵音道，"这不是你应该跟我说话的态度，我将成为你的部长。"不失分寸却语中带威。男孩又看了看她，松手站到一旁。

"这怎么都差不多高呢，还省得以后列队了。冷羿，这都是你挑出来的人吧？"赤鲁有一搭没一搭地道。

冷羿扑哧一笑，赤鲁这家伙，看着壮，脑子却灵活得很。"长得还都，"赤鲁不禁往冷羿和北冥脸上看去，"还都和你俩差不多类型。身高身材都差不多。冷羿，是你小子从别的分部挖墙脚来的吧？"赤鲁又看了一会儿，越发觉得自己分析得对。冷羿这小子难得这么卖命工作啊，真是打了一仗转了性啊。

"第五。"又一个男孩在握手时叫了梵音的名字。

"你应该称呼我为部长。"梵音冷脸道。这个男孩看着她的时候有些攻击性，梵音不太满意,要抽回手来。忽然男孩手心一紧,梵音没从他的手心脱出。梵音跟着手腕一翻,砰的一声把男孩的手压在了桌面上,使他动弹不得。男孩面色尴尬,梵音松了手道:"你们要学会对指挥官必需的尊敬!不然就从我的队伍里出去!"梵音声音严厉。

男孩刚要离开,听见梵音这样说来停下脚步道:"我刚才不是那个意思。"

"那你什么意思?"梵音秀眉挑起,直言道。

"总之我没有不尊重你!"男孩突然亮声道,弄得大家都朝他俩看来。梵音眉尖一颦,道:"那好吧,你先归队。"

一上午过去,二分部很快招到了三千余人,马上满员,个个出类拔萃。只是梵音遇到了不少状况,不是握手不松开的,就是要和她比拼的,害得梵音后面时间有些生气了。奇怪的是,大家发现她面色不善后,便再没有一个人多作驻留,都恭敬地跟她握手后离开。

"他们为什么要挑衅我!"上午试炼结束后,梵音愤愤道。

"他们没有在挑衅你。"冷羿道。

"他们只是想和你切磋,老大。"赤鲁附和道。

"这样吗?"梵音怀疑道。

"对啊,不然几个大男人和你掰手腕干什么?"赤鲁道,"看见你在北境的一战,谁不想和你打架看看啊,毕竟东菱人没什么水系灵能者。"

"这样啊。"梵音纳闷着,"那我错怪他们了?"

"你刚才是挺横的,吓得后面一些小子都不敢出声了。"

"我手都被攥红了。"梵音抱怨道。

"你咋不说你后来把人家手摔青了呢?那不使点劲能打得过你啊,当然,这不也没打过吗。年轻人年轻气盛嘛!"赤鲁道。

"不是看我是个女的,就想挑衅我?"梵音突然又气道,"不给他们个下马威,还真不行呢!"

"哎呀妈呀!我都不敢挑衅你,他们又没毛病,挑衅你干什么呢?能进军政部终试的,怎么都要有些灵感力吧。况且这些人都是冷羿挖墙脚整来的,你强不强他们不知道啊。"赤鲁翻了个白眼。

梵音突然停在那里,想了一会儿,转身又往试炼场走去。

"你干吗去?"赤鲁道。

"我刚才有点过了,我去看看他们。毕竟他们初来军政部,别让他们对咱们二分部印象不好。"梵音道。

"也是,你刚才是有点过分。"赤鲁道,"我陪你过去看看。也不怪你,战场回来以后人都有点亢奋,难免。"说着他俩往回走去。原本和他们一起的北冥还有冷羿停在那里没动。待他们走远,北冥道:"你故意的。"

"不然呢?"冷羿笑得像弯冷月,凉冰冰的,"你觉得那几个小子怎么样?哦不,你觉得那群小子怎么样?假以时日,都不错吧。"

"你往梵音身边放一群心怀不轨的人,你没搞错吧?"此时的北冥已经被冷羿气得牙根痒痒。自从第一个男孩握着梵音的手不撒开时,他就开始冒火,要不是梵音一把把男孩摁在桌子上,恐怕那个男孩现在已经不在军政部,早就被他处理了。

"你这说的什么话,爱美之心,人皆有之,我总不能把我妹妹蒙起来吧。再说,人家年轻人血气方刚,怎么就成了心怀不轨了?你这个未成年的,不要乱讲话。"冷羿嘲笑北冥道。

"你说什么!"北冥眼睛登时瞪得老大。

"哦,忘了告诉你了,二分部选拔的其中一项指标就是年龄必须超过十九岁!省得我妹妹以后操心!这样一来,二分部里面就都是他的哥哥了。"冷羿笑道,"都比你强。"一句话差点噎死北冥。

"算你狠啊!"北冥咬牙道。

"让你别得罪我。"冷羿秀眉一挑,唇角一弯,低声道。

午饭时候,梵音和赤鲁没有回到部里,而是和新来的战士们一起在试炼场用餐。北冥坐在餐桌上,扒拉了两口就起身走了。

"主将,韩战选的人在城外,你下午要不要过去看看?"冷羿说着风凉话。北冥没搭理他,往军政部外走去。梵音一直待在那里没有离开,她身形笔挺,目光锐利,身上没有一丝多余的动作,专心致志地看着战士们的试炼。对刷下去的人,她亦点头示意。慢慢地,新进的年轻人也从躁动的情绪中渐渐安静下来,随着梵音一起注意着场上动向。再有入选的人时,梵音会告诉他们自身灵法的优缺点,以及注意修习的方向。年轻人目不转睛地看着梵音,尊重与欣赏并存。

"好了,二分部人员已满,征兵就到这里。"日落时分,梵音宣布道。即日起,各纵队队长会让手下番队组长带领新兵入营。军政部的征兵进程也接近尾声,众指挥官从试炼场返回军政部。北冥与梵音走在一起。

"还顺利吗?"北冥没头没尾地冒出这么一句。

"顺利?顺利啊。"梵音道。

没走两步,北冥又道:"有顺眼的吗?"

"顺眼?什么顺眼?"梵音怪道。

"新人中有顺眼的吗?"北冥道。

"都挺好的。"梵音道。

"主将,我们选进二分部的人肯定都是我和老大看顺眼的啊,不然给自己添堵吗?"赤鲁傻笑道,"您这题问的。"

嗖,北冥瞪了过来。赤鲁咕哝一句:"本来就是嘛……"

"冷羿之前做的工作很好,很方便我们选拔,一天时间就结束了。多亏了他。"梵音道,"看来这些人他已经筛选过几遍了,能力非常不错。"

"性格呢?"北冥也不知道自己在问啥。

"性格?"梵音认真想了起来,"都挺好的。虽然我记不全,但优秀的人真的很多,感觉比颜童一分部的人还好。"梵音笑道。

"那必须的!"赤鲁应和道。

"部长!"忽然有人在梵音身后大声喊道。梵音从凌镜里面瞄到,是刚刚入选到她部里的新人。她的耳力还是很差,除了一些近处的声响能听到,远一些或者不刻意的时候还是听不到的。梵音回过身去,看向他们。

"明天就能见到你了!"一个男孩大声道,还有一些在冲她挥手。

梵音笑眯眯道:"好。"

第八十九章
魏灵超

"也能见到我！没大没小的，一个个！"赤鲁道。

"是贺拔队长！"年轻的战士们似乎也不太怕他。

忽然几个男孩收了音，往梵音身旁看来，北冥正默不吱声地看着他们。战士们只觉得后背一紧，立刻齐声道："主将！"北冥给库成使了个眼色，让他立刻把新兵带走，他现在已经是赤鲁二纵队一番队的组长了。库成二话不说往前走，战士们集体收声齐刷刷跟了过去，直到离北冥很远很远，他们才敢松一口气。

"以后在部队里要注意纪律，别跟逛街买菜似的随便喊部长名字、打招呼。"库成提醒道，想想北冥严肃的样子他也是不由得感到紧张，"见到主将，更是如此！"战士们紧跟着点头。

"你别吓到他们。"梵音小声道。北冥低头看她，梵音冲他一乐。

这时一阵嘈杂从试炼场外的征兵处传来。那里还聚集着一些人。大家纷纷向二分部的征兵处看去，只听一个声音响起："什么！结束了？怎么可能！搞什么鬼！我大老远赶来了，你跟我说结束了？你要我啊！"

"二分部刚刚结束，如果你还想应征可以去一分部，或者主将城外的亲军处，那里还没有选拔完毕。"应征处的战士解释道。

"二分部，什么二分部？"只见一个身背白色布包袱，穿着浅蓝色单衣，短发贴着头皮，有些汗渍的男孩站在那里。他脚上的单鞋满是泥泞，看样子像是长途跋涉而来。"我问你第五梵音在哪里？"

"你说的第五梵音是我们二分部的部长，我说了，我们二分部已经结束招兵了。"对于陌生人出言不逊直呼梵音姓名，战士有些不高兴。

"我就是来找她的,怎么能结束呢!她在里面吗?你让我进去看看!明明招兵的日子还没结束呢!"男孩拿出报纸,上面整版刊登着军政部向全国下达的招兵启事,距离结束还有五天。

"部长已经回去了。"士兵道。

"去哪儿了?"男孩直冲冲道。

"如果你认识部长,就直接与她联络,如果你不认识,就请回吧。"士兵道,"或者去其他没有满员的分部报名。"

"她刚走吗?"男孩不依不饶。

"无可奉告!"士兵看着眼前这个莽撞的男孩,便不想再多作回应。围观的人越来越多,男孩瞪了士兵一眼冲出了人群。

梵音等人正想往军政部走去。忽然一道寒气从梵音背后袭来,梵音身子轻一偏侧,一枚寒针从她身旁穿过。

"喂!是不是你啊?"一个嘹亮的声音从梵音背后传来,众人转了过去。

梵音眼眸一转道:"是你?"远处那个衣衫蒙灰的人正是梵音在北境塔吉村时遇到的那个差点被鬼徒杀掉的养猪男孩。

男孩见自己射对了人,一溜烟向梵音跑了过来。他那一招用灵力幻化的兵器没几个人看到,新招的战士中有些灵力强的出声道:"水系灵能者!""好厉害!""他刚才是幻化出冰器了吗?和第五部长一样?"

"嗨!我找了你好久,你怎么在这儿?你可真难找!"男孩自来熟地和梵音说着话。

"你怎么来了?"梵音有些不知如何应答,很意外见到他。

"来找你啊!"男孩气喘吁吁道。梵音看他风尘扑面的样子,显然一路上受了些累。

"从北境那么远过来参加征兵吗?"梵音道。

"是啊!"男孩嗓门很大。

"四分部在北境也开始征兵了,你怎么还长途跋涉来菱都?"

"找你啊!我不都说了一遍了吗,你怎么还耳背呢?"男孩重复道。

"找我?有什么事吗?"梵音道。

"没什么。"男孩声音突然低了些,眼神一恍,看向别处。

"哎,你小子来了,眼睛里就只看见我老大啊,见了面也不打声招呼?"赤鲁突然插嘴道。男孩一愣,才发现旁边站着一堆人。

"哎!你啊!"男孩回应道,"哈!"

"你来了,你家猪咋办?"赤鲁道。

"都卖了换盘缠了。"男孩道。两人对话无缝连接。

"舍家撇业了啊?"赤鲁道。

"嗯。"男孩应道。

"你大老远来找我,是有别的什么事吗?"看着男孩风尘仆仆的样子,梵音关心道。

"没什么。"男孩有些扭捏道。

"你是水系灵能者。"梵音道。

"不知道什么系,反正跟你差不多。"男孩道。

梵音走上前拉起男孩的手,在他掌心间点了几下,笑道:"灵力蛮不错的,是水系灵能者。"

"你干吗?"男孩立刻把手抽回,小脸噌地红了。

"没有人告诉你,你是水系灵能者吗?你自己没学过吗?"梵音道。

"没!"男孩有些不耐烦了。

"这么明显咋会没有呢?你爹妈、村里人、学校都没告诉过你啊?"赤鲁一旁打岔。

"都死了,谁告诉我!没上过学!没学过!"男孩的脸越发涨红起来。

"几岁了?"梵音忽然柔声道。

"干吗?"男孩呛声。

"你来找我总要告诉我你几岁了,叫什么名字吧?"

"魏灵超!十六了!"

梵音咯咯笑了起来。这时冷羿也凑了过来,听说有个水系小孩,他也很好奇。

"骗谁呢!"梵音一招手打在了男孩后脑勺上,"也就十五!"

"你咋知道!"男孩哎哟一声。

"我老大这双眼睛,能把你浑身上下看个透!"赤鲁得意道。男孩噢的一下抱住胸前,脸已经红透了。梵音哈哈大笑起来。"我以后教你灵法,好不好?"男孩盯着梵音,不错眼。梵音挑起秀眼看着他,等他回答。

"你住这里吗?"男孩道。梵音点头。"你是二分部的部长?"男孩继续问,梵音继续应。"你多大了?""十九。""你是个军人?""是的。""那我也要和你一样。""你不能当兵。"梵音拒绝道。"为什么!""年纪太小了。""你也不大啊!我怎么就不行?""再小,也比你大!"梵音教训他道。"那他呢!"灵超突然指着北冥道。

"他是我们主将!你赶紧把手给我放下来!"赤鲁赶忙道。

"他也没多大啊,比我大不了两岁吧!"灵超不屑道。

"噗!"冷羿憋不住笑了出来,北冥今天净挨挤对了。"你几岁?"灵超仰着头质问北冥,他比北冥矮半头。"与你无关!"北冥道。"他行我就行!"灵超对梵音道。

"不可以!"梵音斥道。

"怎么不行?"灵超说着走到梵音跟前,盯着她,他比梵音高出半头。

"他是主将!你是个小孩子!灵法还一知半解呢,当什么兵!"梵音道。

"我灵法好得很呢!就是没人教!没人教也比他们强!"灵超指着山下刚入伍的二分部新人们,"我能像你一样幻化出兵器,他们行吗?"梵音语塞。

"不错不错!我看这小子顺眼!留在我们二分部了。"冷羿道。"我也觉得不错!"赤鲁跟着道。此话一出,他和冷羿互看了对方一眼,又撇开了。

"我觉得不行!"北冥道。

"为什么?"梵音、冷羿、赤鲁齐道。

"呃……"北冥结巴。男孩不满地看着北冥道:"你谁啊?"

"我是军政部的主将,北唐北冥。"

"是你啊。"

"你认识啊?"赤鲁道。

"时空术士嘛,东菱哪个人不知道啊。"男孩说着,在北冥身上瞄来瞄去,北冥看着他,他也不当回事,"你那把剑呢?咋不背着?"灵超说的是北冥幻化出来的重器。

"你知道的还挺多。"赤鲁道。

灵超不以为意,出发前他可是做了功课的。北境一战的报道不止限于菱都,东菱上下铺天盖地的消息,不要说东菱人,就算是千里外的西番和九霄也为之震动。"你必须听他的吗?"灵超对梵音道。

梵音一顿,道:"对啊,我要听他的。"

"他比你官大?"

"是啊。"

"他比你本事大?"

"对啊。"梵音笑道。

"他比你厉害?"

"嗯。"

"他是这里面最厉害的一个吗?"灵超渐渐提高嗓门。

"是的。"

"他是你男朋友啊?"

"对啊。"梵音顺口道,刚回答完便知不对了,"啊,啊,不是不是,这个不是,这个不是!"梵音赶忙摆手。

"那你听他的干吗?"灵超说着,还不忘瞪一眼北冥。他早就感知到北冥的气焰,知道自己不是他对手,可就是看他不顺眼。

"是,不用听他的。"冷羿在一旁煽风点火。灵超狠狠点了点头,感觉和冷羿很投缘。

"不是,老大,你得听主将的。"赤鲁给梵音打着眼色。跟主将对着干,这不是吃饱了撑的吗!

"嗯嗯,我要听他的。"梵音清了清嗓子,她是铁定不能由着小孩子性子来的。

"什么!"冷羿急了,大声道。

"我当然要听主将的了。"梵音给冷羿挤眉弄眼。北冥突然觉得心情好多了。

"听他的干吗!咱回家!"说着,冷羿扯着梵音便要走。

"哎哎哎!哥哥哥!"梵音小声支吾道。干吗呢这是,她这不是为了不让小孩子捣乱吗,冷羿跟着起什么哄。"哥!"梵音见冷羿来劲了,低声喝了句。冷羿还不干,梵音板起脸来道:"好了!听我的!你不许来!"

灵超看着他们,忽然掉头就走。这时,山下不远处跑来一个小身影,满头大汗,头发凌乱,呼哧带喘,身上同样背着一个白色小包袱,拨浪鼓似的小脑袋到处看。忽然,小身影大声道:"灵超!"

魏灵超冲小身影走过去,一句话没说,就往山下走。小身影奇怪,赶忙追过去,可脚下一软,一屁股摔在了地上,却也顾不上疼,爬起来又朝魏灵超追过去,道:"你去哪儿?"魏灵超不语。"你找的人不在这儿吗?"小身影道。"走了。"灵超继续走。小身影急得到处乱看,忽然她在人群中发现了梵音的身影道:"灵超!她在那儿!她在那儿!"

"走了!"魏灵超没好气道。

"为什么?你好不容易找来了,为什么走啊?"小身影道。魏灵超不理她,小身影急了,上前拉住他:"怎么了?他们不收你吗?"眼见问不出什么,小身影转身往梵音方向跑去:"你为什么不要灵超呢?他从大老远跑来找你的啊!"说话的是个蓬头垢面、衣衫布满灰尘的小女孩,额头上淌下来的汗蒙住了眼睛,她也顾不得擦。梵音一时间愣住,周围的人也都看着小女孩。小女孩见梵音不理她,又急道:"你为什么不要他啊?他灵法不好吗?他可以学啊!你为什么不要他啊?"梵音眉头一皱,消失在了原地,唰的一下挡在了愤然而走的魏灵超身前。魏灵超知道梵音比他高明得多,对于她突然出现,他虽无防范察觉,却也不惊慌,只是别着头,不看梵音。

"去哪里啊?"梵音道。

"关你什么事!"魏灵超一如既往地出言不逊。

忽而,梵音抬起手朝魏灵超额头抹了一把。他比小女孩到得早,显然更累些。她又给他捋了捋前额的头发,道:"臭小子,嘴真硬。以后你跟着我,好不好?"

"用不着。"灵超道。

梵音眉头一皱,拉起魏灵超的手就往山上走。"你干吗?放开!"

"你不累,人家小女孩跟着你一路不累啊?你给我老实点!听话!先跟我到部里休息一会儿。"

"我不去!你放开我!"魏灵超甩开梵音的手。

"那你要怎么样?"梵音道。

"我能不能跟着你?"魏灵超大声道,倔强地看着她。

"好。"

"真的?"

"嗯。"

"你不用听他们的了?"

"你听我的就行了。"梵音道。

魏灵超看了一会儿梵音,忽然哼了一声道:"还算我没看错你!"

"我别看错你就行了,还你看错我!臭小子!"梵音又敲了一下灵超的脑壳,"没大没小的!"

"你的队伍在那边吗?"魏灵超指着不远处一直看热闹的二分部新人们。

"对。"

"那我现在过去。"

"不和我回去休息一会儿?"

"用不着。"灵超甩手道,抬腿便走,忽然他又停下道,"那个,你能帮我找个住处吗?"

"安顿你朋友吗?"梵音道。

"你怎么知道?"灵超道。

梵音笑了:"放心吧。回头我把她安顿好,让你们组长告诉你。"

"谢了。雀儿,回头你跟着她走,我安顿好就去看你。"灵超押着脖子和女孩喊话道。

"啊?"女孩又颠颠跑过来,包袱扔了一地,"你去哪儿啊?"

"我去当兵啊。"

"那我跟你一起去。"小女孩道。

"你个小屁孩会干什么？老实跟着她,我回头去找你。"魏灵超道。

"自己不大点,还说人家是小屁孩。"赤鲁也走了过来。

"要不,你先和我去部里?"梵音道。

"用不着。"灵超道。

梵音看着小女孩累得已经小脸涨红,魏灵超这么一走,她怕是要着慌。"你把人家带过来,不照顾好就走?"

"是她硬要跟来的,我又没逼她。"灵超道。梵音刚有些不满,就听小女孩道:"灵超没有不照顾我,他很好的,一路上都是他背着包袱的。我脚程慢,也是他背我过来的。要不是我拖后腿,灵超早早就能赶到菱都的。你别说他。"

"他背你来的?"梵音道。

"嗯!"小女孩拼命点着头,"看我脚磨破了,他就没再让我走路,其实他的脚也破了。"女孩说着说着眼眶红了,"但他也没放下我,就是刚才他着急上山才让我一个人跟在后面的。还好赶上了,否则都怪我,晚了,你们就不要他了。"

梵音看着小女孩,直觉得她可爱,好像小时候的崖雅:"你叫什么名字?"

"金雀。灵超叫我小雀儿。"小女孩用脏袖子蹭了蹭眼角的泪花。

"十四了,有吗?"梵音道。

"十三。"小雀儿道。

"你跟我回部里,我让一个姐姐照顾你,好不好?"

"我不用人照顾,我跟着灵超就行。我会的东西可多了,我会上山采药,我会治病,灵超的脚伤都是我治的,没几天就好了。"脸蛋红扑扑的小雀儿道。

"你是灵枢?"

"不是,但我鼻子灵,上山采药偷摸跟着就会了。"说到这儿,小雀儿低下头有些不好意思。

"你家里也没有人了吗?"梵音轻声道。

"爸前几年死了,天太冷了,妈身体不好,也死了。"

梵音拉着雀儿的手对魏灵超道:"你去吧,我照顾她,放心吧。"

"谢了。"魏灵超看着雀儿,低声道。

"灵超!我想跟着你!"雀儿急道。

"跟着她,我回头就来看你。"魏灵超制止道,雀儿身子一缩,有些怕他。梵音摸着她的脑袋,瞪了灵超一眼,嘴上悄声说:"虎小子。"魏灵超往队伍走去,忽然回头越过梵音朝北冥的方向看去。两人对视,灵超哼了一声,调头走了。

之后梵音从雀儿口中得知,灵超的父母还有雀儿的父亲在一次贝斯山北山脉的雪崩中丧生了,那时的灵超只有三岁,雀儿一岁。后来两个孩子都由雀儿妈拉扯长大。雀儿妈身体不好,家里又穷,灵超五岁起便自己上山打猎摘果养活自己了。两个孩子都上不起学,雀儿妈灵力很弱,更教不了两个孩子。灵超曾经偷偷扒在学校墙角边偷听过,可有一次被同学笑话了,就再没去过,从那以后他也对灵法只字不提。

雀儿说,就在灵超见过梵音后,整个人变得神经起来,总是一个人闷在屋里一天不吃不喝,大半夜还跑到山上去。一天夜里,灵超兴奋地冲进隔壁雀儿家,雀儿睡得和死猪一样。他给雀儿展示出自己成功幻化出来的细冰刃。就在灵超见过梵音后,他发现自己的灵法似乎和她有些相像,便每天拼命练习,终于成功了。灵超一心要来菱都找梵音,雀儿就死心跟着他。灵超无法,两人干脆变卖了家当,凑着盘缠千里迢迢赶来了菱都。

小雀儿说着,梵音、崖雅、赤鲁在一旁听得都有些鼻酸。只听赤鲁道:"老大,你以后得好好对那个孩子啊。"梵音点着头,崖雅给小雀儿拿着吃的,安顿她休息。

军政部招兵在两日后完毕。南扶摇也准备离开菱都。自从在战场上回来,南扶摇就没离开过,一则为了帮助部里,二则这里有她放不下的人。

临行前一天晚上,梵音和北冥想去看看扶摇,谁知还没走到她房门前,就看扶摇轻手轻脚从房间里面出来,往冷羿的住处走去。梵音和北冥竟都下意识地躲在了一边。

第九十章
南扶摇的憎恨

"怎么回事?"梵音眨眼看着北冥,心道。北冥与她情意相通,片刻就懂她心思。"你想去看看?"北冥唇语道。梵音点头。"带上聆龙。"北冥道。"不好吧?"梵音犹豫。"那就随他们去。"北冥道。梵音眼神一闪,北冥带着她轻轻往冷羿房间走去,不知不觉中已展开藏身术,身旁有士兵走过,也未发现他二人。

南扶摇敲响了冷羿的房门,冷羿开门后,扶摇在门口停了稍许才走进去。梵音跟着北冥,冷羿竟也没发现他们。梵音屏住呼吸,这种事她以前可没干过。冷羿灵法超群,以前只是为了避开水系灵法才显得不那样出挑。现在看来,她想在哥哥面前搞什么猫腻是不可能的了。见冷羿开门,梵音又轻往北冥身前凑了凑,北冥随着她,藏身术把他二人罩得密不透风,冷羿不曾察觉。

待冷羿关上房门,梵音依旧屏着气,看着北冥。"怎么了?"北冥唇语道。梵音眼睛里冒着光亮道:"你真厉害!"北冥嘴角扬起轻笑。两人轻轻靠近房门。军政部的房间隔音做得一等一的好,要不是有人在里面嘶喊斗殴,外面是不可能有人听到的。扑簌簌,一个银影朝这边飞来,嗖的一下不见了。

"呀!"聆龙吓得刚要出声,只听梵音道:"是我,聆龙,别出声。"只见聆龙被北冥捏在手心里,像只软趴趴的壁虎。"小音啊!"聆龙还是忍不住大叫了出来。梵音吓得立马闭紧眼睛,然而周围什么动静都没有。北冥已张开了灵力,阻隔了一切外物,让他们置身在一个完全屏蔽的所在。梵音缓缓呼出一口气。

"是我,聆龙,你小声点。"聆龙见她这样,自己也鬼祟起来:"知道了,小音,你在干吗?"忽然它觉得不对劲,扭动着身子,一仰头:"哎!北冥,你抓着我干吗?吓死我了刚刚。""帮个忙。"北冥道。

这时,南扶摇缓缓走进冷羿房间,关上了房门。冷羿未说话,她先开了口:"明天一早我就返回南境了。"

"嗯。"冷羿应着,又像没应。

"你伤都好了吧?"南扶摇没话找话。

"好了。"冷羿道。

"没想到梵音是你妹妹,我之前还,还误会她,真是傻。"说着,扶摇浅笑。"嗯。"冷羿道。

"你以后,都会留在菱都了,是吗?"扶摇道。

冷羿顿住,空气尴尬得似要冻住。扶摇心中一紧道:"我的意思是,为了梵音。"冷羿还是不语。扶摇快速眨了几下眼睛,又道:"我看梵音一时半会儿不会离开菱都,所以,我想着你大概也不会离开。"半天,冷羿还是不发一言。

扶摇只觉自己说错了话。他不离开菱都,根本不是为了梵音,也不是为了自己,他为何不离开,其实扶摇心里清楚得很。这些年来,扶摇总是借机来菱都探访,说是想这里的朋友,其实还不就是为了他。她怕他什么时候走了,一句口信也没有,找都没地方找去。但真到每次相见了,她又难过看到他,因为她知道,冷羿最不想见的大概就是自己了。扶摇站在那里,进退两难。

"早些回去吧,别留在这里了。"冷羿开了口,语气淡淡。扶摇等了半天,等到的就是这样一句冷漠的话。她心中无限的期盼,到最后变成致命的打击,她难过道:"你就没有别的话要对我讲吗?我知道你没有,你一句话都没有。可是这么多年了,你至少对我讲一句,哪怕一句也行啊。你就当可怜可怜我也行啊!"扶摇情绪越发激动起来。

"十年了,冷羿,十年了!你知道吗,那件事过去十年了!你要怪我,打我,骂我,恨我,怨我,我都认了,可是为什么你一句话都不想跟我说呢!你要我怎么办?拿我这条命赔给她吗?是不是我死了,你能痛快点?是吗?"说到最后,扶摇竟喊了起来。

这时站在门外的北冥、梵音二人听得一头雾水,头皮却越来越紧,什么死啊活啊,连命都搭上了,这二人到底是怎么回事?梵音有些紧张,皱着眉头,抓着北冥的衣角。

忽然南扶摇笑了起来,哀伤道:"你留下来又有什么用?她能回来吗?是我害死她的吗?都是我的错?还是你觉得死的那个人应该是我啊?"

"你闭嘴!"冷羿突然喝道,吓得门外梵音一把扯住北冥,捂住了嘴巴。

"我已经闭了十年的嘴了,我都快憋死了!你以为我想活着啊!要是知道你救了我会让你这么痛苦,我根本不会让你救!还不如让我死了痛快!冷羿!我喜欢你,你不知道吗?为了她,你要恨我一辈子是吗?为了她,你要留在这里一辈子是吗?我告诉你,她死了,永远都回不来了!永远都回不来了!你要是觉得我该死,你就弄死我,也给我一个痛快!"南扶摇哭喊着,泣不成声。

梵音已经把北冥的手臂死死攥进胸口,瞪着双眼,脸色铁青。聆龙哆哆嗦嗦爬进梵音领口,好像怕冷一样,里面那两个人的样子太可怕了。"小音,还要听吗……"聆龙用冥声传响传递着房间里的状况,将冷羿和南扶摇的语气、内容复述得一丝不差。"听。"北冥道。聆龙扑扇着耳朵,也不敢不听北冥的。

"冷羿!我恨你!我恨你啊!我永远都不想再见到你!我恨你!"南扶摇破门而出。一切安静下来。冷羿深深叹了口气,站在原地,闭上了眼睛。

梵音呼吸起伏,北冥带她悄悄离开。

"到底是怎么回事?"梵音坐在北冥房间里,还没缓过神来,"冷羿和扶摇是怎么回事呢?"梵音眉头紧锁。聆龙在屋里嗡嗡转着,像只苍蝇。

"你出去找红鸾玩一会儿,不要把今天的事说出去。"北冥道。

"好可怕好可怕,人类好可怕,男人女人好可怕。"聆龙磨叨着,飞出窗外。

"死了人,什么人死了?北冥,你知道吗?"梵音道。

"我也不清楚啊。十年前……"北冥想着,"那时候我才七岁,冷羿,应该是九年前来的军政部。"

"你说,他们是怎么回事啊?"梵音心绪不宁。

"我找人去查一下,但你不要去和冷羿说,也不要去问扶摇姐。他俩对外人只字不提此事,想来是有难言之隐。"北冥道。

翌日清晨,南扶摇早早带着五分部剩下的五百人离开军政部,先前的大部队已经提前南下。经过昨晚一事,梵音想去相送,却不知怎的,迈不开腿了。她在楼上看着扶摇从六层客房离开,谁都不曾惊动。梵音默语,准备跟上,谁知就在她准备下楼时,十四层的一间房门开了。冷羿走了出来。梵音一个回身,避过了冷羿视线,她的凌镜却已跟上。只见冷羿跟在扶摇队伍后面,不曾出声。待扶摇通过军政部城防大门时,一个人悄然出现在那里,是木沧。

扶摇脚下一怔,停住了。见到木沧,扶摇并不觉得意外,而是面如冷灰道:"佐领,有何指教?"木沧的眼眸垂了下去,眼底布上一丝猩红。嚓,梵音的凌镜破了。

"你这就想走?"木沧道。

"不然呢?"扶摇昂首道。

"你走得了吗?"木沧的声音愈发低沉。

待南扶摇要怒目而视时,嗖,一个人挡在了她的面前,正是冷羿。只见他冷眼一翻，敌意漫了上来。木沧对视冷羿许久，双拳紧握，隔着冷羿又盯向南扶摇。冷羿嘴角沉了下去，身形稍移，南扶摇被他全全挡住。木沧斜睨着冷羿，片刻后朝后山兵器库走去。

"用不着你多事！我不欠你们的！"南扶摇道，甩头带领着士兵离开。

凌镜破损后，梵音并不知道后面发生了什么，她甚至不知道自己的凌镜是如何破碎的，被什么东西识破和攻击的。"佐领？"梵音不解道。

暮时，冷羿像往常一样来餐厅用餐，梵音在他身旁看不出有异。反倒是赤鲁，扶摇姐不告而别，他心里郁闷，没吃两口就出去散心了。梵音虽存着一肚子疑问，可也没处去问，只能静候。

夜深，东菱山静谧下去。巡逻的士兵列队行走。后山的兵器库离军政部有些距离，平日少有人进去。兵器库在一山门之内，隐蔽之所。木沧的小屋建在兵器库外一山壁后，再往山下便是他亲率的铸灵师千人之所，各个凿开山岩，倚穴而居。

外人走近时只觉那是一处岩壁，山门合实，丝毫没有缝隙破绽。无论何等材质，铸灵师都能把它们炼得缝如蚕丝、滑如水玉。铸灵师不喜与人往来，只愿埋头热炼，这与他们先辈被各族排挤颇有关系。虽说铸灵师早就摆脱了与灵魅的瓜葛，却也没改换这隐居的习性。唯有木沧的家是在山壁中开出一小片露天院落，外面围着木栅栏。院子里放着一张石桌、两个石凳，再无他物。

"铛，铛，铛。咯吱。"木沧院外的栅栏门被叩响了。

"进。"木沧在里面应声道，门缝半掩。

"佐领，这么晚，打扰了。"北冥推开门后礼貌道。木沧却没应声。北冥走了进来，坐在木沧对面。他正摆弄着一把匕首，刃还没有开，但刀身已经被摸得发亮，想来有些年头。

"找我何事？"木沧道，听上去并不友善。北冥缓坐，不忙说。木沧见他沉得住气，抬头道："今日你在那里。"他一张脸因常年铸炼兵器而被烤得黑红，满是粗纹。北冥看着他，甚为平静。他知道，木沧不可能发现自己，却没想到木沧的心思如此细腻，竟知道他会在，连冷羿都不曾察觉。今日，南扶摇离开军政部时，木沧与冷羿撞面，北冥当时就在那里，用藏身术隐匿，暗中监视。

木沧同样审视着北冥。小小年纪在面对一个饱经风霜的男人时，北冥身上竟没有一丝稚嫩，气度稳得怕是能与他一起坐穿这石凳。"找我何事？"木沧再道，语气渐缓。他不能确定北冥当时在不在左右。

"老爹平时喜欢跟您在这里喝上两杯，我今天便来坐坐。"北冥道。

木沧一怔："你今天来就为了这个？"

"老爹喜欢的东西我九成都不喜欢,太古板。"北冥一本正经道,可他突然又笑了,"就这个酒,他干不过我!"

木沧看了他半天,忽然也笑了:"臭小子,还说你爹古板,你爹像你这么大的时候,可没你老成,还是个愣头青!"

"就是说他没我聪明呗。"北冥笑道。

"你这小子,背后说你老子,可不行。"

"呵,听不见了。"北冥拿过酒坛,倒了两碗。

木沧眉头一紧,大手捏过北冥肩膀,酒碗撞了一下,一饮而尽,道:"听得见!"北冥闻后朗笑。两人喝到后半夜,未说几句话。

"最后一碗了!真喝不过你小子!"木沧大笑道。

喝过后,北冥看着空酒碗缓缓道:"这兵器,我一直带着,不离身。"北冥摸着腰间的铩镰杵。那不是一件灵化兵器,却机关百出,为的就是在人灵力全无时,也能护主左右。

若说冷兵器,当数北冥的劈极剑和这对铩镰杵最为威猛。劈极剑是北唐家一己打造,北冥已经把它送给了梵音,而这铩镰杵因为是木沧赠送,他留下了。此时他拿出铩镰杵放在木沧面前,木沧铜眼一睁,继而和缓下来,他拿着铩镰杵半晌没再松手。许久,他道:"留好了,小子。"

北冥接回,道:"人回不来的,咱还得活,大叔。"说过后,北冥起身离开,走到门口时,他道:"冷羿多有得罪,我替他跟您赔罪。您不痛快,随时找我。"说罢,北冥离开。木沧盯着窗外的两个石凳直到天亮。

第九十一章
鱼骨海魂

菱都东海域，一百海里外。蔚蓝的大海深处，永不见光，是那无尽深渊，凄寒苍凉。嗖，一道强烈的暗流从遥远的北境之端涌来，穿越了无尽海洋，来到了这菱都东海域。

嘎啦嘎啦，海底传来了令人毛骨悚然的声音，好像几百根骨头在同时游荡。

"快到了吗？在前面？"一个身穿黑色斗篷的人骑在一副巨大的骷髅架上。好像百米巨鲸，又像是一条海龙，辨不得那东西是什么，因为它只剩下一副寒瘆的骨架。上百根骨头在海底飞速滑行，游刃有余。当它听到骑在它背上的人说话后，鱼骨一个狂摆把挂在它身上那人甩了下来，张开利牙大口，就要吞了他。

"鱼骨！"东华惊道，鱼骨能咬碎了他这副雾虚残形。

鱼骨带着东华一路穿过水域，从北境王庭来到了菱都东海。身在海底，东华的速度太慢，鱼骨咬着他狂躁不安，便甩头把他扔在了自己背上，谁知东华这一开口，鱼骨觉得自己被骑驾一般，顿时暴烈。能驾驭它鱼骨的只有高高在上的王——亚辛，东华算是什么东西！鱼骨要吞了他。

东华眼见鱼骨狂躁不可控。就在它要合上巨颚之时，一根利器正正插进了鱼骨头骸，咔的一声，鱼骨的头骸裂了缝。只见鱼骨巨大的骸骨身躯在深海里狂翻浪涌，拼命挣扎，发出猎猎惨叫。

"你还咬不咬我？畜生！"东华攥着手里的利器，狠狠戳在鱼骨头颅内。鱼骨扭动，挣扎不休。"畜生！"东华腕中加力，用力一旋，利器又往鱼骨数米厚的头盖骨里钻去。鱼骨大惊，疯狂摆动。只见一把狼牙刃被东华攥在手里，划开了鱼骨的头颅。"要不是看你有点用，我现在就弄死你！说！还咬不咬我？"

翻江倒海，鱼骨已经精疲力尽。狼牙的狠厉疼得它浑身打摆，骨岔交错。它本就不是个活物，只剩这一副鱼骨架，可谁知，就算这样，也疼得它只想求生。不一会儿，鱼骨便疲软下来，作揖连连。东华咬牙，又是一钻！鱼骨嗷的一声疼翻过去。

　　只听咔吧一声，东华撅断了狼牙，一截尖牙留在了鱼骨头颅内。比起鱼骨硕大的头身，那截尖牙只不过像米粒一般大小，不会被人察觉。

　　"你要是再敢造次，我立刻断了你的命！"东华狠狠，催动暗黑灵力，狼牙又往鱼骨深处钻去，鱼骨拼命磕头让东华停下。"你要是敢告诉亚辛，我就和你同归于尽！听懂了吗？狗东西！"鱼骨摇尾乞怜，不敢不从。"那个东西，你找到了吗？再找不到，我一样弄死你！"

　　鱼骨发出呜咽，片刻不敢再停往前方奔去。东华掂着手中断掉的狼牙，心中暗道：要不是这个东西保命，自己已经命丧"鱼腹"了！亦是一身冷汗！要论灵力，他现在远比不过鱼骨，幸好有这东西傍身。"妈的！"东华骑在鱼骨背上，狠狠踢了它一脚，鱼骨吓得一个哆嗦，又加快了速度。"要不是因为你这个畜生，我也不会白白浪费这根宝贵的狼牙！狗东西！"东华盯着手中半截狼牙。那还是当年他的细作拼命给他寻回来的，等把东西交到他手上，细作也狼毒发作，断了气。

　　"裴析，这么多年你竟还没死！哼！不愧是我的好徒弟！"东华暗道。狼毒的威力普天之下没人能解，裴析当年竟在他眼皮子底下瞒天过海，隐藏了自己身中狼毒的事。好厉害！我的好徒弟！"这狼牙当真是能撬开天底下所有至坚之物，当真是天下第一利器！活的，死的，都怕它！"东华拍了拍鱼骨的脊柱，"只有那东西不怕它！妈的！"东华想着灵主的样子。灵魅这种东西，没有实体，狼牙狼毒都拿它们无法。

　　东华乱想着。忽然，鱼骨一个摆尾，东华差点被它甩下。他刚要鞭打鱼骨，就觉一个庞然大物从侧面攻来，刚才鱼骨猛摆，就是避开了它。海底无光，东华什么都看不到，他紧张地抓住鱼骨道："什么东西！"忽而，那东西又攻了过来。只见鱼骨张开大口，一个东西被它瞬间搅进"鱼腹"。无数鱼骨插进了那个东西体内，把它四分五裂割成了肉条，血腥味弥散开来。

　　惊魂未定，东华在鱼骨身上坐正。这数千米深的海底根本不是人类踏足的地方，什么恶鱼猛兽都会轻易取人性命。然而一波未平一波又起，远处的暗流越来越急，水压挤得原本没有任何感觉的东华也开始"疼痛"起来。"什么东西！"东华喊着。一道暗黑灵力击出，瞬间被这无尽海洋吞没，好像沧海一粟。暗流从四面八方冲来，东华唰地抬起三指。三道幽冥微火湛亮，恶寒海底被燃亮了。只见上百头恶鲨冲他们袭来。东华看清了，鱼骨的肚子里全是刚刚那条恶鲨的碎肉。周边海域的白鲨全被这浓重的血腥味吸引而来。东华一个翻身，踹开了鱼骨，自己逃命去了。可这海底压强甚大,离了鱼骨,东华寸步难行,眼看百头群鲨袭来,难道他要葬身在这充满腥臭的地方?东华怒恶!一把撅断鱼骨数十米长的骨头,只听鱼骨痛嚎一声,他可不会管它死活,只为傍身。那半截小小狼牙可抵不住现在的情形。

群鲨攻来,鱼骨怒喝一声,声浪像海啸一般奔腾而去。整个东菱海域被震荡了!鱼骨冲着鲨群咬去,渐渐地,海水染尽了猩红,再到后来,海水的味道已经消失了,留下的全都是血腥味。一个掉了一半脑袋的大白鲨冲到东华面前,东华惊恐!噗的一声,白鲨的头颅被吐到了一边。一个白色巨型头骨渐渐出现在东华面前,煞白的骨色衬得海底锃锃发亮。鱼骨的牙尖上扎满血肉,而它分毫未损。

东华怔怔看着它,鱼骨没有眼睛,两轮山穴大的空洞的漆黑正望着他。东华不知鱼骨在想什么,鱼骨却能把他看得清清楚楚。东华磕巴道:"你,回来了?"鱼骨"瞪着"眼睛,对着他,一言不发。东华觉着鱼骨随时可以吞了他,让他死无葬身之地。东华慢慢抬起右手,亮出狼牙,五指一张,丢进海里。鱼骨转身游走。东华要跟上,但在海底,他动弹不得。啪的一声,鱼骨甩尾,把他抽了过来。东华扒住,心道:"蠢货!"没了那半截狼牙,东华照样可以催动灵力,控制那半截留在鱼骨头颅内的狼牙。只是现在他要靠鱼骨在深海游走,不得不周全行事。"回头就把你宰了!"东华心中恶狠。

一人一骨越潜越深,不知过了两千米还是三千米,东华感到自己斗篷下的浮虚身形要被挤破了。果真这海底,无论是人是灵都不能踏足。鱼骨惬意自得的样子让东华妒忌。不知这鱼骨生前是个什么怪物。"要是能得到你的能力,便可上天入海,没有我不可去的地方了。"东华心想。忽然鱼骨的速度慢了下来,用隧道似的鼻孔嗅着,越来越慢。

"找到了吗?"东华道。他从斗篷下拿出一缕卷曲焦黄的头发,头发没有一点水分,像是被火烤过。鱼骨把头发吸进鼻孔的孔道,面额的骨头合动了一下。它忽然张开大口吞了一捧海底的泥沙,那泥沙被它几十米宽的下颌骨兜住,转身往海上游去。

"怪不得找了这么久都没找到,原来都碎成渣了,连块骨头都没剩。十年了,成了一泡海底的烂泥,哼。"东华粗鄙地说着。"鱼骨大人,您真是神功!"紧接着东华竭力拍马屁道,"刚才我见您发飙,一时鼠胆满身,慌莽之下得罪了您,还请您别怪罪。若不是为了我们的灵主大人,小的也不会这般急躁,得罪了您!"东华低三下四地说着,"等回了王庭,我定想办法把您头中的狼牙断骨取出,还请您饶了小的一命!"就在鱼骨上游的途中,东华感到了它越发阴森的杀气,如同它这一身煞白骨骸一般,"但现在,小的还得去找一个人,不然我万死也帮不得灵主大人。我们一切还是要以灵主大人为重啊!"

四年后,一日夜里,军政部后山木沧的小屋刚熄了油灯。深秋乍冷,他翻身在床却不盖一物。赤红强壮的身躯似乎让他感觉不到寒冷,钢丝一般卷曲干硬的头发散发出炼炉的焦味。木沧合上了眼,准备睡去,忽而一丝阴邪窜来!木沧噌地睁开双眼,挥掌打去。

"爸爸!"凄婉一声响起,软若无骨。

木沧怔在当下,灼红的双眼发出惊诧的光亮:"汐儿!"

第九十二章
时空术士

四年后,初春。

夜深,东菱军政部,参谋长室。北唐天阔挑灯夜读,双眸通红,一连七日他没出房门半步。办公桌上放着成山的羊皮纸卷,旧得快掉渣了,上面浸着淡淡的墨迹,全是军机密报。

"赤金石、徒幽壁、美人面。"天阔低声念着,"果然这三种灵石在上万年前就被灵主截获过。灵主……竟已这般长生……"

四年来,北唐北冥和北唐天阔秘密从主将亲军和一分部中抽调精英,组成暗部,由北唐北冥一手栽培,北唐天阔一人调遣。暗部精英须对东菱、对军政部绝对忠诚,灵法精湛,性格低调,行事谨慎,最重要的是以保护亲伴的性命为己任,誓死不离,相互倚傍,因为只有这样的人才不会背叛。这其中不乏颜童推荐给北冥的人选。

从北冥怀疑连雾的证词开始,他就着手培养暗部人选。以前的军政部只管行军打仗,平定外患,军机处多以时局为重,以他国动向为主,少有精力探查暗处的旁枝末节。然而今时今日的东菱,没有北冥值得信任的人。暗潮汹涌的各大派系,所有伪装都只是强撑着的一张绷紧的面具,不知何时何地就会分崩离析。

狱司从东华起就开始大力培养细作,他们的能力非一日之功。聆讯部也有着自己强大的关系网,部落外族不知和他们有多少瓜葛,互利互诱。军政部在这方面就相形见绌了,他们绝少与外族走动,即便是与各国军界上层有些往来,也只是泛泛之交。北冥想超过这两部几乎是不可能的,而且军政部也没有具备那方面技能的人才。但要说培养出灵技超群的战士,没人能胜得过北冥。

北冥让他们挖地三尺,也要给他找出有关灵魅的一切消息,只有一条:不许进入大荒芜。这是他确保部下安全的唯一指示，也是绝对不可违抗的命令。剩下的由天阔全权授命，暗部的人不直接汇报情报给北冥，而是全部汇总在天阔手中。

天阔严密的逻辑、敏锐的觉察力和对事情发展的判断力超过北冥，他可以更高效地处理一切消息来源并且帮助北冥判断真伪，命暗部在外的人见机行事。除了灵魅，天阔也会同时追踪其他事，他只有一点指示：如果与狱司和聆讯部的人遭遇，必须比他们快！论暗技，军政部超不过其他两部，天阔就要和他们拼拼脑子。

天阔在接手暗部之后同时也接任了参谋部部长一职，日积月累的多方消息纷繁复杂，让他不能分心他事。军政部副将一职在两年前由第五梵音接任。梵音是天阔极力推举的人选，他甚至驳回了北冥要启用颜童作为副将的意见。

北境之战后的几年，军政部重组，扩充军力，大力培养战备人才，各分部全力配合。短短几年，军政部被北冥打造成了一支战斗力胜过以往的铁血劲旅。他的风格干净利落，手下的将士也就随了他的性子，带着凛冽气度，少了古旧做派。军政部为了在几年内重塑实力，来自军政部内部的压力变得非常大，不止士兵，部长和纵队长一级的指挥官对自身的要求也变得更加严苛。天阔经常提醒北冥要放慢对军政部的管理，然而北冥对自己的苛刻几乎是刻在骨子里的，即便他想放缓对军队的管控步调也作用不大。

加之前主将的老部下南宫浩、嬴正之辈心中憋着一团火，后又有颜童、赤鲁这一帮对北冥赤胆忠心的兄弟在旁添柴，军政部想松缓下来都难。所以在副将的众人选之中，天阔力荐第五梵音，并推翻了其他一切可能，和当年他的父亲选梵音当二分部部长有异曲同工之妙，为的是平衡军政部目前过硬的刚气。

这样一来，天阔就有足够的精力调查与灵魅有关系的一些讯息，包括其他异动。四年过后，终于被他确凿找到。上万年前，灵主搜集齐了三大灵石和上古灵兽，又在之后的漫长时间里找到了铸灵师和大巫，在他们的帮助下，锻造出人身。其中还有一味灵植缺一不可，正是大巫倾力培育出的魔草。后经天阔不懈探寻，发现那魔草正是水腥草，灵魅称它为透骨草。水腥草无根无源，是大巫耗一族之力凭空衍化而来的。水腥草无法繁殖，无法再生，每一棵都是绝世珍宝。

在长达千年的锻造过程中，灵主亚辛终于塑成了灵骨并与它融为一体，然而无论之后再锻造几百年，始终再无精进。他的人形到此为止，不可再生，除了一副灵骨，他没有人类的血肉和皮囊。就在他要继续锻造时，铸灵师反叛，逃离了大荒芜，灵主缺少了最重要的下手，彻底失去了成人的希望。

在灵主锻造人身的这千百年间，人类的灵力日益增长，更在拥有赤金石、徒幽壁和美人面的地方发展出了东菱、九霄、西番三大巨头。此时的灵魅想再次轻易获得三灵石已是比登天还难。在这之后的数百年里,灵魅不断侵袭人类,为的就是得到铸灵师。可铸灵师之后分散而居,灵主再难获取。而铸灵师也因为这个原因在长达百年里遭到了人类的排挤,他们凭着自己精湛的技艺隐蔽而居,哪怕是在山中凿出一面石屋,也可让外人看不出丝毫破绽。

在对铸灵师获取不得的情况下,灵魅开始对大巫狠下毒手。为了让他们臣服脚下,灵魅用狼毒控制住了大巫,也是从那时开始,灵魅和狼族相互勾结起来。无利不起早,天阔不相信狼族会在毫无目的情况下为灵魅服务,即便那对于狼族来说是举手之劳。然而追查至今,天阔仍没找到确凿的证据,只有一点指向,狼族似乎也需要得到大巫。

通过狼毒控制大巫一时间得到了效果,大巫穷尽生命为灵主培育灵力极盛的水腥草,然而好景不长,大巫的狼毒开始发作纷纷死去,即便他们自己想尽办法也终不得解。灵主见大巫灯尽油枯,便像垃圾一样丢弃了他们。因为那时灵主已经得到足够的水腥草,大巫的死活他不在乎。

正在这个时节,百年一战打响,有人向各国通风报信,说灵魅内乱,四处逃窜,是清剿的好时机。三国均派兵赶到大荒芜附近侦察,发现果然不假。三国随即联合兵力攻打大荒芜。就当数万万联合军进入大荒芜后,联络中断了。

半月后,三国军政部主将相继出现在大荒芜边境,军力只剩不足十分之一,而灵魅的影子彻底消失在陆面上。天阔查遍所有记录,包括从各国情报探子搜刮来的密报。当时没有一份战况报告提出军队遭遇了灵主,几年之后三国军力主将相继离世。从那之后,三国为保国力下达了联合禁区令,再不许任何一国的军人贸然进入大荒芜。

虽说百年一战是胜战,但天阔查阅古今的资料,发现竟没有一国军队详细描述了大荒芜内部的情况,也就是说,三国联军进入大荒芜后到底遭遇了什么,无人得知。

天阔反复翻看当时参战的东菱军政部主将北唐霍的战后报告,那里详细记载了军队与灵魅鬼徒厮杀的情况,然而一份大荒芜的地形叙述也没有。到底是怎么回事?天阔疑虑着。迷雾再次漫了上来。对于大荒芜的了解,他终究只有皮毛。是什么挡住了所有人的视线?天阔冥想着。

北唐霍带兵回朝的半年后便不再主持军政部大局,主将一职由他的弟弟北唐弋接任。据北唐家家史记载,北唐霍战后归来身心俱疲,再无力支撑军政部事务,只得卸任。

也正是在百年一战之时,大巫借机逃离了大荒芜,从此消失在了弥天大陆之上。人们说,大巫已经死绝了,没有人能在狼毒之下苟延残喘。几年后,奉命驻扎在东菱北境的北唐家人发现了奇怪一幕。镜月湖中出现了一种从未见过的灵植,那灵植灵力盛大充盈,一夜之间就能汲取镜月湖大半水植的生命力据为己有,令水植凋零。

那时人们还不知此物与灵魅有什么关系,只给这灵植取了个名字叫作水腥草。现在看来,水腥草天生带灵。当年大巫逃离大荒芜之后,水腥草也跟着逃跑了,四处游荡,这才出现在镜月湖。百年一战后,没了铸灵师、大巫的灵魅一族彻底消沉下去。

回到此次东菱北境之战,天阔将繁杂乱象的信息一一罗列,意识到灵主再次得到了水腥草。灵主把水腥草视如珍宝,随身携带,这显然不是物资充盈该有的状态。灵主也没有这种灵植了。也就是说,当年大巫逃离大荒芜,水腥草也被一并带走了。

那么,灵主这次又是从哪里得到的水腥草呢?难道说那棵水腥草也是灵主侥幸得到的,就像当年天阔拜托哥哥为他寻一棵水腥草一样?如果不是侥幸得来,又是谁再次给了他最想要的东西呢?天阔在这里画了一个大大的问号。所有与之相关联的可能再次被天阔放到桌面上推演:灵主、水腥草、大巫、狼族,环环紧扣,这是最直接和可能出现的关系。若不是前者,就是有人与灵主勾结,给了他水腥草。这两个都是最危险的讯息。

百年一战过后七十年,灵魅再次悄然出现,然而这次,他们的目标不再是铸灵师和大巫,而是时空术士!在这之前,人类几乎从未见过这一种族的灵能者,也很少有人提起。可恰恰时空术士夜氏一族是北唐家世交,夜氏一族祖辈隐匿于市井生活,从不展现能力。

北唐穆仁也是和父亲北唐关山在外出时偶然到东菱西境夜家做客,那时北唐穆仁还不知夜家是时空术士,却对夜家二女儿夜风一见钟情。可夜风的父亲似乎对老友北唐关山的儿子并不感兴趣,不仅如此,他对北唐穆仁还有明确的拒绝之意。那时的北唐穆仁公务在身,草草离去,却心系夜风,奈何夜风父亲断了女儿与穆仁的交往信笺,两人一时无法,只能把感情留在心底。

可就在不久后,北唐关山收到了夜家的求救长信草。在字落一半的时候,夜家人消失了,北唐关山方知大事不妙!他知道夜家天生具有穿越空间的能力,时空术士是不会被敌人轻易抓捕的,除非他们被更强大的空间结界控制在内,而来不及逃跑了。

北唐关山立刻通报了东菱在内的三国国正厅和军政部。灵魅突袭反攻,七十年后重现弥天大陆,事关重大,必须全力以赴。不等三国联署同意下达,北唐关山已经和北唐穆仁赶往大荒芜援救。当时的国主姬仲的父亲姬僚为军政部顶住压力,放开通行。对此,北唐关山在事后也向姬僚深表谢意。

然而当北唐关山赶去大荒芜时,夜家正拼命逃出大荒芜,无数灵魅在后追赶。

夜家人虽说会时空术法，可灵力并不深厚，为了逃出大荒芜，他们已经拼尽所有，精疲力尽，在大荒芜边界夺路而逃。

最终北唐家击退了灵魅，它们再次隐匿回大荒芜。可在那次战役中，灵主亚辛仍然没有出现，北唐家也就无迹可寻，更不知道真正的灵主到底为何物，只是与普罗大众一般，称灵魅之主为灵主。那次救援万分紧迫，北唐穆仁的义弟第五逍遥远从千里外赶来相助，后听北唐晓风说起，要是没有逍遥的仗义相助，他们一家现在还不知会如何呢。

天阔在查明铸灵师和大巫对灵主成人的帮助后，便开始全力追查时空术士。这三大灵能者对灵主的重要性不亚于三灵石。当年灵主在没有现身的情况下仍然冒险派兵走出大荒芜，抓捕时空术士，可想而知其对时空术士的迫切性。为此，天阔和大伯母北唐晓风进行了多次深谈，然而结果却不如铸灵师和大巫那般明了。

原来，夜风当年随父亲一家被捉到大荒芜后，便神志全无。不仅是她，她的兄弟姐妹亦是如此，夜家人虽说有时空能力，但当时年纪尚轻的夜风并不精通灵法，灵力也甚是薄弱，全家人几乎只有父亲夜老爷子一人灵力精湛。其他晚生，平日闲于市井生活从未对灵修有过过高的追求，初临大敌，自乱阵脚。

夜风告诉北冥、天阔两兄弟，当她神志恢复时已经被父亲带出了大荒芜，一家人残破潦倒，正夺路而逃。就在灵魅追赶而来时，北唐穆仁出现，救下了晓风，击退了灵魅。然而晓风已是剩下半条命，虚弱不堪。经过这次大劫，晓风的父亲决定不让时空术士一族的秘密大白于天下。因为要是被各国知道了他们的存在，恐怕不只是灵魅想得到他们，各国政界也会蠢蠢欲动。夜老爷子与北唐关山商量，让他对外告诉世人，没有发现时空术士一族，不知其去向，以此模糊视线，隐藏真相。

还好北唐关山向来谨慎，他此次出战大荒芜只告诉了姬僚自己得到密报，灵魅大举来袭，却没有说明时空术士一事。灵魅的骤然出现，让各国为之一震，随即同意了东菱出兵。其余两国只是在旁观战，不敢贸然插手，却也需要一个强出头的，所以没人阻拦东菱军。知道夜家是时空术士一族的，只有北唐父子二人和第五逍遥一人。夜风说到这儿，心思沉了下去，喃喃道："当年要不是逍遥，我们……"

"妈。"北冥看母亲神伤，让母亲靠在了自己怀里，示意天阔以后再说，却被晓风拦住了，她道："你父亲不在了，你们兄弟俩就得担起整个军政部。有关时空术士的一切，妈妈也必须告诉你们。"

其实在北冥出生后不久，他就知道自己与常人不同，一时的兴起可以让他从屋内转移到屋外。北唐穆仁第一时间发现了儿子的特殊灵力。晓风也是吓了一跳，因为北冥的灵力远远超过常人，他的时空术也就提早展现出来。然而父母为了保护儿子,便从小告诉北冥无论在什么情况下绝不能向第四个人透露自己是时空术士的事,更不能在人前展现自己的能力。所以直到北境一战,天阔也是第一次知道哥哥竟是时空术士。

"哥,你瞒得我好苦。"天阔打趣道,"大伯母,那哥哥的外祖家现在到底在哪儿?"

晓风看着聪明绝顶的天阔道:"他们去了别人永远找不到的地方,就像那云一样,消失在了天空里。无论是谁,永远都不会再找到夜家人了。"晓风淡淡地说着,心里漫上一丝苦涩。

"您能吗?"天阔轻轻道。晓风笑着摇了摇头。天阔又看看北冥:"哥哥能吗?"晓风看着儿子道:"也许吧。"

"大伯和爷爷还有五叔当年帮助外祖一家离开了,是吗?"天阔道。

"是的。"晓风道。

"您为了父亲留了下来?"北冥道。

晓风点了点头。

"外祖一家还好吗?"北冥道。

"我也不知道。"晓风道,顿了一会儿,她再道,"你外公反对我和你父亲在一起,所以,我没随他离开,他便当没了我这个女儿。"晓风的目光暗淡下去,北冥和天阔愣在当下。他们从来不曾知,原来北唐家和夜家因为儿女婚姻的事最后弄得非常不愉快。但晓风告诉北冥,他爷爷北唐关山从来都是豁达的人,即便自己的爸爸讨厌穆仁,关山也不曾给过孩子们任何阻碍,只是自己的父亲最后负气而走,断了与她的父女情分。

"妈。"北冥拥着母亲道。晓风的眼泪默默垂下。"我从不后悔嫁给你父亲,即便他离开我这些年,我的心一直暖着,不曾凉过,因为他的爱全都留给了我。"晓风捂着胸口道,嘴角带着苦涩又深情的微笑。"爸爸当年,应该是怪我不与他一起离开才那样对我说的吧。"晓风喃喃道,有些不确定。

"当然是这样,外公当然疼你。他肯定是希望你留在他身边远离危险,才那样对你说的。"北冥道,"他是因为气爸爸把你带走了才那样说的。"

看着北冥这样一本正经地安慰自己,晓风笑了:"你和你爸一样。"

"什么?"北冥道。

"我伤心的时候,总能说到我心坎儿里,虽然平时都是笨蛋,比你弟弟差远了!"北冥笑笑,有些无奈。

随后晓风告诉了他们,北冥身上的永灵石,正是她的父亲夜老爷子从大荒芜偷取出来交给北唐关山的,也是为答谢北唐家不顾生死前来搭救的情意。

"永灵石是九周天崩塌后的残石,爷爷为了铸炼永灵石和木家的人耗损十几年灵力才得成,然而即便那样,永灵石也没有完全成为灵器介质。以前是大伯,后来是哥哥,如果不是你们用灵力压制永灵石的灵压,以它当作武器本身就是致命的。这东西恐怕比三灵石还厉害,虽然只有这些许大小。"天阔道。天阔询问伯母,当年灵主是如何找上夜氏一家,又为何要囚禁时空术士。对此,大伯母也是一无所知。其结果天阔也早就料到,如果有什么有价值的讯息,爷爷和大伯当年救大伯母回来时就一定会留下的。

"是否只有哥哥的外公知道?"天阔脑筋一转。

"爸爸。"晓风喃喃道,若有所思。夜老爷子性情极为古怪,夜家除了世代与北唐家交好外,再无第二个亲友。夜老爷子当年带着家人避祸,走得匆忙,确实没再留下多余的只言片语。即便对舍命前来相助的北唐家,夜老爷子也是有所保留,或者说存有戒心。

"大伯母,知道您一家是时空术士的,除了北唐家,还有外人吗?"天阔道。北冥看了看弟弟,嘴角抿起,这个弟弟真是比叔叔还精明。

"没有了。"晓风笃定道,"夜家从来不会和外人道出自己的身份。北唐家是唯一一族。不要说外人,就算是自己的配偶和子女,夜家人也不会多说半句的。实话说,我母亲也是被带进大荒芜后才知道自己嫁给了一个时空术士。"北冥和天阔听闻都很是惊讶。

"您是时空术士,外婆不知道吗?"北冥道。即便外公不说,那生出来的子女,作为母亲一看便知了呀。

晓风摇了摇头道:"时空术士的本领哪有那么好继承,即便有了夜家的血统,也未必就一定会成为时空术士。有的子女甚至终身都不曾拥有时空术的本领。即便拥有了时空术的灵力,也是很难展现的。就像我,直到第一次见到仁哥时,也还不知道自己是个时空术士,当然仁哥也不知道。"说到这儿,晓风突然甜甜地笑了起来。北冥哥俩听得一头雾水。

"怎么?"北冥低声问道。

晓风又笑了起来,哥俩感到有些尴尬。

"当年爸爸不许我与仁哥在一起,断了我和仁哥的往来书信,就连长信草也不让我用。整整五天,仁哥再收不到我的一点消息,他以为我出事了,千里迢迢从菱都赶来西境看我。"

"五天?"北冥在一旁道。

"对,是五天,我可记得清清楚楚。"晓风开心道。

"老爸还真是……"北冥撇撇嘴。他心想着,五天也不是多久啊,五天而已。

"蠢小子,看看小音外出五天不回你,你急不急!"晓风笑嗔道,戳了一下北冥。北冥一个激灵,妈妈说的话吓了他一跳,瞬时一身冷汗。若梵音五天不回他,他肯定急疯了。天阔在旁边咧嘴笑,北冥瞪了他一眼。自从梵音当上副将,他们两个就总是长时间见不到面,不是北冥公务外出,就是梵音去各地视察军情。为了灵魅的事,军政部严阵五年,不曾松懈。

起初北冥是坚决反对梵音当他的副手的,在天阔与他冷静分析过后,他才逐渐平复心情。论灵力,梵音与颜童旗鼓相当;论战术,她不弱于参谋部;论冷静,她能处事不惊;论拼命,她大约是天阔见过军政部屈指可数的人才。

"这是什么胡乱理由!"当时天阔提到时,北冥烦躁道。天阔的意思是梵音有着极好的灵能爆发力,这是作为一等战将必不可少的重要因素,与其让梵音继续担任二分部部长一职,不如让她胜任副将一职。若说危险程度,只要身在军政部,哪怕是灵枢部,也会同样危险,无所谓担任什么职务。他力荐梵音只是因为她适合,别无其他。北冥考虑再三,最终同意。

而让北冥自己同意的理由还多了两个。一是他正视了天阔的建议,他对梵音掺杂了太多的个人感情,导致他无法正常判断梵音的实力,这是他的问题。梵音确实是一个极为优秀战将,这点毋庸置疑。第二点,也是最重要的一点,只要他北唐北冥屹立不倒,第五梵音就不会受到任何伤害。别的,都不重要。

晓风继续道:"你爸爸一天一夜就赶到了西境我家门口。"

"我的天,大伯可以啊!真拼命啊!"天阔乐道,"没想到哥你这点也是和大伯学的啊!"

"什么?"北冥瞪了一眼天阔。

天阔坏笑道:"你一个穿越不就到了梵音身边,把她从北境带回来了吗,敢情你和大伯一样。"

"话真多!"北冥有些难为情,旁边晓风跟着一起取笑儿子。

"大伯母,您继续。"天阔道。

北唐穆仁当年赶到西境夜家,被夜老爷子撞见,登时暴跳如雷,把北唐穆仁轰了出去,不让他见夜风。不要说夜风,就连夜风的母亲也不知道为何丈夫会这样反感北唐穆仁追求自己的女儿。按说夜家和北唐家交好,如果可以成为亲家,自然是好上加好。然而夜老爷子的反应让所有人大出意料。北唐穆仁在夜家门外守了三天三夜,直到夜老爷子说,如果他再纠缠下去,夜家就立刻离开东菱,让北唐家永远找不到。

北唐穆仁大惊,还想恳求,可他已看出夜老爷子的决绝,便不敢再用力相逼。之后他又在暗处等了夜风十天,还是无法,只能黯然神伤地离开。

晓风道："你爸爸还是聪明，他知道我父亲的灵力不如他，发现不了他一直未离开，可他这人规矩，不会莽撞来家里偷偷见我。直到那天临走时，他来到我的窗下，把长信草卷成了银针掷了进来。我看了长信草知道他要离开，心里难过。他说他会等我，直到我父亲同意为止，他若等不到我，便不会再娶别人。

"我见仁哥对我如此情深义重，心中自然欢喜，可又神伤。我知道父亲脾气，几乎是不近人情的，当下便不知所措。然而仁哥也不能再等，军政部事务繁多，他已经为我停留了十多天，自然是不得不赶回去的。"

夜风在窗前看着北唐穆仁远去，心中难过至极。这时，夜风的父亲来到女儿房间，见女儿这般神伤，一时气愤，一把拉上窗帘，挡住了她的视线。夜风登时崩溃大哭，就在这时，她竟原地消失了。等她再睁眼时，发现自己已是到了北唐穆仁面前。北唐穆仁大惊，不知这是怎么一回事。然而两人也顾不得那许多，相拥在了一起。也就是从那时起，夜风第一次知道了自己时空术士的身份。

她的父亲随后告诉夜风夜家是时空术士的真相。夜风是夜家的第一个孩子，也是第一个觉醒的。夜风的父亲严禁家里的孩子对外人提起自己的能力，说否则定有杀身之祸，如不想自己的母亲受到惊吓，也绝不能告诉她。这也是为什么夜风的母亲直到被灵主抓走后，才知道自己嫁给了一个时空术士。

"谁知不久后，我们夜家便遭了祸。"夜风道。

"大伯母，您说外公有没有怀疑过是北唐家走漏了夜氏一族是时空术士的事？"天阔道。两兄弟感情好，他亦称呼哥哥的外公为外公。

夜风皱眉想着，也许吧。她真的不知道当时父亲心里是怎么想的，也许在被捕的一瞬间他怀疑过北唐家。可之后北唐家前来相助，他还是选择信任了他们，不然他不会把永灵石交给北唐关山。当然，也许父亲不曾信任北唐家的人，他之所以交给北唐关山永灵石，是因为当年他要带全家离开这里，需要北唐家的帮助。永灵石只作为酬劳而已，连答谢都不算。晓风深深叹了口气道："你外公真是个不太好相与的人。"

夜风也并不知灵主当年为何囚禁他们，更不知要拿他们作何用处。夜风的灵力远没有北冥强大，相比之下她的时空之术也就不足为道了。天阔曾猜想，灵主是否想利用时空之术缩短时间进程，提早炼成真身。但这个想法很快不攻自破，因为就连北冥这等灵力也无法做到天阔所说的那种事，夜风他们自然更不可能了。这其中缘由还需要天阔细细查来，然而当前的局势，无法给他更多的时间了。

就在今年，东菱国要举办整个弥天大陆之上最为盛大的列国豪宴。作为弥天大陆之上的三巨头，东菱、九霄、西番将派出各自军政部主将悉数到场。这次的列国豪宴不仅邀请到弥天三巨头，东菱国同时广发请帖，邀请诸国部落首领前来贺宴。一时间,东菱国的名声响彻弥天大陆之上,独霸鳌头。姬仲为此狂傲不已,而诸国要借此机会再次商讨进攻大荒芜之事。

五年前,东菱的北境之战让东菱军政部遭到重创,然而谁都没想到,短短五年之内,北唐穆仁之子北唐北冥会打造出一支更加强悍的铁骑军队,令诸国咋舌。这当中自然数九霄与西番最为上心。两国想借此机会深探东菱军政部的实力也是心照不宣的事。再来,灵魅如此强悍,诸国都心存警戒。如果还有那么一天,不知道会落到谁家头上,在这种未知的情况下自然是合力定个应对之法为好,不要等事到临头才来商议。

列国豪宴在东菱召开,不只姬仲亢奋,北冥更是全力促成,甚至有些激进。要不是北冥对军政部乃至整个东菱的影响,其他两国未必会登东菱的门。而依照天阔的想法,此事还为时尚早,但他的意见都被北冥驳回了。不只北唐北冥,九霄和西番似乎也十分赞同此次豪宴,约定三月后来东菱一聚。

事情越是临近,天阔越是心感不安,他总觉得有一股力量拽着他们往前走,直至无尽之处。想到这儿,天阔在办公桌前忽然惊醒,已是一身冷汗。以前提到大荒芜,三国国正厅都是避之不及,然而现在却似乎有人在推波助澜。不只哥哥,其他两国同样也是。天阔揉着太阳穴,觉得很疼。他对灵魅的情况掌握得越多,越是觉得不够。天阔在纸上再一次罗列出已知和未知的信息。

灵魅成人的要素:

1.三灵石:赤金石、徒幽壁、美人面。

2.铸灵师:铸炼三灵石与灵骨。

3.大巫:水腥草。

4.时空术士:(目前尚不知用途)。

其他暂无发现。

疑点:

1.灵主如何重获水腥草。

2.灵魅会效仿人类灵法:北境一战,灵魅使出哥哥的绝技长门,压制东菱军队。此先,哥哥只在辽地用过此灵法。结论:狼族与灵魅沆瀣一气。

3.百年一战,是谁通风报信告诉三国灵魅内乱,趁机清剿。为何要如此作为?利益在哪儿? 与之相关,大巫消失,水腥草消失。

4.是谁出卖了时空术士夜家?

不一会儿,天阔走出房间,来到北冥的办公室。

"哥。"

第九十三章
夜探大荒芜

没等北冥说"进",天阔径自推门而入。

只见北冥正伏案看着进攻大荒芜的路线图,恍惚间,天阔看到有个什么东西在他指间燃尽了,像片枯叶蝶。

"你怎么来了?"北冥淡淡道,没有抬头。

"啊,"天阔稍顿,道,"哥,你真的想要联合三国部队进军大荒芜吗?"这一年多来,天阔提出类似的问题不下三次。

"我没有要联合谁,只是想看看他们的动静。"北冥道。北冥依旧低着头,看着占满桌面的大幅地图,上面包括九霄和西番。

"我觉得你还需要再给我一些时间,很多事情我还不能完全了解和掌握。"天阔把自己刚刚写的关于灵魅的疑点和问题递给北冥。北冥认真看着。

"你已经掌握得够多了,天阔。"北冥终于抬起头来看了弟弟一眼,"都快把我查个底儿掉了。"北冥难得开了玩笑,让神经有些紧绷的天阔轻松些,"你再查下去,我早晚成了你的试验品,被拉到崖雅那里彻底分析一遍。"

"我还真想这么做过,你除了会穿越空间,还会不会什么别的?"天阔挑起眉毛道。既然老哥很悠闲,他也就不好继续绷着脸严肃了。

北冥沉思了一会儿道:"真不会了。"

"你不会是有什么本事瞒着我吧?"

"瞒着你? 怕你学啊?"北冥笑道。

"哥,现在还有很多问题我没调查清楚,能不能再给我一点时间?"天阔再次正经道,"大荒芜里面是个什么情况,我们还一无所知,你这样带兵前去,我怎么能放心?

何况,菱都这边净是不安分的,我怕军政部到时候腹背受敌。"

"大荒芜里面是个什么情况,我们不能让其他两国来告诉我们。"北冥道。

"什么意思?"天阔不解。

"总要有人进去查,不是他们,就是我们。但我们亲手查来的资料总比他们的可靠。如果我们不去,就只能等九霄和西番的消息,那样一来,东菱只能被动。所以,我们一定要进去。不过你放心,我不会拿战士们的性命当炮灰和试炼,没有七成的把握,我不会轻举妄动。再来,关于灵魅的事,你已经查得够清楚了,不需要更多。

"即便你日后查出无数个它修身成人的条件,也不过就是条件而已,查的时间越久,给它们的时间越长,也就给了它们更多完成条件的机会,我不打算再给它们任何机会,我要的是解决它们。还有,军政部早就开始腹背受敌,不只是现在。我现在要做的是不断培养军政部的人才,增强军政部的实力,不管我今后在与不在,军政部都不是东菱的棋子,而是东菱的护国军。谁都撼动不了军政部在东菱的位置,军政部必须有自己屹立不倒的资格,无论是国正厅还是狱司,都动它不得。

"即便主将不是我,仍会有别人接替我的职位。所以,不用考虑军政部会腹背受敌,它有承受一切外来倾轧的能力。灵魅的事,我一定要拿下。"

天阔看着哥哥,深深呼出了一口气,笑道:"知道了,主将。"看着眼前的哥哥,他忽然间觉得那般踏实。

以前天阔总是觉得自己要做好参谋长的事,替哥哥想到所有关卡和可能出现的问题,这样他才能尽可能地保证哥哥的安全,替他分担身上的担子,他甚至觉得他可以成为哥哥的大脑,替他顾全周遭全部。然而此刻,他才知道自己想错了,哥哥早就走在了前面,破除了那些他原本担心的纷扰,让他焦躁的心绪安定下来。

"有事我会随时和你商量,压力别太大了。"北冥淡淡道。

"知道了,主将。"天阔回道。北冥笑着摇了摇头。

"不过哥,你最后一句话以后千万别当着梵音的面说。"天阔忽然翘起嘴角,语气怪怪道。

"什么?"

"不管你今后在不在军政部,军政部都不会成为东菱任何人的棋子。你不在军政部了……那你准备去哪儿啊?跟灵魅搏命啊?瞧你这话的意思,是有了牺牲的打算了啊?"天阔故意提高调门。

"呃。"北冥被天阔质问住。他当时那样说,自然也是那样想的。

"哎呀,既然你都这么想了,我得让副将早作打算。"

"打什么算啊!你别跟她瞎说!我就是顺口一说!"刚才还坐得稳的北冥,现在身子晃了起来,也不再伏案看地图了。

"嗯,别哪天自己说秃噜了嘴。"

"我哪敢啊!"北冥脱口而出。

天阔笑模笑样地走到北冥面前道:"哥,你俩现在什么进展了?"北冥被天阔一质问,哎的一声卡住了。"你管我呢!"

"我没想管你,我就是看梵音跟二分部的魏灵超现在越走越近,提醒提醒你。"

"什么?"北冥俊眉挑了起来。

"你成天忙活部里部外的事,都不关注梵音周围的动向吗?"

"她好好的啊!怎么了?"

"不是,我说哥,我知道她好好的,她可好了,没准哪天找了个男朋友就更好了。"北冥睁开大眼看着天阔,一脸无措。

自梵音接任副将一职后,二分部部长由赤鲁担任。赤鲁原以为冷羿会跟他叫板,谁知冷羿对此漠不关心。魏灵超因灵法突飞猛进,本可胜任纵队长一职,接替赤鲁的位置,但他为人年少不羁、轻狂放纵,梵音驳回了让他出任二分部二纵队队长的申请,二纵队队长由库成接任。魏灵超成了冷羿一纵队的副队长。开始时,魏灵超还稍有不服,可被梵音训斥了几句,也就不再多说。魏灵超平日在军政部除了听梵音的话,别人的话他都当作耳旁风,这也就是做了冷羿的副队,换个管事的军官都会和他弄不和。

"魏灵超……"北冥皱起了眉头,"等我回来就去处理一下……"

天阔看着哥哥严阵以待的样子就觉得好笑。不过魏灵超确实和梵音走得很近,他对梵音总喜欢没大没小地称呼。平时除了没大没小地哎呀喂呀地叫,从来没尊称过副将,却也没叫过她梵音。

"你要出门?"天阔道。

"明天我去韩战那边看看。"韩战负责的主将亲军驻扎在城外一百里,北冥每次过去都要驻留几天。

"几天?"

"三四天吧。"

"不等梵音回来?"梵音前段日子去了南境五分部。虽说南境与大荒芜并不接壤,但事关军事部署,梵音还是要再三视察。

如果这次列国豪宴上北冥与其他两国军政部达成一致,他们很可能会一起挺进大荒芜,到时候,东菱各处不能有一点差池,再不能出现像当年狱司暴乱的情况。再者,自从五年前南扶摇负气离开,就不曾再来过菱都。梵音总惦记着她和冷羿之间的事,正好趁这次去南境的机会探探南扶摇的口风,同时也相邀南扶摇参加此次国宴。南鲲要驻守南境,这次不便前来。

"不等了。"北冥道。

"哥,你是不是有事瞒着我?"天阔突然警醒道。

"没有啊。"北冥道。

"你是不是有事瞒着梵音?"

"没有啊。"

"你是不是外面有人了!"天阔突然咋呼道。

"噗!"北冥喷了出来,咳咳地咳起来,"你有病啊!咳咳!"

"那我刚才进屋时,你手中燃了什么?"天阔冷不丁问道。

"暗部的回信。"北冥道。

"不需要给我看看吗?"天阔再道。

"路线图,再次确认无误。没什么要紧。"北冥解释道。

天阔看着哥哥,稍顿,片刻后笑道:"真的不是外面有人了?"

北冥眉眼一翘,瞅着天阔:"不然呢。"

"那你怎么每次出去都要赶在梵音不在部里的时候?"

"碰巧了。"

"好几次了。"

"你有完没完啊?婆婆嘴一样,赶紧回去睡觉吧。"北冥催促道。

"你总这样,小心梵音不高兴,你出门都不跟她报备一声。"天阔扭脸儿道。

"她又不在,我跟她报备什么?"

"你看!还是你故意的!你就故意赶在她不在的时候出门!"

"嗨!臭小子!在这儿等着我呢!赶紧回去睡觉!"

待天阔出门后,北冥盯着桌上的路线图,指尖搓捻着,抬手一挥,收了起来。

第二天一早,北冥照常出现在餐厅用餐。天阔打着哈欠道:"你没走啊?"

"你管我呢!"北冥压着嗓子对着天阔发狠。

"主将,您去哪儿啊?"赤鲁粗着嗓门道。北冥眉头一皱,他耳朵倒尖。

"我有必要跟你报备吗?"北冥咬着牙道。

赤鲁见北冥一横,立刻蔫声道:"我这不是关心您吗,您看您。"

"用不着。"北冥不领情。

"哎呀,也不知道我们家老大啥时候回来,去南境那么久了。本来每次都是我陪她去的,现在变成魏灵超那小子了!真是!抢了我的位置!"赤鲁不满意道,"下次还得我去！部里再有事，就让冷羿顶一下，反正他也闲得没事干！"话说着，只见冷羿漫不经心地走了过来。紧接着他身后又传来了颜童的声音："副将，你回来了。"

"回来了。"

"早啊，刚到吗？"颜童看着正在上楼的梵音和魏灵超道。

"嗯。"梵音道。

"小音回来了！"崖雅在餐厅听见梵音的声音，高兴地跑了出去。话音未落，梵音已经进了餐厅，笑道："回来了。"

"怎么提前了也不跟我说一声？"崖雅道。

"给你个惊喜嘛。"梵音哄着崖雅道。崖雅高兴地挽住了梵音。魏灵超给她让开了位置。

"我训练的毛腿儿还不错吧？日夜兼程，省了你的脚力，还舒服。"天阔坐在餐桌上，老远就招呼道。

"非常好！"梵音笑着应道，跟着与嬴正、南宫浩、白槐打了招呼。

几年前，天阔就开始大力驯养毛腿儿，以备战时之需。

"哥，惊喜不？提前回来了。"天阔捏着嗓子背过梵音对北冥道。北冥冲天阔微微龇了下牙，等他再一抬头看见梵音已经离自己不远了。他刚要说话就见梵音挑起秀眼看了他一眼，显然是刚才他对天阔的奇怪表情被梵音逮住了。

"回来了，怎么没跟我说一声？"北冥有些尴尬道。

梵音刚要开口，只听一旁魏灵超道："坐这儿吧。"隔着北冥还有五个位子的距离，魏灵超给梵音拉出了椅子，并抓住了她的胳膊。

"嗯？"梵音的注意力被带走了，转过身看向魏灵超。魏灵超今年已经二十岁，长成了一个俊俏的男孩，眼尾精致，有三分戾气。"坐这里。"他再道。魏灵超抬起头，对上了一个锐利的眼神。魏灵超的眼睛不偏不倚，正视了过去。

"坐这里吃吧，这里有位置。"魏灵超看着北冥，嘴上说着。他这是在公然挑衅北冥。

"你小子，那不是老大的位……"赤鲁话到一半，只听当的一声，北冥把杯子磕在了饭桌上。所有人被他吓了一跳。他眼神带过魏灵超，看向梵音："坐我这里。"北冥已经站了起来。大家看着他的样子，莫名地不想再多嘴。"路上累吗？"北冥继续，旁若无人。

"不累。"梵音冲他走了过去，自然而然，"我坐哪里都行，你坐下啊。"梵音来到了他身旁，天阔已经机灵地给她让出了位子。北冥给梵音倒满了水，递给了她，眼睛里再无其他。

"谢谢。"梵音接过。

"老大你这么快就回来了?"赤鲁道,"不在南境多待几天了? 那个,南境那边怎么样啊? 都还好吗? 嗯,扶摇姐还好吗?"赤鲁假装不在意地问道。

梵音沉默了一会儿,道:"都挺好的。"

"这样啊,那今年扶摇姐过来吗?"赤鲁舀着碗里的汤道。

"过来。"梵音惜字如金,眼睛盯着粥碗,北冥觉出不对。

"是吗! 什么时候来啊?"赤鲁高兴道。

"快了吧。"梵音敷衍道。

"会提前过来啊? 这么好!"梵音不再吱声。"今年怎么会突然过来了,还提前这么久? 还是你面子大呢。"赤鲁乐道。梵音不说话,冷羿也看了过来。梵音察觉到了冷羿的目光,想回避,下意识地朝北冥的方向侧过头去。

"怎么了?"北冥唇语道。梵音眼神微晃。

"老大,扶摇姐今年怎么这么早过来啊,是不是想我们了?"赤鲁道。

梵音被一再追问,道:"她订婚了。"声音不大,可周围突然静了下来。

"你说什么?"赤鲁道。

梵音叹了口气道:"扶摇订婚了。"

"和谁?"赤鲁道,没了笑模样。

"年阙。"

赤鲁喘了几口粗气,忽然站了起来,磕得饭桌叮当响,转而骂了一句:"混蛋!"便离开了。

梵音眉尖轻蹙,看向冷羿,只见冷羿双眼盯着汤碗,愣住了。梵音叹了口气,不再多言。

夜晚,冷羿独自躺在床上,看着天花板,不知怎的睡了过去。忽而一阵微风吹过,窗户大敞,冷羿翻了个身喃喃道:"汐儿,对不起。"风静了,屋子里安静得像与世隔绝了一样。气压慢慢沉了下去,冷羿忽然感到胸口憋闷,眉心皱了起来:"扶摇! 扶摇!"

他霍地从梦中惊醒,大口喘着粗气,眼神惊慌失措。他下意识地往两边扶去,捏紧了被单。这个梦好多年没做过了,怎么又想起来了? 梦里冷羿在一片深海中,南扶摇被旋涡卷了进去,他拼命施救,冰分海潮。他抓住了南扶摇的手,却从梦中惊醒,嘴里喃喃念着:"汐儿,对不起。"微风再次刮了进来,屋子里暖了起来。

梵音在房间里想着南扶摇的事,不明所以,却唏嘘不已。南扶摇欢快地和梵音说她订婚了,对象是年阙。梵音只觉恍惚,这些年,她和扶摇交往很少。扶摇也再不像以前一样与她亲密,多有信笺。也许是因为冷羿的关系,扶摇对梵音也有些生疏。

然而这次去南境,扶摇还是拉着她的手说东说西,她看得出,扶摇是想念她的,她也一样。扶摇笑着说以后她就要嫁去菱都了,这样就可以常见面了。梵音不知如何,只能笑着庆贺。扶摇的心中有多少欢快,梵音不得而知。他们能常见面了。梵音想着扶摇的话,和谁呢?

"这么晚了,不知道北冥睡了没有。"梵音看了看时间。回来以后忙活了半日,也没和北冥说上几句话。他们已经一个多月没见面了。梵音想着扶摇苦涩的脸,突然有些心酸。那是一张想见却见不到心上人的脸。梵音叹了口气,忽然走出房间。

"北冥,你睡了吗?"梵音在北冥门外轻声道,不知为何有些紧张扭捏。等了一会儿,见屋内没动静,梵音又轻轻敲了两下门,还是没人开门。梵音有些失望,往回走去。忽然她感到北冥房间里倾出一股异样的灵压,席卷而来,甚是强大。

梵音转身往北冥房间跑去,用力推开房门。只见一股强大的气浪旋涡在北冥房间里极速飞转,梵音的鹰眼骤然一聚,空间即将被分割。梵音一个箭步冲了过去。北冥身在割裂空间的中央,见梵音冲了过来,登时大骇!千分之一秒的瞬间,北冥的时空术已无法再停下来。北冥奋力一抱。砰!两个人消失在了军政部。

等二人再次落地,已经到了另一个地方,周遭诡秘,漆黑一片。然而北冥已顾不得这许多,慌着扶开怀里的梵音,紧张地上下查看她。梵音急喘着,不知道发生了什么,只知道自己呼吸急促,身体要被分裂了一般,一时间无法平定下来。

"梵音!梵音!"梵音恍惚间,似乎看到北冥在叫她,她不能确定,眼睛还是花的。她摇了摇头,只见北冥脸色煞白,面容急切。"梵音!"北冥不停喊着梵音的名字。

"啊。"梵音模糊应着。

"伤着没有?伤着没有?"北冥紧捏着梵音的胳膊,大声道,力大得让梵音在混沌中感到了疼痛。

"没,没有。"梵音尽力回答着。突然的时空转换让她极度不适。

"确定吗?伤到哪里没有?"北冥惊恐地反复确认。

"没有。"梵音渐渐平复了下来,只是呼吸还有些困难。北冥不停帮她捋着后背。

"还有哪里不舒服?"

"没,没了。"北冥一遍遍查看梵音全身,焦急不已。"这是哪里啊?"梵音的意识渐渐恢复了过来。北冥没有回答,皱着眉,忘记了男女有别,还在轻拂她的胸口,让她气息顺些。"这是哪里啊,北冥?"梵音再道。

"谁让你跟上来的!"北冥突然暴怒道,吓得梵音一个哆嗦,屏住了呼吸。北冥看她这个样子,一把拥她入怀。

"我，我看你好像要消失，不知什么状况，就赶紧跟上来了。"梵音在北冥怀里道。

"胡闹！"北冥气得斥责道，"你知不知道刚才多危险，伤着你怎么办！"梵音被北冥说的好像自己做了错事，不敢言语。过了一会儿，梵音小声道："你是用了时空术吗？"

"刚刚如果你慢一步，或如果我快一步，没有抓到你，你的身体会被割裂的，你知不知道！"北冥的心脏突突地跳着，忍不住再次吼道。

梵音鼓起小嘴，埋下头，眼眸垂了下去。北冥气急叹了一声，用手护住了梵音的脑袋，心悸不定。

"我不知道会这样。"梵音喃喃道。

"会四分五裂的！呸！"北冥刚一喊完立刻呸了一声，觉得不吉利，"你真是！你真是急死我了！我这次真的生气了！"

"对不起。"梵音秀眉轻皱。每当和北冥独处的时候，她总会变得柔软许多。两人你来我往，身在其中都不自知。"可是你喊那么大声没事吗……这里是哪里啊……静悄悄的……不要喊那么大声了。"梵音故意这般说着，在两人说话间，她早就警惕地打开了防御术，以屏蔽周围环境。

北冥气喘着皱着眉，他的防御术更是从一开始就盖住了所有，包括梵音的，灵感力展开到方圆二十里外。梵音见北冥不理她，又道："你这么晚了偷偷跑出来干什么呢？"梵音翻了个眼睛，瞟向周围，只一眼，一切尽在掌握，"嗯？这里是哪里啊，北冥？你这么晚出来干什么呢？"梵音的语气慢慢硬了起来。

"我，我出来看看。"

"你出来这么远，不需要跟副将报备一声吗，主将？"梵音道，已经换了称呼。

"我打算回去以后跟你说的。"北冥的话音明显比刚刚弱了两分。嗖，一道犀利的目光向北冥看来，北冥立马道："我回去以后跟你解释。"

"你最好能跟我解释清楚！"梵音厉道，一把推开北冥，换了态度。周遭静谧无声、气息乍凉，呼吸的唇齿间就能感到灵气的浮动。月亮高挂，对面的黑崖峰高入天际，下面的黑水涧望不到底，湍流的黑水在崖底奔驰。梵音鹰眼急纵，发现湛蓝的月竟打不透黑水的一分一毫，连个倒影都没有。

"大荒芜。"梵音道。

"嘘。"北冥比了个手势，把梵音拉到一旁，贴紧背后山岩。梵音抬头望去，登时张大了口。此时两人正在另一面黑崖峰的山腰上，与对面黑崖峰仅相隔百米不到。黑崖峰高千丈，崖壁上无路可走，北冥正带着梵音站在一处错出来的岩石边沿，只容一个脚掌宽度。正当梵音还在感叹周围险境时，就听对面传来响动。

北冥唇语告诉梵音,这里是大荒芜的峡山,山涧下的河流名为绸水。

"嘿噜噜!嘿噜噜!"一阵阵粗犷浩荡的声音从对面传来。一行壮汉般的黑影从对面山腰远处走来,前面还赶着一群白飘飘的东西,那白物比黑影小了三倍不止,好像在黑影腿前窜动。一会儿工夫,它们就从远处山腰赶了过来,很快到了梵音他们对面。山涧相隔百米,天色虽黑,但夜光明亮,看得明白。

"灵魅?"梵音在北冥耳边惊诧耳语道,但又不确定。

"白灵。"北冥道。

只见对面白飘飘的东西越来越近,一个个圆圆的头顶,散摆的裙身,脚下如波动荡,模样好像是从白雾白水里钻出来的气泡精灵,圆圆的眼睛透着灵气,有一只眼睛的,有两只眼睛的,长在头顶。梵音看着有趣,一时忘了紧张。它们的身前中央有一个桃心似的透明晶洞,里面好像蕴藏着天地灵气,能量甚厚,至纯至净。梵音惊诧,人类的灵力只有在运用时才有所展现,平日毫无异样,然而现在对面的那群白灵身上竟随身"携带着"如此醇厚的一团灵力团,并且肉眼可见,令人不可思议,与之前见过的暗黑灵魅完全不同。

没等梵音惊讶完毕,就听白灵后面传来粗鄙的哄赶声,"呜噜噜!呜噜噜!"嘴里唔哝着,话不成话,语不成语。那群黑家伙身材巨大,像从煤炭里钻出来的黑怪。

"黑鬼?"梵音道。

"是山精。"北冥道,指着对面山峰。梵音望去,果然那群黑色的家伙身上全由黑色岩石堆砌而成,像极了这两座黑崖峰。山精驱赶着白灵,忽然一个一只眼的白灵发出激烈的反抗,霍地张开刚才没有的大嘴,露出尖牙,原本鼻子的地方随着嘴巴的出现凹了进去,说是鼻子不过是一个白色小圆球。山精拳头挥舞,砰的一声一块岩石从它手心甩出,砸在白灵身上。白灵尖叫一声,落下无尽山涧。

嗖!崖底传来风啸,一团黑障从下面袭来,瞬息将至,灵压极强!巨大的黑色身躯,张狂的五官好像不受控制般往四面八方裂去,不似灵魅般垮塌,比鬼徒更蛮戾。只见那恶物张开大嘴一口吞了掉下去的白灵。咕噜噜,白灵被它咽下喉咙,它的身形跟着收敛了些,咧开的五官得到了些许控制。黑障来到刚刚抽打白灵的那个山精前,魁梧的山精在黑障面前变得像块小石子,僵住不动。只听黑障冲它吼道:开山门!霍然间灵令传出,绕过百里山涧!

山精们得令,全力朝山背推去。轰隆隆,山壁被撼动了,岩墙从山腰被向上顶去,山峰被推了起来!嚯嚯嚯!黑山门向上开启,方圆几里山门大开!呼!一阵热浪从山体内喷放而出,山墙被火光燃亮了。奋力苦作的哼哈嗨喊声从山体内传了出来。梵音瞪大了眼睛看着惊世的一幕,身在对面山涧的凄冷崖壁上,她和北冥的脸已经被映得通红。

峡山被打开了，又是一番天地。只见无数白灵在对面山门内苦作着，无数山精把洞天上的山石凿下来，扔进一摊黑色湖泊般的浆水中，白灵用木棍吃力搅拌着。木棍上的枝丫像小手一样奋力摆动着，发出难听的怪叫，好像也是活的一样。山外的山精赶着新来的白灵进了山门。忽然，黑障从对面望了过来，梵音皱起眉头，北冥面色无碍，两人纹丝不动，静如止水。一颗山岩落下，掉在梵音脚面，弹了出去。黑障怒瞳紧收，停了片刻，只见它猛然张开臂膀冲山涧挥了下去。

少时，浪卷疾风，绸水涧下的黑水从山底腾空而上。顷刻间，山涧被黑水一分为二，冲上九霄，格挡开来。黑水甚浓，密不透光，水花溅到了对面山壁上，像割不断的丝绸。梵音鹰眼一凝，倏地从黑水幕中看了过去。对面，黑障站在山门外仍旧看着这里。片刻过后，黑障翻掌一挥，黑水鱼贯涌入山门之内，直落浆滩。黑岩黑水混在一起，白灵被山精鞭打着奋力搅拌。黑色浆水黏稠地从浆滩一端流了出来，跟着滑入一个百米宽的巨大闸阀，闸阀两侧无数白灵正用力抽拉着木梭，发出奋力的嘿哟声，声声浩荡，浆水顺着甬道流过变成了绸缎。

守在甬道尽头的白灵用力一发，一束灵光从胸口的灵心射出，呼，一件黑衣斗篷做了出来。等在它们身后的黑色灵魅套上一件，正正遮住了它们胸口的黑色空洞，那位置正同白灵灵心的位置，只不过在灵魅身上变成了一个窟窿。接着一件件斗篷被织了出来，落在灵魅手中被一摞摞运了出去。周而复始，山体内的黑滩边无数白灵搅拌着，另一端一件件灵器法衣的黑色斗篷被织了出来。白灵不停地耗损着自己的灵力，一个个虚脱下去，灵心中的灵光渐渐淡去后被山精扔到了一边。拿到斗篷的灵魅来到黑障前鞠了一躬，声称道："魔坤大人！"

"下去吧。"黑障抬手一挥，灵魅们纷纷离开，把斗篷运往山下。

"魔坤。"即便相隔甚远，梵音还是从灵魅们诡异的嘴中读到了这两个字。但对面灵力太盛，她不敢贸然放出凌镜。她回头看向北冥，却发现北冥对此似乎见怪不怪，无动于衷的样子。他的眼神停留在魔坤身上。就在梵音疑惑之际，一道从上而下的灵力激起了她的警惕！

嘶！一个刺耳的声音从山巅切下，带着一道蓝色厉火，霎时来到魔坤面前。只见那人身着暗紫色劲装，束着金色腰带，身姿飒爽，看不出半分魅态，却一身鬼气。

"人！"梵音暗道。此时，北冥的手臂已轻轻环过梵音腰间。梵音灵眸一收，贴近了他。

唰！那人奔了过来，快如闪电，很快近在咫尺！北冥和梵音消失了。

一声急喘，梵音已被北冥带回东菱军政部的主将房间内，梵音只觉头晕目眩，胸口一阵恶心,险些要吐了出来。

"没事吧?"北冥要把梵音扶到椅子上坐下。梵音摇头,站在原地定了定神,开口道:"刚刚那人?"

"你看清他样貌了吗?"北冥反问。

"没有,他的雷霆之速太快,与光无异,远远超过了我的眼力所及。"梵音道。只见北冥眉间微蹙,思忖片刻。三次,他去了大荒芜三次,碰到这个人都是无功而返,连对方真容都没看清,若是实战,他未必能赢。北冥想着,攥紧了手中拳头。

"你怀疑自己胜不过他?"北冥神色稍沉,看向梵音,她总能一眼看穿他的心思。"我看未必。"梵音道,"当时那人在大荒芜灵力全开,而你在暗处,收敛锋芒。若真交战,他未必赢得了你。"

"话虽如此,但灵主手下有这等干将,非我所料。在之前的战役中,我们并没碰到过此人。"北冥道。

"他是个雷师?"梵音问道。

"是。"北冥道。

"弥天大陆之上雷师本就不多,怎就到了他手上?你知道他是什么人吗?"梵音问道。

"你觉得他像个人吗?"北冥道。

"这!"梵音秀眉一蹙,身上凉意乍起。那分明就是个人,却看不出一点人气。

"大荒芜中像他一样的人还有吗?"梵音道。

"再没第二个。"

"再没第二个吗?"梵音又道。

"没有。"北冥笃定道。

忽然,梵音鹰眼一聚道:"你到底瞒着我去了几次大荒芜?"北冥一怔,反应慢了半拍,只见梵音嗖地把脸凑了上来厉声道:"你到底去了几次?说!"

北冥薄唇微龇道:"没,没去几次。"

"到底几次?"

"两三次吧。""嗯?"梵音秀眼一挑,北冥接着道:"三,三四次。"

"呸!"梵音啐了一口北冥,气道,"我看八九次也有了!你显然已经把大荒芜摸了个底儿掉,连有几个那样的怪人都找了出来!什么山精白灵,你清清楚楚!你这人怎么回事?怎么干什么都不和我报备的?虽说你是主将,我官低你半级,但你也不能什么都自作主张啊!那么危险的地方,你自己说去就去,你怎么能这样?你跟我说一句,也好让我对你有个照应啊!也好让我知道去哪里寻你啊!你!"梵音气急,连珠炮般道。

"我是要跟你讲的,就是最近太忙了,没顾上。"北冥赶忙尴尬解释道。

"放屁!你都去了八九次了,还没顾上!你准备等到什么时候告诉我?进攻大荒芜的战略会议上吗,还是三国联军的会议上啊?你当我是白痴啊!我连你干吗去了都不知道,你还把我放在眼里吗?你干脆把我开了算了!要什么副将,我给你个花瓶,你自己用去吧你!我不干了!"梵音连比划带骂,全不像一个下级对上级的样子,北冥在一旁听着数落,插不上话。"天阔开始跟我说你外面有人了,我还不信!原来真的有人了!"梵音说着已经叉起了腰,甩开膀子,准备和北冥干架了。

"什么我外面有人了!你听那浑小子胡说呢!"北冥吓道。

"我看也差不多了,一个意思!"

"什么一个意思,你别听他胡说八道!"

"哈哈!你去大荒芜我都不知道!你要真在外面干了什么事,我铁定也是不知道的呀!"

"我,我,我能干什么事?"北冥紧张得语无伦次。

"哈哈,我怎么知道!主将大人的事,我这个打酱油的副将可是一无所知呢。"梵音不停冷笑讥讽道。

"梵音,你别这个样子跟我说话好吗?"北冥被梵音阴阳怪气的样子弄得无所适从,冷汗直冒。

"好的,主将,您说什么就是什么,属下闭嘴。"

"呼,"北冥叹了口气道,"我不是故意瞒你。"

"不只是我,整个军政部都不知道您的行踪呢,主将。"梵音补充道。

"我知道,我只是……"

"单独行动方便一些。"梵音善解人意地补充道。

"没错,大荒芜的情况特殊,我不能贸然派军政部的其他指挥官或战士前去探查。但是,那里面的情况,我们必须有所掌握才行,再多的外围调查都不能详细了解大荒芜的内部情况,所以我必须亲自去一趟。据我所知,九霄和西番都已经派人进去了。"

"你在先,还是他们在先?"梵音若无其事,立正站好地问道。

"前后脚。"北冥保守道。

"哼哼。"梵音突然又冷笑一声。什么九霄和西番都派人进去了,你北唐北冥再多几个幌子说给我听啊,他们进不进去,你才不会在乎,你是铁定会自己进去的。

"咳咳。"北冥听出梵音的意思,假装严肃地清了清嗓子。梵音继续一本正经地听着。

"西番的死士,不知折了多少在大荒芜了。东菱只有我去才是最安全的,无论商讨结果如何。"北冥指的是军政部会议提案,他神情坚决,毋庸置疑。

"但你至少告诉我一声,让我知道你去了哪里,如有万一,好让我知道去哪里寻你。"梵音道,态度诚恳,不再玩笑。

"抱歉,没有下一次了。"北冥认真道。

梵音缓了半分,脸色才好些:"你刚才说西番的死士折了很多在大荒芜?"北冥随后告诉梵音,他这几次探查出不少大国进去的痕迹,其中数西番留下的踪迹最多。

"普天之下雷师甚少,屈指可数,最有名的当数西番太叔一族。你说今天我们见到的那个人会和西番有关系吗?"梵音疑道。

"我不是没有考虑过,但我与那人三次近身,却不见其面。今天这是他第一次发现我,也是我们唯一的照面,却来不及看清他的脸。之前两次,我已发觉他一身鬼厉灵力甚强,稍有不慎即刻会被他识破,我不能妄动。相比之下,魔坤虽然暗黑灵力巨大,却不及他犀利,而且魔坤一看便知是个鬼徒。"

"魔坤,就是那个能呼风唤雨、搅动黑水的鬼徒?"梵音道。

"没错。"北冥道。

第九十四章
情深意浓

"你也和他照过面了？"梵音道。

"是，魔坤和今日那人是亚辛的左右手。"北冥道。

"你在大荒芜见到亚辛了吗？"

"没有。"

"亚辛是灵魅之主，魔坤是鬼徒，亚辛的手下，那今日我们见到的白灵又是怎么回事？"

"我这几次探查下来发现白灵胸前都有一颗灵心，积蓄灵力，灵力可再生，而且它们能随意变换模样，灵魅却不行。之前，我看白灵们被灵魅或鬼徒往峡山的方向驱赶，但不知目的，今天去就是为了一探究竟。不承想，灵魅身上的暗黑斗篷竟都是白灵织出来的。以前和灵魅对战时因为它们披了斗篷，所以不知道它们斗篷下的样子，现在看来，灵魅之所以穿上斗篷十有八九是为了挡住它们身前空洞的灵心。灵魅的暗黑灵力不可再生，想必也是没有了那灵心的缘故。"

"那鬼徒呢？我看他们身前并没有什么空洞，似乎和灵魅与白灵都不大一样。鬼徒倒是没有什么斗篷，赤裸裸的一团黑障出现在我们面前。"梵音道。

"鬼徒应该是还不及灵魅的黑灵。要是我没猜错，恐怕，鬼徒以前的样子也如灵魅一般。"

"那你说灵魅和白灵会不会有什么关系呢？你查到什么了吗？"

"还没有。我只知道，大荒芜上白灵被灵魅奴役，反抗不得，成为它们的苦力。但有一点我现在确定，无论是灵魅还是白灵，都和人类鬼魂无关，正如咱们所见，它们是大荒芜中生长出的天地灵物。"

"那山精和树灵也是了？"梵音说的树灵正是白灵用来搅拌浆水时用的灵器，然而那灵器看上去不像是死物。

"是，山精和树灵都是大荒芜中的族类。"

"亏了你进了大荒芜，查到了这许多线索出来，要不然，我们还懵懂无知呢。"梵音道。

"可最让我在意的还是今天那'人'，到底是什么来路？即便是当年对战的亚辛，也不曾见他有人形之躯，单有一身灵骨罢了。而且那人用的又似乎是雷师之法，与暗黑灵力不尽相同。可除了太叔一家，我想不出有如此能力的雷师了。"

梵音听到这里，忽然静了下去，北冥一时不察，忽而听梵音低声道："要是雷叔他们还在，肯定也是凤毛麟角的……"

北冥看向梵音。她刻意避开了一个名字，雷落。十年过去了，梵音不曾提起那个名字一次，今日状况她也只是提到了雷落的父亲雷叔。十年里，她每年都会去游人村祭拜，北冥每次都陪着。雷落一家的坟和梵音父母的相邻，是梵音一捧土一捧土亲手挖亲手埋的，然而那两个冢里就只有梵音妈妈林悦儿的遗体和雷落的一双手臂。当年她跑遍了整个游人村、整个秋满山，也再寻不得他物。其实这些年，她还是会去找，即便每一块瓦砾都被她翻透了，每年回去她仍会一个人默默寻很久。无论是北冥还是赤鲁，都是在远处等她，她那时不喜欢有旁人在侧。一寻就是几天，不吃不喝。

当年北冥与梵音一起葬了雷落的一双手臂，他虽未见过雷落，却知那场战役的惨烈。仅凭第五逍遥和雷落父子挡下灵魅万众，可想而知那三人战力是何等强悍。但天不假年，自从梵音对北唐穆仁说过当年灵主与其父的对话后，她就再没提过当日事。

梵音呆了半晌，北冥在一旁道："梵音。"

"啊？"梵音半醒，拿起北冥桌上的水杯便喝了一口，回了回神，"说到这儿，你记得北境一战，我和你说过在对战之时我似乎碰见了一个鬼魅时空术士，后来那女术士多次帮助亚辛躲避穆仁叔的攻击，但最后被穆仁叔打散了。若说她是人肯定不是，但又与灵魅不同，明明一副人身魅影。既然你说灵魅与人类鬼魂无关，那当时我们遇见的那个女人又是什么呢，与今天这人有无关系？"

"今天这人是个'人'，那个女时空术士是个'魂'。这两个家伙到底从哪里冒出来的，怎么冒出来的，恐怕只有找到亚辛才有答案。"北冥道。梵音听他回答，知道显然这些事北冥已经着手调查许久，心中早有打算。她随即叹了口气道："我知你灵法高明，却也不能这么胡闹，你一个人闯东闯西，万一遇到些麻烦怎么行？我和你说过多少次,主将在外,身边总要有个策应。你怎么总拿我的话当耳旁风呢?"

刚刚还因为雷落慌神的梵音,此刻又不知不觉把矛头对准了北冥,北冥赶忙跟上:"我怎么胡闹了?"被说得一脸莫名。

"还说没胡闹,仗着自己会时空术,想去哪里我还管不了你了,是不是?我都管不了你,谁还能管得了你!"梵音忽然硬气了起来,再没了刚刚故意调侃自己这个副将没地位的态度。对北冥这个家伙,梵音早就试过了各种办法,得软硬兼施,不然他那个独断的性格一般人可弄不住他。

"我最近还在想,赤鲁的二分部部长要不别干了,把他调来当你的佐领,我兼任二分部部长好了。反正我驾轻就熟,不耽误事,顺便还能管管魏灵超那小子。"梵音盘算着。前面时北冥还一本正经听着,可当梵音提到魏灵超时,眼睛登时亮了起来。

"魏灵超?"他道。

"嗯,那小子年纪不大,性子不小,不服管。赤鲁平时也会吼吼他几句,他也当作耳旁风,和你对我一样。再这么下去可不行。"

"什么叫和我对你一样?"北冥道。

"把我的话当耳旁风啊。"

"还有呢?"

"还有……还有就没什么了……"梵音认真思考起来。

"那小子最近和你走得很近?"

"还好吧,他不一直都那样吗?"梵音反问道。北冥看着她一副理所应当的样子,瞬间不爽起来。

"既然他那么不服管,就让他来我的亲军,去韩战手下历练历练。"北冥冷睬道。

"他是水系灵能者,去你手下干什么,还是跟着我比较好。我说什么,他还是很听话的,灵法也不错,很有天赋。"梵音说着说着竟笑了起来,"你别看他不服管教,但练起灵法来比谁都用功,不得不说,那小子还是很有点毅力的。当然我教得也好。"梵音话中愈加赞赏,"怎么了?"梵音忽然发现北冥的神情僵在了那里,面色不善。

"明天就让他去城外韩战的一纵报到!"北冥忽然大声道。

梵音一愣,道:"他现在是冷羿的副队,韩战的一纵不是有自己的副队吗?"当个正事一般准备和北冥探讨下。

"我说让他去就让他去。"北冥声音沉了下来。

梵音看出北冥不乐意,以为自己刚刚说话重了,于是道:"其实那小子也没有特别不好,就是平时在队里有点霸道,倒也不是顽劣,你不用太责备他。我平时那样数落他习惯了,其实没有我说得那么严重。"

"你在替他解释?"北冥道。

"啊?"

"你在维护他?"北冥觉得气越来越不顺。

"我没有啊,我怕你误会他。"梵音一脸纯真道。

北冥只觉得自己气血上涌,要背过气去了。两人一来二去竟聊到了清晨。原本计划去大荒芜三天的北冥因为碰到雷师的缘故,不得不提早返回。其实这一来一回对北冥的灵力消耗不小,他觉得有些乏了。

"你快去床上再睡会儿,都怪我,这一夜和你没完,忘了你一来一去很耗体力了。都怪我。"梵音打开北冥房门,还忍不住自责道,"你再去睡一会儿,我待会儿给你端些早餐过来。"

"没事,我和你一起去。"北冥跟在梵音身后。

"不要,你再去睡一会儿嘛。"梵音道,"快点。"北冥走了出来,梵音欲要推他进去。

"你们在干吗?"忽然一个生硬的声音从旁边传来,像是在质问。魏灵超正站在北冥的隔壁,梵音的房门前,看样子他正要去找梵音。不想门还没敲,音冥两人从北冥房间走了出来。

"灵超?"梵音转身道,也没想到他会来找自己。

魏灵超的眉毛突然一皱,再道:"你们在干吗?"刚才梵音的话一字不落地钻进魏灵超的耳朵,听着甚是刺耳。

"我们……"梵音正要回答,北冥抢先道:"关你什么事?"北冥说完,魏灵超怒气已起,大步冲北冥走来。北冥眼神陡然一厉,灵压竟出!魏灵超戛然停在半路,竟一动不能动了。

"我去!主将!您这一大清早的够精神的啊!这么强的灵压!您收一下,我要过不去了!"只听大老远传来赤鲁的声音,恨不能吼得整个军政部都听见。

"北冥。"只听梵音蚊声般在他身边念了一句。北冥这才稍缓,收了灵力,然而眼中厉气不减。

"灵超你过来干吗?"梵音为了打破尴尬,出声道。谁知,魏灵超竟不回她,依旧敌视着北冥。"灵超!见到主将不能无礼!"梵音自然看出魏灵超态度不恭,出言轻斥道。

"你昨晚一夜都在他房间?"魏灵超忽然转过头来,怒视着梵音。梵音被猛然质问,措手不及道:"嗯……是啊。"

"你跟他干什么了?"魏灵超听罢,噌地发根立起。

"没干什么啊。"梵音的声音有些发虚。大荒芜事关重大,她怎可能随便跟人提起,不要说魏灵超不行,就算是赤鲁,梵音也要征求主将的意见后才能决定是否和军政部部长一级的指挥官进一步商讨。

"没干什么你们两个孤男寡女在他房间待了一夜!你刚刚还说和他一夜没完,又是怎么回事?"魏灵超忽然暴躁道。

"噗!咳咳咳!"听魏灵超这么一说,梵音差点呛死,"我!我!我……"

"我靠!老大!你和主将干什么了,被这小子撞个正着!"赤鲁听闻,连蹦带颠儿地跑了过来,眼神中充满探究的意味。

梵音被他们说得呼吸急促,脸上红一阵白一阵道:"我们什么也没……"

"干了什么用和你汇报吗?魏灵超。"北冥冷言冷语道。

"哎呀!主将!牛啊!你和我老大!"赤鲁听着激动起来。

"啊,啊,啊。"梵音一通摆手,不知要先拦住谁。

"我们两个昨晚在……"北冥俊眸一挑继续道。梵音踮起脚尖,一把捂住北冥嘴巴,紧张得冷汗直流道:"我们昨晚在他房间喝茶,"跟着清了清嗓子道,"都赶紧下去吃饭了,在这里围着干吗!赶紧走赶紧走!"

"啊?就,就喝茶啊?老大,你俩就喝茶啊?"赤鲁道。

"是啊!不然呢?赶紧吃饭去了!磨磨蹭蹭的!快走快走!"梵音催促道。推着魏灵超往楼下走去。

"这个魏灵超是不是不好管教?"等梵音和魏灵超走远,北冥对赤鲁道。

"还行啊,怎么了?"赤鲁道。

"我准备调他到韩战那里。"北冥道。

"您亲军里面缺人手啊?"赤鲁正儿八经道。

"嗯。"北冥认真道。

不久后,北冥召开了作战会议,在部长一级的指挥官中通报了他去大荒芜的事情。会议开了三天三夜,讲述的具体情况比那夜他和梵音说的多得多。在这三年中,北冥先后进入大荒芜十一次,令在场每个指挥官咋舌,北冥对此却一句带过。随着北冥深入讲述他在大荒芜的经过,在座的人越发觉得不寒而栗。

大荒芜幅员辽阔,百貌并生,北冥虽去过十一次却都不敢多作逗留。第一次为了安全,北冥从东菱北境进入大荒芜,然而他探了两天两夜也没进入大荒芜腹地。大荒芜内迷相丛生,人类的灵感力到了那里全无用处。因为自从进入大荒芜境内,那源源不断的灵力便从四面八方涌来,绵绵不绝。人类在里面多作逗留便会迷失方向,甚至迷失心境。大荒芜中的灵力仿佛地生天养,人类待久了便不想再出来,一路上北冥发现了众多西番死士,都死在了追觅灵力的路上。若不是像北冥这等有十足定力的灵能者,定会被其迷惑,不得自拔。

之后几年,北冥从不同方向多次进入大荒芜,逐渐发现了山精、树灵、白灵的存在。白灵被灵魅奴役不得自由,偶有群居流窜的白灵也若隐若现,鲜少露面。白灵形如水波烟雾,和灵魅有相似之处,只不过一个莹白,一个黑暗。据北冥探查,大荒芜中水流甚少,白灵多以甘露雨水为生,可对大荒芜内的暗河避之不及。也是从发现白灵起,北冥逐步断定了灵族的存在,鬼魂魅影一说不攻自破。

随着北冥深入大荒芜,那里的灵压愈来愈甚,他想去到传说中当年九周天存在的地方却终没得成。在这期间他碰到了化为人身的雷师和魔坤。从鬼徒和灵魅的口中北冥得知,魔坤和雷师是亚辛的左右手。他本想跟着魔坤他们直捣黄龙,然而他一边施展防御术,一边跟踪,越发吃力。魔坤等人在进入大荒芜腹地后灵力逐渐增强,北冥一个差池就会被发现。

听过北冥的汇报,军政部上层越发觉得大荒芜不可贸然进攻,否则只会适得其反。这也是北冥要联合三国最重要的理由之一,相互牵制,相互协作,唇亡齿寒。然而对九霄的看法,北冥有所保留,他总感觉九霄对待灵魅的态度不甚明了。无论从哪一方向查起,九霄戚家对灵魅的动作都少之又少,在北冥看来这不是一个正常现象。天阔和北冥的想法如出一辙。

北冥想进攻大荒芜还有第二个原因。这次去大荒芜他再次证实,白灵为灵魅织出大量暗黑斗篷,那是一种保存灵力的法器,灵魅不断压榨白灵预备卷土重来。人类不能无限制地等待被进攻而不出击,迟早有一天那会把人类逼向险境。会议到最后,天阔突然明白了哥哥之前和他说的话,以后无论谁是军政部的主将,军政部都会是东菱无可撼动的堡垒。

北冥向军政部传达了自己的意思:他不会率兵贸然挺进大荒芜。换言之,他自己会最大限度地去探寻大荒芜中的弥天之境,不惜代价。

散会后,颜童单独留下与北冥商谈:"主将,你需要一个佐领,我可以退出一分部部长的位子,由赤鲁来当,我去当你的佐领。"颜童话还没落,赤鲁也跟了进来。

"哎,你还没走啊?"赤鲁跟颜童道。

"你有事吗?"颜童道。

"嗨,你找主将有事,我就不能有了? 你说完没有? 说完我说。"赤鲁催促道。

"没有。"颜童道。

"那你别说了,我先说。"赤鲁道,"主将,你这么单枪匹马干下去可不行啊,我不放心。下回你再去大荒芜带上我。不然我给你当佐领吧,部长的位置让冷羿那小子当吧,我看他还行。"临了不忘踩一下冷羿。颜童冲他翻了个白眼,北冥轻笑。这时,大门又被推开了,梵音探出脑袋。见他们三个齐齐看了过来,她道:"你们还没说完吗?那我待会儿再过来。"梵音话没说完,门已经关上了。

"开完会了?"梵音身后响起声音,是魏灵超走了过来。

"嗯。"梵音心不在焉道,匆匆离开。她一路走到东菱山崖顶,海潮在涯底激起千层浪,那混天响的隆隆声梵音似乎也听不到。她看着远海,手环抱在胸前,若有所思。忽然她纵身一跃,跳了下去。

嗖,梵音身形斗转,在落到海潮之际一个回旋,脚尖划过水面朝远处的岸滩飞去。一道长长的银线留在海面上,像一条银霜丝带闪着冰晶般的光,遥望无际。

唰,梵音停在了岸滩前。啪哒,她脚尖点水,一层薄薄的冰霜铺了开来。梵音走在了水面上,眼眸低垂,若有所思。

"干吗呢?"一个柔声响起,梵音抬头看了看他,不知何时北冥已经跟了上来,她无从察觉。梵音望了他半晌,北冥道:"怎么了?想什么想得那么出神?"

"你说,颜童、赤鲁和我,谁当你的佐领好?"梵音道。北冥分不清她是在与他说话,还是自言自语。梵音说罢又看向北冥,默了片刻道:"我和颜童谁的灵法好些?大约是他周全些,但我的防御术比他好。进攻方面,我俩半斤八两,但他是双属性灵能者,是不是功能上好些,你们两个更易配合?"梵音边说边把拇指放在唇边抵着,低眉思索。

"还是说我们都不好,弄巧成拙,一个不小心拖了你的后腿?"梵音忽又抬起头来,"就像我这次随你去大荒芜,是不是没了我,那个人就不会这样轻易发现你?"梵音叹了口气。北冥跟在她身边,她已经不知不觉沿着水岸走了好久,渐渐偏离,往海中走去。然而她脚下成霜,如履平地,不曾发觉。北冥亦然,虽不会水系灵法,却也能临水踏行。

忽然,梵音身前乱影一晃,北冥险些落入水面,梵音急忙伸手扶住他。没等站稳,北冥脚下又是一滑,梵音彻底回神上前揽住他。北冥乖笑,想回身与梵音说话,谁知他脚下一滑,噌!彻底仰面摔下。他踩到了梵音为扶他而延展出的冰层。

"呃!"前两次北冥是为了逗梵音假装站不稳,这次是真的滑倒了,他登时张大眼睛,低声惊呼。

"啊。"梵音见状赶忙在他身后伸出双手接住他,可北冥身量比她高出许多,猛一倒下,梵音吃力不住。扑通,北冥掉入梵音怀里,"唔……"梵音抱着他两人齐齐落入水中,咕咚咕咚。北冥只觉自己跌进了梵音胸前的柔软,他在水中迅速转身,游到梵音身后,哗的一声把她抱出水面。梵音呛水,在北冥怀里咳嗽。北冥抱她往岸边走去。

"你呀,咳,又不是小孩子,咳,还滑倒。"快到岸边时,梵音拍了一下北冥胸口道。北冥把梵音放在白色鹅卵石上,两人都湿漉漉的。梵音的短发顺着脸颊贴了下来,滑过下颚,清水顺着她的脸庞滴答下来。北冥俯身下来道:"对不起,我不是故意的,你没事吧?"

谁知梵音噌地坐了起来,倏地凑到北冥面前道:"我觉得,还得由我当你的佐领!你说大荒芜灵力肆乱侵扰,稍有差池都会危险,那颜童一定不如我!我的防御力比他好很多,定力也比他强!"

"呃!"北冥见梵音突然凑到自己身前,如清水芙蓉,肤若凝脂,呵气如霜,那水中的一时柔软本就让北冥乱了方寸,现下他一颗扑通乱跳的心再次激荡起来。什么防御力,什么定力,全都听不见了。"什么?"北冥勉强应和道。

"以后我来当你的佐领。你出入大荒芜,我都跟你去。我的灵性属水属阴,颜童的太烈,在那种地方更容易被人察觉。所以,还是我陪你去更合适。那日在大荒芜那个雷师发现我们,定不是我的缘故,也许是他灵力太盛,我这几日多思,所以才乱想了些因由。回头,我再与天阔合计一下才更保险。"梵音认真看着北冥道。

北冥看着梵音水汪汪的杏核眼,脑筋一时不听使唤了。

"你在听我讲话吗,北冥?"忽而梵音低下头去喃喃道,"北冥,其实……其实我也和天阔一样,不想你去大荒芜的。我知道,灵魅的事一天不消停,咱们都别想踏实,可是我最近总是担心……"梵音说着说着,声音越发小了下去,似有些为难又有些歉疚。她知道自己身为军政部的副将,凡事要以东菱国安危为先,以军政部军务为重,私人感情实在是不适宜的。"其实,我有时候想,什么报仇不报仇的,我早就不在意了。自从北境回来后,生离死别,兜兜转转,我心跌宕,却也感激。看着晓风阿姨思念叔叔,我心里也跟着难过,可我又能怎么办呢,只能忙里抽闲去陪她。你呢,比以往更加忙碌,席不暇暖。我看着阿姨,总想起你。我心想,只要你平平安安的,我便没什么可求了。"说到此处,梵音深深叹了口气,颓然地坐了下去。北冥听着梵音的喃喃细语,一颗悸动的心越发澎湃,不可抑制。他慢慢俯下身去,来到梵音身前。

梵音见黑影压下便抬起头来,发觉北冥已在自己不远处。梵音小声道:"怎么?我,我是不是不该这样想?"说着,她眉间一蹙,有些羞愧,"倒不如以前雷厉风行了,真是,越经事越怕事了,不像话。再这样下去,真的不配当你的副将了!"跟着又叹了口气道,"你也别劝我,我知道是自己的不是,过了这阵就好了。你说是不是?"梵音打起精神,看着北冥,想他给自己鼓励。谁知北冥的眼睛一转不转地看着梵音,一言不发,梵音不知所以轻声道:"北冥?"北冥呼吸起伏,梵音灵眸微动,不知怎的,她只觉北冥近得让她开始有些不自在。然而北冥的动作并没有因为梵音的不自在而停下,他们之间的距离越来越近。

梵音开始无措起来,眼神闪烁。忽而,几道凌光划过,刺到了音冥两人的脸颊。啪!北冥身后的数枚凌镜被他的无形灵力打碎了。

"灵超!"梵音心下道。魏灵超刚刚从悬崖上放出凌镜追寻梵音而来。梵音薄唇轻启,欲言又止。北冥此时已经近到她的脸庞,她稍有动作,呼吸便会呵到北冥脸上。梵音心跳加速,一动不敢再动,两颊漫上红晕,她颔下的那道美人痕让北冥深深陷了进去。忽而,梵音眼眸一闪,嗯?北冥军装上的口袋动了一下。梵音眼睛轻眨,看到他口袋里面又急蹿两下。梵音害羞心慌道:"你,你的口袋动了……"北冥的唇与她的唇已近在咫尺。梵音紧张得手心全是汗。

北冥置若罔闻,一心只想亲上去。谁知他口袋里的信卡又转动两圈。这样的一般都是军机。北冥凌眉一蹙,心道:"天阔!等我回去宰了你!"

"好……好像是急事。"梵音屏息细语道,薄唇轻抿,害羞地躲开。跟着信卡在北冥的口袋里蹿动个没完。北冥气急却又无奈,只得略略倾身,拿出信卡读去。谁知,刚一打开信卡北冥的神情便僵住了,双眸急聚。待往下看去,他的面容越发肃穆。

梵音见他这般不知是何缘故,等北冥看完,她道:"怎么了?"

北冥盯着信卡,思绪一时无法从上面的内容拔出。"北冥?"梵音轻唤,拂着他的手臂。北冥转醒,道:"西番要提前列国豪宴。"

"提前?不是两个月后吗?"梵音道。

"十五天后。"北冥道。

"十五天后!这么快!他们要干什么?九霄同意了吗?国正厅那边呢?"梵音道。

"都同意了。"北冥道。梵音愕然。

"梵音,"北冥忽然道,"十五天后是你的生日。"

"我的生日?"梵音茫然。北冥伸手想去抚梵音的脸庞,最后却落在了梵音的发间。"八月十日,你二十四岁生日。"北冥道。

梵音挑起秀眉道:"这么快啊,我自己都忘了。"甜笑起来。梵音冲他眨巴眨巴眼睛,好像在等着什么。

"我本想你生日时告诉你件事情,不知道你会不会同意,我本打算那时候告诉你的。"北冥提起勇气道。

"什么事情啊?现在告诉我不可以吗?"梵音天真道。

"我想你过生日,应该会高兴,所以选那天告诉你,可能你会同意,所以……"北冥越说越多,忽然停了下来,"还是等那天过了,再告诉你吧。"梵音不知道他在想什么,却也不甚在意。"我倒没关系,随你喜欢。不过西番为何提前了这些时间?天阔告诉你的吗?信上还说了什么,我看你读了好久。"

"没什么了。"北冥道。

接下来的十天不止军政部,国正厅乃至整个东菱上下都在为列国豪宴紧锣密鼓地筹备着。北冥奔走在国正厅和军政部两边,一时不得闲。梵音每每与他同行都能在国正厅遇到姬菱霄。姬菱霄年方二十,出落得妖媚至极。圆头翘鼻,宽扁嘴唇,长相虽算不得出挑,可那一身蛊惑般的气质鲜少不被旁人注目。多少豪门世家公子造访国正厅,纷纷被她倾倒。姬仲也越来越重视这个千金宝贝。以往他不提自己与西番九百家的关系,现下西番军政部太叔公即将造访,他女儿又这般出众,对外他也说菱霄是九百家的表小姐,只是未曾见过九百国主,等他日得空,他定当带妻女一起回西番省亲。

这一日,姬菱霄来到明月阁为自己定制出席国宴的盛装,正巧遇见南扶摇。

"这不是扶摇姐姐吗?多年不见,姐姐可好啊?"姬菱霄手中捧着艳红的绸缎,翻起媚眼道。

"姬菱霄?"南扶摇一身暗红色军装刚刚踏进明月阁。就在一天前,南扶摇从南境而来。

"听说姐姐这次前来是为了订婚啊,和聆讯部的年阙?"姬菱霄探究道。

"和你无关。"南扶摇异常冷漠道。

姬菱霄碰了个钉子,跟着便阴阳怪气道:"多年前还听说你和我哥哥大战归来,不离不弃呢。原是我弄错了,你中意的人竟不是他。"

"你哥哥?"南扶摇的目光草草扫过衣料布匹,回眸道。她那明艳劲挑的身姿配上一身酷炫军装,凛凛动人。

姬菱霄心中一颤,暗想长得还真有几分姿色,怪不得冷羿那种人会对她另眼相看!"对啊,我哥哥。难道你不知军政部的冷队长是我母家表哥,西番国国正厅的大公子?他的母亲九百斜月可是西番当今国主的亲姐姐。我听说北境一战,你和冷队长甚为亲密呢,怎么原来你要嫁的人不是他啊?"

"你哥哥?哼!"南扶摇冷笑一声,"你都称呼他冷队长了,他认你这么个妹妹吗?"

姬菱霄银牙一咬,忽而眉眼一转,娇声细语道:"不想你都要嫁人了,对我哥哥的事还这样上心,他认不认我这个妹妹也是我和我哥哥的事,你一个外人少说话吧。南部长,我看你今日是来挑选嫁妆的吧,怎么穿得跟行军打仗一般,还没以前风骚了。不知道的，以为你不想嫁呢。怎么，没了冷队长，你连打扮都懒得打扮了？我这个哥哥,魅力还真是难挡呢。"

明月阁的门开了又关，一个身着深灰色紧身制服的人走了进来，正是年阙。方才姬菱霄的话他听了个正着。姬菱霄刁钻一笑道："南部长,大婚选什么料子啊？"

"我选什么用不着你管,但你手上捧着的那匹,你自己定是用不到的。"南扶摇冷言道。

"你说什么？"姬菱霄刁眼一横。

"我那个弟弟心里就那么一个宝贝疙瘩。你那匹料子永远不可能和他一同穿！"说罢,南扶摇拂袖离开。年阙跟随身后。

"你！"姬菱霄一把甩开手中的大红绸缎,咬牙切齿,"哼！我倒要看看自己穿得穿不得！"南扶摇和北冥的姐弟情谊二十几年如一日,东菱上下论敢和北冥勾肩搭背的女人,除了南扶摇便没第二个人了。

忽而,明月阁内一道洁白柔光闪过。

"这是什么？"姬菱霄的目光被吸引了过去。

"这是月沉珠,姬小姐。"明月阁的老板殷勤道。

"月沉珠？"姬菱霄眼前一亮道,"莫多莉以前就有那么一颗！"

"没错,咱东菱国除了花婆手上有一颗月沉珠外,就只有我这明月阁里的一颗了。那是海灵鲸万年孕育出的宝物啊！耀海万里,价值连城,万金不抵！"

"价值连城？"姬菱霄不屑道。

"有了月沉珠,定让姬小姐您的容颜更举世无双,倾国倾城,青春永驻！"老板机灵道,"正如那皎洁皓月,受万人追捧,众星拱月啊！还有谁不愿成为您的臣子！"

姬菱霄讥笑着,看看那月沉珠,不知不觉竟被它吸引住,当下便买了它入怀。随后她又扯了两匹大红贵绸,吩咐老板为她做身新衣。待姬菱霄离开,老板捧着满盆的金银开怀地往阁后走去。

"公子,您拜托我的事办了。这酬金咱说好了一人一半,您看？"只见一个身着淡紫色常服的年轻人坐在明月阁后歇息。年轻人见老板回来,拂袖一挥,金银剩半,人去茶凉。

"嗨！这买卖,但愿天天有。"老板乐道。

南扶摇一如往常住在军政部,而非聆讯部。按说她是年阙未过门的妻子,住在聆讯部理所应当。年阙送南扶摇到东菱山军政部山脚下,婉转话别。

"扶摇,那我先回去了。"年阙彬彬有礼道。

"你路上慢些。"扶摇道。年阙刚要离开便看到梵音和冷羿从远处走来。

"今日你没挑到合适的嫁妆,明天我再陪你去看看,好不好?"年阙道。

南扶摇一愣,这才看见冷羿他们已经到了不远处,她语塞道:"好,好啊,你明天再陪我去看看。后天就要出席列国豪宴了,我可不能丢你的脸。"

"你什么样子都是最好看的,哪里会丢我的脸,只要你不嫌我没那般风流倜傥就好了。"年阙温厚道。

"嗯。"南扶摇心不在焉应着,眼看冷羿已到他们身前,她忽地挺起胸膛挽住年阙的手臂道,"咱们现在就去看看吧,顺便再陪我去海边走走。军政部里忙得很,北冥也没空陪我。"

"好,好啊。"年阙受宠若惊。两人转身便要离开,正巧与梵音、冷羿打了个照面。

"年部长。"梵音先开口道。

"副将。"年阙道,"冷队长。"

"你们,出去啊?"梵音尴尬敷衍道。

"小音,我们正要去明月阁定制我的嫁妆呢,你也陪我一同去吧。我也帮你选选国宴上的衣服,别整天穿着军装,多没意思。"扶摇尖声道。

"你,你不也穿着吗?"梵音傻笑道,跟赤鲁在一起时间久了,说话也像他一般不过脑子。扶摇听到,僵在一旁。"我的意思是,军装也蛮好看,扶摇姐穿什么都好看。那个,哎,哥,等等我。"冷羿已经独自往山上走去,"那个,扶摇,年部长,我就不陪你们去了。我和冷队长还有事谈。哈哈,再见。"说罢,梵音灰溜溜地跑了。

南扶摇站在山下,看着冷羿离开,身形落寞,一个人径直往城里走去,已经松开了年阙的手臂。年阙恭敬地跟在她身后。梵音不知如何开口谈冷羿与南扶摇的事,只能旁观,不便多言。

夜晚,冷羿开窗睡去。一阵凄风吹过,不是这三伏天的暖意,只听冷羿口中轻念:"扶摇,扶摇……"

第九十五章
十年生死两茫茫

　　三日后,盛夏薄暮,列国豪宴在东菱国召开,举国同贺,欢腾鼎沸。各国元首、主将纷纷来到国正厅。胡蔓、青边、落陲、蓝宋四国首领纷纷到场。姬菱霄一身华贵,同姬世贤接迎各国贵宾。蓝宋儿拂去面纹,俏皮灵透,一身蓝纱如月影海漾,灵动动人,身旁那一头幻影豹羚如影随形,犀利非凡。大殿下围观豪宴的民众无不惊讶非凡,赞叹连连。蓝宋儿昂首阔步,同父亲蓝朝天一同踏上国正厅红毯石阶。胡蔓国首领胡尔丹紧随后,胡轻轻赤脚白裙,左右张望。忽而她道:"爹爹,北冥在下面,我们等等他再上去吧。"胡轻轻看着石阶下等待迎宾的北冥,不住道。

　　"别出声,跟上!"胡尔丹谨慎道,紧跟着蓝宋国的人。姬菱霄带他们先行一步到了大殿平台上,心中笑道:"乡巴佬!"眼睛斜睨着蓝宋儿,"还带了畜生来!呵!"跟着她又看向身后的胡轻轻,心中骂道,"冥哥哥也是你这个怪胎惦记的?癞蛤蟆想吃天鹅肉!呸!"

　　接着,弥天大陆上的中间列国逐一到席。南加布、北煊赫、东赐菱、西远番的国主到场。这四国是接壤东菱、九霄、西番三大国的中间国城,国力虽不及三国却远远大过番外部落,实力不容小觑。莫多莉、端倪、严录、连雾分别请各国元首登上高台。

　　稍待片刻,国主姬仲整理妆容,难得地来到国正厅大殿外石阶下,亲候道:"接下来将要入席的就是当今弥天大陆之上,最负盛名的三国首脑和其主将。首先,我们将要迎接的是远道而来的九霄国大公子戚瞳。戚公子身兼要职,是当今九霄国第一战将,军政部副将,乃至副国主!现在请戚公子入坐!"姬仲豪言过后,激动不已。北冥从他身边国正厅大殿外东侧走出,迎接从西侧而来的戚瞳。两人一东一西,同时往大殿中央走去。

只见戚瞳一身深绿色劲装，褐色鹰隼图腾攀臂而上，霸气外露。淡麦色的皮肤和梵音的如出一辙，眉间甚浅，眼轮深陷。

"公子之名，如雷贯耳。"北冥率先伸出手去。

"北唐北冥，久仰大名。"戚瞳深笑。两道厉光向戚瞳射来，梵音在不远处看着这素未谋面的家伙，寒厉满身。大殿上，列席等待迎接宾客的仪仗中，冷羿的杀气渐渐漫了出来。赤鲁站在他身旁低声道："先忍忍！回头弄死他！"南扶摇站在冷羿身旁有些焦虑地看着他。

"早想见见北唐公子，如今已是主将大人。改日登门造访，不知可否？"戚瞳权当没看到那两道杀气，涂鸢恭候在戚瞳身后，犀利隐晦，若隐若现，好生厉害。

"恭候大驾！"北冥道。两人往大殿上走去。

"现在，由我隆重请出来自西番国的军政部主将太叔公！"说到此时，姬仲已经迫不及待地偕夫人胡妹儿等在了国正厅东侧。广场外的民众此时还不知为何一个西番国军政部的主将要由东菱国国主和国主夫人亲自迎接。虽说军政部在任何一个国家都是重中之重，但姬仲这般殷勤却也有些冒失。然而此时的姬仲早已乐开了花，那是因为当今西番早已不是国正厅做主。西番国本就是阴盛阳衰，重女轻男，国中没了金丝雀，男人都像病秧子一样。九百冉和其子九百金辉的身体都不甚健康，整日只得和个悠哉闲人般在国正厅游荡。九百冉膝下只有一女九百斜月，然而早就和家中闹翻，再无往来。九百金辉继任国主后也只是个空架子。太叔玄在世时，国正厅和军政部关系不错。然而就在九百斜月离开，太叔玄失踪后，西番军政部和国正厅的关系日益生疏。如今，九百家人不作为，西番国上下几乎只听军政部主将太叔公一人调遣。

正如此次太叔公要提前召开列国豪宴，九百金辉没有半个不字。姬仲在深知西番国状况后，对太叔公殷勤备至，而太叔公主动联络姬仲让他觉得无上荣光。要知道能和三国中根基最深的军政部主将攀上交情，姬仲求之不得。更何况他身边还有西番国的两位表小姐，自己的妻子胡妹儿和女儿姬菱霄，想必也能与太叔公更亲近些。不仅如此，太叔公一句话，九霄国戚渊虽未到场，可都卖了面子，答应提前一个月召开列国豪宴。要知道打乱一国元首的事务安排是何等大事，现下即便戚渊不能抽身，戚瞳还是如约而至，更加说明各国对太叔公的尊崇。

太叔公今年七十七岁，身强体壮，是西番一等一的大将，五十年不衰，令诸国首领赞服。今日姬仲有幸与太叔公一见，心潮澎湃，难掩激动。三十多年前，姬仲为联姻去到西番时，太叔公亦是没有出面，无缘得见。

姬仲与胡妹儿翘首期盼，胡妹儿紧张得直发抖，她是见过太叔公几面的。因为她不是九百本家，即便小时候也出入过国正厅几回，却不能见到军政部的人。在她的印象里，太叔公十分不好相处，强壮至极。胡妹儿现在的样子尽显得她小家子气，上不了台面。她本来就是借着九百家的噱头招摇至今，如今真见了西番国的大势力，她怎能不心虚？

只见一身高高过两米的豪汉从国正厅大殿西边走来，魁梧伟岸，赫赫生风，发间竟无半丝银霜，好似雄风壮年。赤面虎瞳，熠熠生辉，炯炯有神，宽额宽颈，粗声豪气。那一条臂膀便好似杨槐柳根，弱女腰间也未有它粗。

姬仲骇然愣住，脚下生根，吓得动也动不得了。

"你就是东菱国主，姬仲？愣着干吗？不让老夫上去？"只一瞬，太叔公已然来到大殿中央，轻如扶风。众人望去，愕然不止。梵音站在大殿末尾，亦是对此人重看起来。梵音只觉一丝目光向自己投来，正是太叔公。虽说他是侧眼掠过，却不夹带半分亵渎之意。梵音离他甚远，也是深深一礼。太叔公见姬仲与胡妹儿不动，自己便往阶上走去。只听姬仲缓神道："主将，慢些，这边请走！"与胡妹儿蹀步跟上，等走上石阶竟觉得喘了。太叔公看着中间位置的北冥。

"主将。"北冥领首一礼，甚是尊重。太叔公的年纪与他祖父相仿，年间稍有往来，乃君子之交。

"嗯，比你老爹盛。"太叔公道。当年太叔玄失踪，太叔公破天荒地唯请北唐穆仁相助，北唐穆仁尽力相帮，却无所发现。可就在北唐穆仁牺牲前，告诉了太叔公太叔玄命丧灵主亚辛之手的消息。太叔公痛心疾首之余，却心怀感谢。

太叔公站在了北冥身侧，姬仲虽想让太叔公与戚瞳并列中间，却也无从调动。这时，戚瞳、北冥、太叔公、姬仲、胡妹儿、端镜泊站在了大殿高台外的正中央。其余国主、部落首领、总司、部长分别列位两侧，欢迎仪仗倾国倾力，浩浩荡荡，好生气派。东菱民众见此盛况，欢呼庆贺，声浪漫天。这时高台下只剩梵音一人。作为东菱军政部副将，她等待迎接最后一位贵客，然而梵音也不知是何人，只道是西番军政部副将。

太叔公凝视台下，岿然不动，姬仲听他安排，把最后一位贵客的位子留给了太叔公的副将。姬仲心知肚明，自从太叔玄死后，西番军政部再无副将一职，今日晴空霹雳般出现这一位，想必太叔公对此人颇为器重。姬仲自然卖好，举手之劳替他撑个门面，有朝一日，太叔公也记他这份礼遇之情。

这时，忽听东菱东方天空一声爆雷，霎时间霹雳惊城。众人大骇，慌忙往东方天空看去。只见湛蓝如洗的天空无一丝波云，劈空而出的万丈雷击却久久不停。人们登时缩成一团。胡妹儿更是被吓得惊叫出来，不只是她，礼仪部的诸多女性部长也纷纷喊出声来,就连站在高台上迎接宾客的赤鲁也是吓了一大跳,慌忙拍着胸口,嘴中念道:"哎哟,我的妈呀!"南扶摇作为军政部的部长在仪仗队中身形一晃,冷羿站在她身前微微侧身挡住了她半面身子,亦是眉头皱了起来,向东方瞧去。

出席豪宴,梵音未多带凌镜,只是身后放了一枚。晴空霹雳,众人慌乱,她耳朵虽不甚灵光,却也听到动静,转身往后方看去。雷暴逐渐消减,她也惊奇,不知天象何故。

啪嗒,一个白色小石子从远方掷来,梵音单手一挥,背对着身后,双指灵巧,倏地接住了小石子。骤然间,梵音全身僵硬,仿佛被雷电击到一般,双眼登时瞪大!双指停在半空一动不动。她的脸开始抽动,指尖的微麻传遍周身各大穴位。旁边无一人发现她的异样,只是她本人已经神形俱栗。她的嘴角抽动着,一点点努力地转动着自己僵硬的身体。她用尽全身力气,绷住了自己控制不住的神情,让旁人看起来无恙。

梵音转正身体,往大殿西边看去,一个人迎着落日烈焰缓缓朝她走来。她的嘴此时已越张越大,双眼怔怔,紧接着她的嘴颤抖地张合着,眉眼凄楚。她拔着自己灌铅一般的双腿往大殿中央走去,离那人越来越近。十米、八米,梵音的鼻尖通红,眼眶酸楚,口中发出由于激动而显得痛苦难耐的声音。最后的距离,梵音看清了,奔跑着往那人身上扑去。那人身形魁梧,强壮精干,在看到梵音跑起来的一瞬,坚强的身躯被赫然撼动了,热泪奔涌而出,展开双臂。梵音全力蹦到那人身上。他长高了,和以前换了样子,宽厚了,梵音不用点力气怕是抱不到他的肩膀。

"啊"的一声,梵音叫了出来,可痛苦的感觉让她的声音卡在了胸口,闷到一半。梵音痛哭不已,抱住那人身子,扒住他的肩膀,双手紧紧环着他的脖颈,身体早就离开了地面。那人八尺壮汉,臂如钢铁,然而此时柔若年少,卸了浑身强撑着的力气与坚强,紧紧抱着梵音的腰骨,护她左右。梵音痛哭着,抱住他的头,指尖扎进他的浓发,攥紧了不撒手。在场人惊讶错愕,茫然不知缘由,可看他二人的样子,只觉自己也被这悲切感染,一言不发。梵音只觉半生痛苦都进了出来。

她哭着,头抵在那人肩头,紧靠着,嘴里终于发出声音,哑然道:"你去哪儿了?你去哪儿了?你去哪儿了!"

那人抱着梵音,泪洒在她肩头,咬牙坚持道:"我回来了。"

梵音听到他的声音,清清楚楚,亲亲切切,恍如前世,暖如这世上最炽烈的阳光,和他的皮肤一样,古铜发烫,热烈奔放。梵音终于放声出来,泪雨滂沱。

"你知不知道我找了你多久啊!我找了你多久啊!十年了!十年啊!你去哪儿了!你去哪儿了!怎么不跟我说一声呢!"梵音大喊着,声声凄婉。在场之人看见她这般样子,有的竟跟着落下泪来,南扶摇泪如泉涌,却不知为何这般。赤鲁眼眶通红,嘴里喃喃道:"我们家老大咋了这是?"

"我混蛋!我没用!这些年让你一个人受苦了!我该死!"那人喊道。他身后不远处一行身着深紫色军装的年轻战士们陡然一栗,胆子最大的那个歪着头看着自家彪悍副将,不明所以,可惧着他的神威,又不敢造次,一个个仍旧站得笔挺,一会儿又忍不住抻长了脖子往前面看去。

"你胡说八道!胡说八道!胡说八道!"梵音拼命捶着他的后背,不要他乱说话。过了一会儿,两人渐渐平复下去。那人抱着她像捧着一个爱不释手的娃娃,梵音缓缓起身,从他怀里来到他身前,看着他。两人对看,只想把对方看个穿。梵音捧着他的脸,方方正正,丝毫没变,就是更结实了,更有棱角了,络腮的连面青碴像极了他的父亲,很是扎手。梵音看着他,嘴角再一次扁了下去。

"小音。"

"哎。"

雷落轻唤着梵音小名,梵音应着,边哭边笑。

"这些年,你去哪儿了?"梵音柔声问,头再次抵到他的胸前,手轻轻抚上他的肩头,两人再次静了下来。梵音小心翼翼、一点一点探着他的肩廓,一寸一寸地往下捋去,等到了手掌的位置,指尖轻点,捏过他每根手指,等都探完了,雷落反手一攥,两人十指相扣,再不分离。

"还疼吗?"梵音心疼道,雷落那一双原本断掉的手臂不知为何又长了出来。

"不疼了。"雷落回。

"放我下来。"梵音道。

"不想放手。"雷落道。梵音楚楚一笑,雷落还是放了她下来。两人先前如何,殿上的北冥看得清楚,心中起伏,却可忍耐,然而刚刚雷落这一句"不想放手"当真如炸雷一般,让他震耳欲聋!

梵音落地,另一只手又探遍雷落左臂,她捧着他的双手一遍遍看着,最终道了一声:"雷落,我好想你啊,你知道吗?"

这名字,她十年不曾提起,却夜夜留念。雷落铁骨男儿,涕泗流下。梵音哭中带笑,看着他不知何由又重新生长出来的双手。雷落仰面向天,哭得狼狈却开怀。梵音头低着,手却向上伸去,来到他面前,轻轻一擦,帮他抹去一把鼻涕,攥了一手也不介怀,蹭在自己裤边。两个人好像一个人一般,一举一动,不用眼睛也瞧得明白。

"本来想酷一点的,谁知一见你就弄得这般狼狈!一点都不炫酷了!"雷落竟害羞道。

"傻子,你什么样子我不知道吗?跟我耍什么酷?"梵音轻声道,跟着用手捏住雷落耳朵,轻轻一拧,和小时候一样,只是不舍得用力了。

梵音抬头看着他,前前后后又瞧了个遍,伸手在他脸上好生胡噜,替他擦去泪痕,捋顺头发,又帮他拂去军装上的褶皱,一遍一遍好不细致。

"都当副将了,可不能邋遢,让人笑话。"梵音说着,泪水又淌了下来。雷落拥她入怀,深情道:"我拼尽一生之力,只为回到你身边。小音,生日快乐。"原来是他的主意,换了列国豪宴的日子。

"雷落,我等你一生,寻你一生,只愿你平安无恙,与我重逢。"梵音情重落泪。少时,梵音道:"我们上去吧,别在这里久站。"

"好,带你去见见救我一命的老爹。"雷落道。两人挺直了脊梁,迎着晚风,十分美好。十年前,也是傍晚,他二人在游人村的小道上道别,再见却是死别。十年后,夕阳余晖,他回来了。音雷两人一齐并肩往大殿上走去,十指相扣的两手没有分开。

等踏上那高高的殿前石阶,两人已换了气度,一身凛然。十年风霜,热血儿女,戎装在身,唯有那竹马之情浓烈绵长,永不消退。

雷落与梵音来到北冥和太叔公面前,不等梵音开口,只听一声虎音:"西番军政部,雷落!"已然向北冥伸出手去,只是那原本该施礼节的右手仍然握着梵音没有松开。

北冥眸光重放,气场全开,令人窒息般的压迫感登时嚣张而来。"东菱军政部,北唐北冥!"眼见这二人握手相见,周围的人已落下冷汗,气喘连连。太叔公轻声一笑,不理会这两个后生。梵音略惊,本想先与太叔公礼见,却不料被北冥和雷落两人生生卡断了。事发突然,梵音想定是她与雷落此番重逢,雷落心情激荡,豪放不已,难以抑制,而北冥乍见雷落,年龄相仿,热血方刚,棋逢对手,也生了一较高下的心念,两人这才如此。梵音见状略有尴尬,便要捏一捏雷落手掌,眉眼间也欲给北冥递个信息,让两人收敛。谁承想,她还没动作,二人又有了举动。

"我是第五梵音的男人,初次见面,少见勿怪!"雷落字字落锤道。北冥凌眉一蹙,厉上心头。梵音在一旁傻傻看着雷落,不知道他在说什么,方才激动过度,耳朵一时又不灵光了。她大约觉得自己听见雷落说他是她的男人,可她没明白这是什么意思,大约是自己听错了?"男人?什么男人?"梵音脑筋一时不清。梵音迷糊,可在场人却听得真切,一个个讶异地往这边看来,其实自雷落出现起,众人的目光就没离开他二人。人群中,魏灵超的眼睛已放出无数暗箭。

"哼!"只听北冥冷笑一声,俊容冷魅,薄唇似刃,梵音一怔,再看向他,只见他道:"确实不像个娘们儿!"此话一出,众人皆愕!梵音彻底呆在当下,不知这二人什么情况。两人话落,双手齐用力,雷霆之力,凌厉之锋,在两人之间传递,二人均笑了起来。

一旁太叔公看着两个后生的较量不以为意,目光反而落到梵音身上。只听他道:"你就是第五梵音?"梵音恭敬道:"太叔主将,在下正是……""也不怎样嘛。"谁料梵音话未说完就被太叔公打断了,他言语漠然,视若无睹。梵音心下一怔,面色如常,恭听太叔公发话。此时的北冥与雷落齐齐撒手。听太叔公如此说来,北冥顿时心有不满。雷落想开口,却又被太叔公抢了先,明白地制止住了他。

"我儿这条命,就是为你没的?"太叔公审视着第五梵音,"两条臂膀也是因你断的!"

"老爹!"雷落出声道。

"老子说话,哪有儿子插嘴的时候!"太叔公道,话虽难听却看不出是对雷落的苛责,像是父子俩家常罢了。

"您请讲。"梵音沉稳道,并不受二人影响。

"以我儿的本事,千军万马只等闲,脱困又有何难,若不是为了你,他何至于此,你说是也不是?"

"正是。"梵音道。

"你又是怎么报答我儿的?老夫若没猜错,也不过是哭天抹泪罢了,寻常无知女辈。后也正是因为你,我儿这双手臂险些长不回来!为了仨猫俩崽,便与人大打出手,坏我大事!无知女流之辈,在这东菱找了个栖身之所,安了个头衔,别真当自己是个人物了。莫要说我没提醒你,小北唐,若不是看着你父亲的面子,当年她坏我大事,我就饶不了她!还轮到她今天在这里唧唧歪歪?"太叔公喝道,众目睽睽之下全然不顾梵音脸面。殿上殿下一时鸦雀无声。姬仲更不知发生何事,只有他一旁的姬菱霄看得痛快。

"唧唧歪歪!没错,就是唧唧歪歪!那个就会扮可怜让我冥哥哥七荤八素的矫情女人,装得一副孤傲样子!呸!看得都让我恶心!没想到这老头子一眼便看穿了她,真是痛快!"姬菱霄暗爽道。

"您教训得是,第五受教。"梵音恭恭敬敬道。北冥与雷落在她身旁,想出言相助,梵音自己却先开了口。

"受教?哼!"太叔公嗤之以鼻道,"没指望你明白。老夫今天就是告诉你,我儿对你的恩,你得记!报,就免了!以后别再有瓜葛!"太叔公说完,看着眼前的第五梵音,只见她面不改色,无动于衷,似不受他言语影响一般。太叔公顿时大感不快:"听闻你这女流滴酒不沾,可笑!军营之内,本就是男人天下,一个弱质女流滥竽充数不说,竟还摆出一副闲人勿近的清高模样,沽名钓誉,作也不作!今日,老夫带了六坛熊骨百烈酒,本想让你用此酒敬我儿三碗,我儿受得,前尘旧事,一笔勾销,从此断了念想。现如今,泼了祭天吧!"

太叔公此番举动,正是因为看见梵音这般平常样子,心中顿生不满。雷落为她丢了性命,她只当寻常,活得逍遥,太叔公怎能罢休!他不向眼前这个女人讨要些什么,就让她如此心安理得地平安度日,天下哪有这等好事!

所谓熊骨百烈酒是用野莹熊的熊血、熊胆、熊心与铩骨百烈酒混酿而成,酒坛用野莹熊的熊骨剜磨打造铸器,千金难得,封存百年,烈性冲天,滴酒封喉。熊骨百烈碗与熊骨百烈酒本是同源,但熊骨百烈酒煞气滔天,血如泉涌,饮一杯直教人如临腥风血雨。如此一来,这酒在世上便是难存难得难饮至极。

"祁门!"只听太叔公豪声喝道。

霎时间,一雷利身影单臂叠落六坛重酒立于太叔公面前,朗声道:"主将!"

"好快!"赤鲁暗赞。

只见那人年纪轻轻,二十余岁,眉眼清利,风姿飒爽,身着暗紫色军装,后背腰间有一面银色暴瀑奔腾而上,势如破竹,似要冲破那一身军装般激流勇进,更好像是美女银发,挥洒云天。西番军政部的军装恢弘不减,更添华美张狂。此人正是雷落的副官,身兼西番军政部二分部部长的祁门。

"把酒泼了,只当为列国豪宴祭天了!"太叔公道。此言一出,众人瞠目结舌,姬仲更是半晌语塞。

"慢!"忽听梵音大喝一声,震得祁门手臂一晃,登时警醒三分。太叔公却不多看她一眼。"太叔主将,今日我能与雷落重逢全拜您所赐!雷落唤您一声老爹,我已知道您对他恩重如山。雷落自小与我一同长大,赤胆雄心,光明磊落,慧不可当,他既视您为父,我必敬之。我二人分离多年,漂泊他乡,侥幸逃脱,得人庇佑,实应感激涕零。但,正因这年少变故,我自心生多疑。您有恩于他,我却也要想上一想。断臂再生,乃逆天而行,成则成矣,败则身亡。若有半分差池、急功近利或谁心怀叵测,我二人便生死两头,永不相见!可今日我见他身强体壮、形如猛虎,且见我如初、不曾改变,我便知您对他诚心。我亦再无二话。您对雷落的再造之恩,我第五梵音铭感五内,不胜感激!今日我厚颜借您熊酒,敬您一杯,还望得您允准!"话音刚落,梵音单臂一挥,隔空取物,一坛熊骨烈酒便稳稳攥在她掌心。祁门一怔,如此距离,他竟不知酒坛如何被她取走的。只听梵音大声道:"第五梵音先干为敬!"

梵音扬臂一倾,重坛烈酒举过头顶,倾坛而下。只见那坛身已被浸成血骨颜色,酒水赤红如血,瓢泼如注。梵音豪饮而尽,扬手一挥,只听空中一声脆响,空酒坛崩碎在半空之上。跟着,梵音反手再取,又一坛熊酒托于手中。

"梵——"雷落大骇,欲出声制止。只听梵音厉声道:"雷落!"单臂一挡,阻了雷落动作,跟着又是一坛下肚。太叔公的眼睛渐渐正视梵音。其实梵音刚才一番话语,旁人听得迷糊,太叔公却渐渐明白其中深意。此时众人已然咂舌,倒不是因为看梵音第一次这般豪饮,而是因为这熊骨百烈酒太烈,方圆一里之人单是闻到这酒气便已头昏脑涨,头痛欲裂!

接着,又是一坛,第三坛!只见梵音纤颈欲涨,青筋膨出,秀眼血红。北冥怒从心中来,欲抢下酒坛,霍然间,清风骤凝,焰霞失色,寒厉暴起!东菱国正厅大殿之上一瞬间冰霜肆虐,大地满银,晶霜顺着大殿攀壁而上,冰锥入天,陡上云霄!梵音三坛酒尽,灵力绽放!当空再传来一声爆响,酒坛破。只听梵音对着太叔公豪声道:"为了雷落,莫说三只熊崽,就算杀尽三千,我第五梵音也在所不惜!"梵音野性爆出,张开右臂,挥手成拳,骨脆一声,满殿寒芒尽收体内。众人皆呵出一口寒气,只见一尊华美冰雕孑然一身玉立在大殿之上,梵音已然野鬼幻形。

她醉眼张开,酒意漫存,却神形放浪,傲骨不羁,只听她再邪冷道:"但,要有人借此伤了雷落性命,我定加倍奉还!"

梵音那刺耳言语声声钻进戚瞳耳中,他却只当不知,身旁涂鸢戾气渐出。梵音这一言亦是点醒了太叔公。先前那一段话,梵音先是拜谢太叔公,又坦诚告知她并不全然相信太叔公。梵音与雷落生逢大劫,侥幸逃脱,得知因果后已然知道人心叵测,鬼魅横行。雷落天生雷师,灵力极盛,虽有人施救,但难保不是另有所图,梵音自当留个心眼,从旁审视。可她见雷落全身而归,初心不变,便信了几分。再探雷落双臂无碍,灵力日益渐盛,且对太叔公颇为亲近,便又放心不少。

最后,太叔公隐晦质问第五梵音当年破坏九霄人捕捉棕熊幼崽之事,延误他为雷落续生双臂,斥责她妇人之仁,难当大任。殊不知,当年之事梵音早就向崖青山打听过,棕熊之臂大巫可用来衔接人手,然而大巫所为,伤天害理,终会毁人性命。梵音聪慧机警,太叔公又提到因为北唐穆仁他当年才没有多迁怒于她,她便断定当年九霄人抓捕棕熊正是为了太叔公给雷落续臂之事。可要按照此法,雷落早就命丧黄泉,然而现在雷落身强体健地回到自己身旁,正说明太叔公为了他着实用了心力,帮他重生。梵音已然全心全意相信太叔公对雷落的真情。因此,她最后提醒,太叔公当年受人蒙蔽险些伤了雷落性命。

梵音与太叔公虽不曾谋面,却都是对雷落情义深重之人,此番对话,你来我往,便都猜中了对方心思。太叔公看着眼前梵音已然用出浑身解数压制酒力,灵力四窜,却对自己的前番斥责无半点怨意,胸怀坦荡,对雷落之事更是谨慎细微,情深义重,心中不觉对梵音去了几分隔阂,神情渐缓,略有所思。

忽而,梵音神情陡立,身姿挺拔,在太叔公对面笔直向后退去三步,跟着一声铿锵落脚。只见第五梵音双手抱拳对太叔公道:"太叔主将救雷落大恩,我第五梵音无以为报!若来日您有差遣,我第五梵音定当鞍前马后,在所不惜!请您受我一拜!"说罢,梵音重重落下身去,对太叔公行以鞠躬大礼。"铿!"只听她野鬼幻化的冰玉身形腰间发出巨响!周围早已戛然无声。

太叔公年事已高,睿智难挡,听闻梵音说来日为自己"鞍前马后"却仍忍不住大为震撼。梵音之所以不说赴汤蹈火是因为她敬太叔德高望重,兵权在握,此等人物怎会用到她这不足挂齿的小小女流帮忙,便不惜降低身价,在众目睽睽之下许诺为太叔公鞍前马后。这等情义不是为了雷落又是为了谁?

只见太叔公振臂一展,豪言道:"好!"跟着三坛烈酒直落,太叔公一饮而尽!

此时鞠躬在前的梵音默默垂下两行清泪,变成冰晶落在地上。雷落亦是留下灼泪,守望着梵音。

"老五家当真有后啊!起来吧!"太叔公道。其实太叔公早就知道第五一族沾酒必倒,却仍为难梵音,可现下看来,当真测出了梵音的情义和胆识。说到此处,太叔公心中猛然一痛,他道第五一族早就没了才人良将却不知后生可畏、藏龙卧虎,然而他自己已是膝下无子,不免伤怀。

梵音寥寥起身,酒意甚浓,可凭借一身精湛灵力却也镇住一时。雷落快步上前,扶住梵音道:"你这傻子!喝那么多酒干什么!你又不会喝酒,伤到怎么办!"说着说着竟一时鼻酸,又要哭出来。梵音伸手拧了一把他的鼻子,笑道:"什么时候变成爱哭鬼了?说谁傻子呢!"跟着拧起雷落耳朵。

"我我我!我行了吧!咱快回家!别撑着了!瞅瞅瞅瞅,五叔当年的样子都出来了!"雷落指的是梵音野鬼幻形后的冰魅模样。

"回家?哪还有家啊?"梵音凄凄轻笑道。

"我在哪儿,哪儿就是你家!"雷落道。梵音看着雷落,酒意朦胧,眼眶酸楚,一双手臂便想环住他的脖颈,当真是他回来了!当真!"雷落……"梵音情不自禁柔声道。"嗯。"雷落拦住梵音,让她轻靠在自己身上。

"这什么情况?"赤鲁的嘴张得像个圆盘,"他谁啊?哪位啊?他和老大什么关系!雷什么?闪电啊?不会是老大的男朋友吧!"赤鲁险些嚎叫出来,被颜童狠狠踩了一脚。

"别哪壶不开提哪壶啊!"天阔心里暗骂赤鲁。北冥的脸在听到"男朋友"三个字后瞬间变得铁青。

"他该不是老大死了的那个男朋友吧?"赤鲁悄声在颜童耳边道,弄得颜童浑身鸡皮疙瘩。"离我远点!"颜童烦躁道。莫多莉在旁边看着他俩打打闹闹,一时被吸引过去。颜童发现有人偷瞄立刻正经起来。自打北境一役,莫多莉见颜童为了战友哭鼻子,就总拿这事打趣他,弄得颜童很没面子。无论东菱大小会议,只要颜童出席,莫多莉就会戏弄他道:"呦,这不是爱哭鼻子的颜队长嘛!不对,是本部长才对!"原本嫌莫多莉碍事的颜童从那以后气焰在莫多莉面前就矮了两分,见她就犯难。莫多莉眼睛多尖,发现颜童这样越是变本加厉欺负他,一来二去,两人倒比以前熟络得多。

"什么死了的男朋友?"颜童也忍不住问道。

"切!你不是不打听吗?"赤鲁傲娇道。他自认为知道梵音的事比东菱任何一个人都多,他可是梵音在东菱最靠得住的朋友!"话说回来,这个人怎么感觉比我还靠得住呢!"

"到底怎么回事?你说呀!"颜童牙缝里龇出声音,冷羿跟着也支棱起耳朵。赤鲁瞬间得意起来:"咳咳,有些事老大确实只告诉了我,我这时候说,总不太好。毕竟,那是我老大的私事,连她哥哥她也不愿多说的。"

"那你就闭嘴!我自己去问!"冷羿发狠道。

赤鲁脸色一凝,气哼哼看着冷羿,忽然他头一转,对着颜童耳语道:"这个人是……以前和老大……然后……其实是崖……老大自己没……"颜童在旁边听得津津有味,频频点头,一副私下里大男孩的模样。忽而一个人凑了过来小声道:"什么啊,颜队长?"

"哎呀!"吓了颜童一跳,他一回头看是莫多莉靠了过来,"副,副将的事,你别……"

"我才没兴趣呢,傻子。"莫多莉笑盈盈地走开了,戏弄一下颜童她总觉得很有趣。稍远处的玄花看到颜童和莫多莉这般,心中不是滋味。"你怎么会喜欢那个傻子呢?又喜欢哭鼻子,又爱打听事儿,睫毛长得、眼睛大得跟个女孩子一样。"莫多莉笑着挤对玄花道。

"我,我……"听莫多莉如此一说,玄花顿时脸红,不敢再看颜童。这些年颜童作为本部长身份出席的会议越来越多,更多时候他是代替北冥跟梵音或天阔一起参会,与同是部长的玄花碰面的机会甚多,然而两人之间一直是彬彬有礼。玄花大着胆子相约过颜童几次,但颜童公务繁忙都婉拒了。现在,她只能远远看着颜童,不敢上前。

这时,站在雷落身后的一个男孩冲赤鲁这边看来,眼神机灵。赤鲁敏锐,嗖地看了过去,男孩立刻撇开眼神。这人正是帮太叔公拿酒的祁门,祁门细眉俊眼,凌厉俊秀，同西番的男孩女孩一样，都是出了名的肤透秀美。祁门假装没看赤鲁，仰头看天，吹着口哨。可没过一会儿，他又支起耳朵想听听赤鲁在说什么。

梵音深吸一口气，将将站好。雷落看她无大碍，稍稍放心，可她那一身野鬼模样却是一时半会撤不下去了。戚瞳的眼睛暗了下去。

"第五部长这个样子，是不是北境一战和修门斗时的样子啊？"梵音参差的尖牙、冰晶似的眼睛、冰裂般的嘴唇，肤若寒冰，看上去仙姿玉色，野气横行。殿上殿下的人都是第一次如此近距离地看梵音这般样子，一时间都被惊呆了。"第五部长……真好看……"有人不禁道，全不怕她这身暴戾之气。梵音眯缝着眼睛，有些困顿，却能自持。北冥皱起眉头，想去扶她，但又停住，此时的他不宜插手。

队伍稍远处，一个小身影不住地抽搐，一旁的天阔不停安慰，白泽也在絮叨帮忙。崖雅嘤嘤啜泣，不敢放声。

倏地一个强壮身影来到崖雅面前，遮住了光线。"这是谁家的小不点啊？长这么大了。"雷落躬下身道。崖雅近闻雷落声音，哇的一声哭了出来。

"哈哈哈！"雷落大笑，忽地把崖雅抱了起来，像抱一个小孩般。

"雷落！"崖雅一把抱住雷落，梨花带雨哭得像个小女孩。雷落比崖雅年长五岁，是她名副其实的大哥哥。"我以为，我以为你没看到我呢……"崖雅呜咽道。

"你这个头比梵音还高些了，我怎么看不到，就见你哭得快把自己淹了。我再不来，怕是要水漫大殿了。"雷落打趣道。

"我以为，我以为你没看见我……小音，小音这些年好想你，我，我也是……"崖雅道，不忘把梵音放在前面。

"我知道，小丫头，谢谢你能平安活着，真好。"雷落抱着她道，轻拍着她的后背。站在一边的天阔这叫一个不舒服，忽然觉得平时挤对哥哥有点过分了。

就在众人情绪渐渐平和下去时，忽然间，东方天空现出一片霞光，霞光耀红万里直掩艳阳！那火红披霞雯时间划破天际来到国正厅大殿之上，俯冲而下，火浪肆涌，众人眼盲。

"小不点……"雷落昂首喃喃道。只听一声鸾鸣破云穿空，直上九霄！雷落把崖雅放到梵音身边，来到大殿空场处，伸手冲天一拢，一团火热充满他的掌心。"长这么大了，我都快认不出了。"雷落把头靠在红鸾头上，红鸾冲天而下，伸长了脖颈，整个大殿似要被笼罩在它的羽翼之下。红鸾的头冠蹭在雷落脸庞，亲昵无比，数滴灼泪掉下，烫了雷落军服一个窟窿。"小不点！灵力不浅啊！好生厉害！"跟着雷落大笑道。这时忽又听天空一声炸响，正是刚刚雷落出现时那烈烈轰鸣的雷暴！

嚓！百裂暴雷近在眼前，雷光万射，激得人睁不开眼睛，战战兢兢！只见天空骤然坠下一团落雷,骇得人们纷逃四窜。红鸢目露凶光,转而预备奔向天空,龇出獠牙!

"雷兽!"雷落大喝一声。落雷在听到雷落大喝后,戛然停在半空,刺刺啦啦地继续发着怪响。祁门冲着重团落雷挤眉弄眼。"雷兽!"雷落又斥了一声。只见那万丈雷光倏的一下缩成一团,变成手掌大小,刺刺啦啦继续冒着蓝火雷光,在天空蹦蹦跶跶地往雷落身边窜来,忽然一道银光挡住了雷兽的路。

聆龙奇怪地看着眼前的一团东西,没鼻子,没眼睛,没耳朵,没嘴巴,好似一团缠绕的蓝色雷线,发出比刚才小的刺啦声。

"嘿!北冥,你看这是一个什么怪东西?好搞笑啊!北冥你快来看!它没有眼睛、鼻子、耳朵,它连腿都没有!哈哈哈!"聆龙在天空绕着雷兽前后左右地飞了一圈,"它还没有尾巴!北冥,你快看!哈哈哈!"聆龙在天空聒噪地嚷嚷着。

忽然雷兽冲着聆龙龇出獠牙,森森的也是雷线模样。"啊哈哈哈哈!"聆龙大笑起来,咣当一下,摔在天上,四仰八叉。雷兽见被人嘲笑,一时愣住,合上嘴,又成了一团乱线模样。雷兽想要绕开聆龙,可聆龙觉得它有趣,总在它身边飞来飞去。雷兽绕它不过,在天上上蹿下跳。

"聆龙,过来。"北冥眉间抽搐一下道。

"你过来看看嘛,北冥,你过来看看!可好玩了!我都没见过,你见过吗?它是个什么东西啊?哈哈哈!还会响!哈哈哈!"聆龙吆喝着北冥。殿上原本紧张的气氛被聆龙的怪诞想法打破了,大象也跟着探头看过来。姬菱霄已经藏在了姬世贤后,烦躁地皱起眉头,念道:"一堆怪物!人也是个怪物!怪不得会整天和怪物在一起!"

蓝宋儿的心突突地跳着,却强撑着一副安然模样,可那眼皮下止不住的跳却藏不住。她身边的幻影豹羚倒是饶有兴趣地看着天空。胡轻轻的一双眼自从看见北冥起就没再挪开,周遭发生什么她全不在意。只是她发现北冥的一双眼从头到尾只看向一个地方,胡轻轻跟着寻去,发现梵音正站在那里,眼眸微合,似有睡意。

"那是个冰雕吗?"胡轻轻道。

"什么?"蓝宋儿在她身旁,顺着胡轻轻的目光,道,"那人是第五梵音。"

"第五梵音……是谁?"胡轻轻道。

蓝宋儿叹了口气,不再答话。她也看向梵音,只是目光和一个人的撞在一起。她回头看去,见北冥也在看着梵音,心中顿时不爽快,别过头去,不想看他!可过了一会儿,她又忍不住用眼角瞥向北冥。

"聆龙,过来。"北冥无奈道。聆龙晃晃悠悠,一步一回头往北冥身边飞去,坐在北冥肩膀上，卷着尾巴，晃荡着腿。雷兽终于摆脱了聆龙的纠缠，跑到雷落头顶上，又滑到他的肩膀上。红鸾警惕地看着它，眼露凶光。

"小不点，这是我的朋友，雷兽。雷兽，这是小不点红鸾，你们认识一下。"

雷兽听雷落喊红鸾小不点顿时一愣，刺啦声也停了，一团乱线仰起头看着眼前这只巨大的小不点！线团下伸出两条细小的线腿往雷落脖间挪了两步，又从线团中伸出一条类似小手的细线，朝红鸾够去。雷兽想摸摸它的羽毛。红鸾用鼻孔喷了它一下。雷兽顿时龇出尖牙，刺啦声再次响起。"雷兽……"雷落又道一句。雷兽吃瘪，团在他肩头不动了。不一会儿，它又扭身朝身后看去，聆龙当啷挂在北冥肩头，雷兽似乎也觉得它有趣，冲它龇牙，不知是在乐还是在凶。聆龙看见也冲它龇牙。两个小东西觉得互动有趣，便没完没了地摆起怪模样。

忽然红鸾抖耸羽翼，唰一下挥动翅膀卷过梵音和崖雅带着雷落一起向高空飞去。雷落坐在红鸾身上，左右两边揽着梵音和崖雅。崖雅害怕，紧紧抱住雷落，梵音则轻靠在他身上看着天边，冰塑之身映着火焰让人看得着迷。"怎么了？"梵音轻轻道。

"没什么，就这样回到你身边了，我自己也没想过。"雷落道。"我日夜都想，只是不敢当真。"梵音道。雷落心酸地拢着梵音。"雷叔雷婶……"梵音道。"走了。"雷落道。两人攥紧了彼此的手，不再言语。只听天边传来轰鸣巨响，红鸾带着三人消失了……

姬仲望去，不知所谓，少时，他开口道："太叔主将，咱们去殿内落座吧。"

"小北唐，你这副将倒有点意思。"太叔公望着天边笑道，深意不浅。他刚才当着列国宾客刁难梵音无一人不看在眼里。事关梵音与雷落的私事，即便是北冥也没有插手的余地。太叔公没打算给梵音留下脸面，也不曾卖给东菱军政部这个面子，虽说他针对的是梵音，但打狗还要看主人，这是什么都不放在眼里的架势。

"太叔主将，你若再有下次，休怪我翻脸不认人。"北冥沉声道。

"哼！"太叔公冷笑一声，不以为然。霍然间，太叔公周遭灵压激增，霎时将爆裂开来。太叔公猛然回头意欲抵抗。"他怎么敢！"太叔心中道。周围还有这么多参席之人，北唐北冥这般放肆，岂非是无故伤人！然而就在太叔公看去时，怔住了。周遭之人各说各话，根本不曾察觉这边状况。

"防御术！"太叔公大惊。北冥用防御术困住了太叔公一人，仅他一人！两种灵法同时加持，需要的灵力倍增，想要施压太叔公本就是难事，专心对付已是棘手，更何况还要束缚！太叔公瞳眸睁大，欲要抵抗。霍然间，北冥收了灵力，冷言道："主将！请吧！"展臂一送，请太叔公到国正厅内落座。

这激烈的抗争不过三五秒时间,周围的人根本不知发生了何事。"他是什么时候对我展开的防御术?"太叔公心道。只见他脸上露出狰狞笑容道:"好!北唐主将!"

　　宾客们纷纷往国正厅走去,一道深邃的目光向北冥看去,端倪慢走在最后:"防御术……"

第九十六章

梵音雷落

殿内席间,宾客走动,国正厅诸人忙得不亦乐乎。姬仲与戚瞳聊得甚欢,说要去九霄拜访戚渊国主。姬仲大赞戚家御下有方,军政部尽在国正厅掌握之中。

"鸾儿,你先回去,我们晚些就回去。"天色稍晚,红鸾把三人送回国正厅,梵音扶着它的鸾冠宠溺道。红鸾蹭了蹭她,又蹭了蹭雷落。

"小不点舍不得我。"雷落道,"要不咱们别过去了,我带你们两个去别处逛逛。"

"净胡说,出来半天已经很不像话了,怎么能整晚撇下大家呢。你部里也有人,总不能让太叔主将一直替你照看吧。"梵音道。

"你不怪他?他刚才对你,过分了。"雷落道。

"没事。他这样也是为了你,我不会介意。看得出,你很敬他。"

"老爹确实对我有大恩,我无以为报。他诚心待我,我知道,你也放心。"

"这样就好,只要你好,我无所谓。"梵音拂过雷落额头,甚是温柔。

"小音……"雷落道。

"好了,我们快进去吧,这样出来实在不成体统。"梵音道。说罢,三人快步入了殿内。

"老爹,我回来晚了,你别介意啊。"雷落来到殿前对太叔公道,为了梵音刚才的事,口气也不那般恭敬。

"你爱哪儿野就滚哪儿去,我管你屁事。"太叔公喝着酒,懒得理他。雷落脸上挂不住,假装没听到。

"我刚才出去了一下,回来晚了,抱歉,主将。"梵音走到北冥面前用略带恭敬的语气道。周围坐着东菱各部总司,梵音分寸得当。北冥道:"你没事吧?"看着梵音还未褪去的野鬼模样,便知她酒意未散,强用灵力压着。

梵音神志尚不清明,听北冥一句以为他另有职责布置,便提起精神道:"属下无碍。"北冥方才因看到梵音酒醉模样确实担心,语气便严肃了些,谁知梵音敏感觉察出他不悦,便立刻收敛精神,提正身形。她只道北冥是因为她的"醉态"有失礼仪才不满的。两人言语差池,便有了误会。

北冥眼看梵音对自己恭敬领首一礼,倒不知如何是好了。

"主将,在下一直想得缘与您一见,今日有幸,借东菱之酒敬您一杯。"这时一个身着青蓝色制服、满绣金线的中年男人来到北冥桌前,隔开了他与梵音。男人正是蓝宋国首领蓝朝天,此人气度收敛,眉眼深邃,远不像胡蔓国首领胡尔丹那般古旧拘谨,反而礼数周全,言语大方。他身边跟着的正是他的女儿蓝宋儿。

蓝朝天知梵音是北冥属下,见他二人言语,便没多作停留插话进来。一个军政部副将,再大也不过是屈屈卑职,蓝朝天一国首领要与他们主将讲话,无论是谁还是要让路的。梵音见状,礼貌地向后退去。北冥心里一急,却被蓝朝天挡下了。

"这是我父亲蓝朝天,蓝宋国首领,北唐。"蓝宋儿忽而提高调门道,引起北冥注意。北冥无法,只能与这二人寒暄起来。就在梵音向后退去两步时,一个人走上前来。

"第五副将,幸会一见啊。"一个深沉的声音在梵音背后响起,梵音的凌镜转了起来,她眸光一沉,转过身来。

"戚瞳。"梵音道。

"这女孩子家的玩意儿还挺有趣。"他用手捻住梵音的凌镜。这东西相当于梵音的眼睛,常人别说拿住,就连看都是看不到的,现在却被戚瞳轻易捉到,全因梵音控制凌镜的速度没有戚瞳出手快。"原来第五家的女孩喜欢这些小东西,我以前倒不知呢。"

啪!凌镜碎在戚瞳手里,梵音的灵气窜了出去。

"别生气啊,我和你开个玩笑。今日才知第五副将这般年轻貌美。"

"我也没想到你能装得如此轻浮。不是闲庭信步的人,就别装成公子翩翩,是你爹的主意还是你的,取我朋友性命?"

"第五副将话从何来啊?"

"哼。"梵音冷笑一声,不予回应。

"看来死而复生的男朋友比改了姓的叔叔重要。"戚瞳摇晃着手中的酒杯,酒杯由鹰隼骨打制,光泽如镜,鹰羽嵌其内,技艺高超,与他的军服相得益彰。

"你嫌命长,我兄妹二人不介意帮你了断。"梵音道。

"第五家的人我都不放在眼里,更何况连姓都吓得改了的冷家。"

"你们倒是一个姓,不知道你爹更疼谁啊。"梵音忽然邪笑一下,"听说你小妈,和你一样大啊。还多了个弟弟,你老子比你有本事!"梵音嘴辣,一改往日谦谦模样,冷酸至极,"汪花容,听着都知道定是花容月貌呢!"

"言行无状!轻佻下贱!"戚瞳怒道。

"你再说一句试试!"梵音倏地凑上前来,贴在戚瞳耳边道。两人较量只在分毫,拿捏精道,都不甘示弱。周围人来人往,无人察觉。"别坏了列国豪宴,暂且当好你的大公子吧,戚瞳!"梵音缓缓起身,冲他一笑,野性中百媚横生,却不自知。梵音转身往军政部指挥官坐席处走去。冷羿已经站了起来,梵音不想多生事端。

"哥!"梵音一把抓住冷羿手腕,"今日不是时候!"可冷羿一股劲力往前冲,梵音一怔,当下加力,"哥!赤鲁!"赤鲁应声即刻闪了出来,挡住了冷羿。"哥哥今日怎么一股邪火,压都压不住?"梵音心下想着,却不敢怠慢,生怕冷羿生事。冷羿虽早想找戚家麻烦,可他不是蛮干不看时机的人,今日是怎么了?梵音疑道。

忽然,一个壮影来到梵音和赤鲁背后,冷羿抬头看了过去。那人正死死盯着梵音抓着冷羿的手。

"你谁啊?"雷落张口道。

赤鲁回过头去,看雷落果真结实,但比了比却没自己块头大,心里莫名开心几分。不过他这样子是看冷羿不满啊,什么情况?都是老大的人,帮谁啊?赤鲁在一旁乱想着。

"你谁啊?"雷落又道。

"他是我哥,雷落。"梵音皱眉道。

"我才是你哥!把手放开!干吗呢,拉拉扯扯的!一时没盯住你就这样,真是喝多了让我操心!我平日不在还了得了?见人还哥哥地叫上了!"雷落烦道,上手就要拉开梵音和冷羿。

"把手拿开。"冷羿冷言道。

"我不拿呢。"雷落道。

"揍你!"冷羿道。

"哎哎哎!都是自己人,干吗呢干吗呢,冷羿!远来是客啊!"赤鲁忙劝道。

"你谁啊?这么嚣张!"雷落不忿道。

"我是她哥!"冷羿厉声道。

"你刚才没听清是吧!第五梵音的哥只有我雷落一人,你是什么东……"雷落这就准备开骂了。梵音嗖地跳起来,蹿到雷落背上,扳住他的脖子,捂住他的嘴巴,咬牙道："他真是我哥,冷羿!"

"这位兄弟,我平时看他也不顺眼,咱俩一样啊,但冷羿真是我老大的哥哥,亲哥哥。"赤鲁憨声赔笑道。

"呜呜!"雷落努力转着脖子。梵音因为酒醉,腕力甚大,不得控制,卡得雷落动弹不得。

"老大松手! 你朋友快被你卡死了!"赤鲁手忙脚乱道:"颜童! 快过来帮个忙!"颜童掰了梵音半天,她这才松手。梵音四肢僵硬,她自己也很尴尬。

"他是你哥啊?"雷落小声道。"嗯!"梵音应道。"我去! 第五叔叔厉害啊,亏得悦儿姨不知道这事! 不对! 姓冷? 不会是悦儿姨吧?"

"闭上你的嘴! 不是同父同母的哥哥!"梵音一拳打在雷落脑袋顶。

"表哥啊? 表哥这……"雷落想着表哥什么的就觉得肉麻,不高兴!

"堂哥!"梵音道。

"堂哥? 姓不对啊。"

"回头再跟你说! 他以前姓第五,最近改姓冷了!"梵音也开始胡说八道。冷羿看着梵音这样,也彻底没心情去找戚瞳麻烦了。"回去跟我坐着! 还没说你呢! 让你喝那么多酒了吗!"冷羿斥道,伸手要去抓梵音。这时,忽然一双大手截断了梵音和冷羿,紧紧握住了冷羿的手,大声谄媚道:"哥,小弟刚才不知道是这么回事,您别见怪啊! 多有冒犯! 多有冒犯!"

"谁是你哥啊! 你多大了! 放开手!"看着雷落一脸络腮胡茬根不能比自己还老上十岁,冷羿嫌弃道。

"我今年二十六,哥哥呢?"雷落笑盈盈道,模样乖巧得很。

"还真是我大。"冷羿在心里翻了个白眼。

"他三十二了。"赤鲁道。

"呦! 哥哥都那么大年纪了? 哥哥快坐快坐! 刚才小弟冒犯了,实在不好意思,您别见怪。我就是看见梵音激动的,一时失了分寸,哥哥坐,哥哥坐!"雷落拉着冷羿就搡在一旁坐下了,挤走了一片军政部的人。

"不是,什么叫我这么大年纪了? 你是要把我说死吗!"冷羿尖酸道。

"哪能呢哥哥! 哪能呢!"

"哎哎! 这位兄弟,我今年三十三了,比冷羿还年长一岁,你是不是应该主动给我们哥俩腾个座?"赤鲁拐着颜童肩膀道。

"您二位也是小音的哥哥?"雷落转过脸,笑盈盈道。

"不是。"

"那站着吧。"

"嗨！什么情况这是？这位兄弟！"赤鲁道。

"哥！刚才是我的不是,小弟先干为敬!"雷落说着一杯烈酒下肚,跟着又把一杯递到冷羿面前。"我不喝……""哥哥看不起我！哥哥不原谅我！那小弟再喝三杯!"雷落跟着又三杯下肚,又把一杯举到冷羿面前,不由分说,眼疾手快,送进了冷羿嘴里。冷羿哪知他会这般蛮干,加上雷落身法极快,他没留神,就被灌下一杯。

只听咣当一声,冷羿磕在了桌面上,醉倒了。

"哎！哥！怎么了这是？哥！酒里有毒！"雷落大喊道。

"不是,兄弟,你小声点！冷羿不会喝酒！"赤鲁无语道,心想哪里出来这么个莽汉,还得他照顾。

"哎！我哥他不会喝酒啊?"雷落道。

"嗨！你还和他挺亲！"赤鲁服气道,"不是,你看看我老大,你觉得她哥会喝酒吗?"

"哎呀！忘了！第五家的人都不会喝酒,沾酒必倒！哥哥刚才没有防备,已经醉了！"雷落惊慌地捧住自己的脸,一副不知所措的样子。

"魏灵超,快把你家队长送回部里……"赤鲁招呼道。魏灵超从豪宴开始就没机会上前,此时看见梵音与雷落这般要好,他心里吃味,不愿应声。

"灵超,过来,把冷羿送回去。"梵音见魏灵超在远处不动,便自己吆喝道。魏灵超虽不愿意却也走了过来。"你没事吗？要不要一起回去?"

"我还好,你先送冷羿回去吧。"雷落看眼前这小年轻看梵音的眼神不对,说话态度竟也略显强势,不禁敲了敲桌子道:"哎,小子,你们副将回不回去,回哪儿,以后我说了算。"魏灵超看向雷落便没好气。

"行了,别啰嗦了,你们先回去。"梵音命令道。魏灵超扶起冷羿两三下便消失在国正厅。

"呦,灵法不错啊。"雷落道。

酒过三巡,国正厅欢腾鼎沸,觥筹交错,高歌不止。在人们都到后花园去看焰火表演时,梵音坐在席间再也坚持不住了,哧溜一下滑到桌底。雷落伸手一拢,把梵音揽了回来,只听梵音迷糊道:"雷,雷落,我想回家,我喝醉了。"梵音的野鬼幻形已经褪去,醉瘫在地。

北冥站在远处与几位老总司说话,忽而觉得梵音在叫他,他急忙转过头来。谁知这时雷落已把梵音放在肩头,像两人小时候一样,雷落宽厚的肩膀总能托住梵音的小屁股。此时梵音亦像小雀一样依在雷落肩上,酒醉挺不住身板便伏在他头上。

只见梵音醉眼蒙眬道："雷落,你回来了,雷落,我好想你,嘿嘿,你回来了。"说着梵音又把雷落的脑袋抱得紧了些。

"我带你走。"雷落道。

"嗯。"梵音沉了下去,两人默默离开了国正厅。北冥看着梵音离开,心神不定起来。

直到午夜后,国正厅才散场,北冥匆匆返回军政部,见人便问："副将呢？"

"属下未见。"站岗的士兵道。

北冥急匆匆往楼上走去,险些撞到正要下楼的白泽,他也因为酒喝多了,想趁着夜风去外面走走。"怎么了,这么着急？"白泽道。

"看见梵音了吗？"

"梵音？跟那个雷落出去了。"白泽道。

"去哪儿了！"北冥担心道,一把抓住白泽。

"哎哟！你干吗？一惊一乍的！"白泽激灵一下,"出去了吧。"

"我问你去哪儿了！"北冥急道。

"我也不知道啊,可能是去崖顶了。"

北冥听罢转头便走,砰地撞上了正巧在他身后的小雀儿。"哎哟！"小雀儿吃痛。"抱歉。"北冥匆忙道。"主将,您这是去哪儿啊？"小雀儿道,她是一个满脸可爱雀斑的小姑娘,现在在崖雅手下当差。"他去找梵音。"白泽替北冥道。

"主将,副将在崖顶,我刚给队长他们送了些解酒药过去。"小雀儿大声道,她说的队长是崖雅,灵枢部的二纵队队长。北冥听过后便冲了出去。

此时东菱山崖顶坐着三个人,崖雅已经有些倦了,躺在厚软的草地上,雷落脱下军服给她盖上。崖雅动了一下,便睡着了。

"这些年,你怎么过的？"等崖雅睡着,梵音才开口,她不愿当着崖雅的面问雷落这些,怕她伤心难过,更怕她害怕。梵音靠在雷落身旁,望着夜空,空气冰凉凉地带着些暖意。雷落顿了顿,不知怎么开口。梵音知道,这些年,这条路,雷落一定走得很苦。梵音挽着雷落的手臂,攥着他的手心,眼泪又默默掉了下来,轻声道："你慢些说,我听着。"

一切从十年前说起。那日,雷落和雷鼎联手击退了上万灵魅,雷落身负重伤,双臂被砍,躺在血泊中。他蠕动着向父亲的尸体爬去,可距离太遥远,他够不到父亲。就在这时,天空中传来暴击,第五逍遥身在天际命丧灵主之手。雷落痛哭不已,渐渐失去神志,昏死了过去。

当他再次醒来已经是两个月后。雷落躺在一个巨大的温泉湖中,断臂的痛苦已经消失了,温和的灵力顺着水流淌过雷落的无数伤口,他颓废地浸在湖中一言不发,他的身体动弹不得。又过了几日,一个壮汉来到他身前,告诉他这里是西番国,自己是西番军政部主将太叔公。

"你是个雷师?"太叔公问道。雷落的嘴依旧紧闭着。"你和第五家什么关系?"在听到"第五"两个字后,雷落有了反应。"梵音,梵音在哪儿?"雷落问道。

"什么梵音?"太叔公不解。

"第五梵音,在哪儿?"

"第五家的人都死光了,东菱军政部赶去晚了。"

在听到这个噩耗后,雷落彻底丧失了意志,心如死灰。就这样,他在那个温泉湖中整整泡了三年,身上的重伤才痊愈。等西番军政部的人把他拖出来时,他已经像个傻子一样,不会张嘴,不会说话了。后来人们把他不知道放在什么地方,也许是张软床,也许是地上,反正都无所谓了。雷落每天睁开眼睛,又闭上,后来干脆再也不睁开了。不知又过了多久,他感觉有个人在喂他吃饭喝水。他听见那个人说:"儿子,张张嘴,老爹今天给你做了蛋花汤,不知道你喜不喜欢喝。要是不喜欢,老爹明天给你做腌豆子的。"

又过了许久,他再次听见那个人道:"儿子,今天老爹给你做了酒酿鸡腿,我给你打成酱糊,你吃两口尝尝鲜。"就这样,雷落每天都能听到那个人说话。直到有一天,雷落开了口:"我不是你儿子,我爹雷鼎已经死了。"

"我儿子也死了,好多年了。你和他像,要是你愿意再认个父亲,我可以当你父亲。"

"除了雷鼎,我没有别的父亲!"

那人听着,刮着碗里的肉羹。雷落爱吃这个,他便连续做了五天,这个东西,雷落总能吃下半碗,他现在瘦得跟把骨头似的。那人不说话了,只默默喂着雷落。雷落不再进食。七天后,雷落奄奄一息,隐约间他听见一个人在低泣。"再喝点水吧,再喝点水吧。"那人轻声道,小心谨慎。

雷落呼吸渐衰,那人急道:"儿子!儿子!你别吓老爹啊!再喝点水吧!要不老爹给你拿点酒去,你爱喝百烈酒!"那人起身却咣当摔了下去。只听门外冲进人来道:"主将!主将晕倒了,快去叫灵枢!"

"先去……先去看……副将。"那人气虚道。

"主将您!"

"我让你们快去看副将,都聋了吗!"那人喝道,仍旧灵力劲足。

"主将,不好了,副将心力衰竭了!"

"儿子！儿子！"一双皮糙大手攥着雷落骨瘦如柴的身躯，浊泪淌了下来，"儿子！别！别留下老爹自个儿啊！老爹好不容易找你回来的！儿子！"

听到声声呼喊，雷落睁开了眼睛。一个强壮的身躯出现在他面前，他只觉对方强悍无比，瞳眸犹如猛虎。然而如此强悍的一个人此刻却那般悲凉，以至于雷落觉得自己仍在恍惚。那人虎躯之中只空留一副骨架，粗糙的双手不住颤抖，捋着雷落的气息，喃喃念着："我知你不愿我当你父亲，我只是一厢情愿，想要你当我儿罢了。你若不愿意，我便不提就是。你可千万别和我置气，自己的身子，自己得顾好了。老爹，不，我，我顾不好可怎么是好！你这孩子，一身虎胆豪气，能活下来不易，你得活着，替你爹你也得好好活着啊！"说话之人年过七旬，正是太叔公，"这可怎么好，这可怎么好！"太叔公老泪横流。

"老爹……"雷落低声道。

"什么？"太叔公一怔。

"老爹……给我点水喝。"

"哎！哎！哎！水！给我儿子拿水过来！"太叔公颤抖的双手一勺一勺给雷落喂着清水，鼻涕也流了下来，雷落和他一起哭倒。

"原来，我神志不清的那五年，都是老爹一天天照顾着我，这才让我得以续命。"雷落说到此时已经哽咽。梵音捋着他的胸口，说不出话。

雷落苏醒后，太叔公遍访弥天大陆，找寻灵枢古方想为他续臂再生。然而这比登天还难，雷落亦不抱有幻想。雷落每天窝在房间的角落足不出户，勉强吃些东西只为续命，断臂的他犹如怪物，连站立都不能平衡，他干脆不再起身。直到有一天太叔公告诉他，他找到了让手臂再生的方法，那是几百年前大巫和铸灵师的秘法，他要试一试。

可不久后，太叔公彻底暴怒了，因为有人破坏了他的狩猎，致使功亏一篑。然而雷落并不为所动，这些年如果他想恢复灵力早就自己努力了，可他心如死灰。朽木枯矣，断臂再续又如何，一切都回不来了。

就在雷落每天犹如行尸走肉一般活着的时候，太叔公给他带来了一个口讯："第五梵音还活着。"

雷落在得到这个口讯的时候，东菱北境一战刚刚结束，这是西番军政部从东菱前线得到的消息。雷落瘫在角落里，听到那每天让他无尽痛苦和想念的名字，他的大脑再次有了反应，剧烈的刺激令他松垮的头皮像遭到电击般疼痛起来，干涸的眼睛转动着，他开口说了话："梵音，还活着？"

自从得到这个消息，雷落跟疯了一样想要冲到东菱去找梵音，然而他那时的样子溃败不堪,形同废人。

"从那天起,我不眠不休,拼命修炼,恢复灵力,哪怕我双臂被砍了也要尽快回到你身边,护你左右。"雷落揽着梵音的肩膀道。梵音靠在他胸前垂泪无言。

然而修炼之路何等艰难,雷落一走就走了五年。第一年,他连掌心雷火都发不出来。那时他已经知道梵音是东菱军政部的部长,他想尽快赶来,却不能让梵音见到他这般狼狈模样。他与太叔公一起,开始探寻让人手臂再生的法子。

"你们真的找到了?"即使梵音看见雷落现在这般模样,还是觉得不可思议。断臂如何再生?

"找到了。"雷落道。

"怎么回事?"

"老爹没有告诉我。"雷落的声音沉了下去,"他有难言之隐……我只知道,他与人做了交易。"

"谁?"听到这儿,梵音只觉背后悄然爬起寒芒。雷落看向她,目光深邃。

"难道是……灵魅?"梵音道。

"你为何也会这样想?"雷落道。

"亚辛也生出了灵骨。看来你也有了同样的推测。"梵音道。

"我的小音现在已经变得这般能干了。虽然我早有预备,却没想到你已这般机警。"

"你笑什么? 你还有心情笑!"梵音有些恐慌,跪在地上搬起雷落的手臂看来看去,后来干脆扯了他的袖子一通揉捏,却不敢使劲。

"你怕不怕我变坏?"雷落突然道。

"什么?"梵音还在前后查看他的手臂,无暇言他。

"你怕不怕我和灵魅扯上瓜葛,心术不……哎哟! 你掐我干吗?"雷落刚还声音低沉地阴森道,忽然嗷叫起来。

"会疼吗? 会疼啊! 你的手臂知道疼啊?"梵音惊讶道。

"我自己的胳膊,我能不疼吗! 你掐我干什么?"雷落疼得眼泪都要掉出来了,低头一看,梵音把他胳膊内侧掐了一块青,"你下手也太狠了!"

"真的疼吗? 真的吗?"梵音还是不敢相信。

"当然是真的了!"梵音一把抱住雷落开心道:"真的! 是真的! 你的胳膊又长回来了! 太好了! 太好了!"

"你,你不怕吗? 怕我……"

"怕你个大头鬼啊! 我怕你干什么! 我就怕你再受到什么伤害,别的我什么都不怕！你只要好好的,我什么都不怕！你心术不正,你心术不正我就给你掰回来！还想试探我,傻子！"梵音搂着雷落的脖子开心不已。雷落也抱着梵音,暖洋洋的。

雷落如释重负："其实,这件事我不知如何跟你开口,你主动提到灵魅,我反而放松些。"

"你也怀疑太叔公跟灵魅做了交易,只是他不曾告诉你,一切都是你的猜测。太叔公对你恩重如山,若真如你所想,你不知如何是好。"梵音道。

"你怎么知道?"雷落惊讶道。

"你是天底下最好的人,你的事,我什么不知道！"梵音忽然得意道。

"呦呦呦,还会给我戴高帽了！别恭维我,这天底下,我只对你最好！"

梵音欣然接受："那当然！你不对我好,谁对我好！"

"那你呢？也对我最好吗？"

"我不对你好,又对谁好！你怎么今天净是怪问题?"梵音忽而又柔声道,"定是你这些年太苦了,又惦记着我才这样小心。雷落,"梵音抱紧他道,"我永远都是那个坐在你肩膀上的梵音,无论你经历了多少苦痛,无论你变成什么样,哪怕你这断臂是用人命换来的,我第五梵音对你都不会改变。我说过,只要你能好,我会不惜一切代价！"

"小音……"

"就算你与灵魅为伍,沦落成鬼,我陪你就是了！别怕,有我在你身边,生死不离！"梵音狠狠揽住雷落脖颈,坚定道。雷落哭着,原以为自己是无比刚强的男人,却禁不住梵音舍命相伴的誓言。"我保护你！"梵音软绵绵地耷拉在雷落肩膀。

"你能不能别抢我的台词……"雷落抽搭搭道,梵音说中了他所有心事,"你这样让我很没面子,弄得我很脆弱一样。"

"省得你胡思乱想,顾虑许多。你回来了,咱们两个相依为伴,什么都不怕了。"梵音安心道。雷落抱紧了梵音,双臂坚固,说："当然！"又过了些许时候,梵音道："续这断臂时你在哪儿？没有发现什么吗？"

为了让这断臂再生,雷落足足用了半年时间。四年前,雷落在西番军政部的房间内,旧日的伤口被豁开了,灵枢开始对他进行再生操作。雷落的意识再一次失去,中间只有痛苦和挣扎,他的双眼被遮住了,看不到周围的一切,只知道刀割般的灵力在他的伤口上来回打磨。手臂一点点长了出来,那生骨的过程让他痛不欲生,半生半死。熬过了地狱般的日子,半年后雷落的双臂长了回来。

"再生骨……我们灵枢部的副部长白泽也是个灵枢奇才,他研制出的再生剂和你刚才描述的再生骨有异曲同工之妙。只不过白泽的再生剂必须用在活人身上,并且是刚刚受伤的时候,和你这个又有些不同。"梵音沉思道,"你说,你的手臂会不会和大巫有关系?"

"大巫?"

"没错,虽说灵主有灵骨,但终归是作用在灵族身上,和咱们人身毕竟不同。但无论是白泽的再生剂,还是百年前大巫和铸灵师的熊骨再生术却都是和人有关的。你说你治疗的时候是被蒙上眼睛的,什么人才怕被人看到? 若说是灵魅,凭你的灵感力,不可能不知道。若说是异族,你也会有所察觉。可这些你都没有,那唯一不会让我们感到防备的便是人了。能给人治病续命的除了灵枢,不就是大巫吗?"

"这……"雷落思考着,"我只知道灵魅灵骨一事,所以一直觉得这事会和灵魅有关,倒没想其他。听你说来,似乎很有道理。"

"而且,戚家人骗太叔公熊骨可以续臂也是大巫的秘术。不管怎么说,大巫都和这种事有些干系。"

"没错,这事不能死盯着灵魅不放。"

"明日,咱们快些去青山叔那里看看,也好让他帮你瞧瞧这再生的手臂有没有什么不妥,若有人要借此害你控制你,可不得了!"梵音又突然紧张道。

"这你放心,我自己的手臂,自己清楚。它与我骨肉脉搏相连,如同天生,比以前的还好用嘞!"雷落说着便抡起胳膊。

"哎呀呀!"梵音看他这般总是不放心,生怕他再扭着伤着,满眼担心道,"快放下! 快放下!"两人你一言我一语彻夜倾诉,道出这十年孤途艰辛。说到最后,梵音已然有些昏厥之意,浓重的酒意让她从后半夜开始便神志涣散,然而相聚的激动让她始终坚持不肯松懈。天光微亮,梵音倚着雷落的肩膀看着海边的日出,这一刻,两人心满意足,无愿无求。

"雷落,你怎么蓄了连面青胡? 看上去好老啊,比我哥哥年纪还大些。"梵音看似随意道,"我帮你刮去好不好? 不然有点扎手。"

雷落看着天边,默了半晌道:"好。"他留青胡是因为忘了自己少年模样,苟延余生罢了。然而此时他已找到梵音,她要他回到以前模样,他又怎会不肯。

第九十七章
我去你的

　　七点钟,晨阳刚起。雷落背着熟睡的崖雅领着梵音往军政部走去。梵音没走两步便瘫软在地。雷落背上背着崖雅,身前扛着梵音,进了军政部的高厦大门,正面便碰见了天阔。天阔见崖雅也是酒醉不醒,立马着慌道:"崖雅怎么了,还没醒,酒醉得厉害吗?"

　　"小丫头不能喝酒,昨天还陪了我两杯,现在睡熟了。"雷落道,"你是北唐的弟弟北唐天阔?"

　　"是。"

　　"崖雅房间在哪里,我送她回去休息。"

　　"你把她给我。"天阔张手就接,几步擒拿,崖雅已经半躺在他怀里。

　　"北唐家的人没一个简单的!"雷落心道。"给你?"雷落忽然开口,却未阻拦,"你和小丫头什么关系?"

　　"朋友!"天阔见崖雅醉成这样便不乐意,不愿多说转身带着崖雅离开,"梵音的房间在最上面,你也赶紧送她回去休息吧!"

　　这时的北冥正躺在床上彻夜未眠,跷个二郎腿,一脸不悦。昨天晚上他追了出去,看见梵音和雷落正在崖边叙旧,一个轻依,一个拥紧。他心中的怒火登时冒了出来,恨不能冲上去把两人拆开,然而心中已行,脚下未动。

　　北冥自是知道雷落对梵音的重要性,当年雷落那双断臂便是他帮梵音埋下的,想起她少时的苦楚,北冥怎不心痛。挚友重逢,本是天大的喜事,北冥自然应该为她高兴,然而自打雷落出现的第一刻起,北冥便知此人"来者不善"!雷落看梵音的眼神早就超过了青梅竹马之情,加之那封信的"叮嘱",他要能认为雷落对梵音仅仅是朋友之情,那才见了鬼了呢!

可他二人正在情绪激荡时,北冥此时出手怎么都说不过去。在雷落跟前,北冥破天荒地觉得自己"矮了一截"!那十几年的两小无猜之情,他插不进去,追赶不及,怎能比得。北冥眼看着两人在他面前互诉情意,他却不可阻止,心下着火,无所适从。本想用藏身术看看二人说些什么,却非君子所为,而且那是梵音与雷落的私事,他怎能如此。北冥咬紧牙关,返回军政部,关上房门,不再出去!

清早,天阔传信给北冥,说要去崖边接崖雅回来,其实是为了叮嘱他:"哥,来者是客,雷落与梵音十年重逢想必有很多话说,你别太往心里去。哥,来者是客,为了梵音咱也得好生招待不是?我现在去接他们回来,以尽地主之谊。"

北冥看着天阔的信卡,嘴中念道:"十年重逢,地主之谊……"忽然,一阵浓烈的酒气飘过北冥房门前,北冥噌地从床上坐了起来!一夜未眠,他连军装都没脱,夺门而出。只听咔哒一声,梵音的房门关上了!关上前他看到一个虚影,雷落正抱着酒醉的梵音!

北冥嗖地来到梵音房门前,只听里面有人说道:"雷……落……你去里面洗澡,我的浴室在里面……你,你先洗……我……"扑通,梵音倒在了床上。

"你等一会儿,小音,我马上洗完,很快,你再忍忍。"喊里喀嚓!雷落在脱衣服!浴室的水龙头被打开了,花洒在喷水!北冥的灵感力全开,五感激增,浑身上下的汗毛如刺猬一般根根奓起。北冥气得暴跳如雷,七窍生烟,理智全无,对着房门抬脚踹去,嘴中怨愤咒骂道:"我去你的!什么青梅竹马!什么两小无猜!什么十年重逢!我管你是他妈什么东西!雷落!我要是再忍你一次,我他妈就不姓北唐!"

"哐当!""哎!"北冥一脚踹了个空,房门被打开了。梵音穿着碎花短裙睡衣歪歪斜斜地站在那里,木讷地看着门外。还好北冥收腿及时,不然铁定伤到梵音。只听梵音奶声奶气道:"北,北,北……我想去……你……"

不等梵音把话说完,北冥二话不说,抱起梵音就跑,回到自己房间狠狠把她反锁在自己房间内。北冥只觉梵音身子软绵,隔着丝薄的睡衣,他甚至能感受到她柔滑的肌肤和温热的体温。北冥心跳加速,脸色涨红,忍不住向怀里抢来的梵音看去。只见她脸色桃红,樱唇如血,杏眼朦胧,北冥只觉自己的理智在一点点丧失。

"北……北……北冥……我想……我想去你的房间……洗澡。"只听梵音含糊不清道。

"什,什么?"北冥的理智在疯狂的边缘回应道。

"我想……我想……找你……洗澡……"

北冥的耳朵登时炸开!梵音这个时候和他说这种话,这不是要了他的命吗!北冥的眼睛放出炽烈的目光,紧盯着梵音的脸庞无法移开。忽而,梵音在他怀里扭动了一下,强烈的酒意让她燥热难耐,深深吸了口气。一丝让她依恋的味道涌进她的鼻尖,梵音轻嗯一声,骄纵地往北冥怀里又蜷了一寸。北冥只觉自己抱着他那心爱的跳跃闪耀在阳光下的小小梅花鹿,柔软而轻盈,美丽而沁甜。北冥身体僵硬,全身发麻,一动不能动。梵音贴着他的军装嗅着他身上的味道,本就微醺的脸此刻已彻底变成桃花。

"音,音儿……"这是北冥最后的理智已唤出他日夜想对她说的爱称。

"嗯?"谁料梵音竟应了他。

北冥一口长气提上来,热血上涌,冲着梵音的樱唇吻去。"嗯!"梵音忽然觉得有什么东西冲自己袭过来,下意识地醒了过来,惊慌地看着北冥,无法聚焦,不知道那是个什么东西。"不要!"梵音害怕道,小脸儿嗖地闷到北冥怀里,躲了起来,发出不乐意的吭唧声。北冥一时卡在半中央,看着怀里的梵音,发现自己刚刚的冲动吓到了她,此时的梵音像只受惊的小鹿躲在他怀里不敢出来。

北冥登时在心里抽了自己两个巴掌:"北唐!你在干什么!你吓到梵音了!"北冥缓了缓神,抱着梵音往浴室走去,只听梵音道:"北冥……我想洗澡。"大约是北冥把自己的气焰强行压制住了,梵音醒了过来,不再害怕。

"你醒了?"北冥柔声道。

"嗯……北冥,我想借你的房间洗个澡,可以吗?"梵音蒙然道,"雷落在用我的浴室,不太方便……"

"可,可以啊,我送你进去。不是,那个,你自己可以吗?"

"我可以。"

北冥愣了一下,道:"哦!"赶忙把梵音放下。

梵音摇摇晃晃站直了身子,傻傻问道:"在哪边?"

"那边!"北冥慌忙抬手指道。

"哦。"梵音转过身,忽然跷起小脚甩了鞋子,啪嗒啪嗒往浴室走去。临进去之前,身子一歪,险些摔倒。北冥赶忙冲过去扶住她。北冥不放心,干脆扶着梵音进了浴室。

"梵音,你自己真的可以吗?你确定你醒了吗?"

"我?"梵音双眼涣散,看着北冥大声保证道,"可以!"说着她便要脱去自己的衣服。"哎!"北冥赶忙摁住她的手道:"我先出去!我先出去!你自己慢点!""好的!"梵音精神道。北冥关上浴室的门,站在那里深深呼了一口气,心想,真是考验他的定力啊!

就在这时,只听咣当一声,北冥的房门被踹开了!

"小音!你在哪儿?"

只见雷落光着健壮的上身气势汹汹地冲了进来,古铜色的皮肤显得他格外性感。北冥登时恼火,大战一触即发。雷落在北冥房间扫了一圈,只见梵音的小鞋胡乱地脱在北冥床前。二人齐声喝道:"混账!""你说什么!"接着又是异口同声道:

"你敢让小音在你房间脱衣服!"

"你敢穿成这个德行在梵音面前招摇!"

"混蛋!"二人齐声骂着,冲对方打了过去。突然,又听咣当一声从浴室传来,梵音摔倒了,两人愣住,紧接着齐往浴室奔去。就在二人一同拧向门把手时,停住了。梵音在里面洗澡,两个人反应过来后都不敢冒失闯入。

"砰!"一声钝响。"呃!"北冥和雷落两人同时被打飞了出去,只听一个冷得要宰人的声音道:"混蛋!你们两个白痴要对我妹妹做什么!"冷羿一个箭步,扯下北冥床上的被单闪身进了浴室。下一刻,他把梵音包裹得严严实实从浴室扛了出来,他看着北冥和雷落道:"再有下一次,我把你们俩一起宰了!混蛋!"

"我们什么都没干!"北冥和雷落鬼使神差地一同道,两人被冷羿踹翻在地,捂着肚子,难掩尴尬。

"你们!"冷羿被气得太阳穴上的青筋突突直跳。

"我!"二人又同喝道,着急辩解。

"滚蛋!"冷羿破门而出,"小雀儿!到我房间,帮忙照顾梵音!"小雀儿守在北冥房门口,听见冷羿命令急忙小跑着跟上:"来了!冷队长!"

"下手真狠啊!"雷落道。这时屋子里只剩下北冥和雷落两人,两人对视一眼,就听两声暴怒:"去你的!"二人打了起来!

第二日清晨,梵音躺在冷羿的房间悠悠转醒,整整睡了一天的她头痛欲裂。只见一个纤小的人影在梵音眼前晃动。

"醒了,醉猫?"崖雅调皮道。

"怎么回事,我在哪儿啊?"梵音哑着嗓子道。

"你在冷羿房间。"

"我哥?我哥呢?"梵音抓了抓床上的被子,确定不是自己的。

"一大早就出去了,没看见。"

"我怎么在这儿?"

"前天晚上你喝醉了,听说是雷落扛我们两个回来的。雷落和你回了你的房间,他去洗澡,你去了北冥房间洗澡,然后冷羿把他们两个揍了,然后他就带你到这儿了。"

"什么？你说什么！"梵音噌地从床上弹了起来，大喊道。崖雅吓了一跳道："哎呀，我也是听小雀儿说的。"

"小雀儿？怎么还有小雀儿！你呢？你干吗去了？"

"我，我也喝多了。"崖雅忽然脸红起来。

"你脸红什么？你怎么了？"梵音压制不住地大声嚷嚷道。

"你喊什么！你小点声！"崖雅害羞道。

"我！啊！没有！没事！"梵音难掩慌张。

"我也喝醉了，然后，然后，天阔把我送回了房间……"崖雅攥着小手指道，眼睛不停翻转。

"这样啊，嗯，好，好的，"梵音假装咳嗽道，"那我呢，我怎么回事？"

"你是不是也喝断片了？你自己不记得吗？不知道你怎么从自己房间去了北冥那里，然后雷落也去了？听说冷羿发了火，把你带过来了。"

"我当时在干什么？"

"小雀儿说，你在洗澡。"

"啊！"梵音抱着脑袋尖叫起来，"为什么我完全不记得了！啊！"

"那衣服谁给你脱的，你记得吗？"崖雅道。

"什，什么！我脱了衣服！我脱了衣服吗？我！啊！"梵音哀嚎起来。梵音一上午都在冷羿的房间里面乱窜，和热锅上的蚂蚁一样，却不敢出门，她努力回想着一切，却在雷落扛着自己回军政部的一刹那彻底断片了。"我到底干了什么！"梵音发狠攥着自己的头发，一刻不得轻松。

"小音，你放松点，放松点。可能你也没干什么，只是去北冥房间洗了个澡而已，就这样。"崖雅安慰道，一杯一杯给她冲着解酒茶，此时的梵音早就清醒无比，像个受了惊吓的兔子，耳朵绷得老直。"你能干什么呢？你不能。就算你喝糊涂了，还有北冥和雷落在呀，他俩也不能看你胡作非为啊，你说是不是？"

"这样吗？"梵音眼睛发直道。

"肯定的。"

"雷落呢？他人呢？"梵音忽然道。

"得知你睡得安稳，他就先去国正厅和他们主将会合了。"列国豪宴，所有贵宾亲眷全都住在国正厅，国正厅豪华礼待，以示尊重。

"怎么走了！"梵音听雷落不在，立刻急道。

"你别急，雷落留了信卡给你，说你一醒，他就过来看你。"崖雅赶快把雷落的信

221 / 第九十七章

卡递给梵音。梵音二话不说,对着信卡道:"雷落你去哪儿了?你在哪儿呢?"下一刻,信卡卷成了筒状,雷落的声音传了过来:"小音,我在国正厅忙些事情。我们晚上国正厅见。我哪儿都没去,你别急,安心在部里缓缓。你的酒喝得太多了,我真是抱歉,让你这么难受,真该死。你现在好点了?"梵音听不到,崖雅给她复述着。

"我没事了,雷落,你放心吧。你有事的话,你先忙,我晚上去看你。"梵音道。结束了对话,梵音长长出了口气,这两天真是过得大悲大喜、鬼哭狼嚎、昏天暗地,她护着自己的胸口,感受着喜悦和平静。"好了,我回房间看看,不知道弄成什么样子了。"

"我陪你过去,不过小雀儿已经帮你整理好了,你放心吧。"

"真是个乖巧的孩子。"梵音夸赞道。

两人回了房间,整理了一下。屋子里早就没了酒气,换成了雨露花香。梵音两天没去部里露面,今晚又要去参加国宴,她打算先去部里看看。出了房门,迎面走来一人。

"北冥!"梵音心中莫名一惊,不知为何心脏咚咚咚地跳了起来。一股沁冽之气冲进她的鼻尖,好像是北冥的味道。他明明离自己还有些距离,怎么自己好像闻到了他的味道一般,怎么会这样?北冥看见梵音也是一怔,脚下迟疑,但很快便向她走来。梵音觉得心跳加速,想要逃跑!

"啊!"两人一同开口,听见对方的声音后便都僵住了。"那个……"梵音努力呼吸着,眼睛已不敢直视北冥。

"你醒了?"北冥主动道,语气听上去很冷静。

"嗯。"梵音含糊回道。

"还难受吗?头痛吗?"

梵音吱了一声,声音发飘。北冥不知梵音所以。崖雅碰了一下梵音道:"北冥问你话呢,你干吗呢?"

"我没事了,没事了。"梵音逼着自己抬头看着北冥,努力道,脸上憋出微笑。忽然,梵音定睛一看,冲到北冥面前道:"你脸怎么了?"只见北冥唇角有一小片淤青。梵音不由分说,手已抚了上去。"怎么受伤了?"梵音蹙眉道。

北冥半个身子登时麻了,刚才强装的冷静瞬间崩散。"没,没事。"他紧张道。"怎么没事!都伤着了还说没事?怎么了?"梵音急道。

北冥见梵音着急,又不会撒谎,道:"和雷落切磋了一下。"想起雷落,北冥心中又不爽起来。

"雷落把你打了?"梵音惊道。

北冥这么一听可就不乐意了,俊眉一挑,攥住梵音的手道:"是我把他揍了!"

"啊？你，你打他干什么？"梵音道。

"看他不顺眼。"

"嗯？"梵音忽然皱起眉头，道，"他是我的好朋友，你怎么可以打他？"

"我……"北冥被质问住了。

"你把他打伤了？"梵音继续道。

"没有啊。"北冥被训斥般乖乖回答道。

"你为什么打我的朋友？讨厌。"梵音不太开心，脱口而出道。

北冥忽然觉得自己受到了暴击，梵音为了别的男人责怪他，关键这个人还是目前为止他碰到的最强大的情敌！雷落出现以前，北冥从没把任何男人放在眼里过。唯独这个雷落，让他决定不能任其发展，掉以轻心！

"他也打我了呀。"北冥忽而道，说话的语气听上去竟有说不出的委屈！崖雅呆呆地看着眼前两个人，一向壮悍、一向凌厉的两个人，今日怎么这般说话？"讨厌？梵音在和北冥说'讨厌'！"崖雅觉得自己耳朵出了问题。至于北冥就更奇怪了，他说有人打了他！东菱军政部的主将，何时何地都没示过弱的北冥，连中了狼毒都要蹿起来跟人干仗的北冥，今天当着梵音的面对她说自己被人打了！还委屈了！崖雅觉得自己是不是瞎了。

北冥忽闪着眼睛看着梵音，梵音突然住了嘴，好像也觉得自己的语气重了些，委婉道："那你把他打得重吗？"

这个时候了，她还在关心他！北冥顿时觉得自己邪火外冒，可他不能对梵音发脾气！他只能咬牙道："没有！我手里有分寸！"北冥气得调头就走，"他打了我，也没看你紧张，你只紧张他！你都不管我！"

梵音见北冥这般赶忙收了态度，快步跟上道："我哪里不管你了，我就是怕你伤到雷落而已，你手下没轻重，万一过了怎么好？"梵音解释。

"我手下没轻重？我俩半斤八两，你就不怕他伤到我？"

"我不是那个意思。"梵音说不清楚了。北冥赌气，不高兴起来。

"那个，哎，你们俩，"崖雅开了口，"干吗呢？"

"什么？"梵音茫然地回头看向崖雅。

"雷落没什么事，临走前他还给我信卡呢，你忘了？他和北冥一样，就是嘴角挂了点彩，我一服药的事。他逞强，不让我管，我就让他走了。"听了崖雅的话，梵音才明白过来，刚才她有点昏头了，一想到雷落，她的神经就不免紧张，现下放心了。她又看了看北冥，北冥还是不愿理她。梵音对崖雅道："那你把药给我吧，我给北冥敷上。"

"我不要！"北冥背过身道。

"给我拿点过来吧。"梵音道。崖雅听梵音的话,要往楼下走去,只听身后梵音对北冥道:"喂,你别生气了。我刚才没搞清楚状况嘛。待会儿崖雅把药拿过来,我给你敷上,好不好?"

"不要。"

崖雅再也忍不住了,惊恐地看着北冥,他在闹脾气吗?"那个,北冥,你没事吧?我看你的伤和雷落差不多,其实治不治都不要紧,就是今天参加晚宴不好看而已。你不用着急,我这就去给你拿药。你确定不用让我看看别处?"崖雅歪着头看着北冥。北冥的脸登时红了,嗖地跑回房间,砰地关上了房门。"他没事吧!"崖雅看着梵音道,"该不会是伤到脑子了吧!"

"崖雅!"梵音瞪了崖雅一眼。

"他一直在说他被人打了,他被人打了,你信吗?"崖雅咬着嘴唇道,"是不是不小心磕到脑袋了?我还是赶紧给他熬点安神药去吧!真吓人!"一溜烟跑了。

"喂,你把门开开,崖雅把药拿来了,我给你敷上。"梵音在北冥门外道。崖雅在她身旁挤眉弄眼:"他是不是伤到脑子了?他为什么闹脾气?他明明没事,你相信我!"梵音扒拉开崖雅,让她快去忙别的。"你也是!北冥他明明没事,你紧张什么?他身上那大伤小伤的,净是窟窿,还在乎这蚊子叮的一下?"崖雅唇语道。"哎呀,你快忙你的去吧,小婆婆嘴。"梵音道。崖雅嘟起嘴,转身离开,忽而她转头道:"你们以后都少喝酒吧,我看那个什么熊骨酒是不是伤身啊?""快走!"梵音跺脚。

崖雅离开半晌,也不见北冥开门。梵音心想,定是北冥挂彩心里不痛快了,以前他没遇见过什么对手,现在雷落来了,可不是好惹的,两人交手完,大概心里横着气呢。想到这儿,梵音又敲门道:"北冥,你开门啊,我在外面等你呢。"军政部十六层,长长的走廊尽头把守着八名士兵。他们的余光看见副将在主将门前徘徊,不知道在说些什么,而主将一直不开门,都有些好奇。

"我听不到,你到底有没有理我啊?"梵音示弱道。此话一出,还不直戳北冥的心尖尖,房门登时打开。"快让我进去!那几个小子都偷看我呢,弄得我好没面子!"梵音推开北冥道。"让我看看你的伤,晚上还要见人呢,你要真想这么出去,我可不管你了啊。"梵音威胁道。北冥赌着气,还不愿说话。

"到时候,会有人看你笑话哦。东菱主将不知何故脸上挂彩了。哈!"梵音自说自话,北冥在她面前不吭声。"这家伙!怎么还小心眼了呢!打架不能输是吧?"梵音心里道。她不管他了,拿起药膏往他嘴角抹去。北冥一愣,唇角轻起,正好碰到梵音指尖。梵音手上一停,眼神慌张:"给你,你自己弄吧,我走了。"转身跑了出去。

北冥看着手里的药盒,嘴角一抿,笑了起来。

第九十八章
列国豪宴

　　暮色之前,东菱各部齐聚国正厅。第一日,国正厅为宾客洗尘,第三日,尽地主之谊。宾客小姐们换下了旅途行装,改了宴会礼服,一个个华美端庄。莫多莉一身黑色蕾丝长裙霸道性感,却不失总司威严。姬菱霄一身冰丝长裙,晶莹清透,纯净高洁。蓝宋儿着墨蓝劲装,神秘多姿。胡轻轻则是白衣长身,赤足静立,不曾改变。国正厅内花朵数不胜数,让人眼花缭乱,纷纷欲醉。

　　梵音早早来了国正厅,却不见雷落踪影,而太叔公已经和人攀谈上了。梵音忍不住左右看看。北冥在她身旁已看出她心有所想,当下落寞三分。

　　"北冥哥哥,我爸爸想请你过去小坐,与几位邻国首领谈谈。"姬菱霄青烟般走来,身段柔软,娇艳欲滴,"他们想知道咱们东菱布防上的一些事,你不去,他们总是不放心,爸爸也倚重你。"

　　"我这就随你过去。"

　　"第五姐姐也要跟着吗?"姬菱霄言外之意是国主没有请她,"毕竟戚公子也在,姐姐是九霄人,你去,不知道……"

　　"主将议事,副将自当跟从,姬小姐多虑了。"梵音严正道。

　　"菱霄也是这么想的,有北冥哥哥在,想必姐姐跟着也不会有什么不妥,那姐姐也随我来吧。"这个姬小姐,梵音心中腹诽,却不以为意,跟着北冥走去。

　　"听说北唐主将对付狼族颇有能力,老夫早就想拜会,只是一直不得空,不知这几日主将可否得空一叙?"长桌前方,蓝朝天第一个主动道。

　　"蓝首领客气,对于狼族,想必蓝宋比我们东菱还要更了解些。"北冥道。

　　"我们互帮互助,总会更好。自上次你救下小女,灵儿就一直对你念念不忘,不知北唐主将可有婚娶?"蓝朝天此话一出,弄得众人皆不知所措,北冥亦是没有想到。第一日,他通过蓝宋儿引见,正式认识了北冥,好多话不便说,这一日当着姬仲的面,他似乎并不避讳。

"呦,蓝首领真是眼毒,北冥可是我们东菱的香饽饽,多少户小姐眼巴巴看着呢。怎么,您蓝宋对我们北冥也有心意?"胡妹儿替诸位宾客沏茶道,腰肢如细柳。

"恕在下唐突。若结为姻亲,我认为对两国都是保证,否则怎么谈下去,都是你不信我,我也未必信你。"蓝朝天此话正是对着北冥说的。五年前,蓝宋国内有狼族埋伏,他早就知道东菱军政部不会再信他。但,既然他选择来东菱,那就表示此事有缓,可到底能缓到什么程度,蓝朝天就要看东菱的态度了。"我自知我们蓝宋是边陲部落,想与你们东菱公子结亲是高攀不起,但东菱军政部主将,我小女总配得起。"他口中的东菱公子正是姬仲独子,姬世贤,这话颇得姬仲心意。

"爹爹,我与北唐家哥哥并不相熟,还没姐姐熟些,您怎么突然说到我?"只听一个小巧声音在人群末处响起,蓝灵儿身材比蓝宋儿还要精巧些,不仔细看竟不知那里还藏着个可人儿。"儿女之事,全凭父母,岂容你置喙?你规矩坐着便是。"蓝朝天霸蛮道。蓝灵儿缩到姐姐身后不敢言语,心中却不高兴。她偷偷看北冥,虽说这个哥哥曾救过自己,可她心里总对这个哥哥怕上几分,不敢亲近。

"那就要看我们北冥的意思了,我们北冥主将可不是那么好说话的。"胡妹儿笑道。姬菱霄接过母亲手中的茶壶,来到北冥与梵音身边,给他二人斟满。

"哦?姬仲国主还做不了你们军政部主将的主?年纪轻轻,国主指婚,自当听从。三妻四妾,也无妨吧!东菱难道不是?"蓝朝天大声对姬仲道。他们边陲部落,地少人稀,男子三妻四妾是有的,但在东菱这般大国早就没有此等旧习。这一下可把姬仲问住了,他哪里做得了北冥的主,可事情架在那里,他上下不是。只听一个娇柔声道:

"蓝首领,我们东菱不兴这个了。男人只娶一个妻,你这样说可为难我北冥哥哥和父亲了。"姬菱霄笑语。

"东菱小姐就是不同,大方得体,不像我家女儿,怕世面。"蓝朝天见姬菱霄插话,随即迎上,"看来姬小姐和北唐主将关系匪浅,不然怎地先担心我为难你北冥哥哥,后才想到国主。"看一个小小女儿也敢拂了蓝宋首领面子,蓝朝天反唇相讥。

"哥哥……我,我没有,没有那个意思。"姬菱霄瞬间羞红了脸,躲在北冥身后道,"我和哥哥,自小一起长大而已,倒也算不得十分亲近。"

"哈哈,自小一起长大,那就是青梅竹马,两小无猜了。北唐主将,好福气呢。"戚瞳忽而插话道,"我之前以为北唐主将和第五副将惺惺相惜呢,此等搭配,我九霄也是望尘莫及。"

"说来也是，我哪里能和第五姐姐比得，第五姐姐和哥哥朝夕相处，定比我更了解哥哥心意。是吧，姐姐？"姬菱霄此话一出，所有目光朝北冥与梵音聚来。他二人的名号早就在北境之战后蜚声在外，想识他二人的数不胜数，可这其中又有多少心思？一旦北冥和梵音真的结为百年之好，又有多少人盼得？国正厅的眼睛，戚瞳的心思，蓝宋的暗算，三国的实力且都在分毫间定夺。

"姐姐，你该不会早就知道我哥哥的心上人是谁了，还苦苦瞒着我们吧，让人空欢喜怎么好？不妨，你今日大方告诉我们，也别让别的女儿家猜了，好不好？"说着，姬菱霄靠到第五梵音身边娇嗔道，"好姐姐，你快说吧。"

蓝宋儿的眼睛不知不觉睁得溜圆，看着梵音。莫多莉沉了气度，不愿多观。北冥刚想开口，只听梵音沉声道：

"东菱军政部主将的私事，岂容尔等在这大庭广众之下茶话闲聊的！成何体统！你们是没把东菱放在眼里，还是没把军政部放在眼里，莫要说我不敢，军政部军纪严明，没有一个人敢在私下议论主将！卑职不才，当不得大任，但，若诸位对我主将有半分窥探亵渎之意，今日这茶就免了吧！此后无论是谁，想与我主将议事，就请看准时候，我第五梵音替主将在军政部内恭候各位大驾！"说罢，梵音抬手一挥，她与北冥茶碗里的茶水顷刻化为烟雾，寥寥散了。

"姬小姐，我知你与北唐主将自小竹马情分，但今日我提醒你一句，话语言谈请你注意分寸，莫要在主将议事时给他添乱！你若有话，那就请私下与主将见面再谈，别的，恕在下替主将婉拒，也请你见谅。"梵音疾言厉色，不留情面道。

此话一出，姬菱霄脸色登时难看至极，双拳紧握，隐隐发抖，面上却含笑道："姐姐，今天是菱霄不对，姐姐别动气，菱霄女儿家不懂得这些世故，万请姐姐见谅。"说罢，她放下身段，替北冥与梵音再次斟满茶饮，"哥哥，刚才是妹妹不对，也请你千万别恼我。妹妹给你斟茶赔礼了。"

北冥从不把姬菱霄放在心上，她自说她的话，北冥充耳不闻。今日她先挑起话头，现下又来低三下四地赔礼，北冥自始至终面无表情。在座众人皆看不出北冥心思，心下对他又惧上几分。太叔公原本对这闲话毫无兴趣，自顾饮酒，有话只等比武过后再谈，这些小国关他屁事，然而第五梵音一番言辞引起了他的注意。他原以为第五梵音不过是受北唐家庇护的小小女人罢了，今日一番雄辩倒让人看出她几分铁骨铮铮气度，不容侵犯，确不同于一般小女人。怪不得雷落对此人念念不忘，日思夜想，拼了性命也要生出双臂，只为全身而见，让她宽心。

"蓝首领，各国今日一聚是为商讨伐逐灵魅之事。互利互助，唇亡齿寒，蓝宋紧靠辽地,这其中利害您比我清楚。我北唐不因一切外事左右战事。联盟之事,您若相助,我必相护,其他与此无关。"北冥从容道。

"您既明说,我也不便多言。不知聆讯部大公子端倪是否婚配?"谁知蓝朝天即刻撤下北冥,转攻默不作声的端倪。端倪突然被提,亦是觉得莫名其妙。

"蓝首领,您先把灵儿妹妹说与我北冥哥哥不妥,又转投端倪哥哥,女儿家面子薄,您好歹也要顾及一下不是?"姬菱霄情绪平复之快,甚是得体,更想要化解在座各位的尴尬,"毕竟我们都是普通女儿,不比第五姐姐见多识广,游刃有余。"

此话一出,多少人都惊觉东菱小姐落落大方,高贵典雅,反衬得第五梵音咄咄逼人,不近人情。人们不禁余光瞥向梵音,只见梵音寒眸轻扫,众人便不想再触霉头,纷纷移开目光。

"端公子我亦是久仰大名,在下唐突,还请见谅。"蓝朝天似没听到姬菱霄话语般,继续道。姬菱霄心生一狠。

"不敢当,不比军政部人多势强。"端倪不悦道,面色白皙却阴森,"让你投奔不成,退而求其次。"

"端公子误会,我蓝朝天也是有脸面之人。一女怎可多配?您年少稳重,岂是我那小女贪玩可匹配的,我膝下三女,唯这蓝宋儿一枝独秀,堪当大任,将来必是我蓝宋继承人。您若有意,我愿为我二女蓝宋儿牵线搭桥,促成良缘。"蓝朝天严肃道。众人错愕,亦是没想到蓝朝天是这番打算,如此说来,他重视东菱聆讯部更胜过军政部。

端倪刚还暗赞姬菱霄一番巧语,机敏灵辩,不同那粗横的第五梵音,有失体面,虽听了蓝朝天言语,却也不当回事,可他顺道往蓝宋儿看去,只见她脸色通红,却不是羞臊所至,而是被她父亲突如其来的打算气的,但为了给父亲面子,她当下没有发作,生生按捺了下去,两只白玉小手已经握紧成拳,样子倒显得比姬菱霄还稚嫩些。端倪稍顿,缓言道:"罢了,我不打算高攀,您另觅良婿吧。"算是保全了蓝宋儿体面。

"姬国主,在下唐突,还请您见谅。打断诸位议事,让各位仅听我一人之词,叨扰了。"蓝朝天听过端倪回答,转而对姬仲恭敬道。

姬仲一愣,紧接道:"哎,蓝首领哪里话,都是自家人,为儿女操心是应该的。我这东菱良将众多,随您选去,直到您满意为止。"姬仲自觉大气,对客豪迈,蓝朝天低头缓缓饮尽一杯茶道:"多谢国主抬爱。"随后三国商议,于三日后三国派出精英切磋较量,以探国力,以策万全。

宾客稍散,蓝宋儿急不可耐地把父亲拉到一旁说:"爹!你干什么!怎么事先不和女儿商量,让我多没面子!"

"舍了你这点面子，换得东菱人态度，不为过。"

"爹爹什么意思？"

"我们不能再和那群畜生为伍了！北唐北冥早就疑心我们的关系。它们急速扩张，到时候不等灵魅找到我们，狼族也会耗尽我们的骨血，蓝宋必当力竭而亡！我们必须趁此机会与东菱联盟，但那国主一家心思狡诈，忠厚不足，奸猾有余，能信的怕只有军政部和聆讯部了。"

"聆讯部……"蓝宋儿低声道。

"你不要以为这些年我什么都不管。你和东菱聆讯部的暗中交易，我一清二楚。那个端倪城府极深，要是他与军政部背离，那东菱军政部也靠不住，我们还得另寻他路。"

"既然端倪不是个东西，父亲怎还说把我许配给他！"

蓝朝天拿着手中茶盏，若有所思道："何以见得？"

此次豪宴前，太叔公明确了要进攻大荒芜的战略，来此一趟，只为看看东菱诚意。姬仲殷勤，除掉亚辛和狼族都是灭了他的后患，他何乐而不为。这时，戚瞳端着酒杯来到太叔公面前，恭敬道："太叔主将，晚辈敬您一杯。"

太叔公看戚瞳过来，脸色一沉道："你还有胆过来，不怕我弄死你！"

"太叔主将哪里话，我从未与您会面，何以惹您这番脾气？"

"你老子不在，就你受！你们干了什么，难道要让我废话吗！"

"恭喜太叔主将喜得良将，恭喜雷公子双臂再生。您生气若是为了以前我们九霄为您提供医治雷公子的法子而不得，那我们可就有理说不清了。大巫之术，我们也是间接寻觅而来，其中祸患我们九霄并不知情，更无意隐瞒，您错怪九霄了。"

"戚家！哼！吞了第五家不够，还要来搅我西番，差点着了你们的道！"

"主将哪里话，谁不知西番太叔家功高盖天，九百一族在您面前也不过如此。九百金辉来见我，都没您这番大气度。有您镇守西番，真是西番国之大幸，九百族再怎么闹腾，也不过是女儿家做主的事，翻不过天去。您看，雷公子福大命大，不是躲过一劫了吗？在下道贺了，也免得咱们两家真有误会。"戚瞳先干为敬。

"在下看您家雷公子对我们九霄的叛族还真是一往情深呢。说来也巧，听说以前的九百斜月对冷家男人也是如此。这第五一族身不在其位，却很能招人呢。多亏我戚家和他们再无瓜葛！女人的事，都是多余。"说罢，戚瞳离开。太叔公盯着礼庆的舞者，一言不发。

"九百金辉找过戚家人……"他心中暗道。

这时，国正厅大殿里忽然安静下来，紧接着一阵弦乐笛声响起，众人往殿门处看去。只听高亢的声音,响彻了整个大殿。

> 最近一直辗转反侧,发呆也会想你眼睛。
> 我徘徊在你的窗下,却不敢唤你的名字。
> 看着村口四季,想捉住你的影子。
> 我不知道我怎么了,我只知道不停想你。

大殿里,人们被这极具磁性浑厚的声音吸引而去。只见一个人身着深紫色军装,背撒银瀑,以劲健而挺拔的身姿朝殿内大步走来。原本舞蹈的舞者为他主动让开了空场,雷落强大的气场让她们不愿与他并行。他仿佛自带光辉般,吸引了所有人的目光。

空旷的高顶回响着雷落深沉的声音,周遭都安静了下去。他步伐坚定地朝梵音走来。梵音看着他,距离并不那样远,却更像是在望着他。两天过去了,她恍惚间还不能确定是雷落回来了。

今天一早,她急于找到他,却不知他躲到哪里去了,直到这个时候才出现。梵音还不能完全适应,她的眼睛随他而动,脸上没有表情,只想观望看清他的一举一动,他的一切对梵音来说都是好的,恨不能看个够。

北冥在梵音身旁感受着她情绪的变化。从刚刚的强势果决到现在的单纯柔软,她完全换了个人,情绪转变之快只为了雷落一个人,仿佛除他二人外的世界都不再重要了。

雷落走到梵音身旁,缓缓俯身对她继续唱道:

> 我们之间天天见面从没有过分离,
> 你明明在我身边我却想靠得更近,
> 这个念头我越来越强,
> 我想告诉你,你是我的秘密。
> 从你第一次爬上我肩头,我便对你爱不释手,
> 在你第一次对我微笑时,我便对你不能自拔,
> 我心里的秘密,是你给的雀跃,
> 这是谁都无法取代的位置,
> 今天我想让全世界都知道,你是我的秘密,是我最深的眷恋。

唱到最后，梵音薄唇轻动与他一起唱了起来。这是她最喜欢的雷落作的一首歌。这些年，雷落不在了，她便一句歌词也没哼过，人们当第五部长双耳失聪，自然也不通音律。

"你是我的秘密，是我最深的眷恋。"梵音看着雷落欢快地唱着，只不过声音很低，除了雷落怕是只有旁边的北冥才能听到。

"我们之间从没有分离！我只想快点穿过街道来到你的身旁！告诉你，你是我的秘密！"唱到这里，雷落手臂一抪把梵音从座位上带了起来。两人步履轻盈地来到场中，雷落牵着梵音的手为她歌唱他心里念过亿万遍的心意。他的声音欢快明亮，那是他们儿时的歌，没有苦痛，没有悲伤，只有欢乐和喜悦。

雷落拉着梵音的手臂，带她转了一个圈，他身上的动作越来越自由。他从小喜欢唱歌，是个快乐的壮小伙。这方面，梵音倒没他灵巧。只见雷落越唱越开心，梵音轻轻一个脱手，从他手心钻了出来，随后她臂展一起，整个大殿布满银霜，她脚下光辉的石板已变成晶莹的冰霜。梵音的军靴幻成冰鞋，她快乐地随着雷落的歌声在大殿内滑了一个轮回，又回到雷落身旁，像一只冰上起舞的小鸟，轻快灵动。

她随着雷落的歌声一起唱了起来，忽然，梵音脚尖轻跃，凌空一个回旋，落到了雷落的肩膀。雷落带着她欢唱，忽视了周遭一切，两个人好像又回到了以前的村子。

"她会唱歌……我从来不知道……"北冥看着梵音，忽然觉得她离自己好远。

"第五副将会唱歌吗？她不是……"有人悄声道。"嘘！小心副将看到！别在背后说副将！"无论是谁都很尊敬第五梵音。现在的东菱人没有人再说她是外族人，没有人再轻视她的能力，人们见到梵音时都会很尊敬地叫她一句"副将"。

"我们家老大啥时候会唱歌的！冷羿你知道吗？我们家老大什么时候会唱歌的？"赤鲁目瞪口呆道。站在他身旁的魏灵超一脸严肃。北冥看了一眼周围的人，他和他们没什么不同。关于梵音，他就像个外人，站在她心门外看着她，以为了解了她的全部，到头来却对她一无所知。北冥一口闷酒喝了下去，又再斟上一杯。蓝宋儿时不时看他一眼，假装不在意。姬菱霄很开心，她高兴看到北冥现在不高兴的样子。

> 银河中最亮的星，能否看清，那绝望的人，心底的奢望和幻境。
> 银河中最亮的星，能否清醒，再与我形影，不离地相伴到天际。

雷落原本喜悦的声音在唱完那一首《你是我的秘密》后低沉了下去。他放下肩膀上的梵音，梵音还笑意盈盈地看着他，眼眶早就湿润，只是强撑着不哭出来。他的歌声再次响起，这首是梵音不曾听过的：

我乞求在那醉生梦死的幻境，看到你美丽的眼睛，
　　给我再活下去的勇气，越过幻灭去拥抱你。
　　每当我找不到继续的意义，每当我挣扎在痛苦里，
　　我眼中最亮的星，让我不能放弃你。
　　我宁愿所有痛苦都刻在心里，也不能忘记你的眼睛，
　　再给我活下去的勇气，越过幻灭去拥抱你。
　　每当我找不到继续的意义，每当我挣扎在痛苦里，
　　银河中最亮的星，请燃亮我的眼睛。
　　我眼中最亮的星，你是否看清，我越过天际，到你身旁相依。

　　雷落深情地看着梵音，歌声悲亢激昂，充满力量。从他的眼睛里梵音看到了他这些年的痛苦和挣扎，她知道他对自己的情意比天高、比海深，而她对雷落又何尝不是如此。她缓缓抬起右臂，手心里幻出一块厚重的、晶莹剔透的冰石，她把它推到雷落面前。

　　"我眼中最亮的星，你是否看清，我越过天际，到你身旁相依。"聆龙不知何时已攀上了梵音的耳廓，梵音轻轻唱出雷落对自己唱的最后一句歌词，声音优美，音律婉转动情。她不曾听过这首歌，她需要聆龙的帮助。聆龙是个小机灵鬼，收到梵音的传信便飞速赶了过来，正巧赶上。

　　雷落红着眼眶，看着梵音不愿错开，梵音又把冰石往雷落面前推了推。雷落一笑，张手对着冰石放出雷电，只见一道湛蓝光切绕着冰石横错开来，转瞬过后，梵音手中的冰石被削去大半。她对着手心轻轻一吹，冰屑散去，一朵冰做的玫瑰花落在梵音手上。梵音开心地拿着它，冲雷落晃了晃。小时候，他们俩总是这样玩耍。梵音会变出无数冰块，雷落会雕出无数小动物，猴子、兔子、狐狸、鲶鱼，什么有趣的东西都有。他们俩把冰块放在窗台，因为带着梵音灵力的关系，一连几天都不会融化。

　　在场的人被他二人的"魔术"吸引了，都觉得有趣又浪漫。

　　"第五副将，原来这么活泼的吗？"

　　"她和西番的副将是什么关系啊？情侣吗？"

　　"她手里拿的是玫瑰花吗！哇！真的好美啊！"

　　人们开心地议论着。这些话听在北冥耳朵里让他越发焦躁。

　　"我最亮的星星，我把这朵花送给你，好不好？"梵音俏皮地对雷落道。刚才那番歌词让梵音又心动又心痛。她不愿让雷落悲昂，她只要他阳光如从前，他应是最炽

烈的火光,永不熄灭。

"好啊。"雷落接过梵音手里的花,亲了一下,轻轻插在梵音发间。梵音笑着,她看他什么都是好的。"还记得小时候的游戏吗?"雷落忽然乐道,铜眸一亮。

"当然!"梵音应道。

雷落当空打了一个响指,宴会厅里高昂的音乐瞬间变了。一段轻促嚓嚓的欢乐音乐慢慢响起,渐渐地音乐的声音越来越大,速度也越来越急。"聆龙帮我个忙,把你听到的所有乐响都传到我的耳朵里。"梵音对聆龙暗语道。"没问题!"聆龙冥声传响。人们早就被在场的二人所吸引,目不转睛,不知道他二人还要干什么。只见雷落的脚下开始动了起来,梵音随着他的步伐,脚下也跟着轻踏。那清脆的踢踏声,让在场的人们不觉跟着动了起来。

随着音乐渐入佳境,鼓点和旋律越来越急。雷落和梵音脚下的动作也越来越快,他们踏出的声音已飞扬炫舞,人们也渐入佳境。

"副将还会跳舞!"几个纵队长不禁道,白泽也在一边啧啧称奇。"小音不会跳舞啦,完全没有律动天赋,哈哈,会跳舞唱歌的是雷落!"崖雅在席间也跟着舞动起来。天阔不觉被她吸引。"他们俩现在拼的是速度和灵力,还有对身体的控制力。"崖雅开心道。

这时只听梵音欢声道:"你赢不了我!"

"不可能!"雷落不服输道。

"哈哈哈,小时候你就赢不了我,现在自然也不可以。"只听音乐的速度越来越快,可人们往梵音与雷落脚下看去,似乎又有了不同。他们脚下的步伐并不是按着音乐的速度来的,而是更快,至于快了多少,十倍、二十倍、三十倍,天啊,他们脚下的速度竟然比音乐快出五十倍! 一秒钟过去,梵音脚下竟连续踏出了几十个拍子! 灵力精干的指挥官们很快发现了这一点。各国的首领和侍卫长也不禁看去。

"你们在看什么?"礼仪部的女孩对年轻的军政部军官道。"在看我们部长,跳、舞。"军官不能确定自己是否形容得准确。那看似舞步的步伐在梵音和雷落脚下变得越发力道劲健。指挥官们一个个全神贯注。不止年轻人,颜童、赤鲁、嬴正也统统被吸引了过去。

"我再快你十分,你就输了! 雷落!"梵音忽然高声道,气势甚宏。下一秒,音乐落,梵音在瞬间踏出了六十个鼓点步伐,年轻的指挥官们已经数不清梵音此刻脚下的动作。雷落笑着,落了下风。这时一声清亮从远处赶来,呼喊着:"我老大不可能输! 还有我呢!"只见一个眉眼清秀锐利的男孩赶了过来,砰的一下挤开雷落。此人正是西番军政部二分部部长,雷落的副官祁门。

祁门眼见雷落要落下风,从奏乐处冲了过来。刚才都是他在安排乐师们演奏雷落想要的曲目,这两天他都忙着为自家老大安排这些事情。雷落盼咐他必须做好,祁门就乖乖地盯着乐师们,寸步不离,不敢出岔子。雷落给他一个暗号,他就换一个曲子,变一个节奏。然而此刻,他可不能再袖手旁观了!

"我老大没有输的时候!咱俩先比过再说!"祁门对着梵音大声道,脚下的步伐已像旋风般踏了起来。

"哦!来了个帮手!"梵音笑道,"好啊!有本事就比比!"

"一定打败你!"祁门兴冲冲道。雷落被挤到了一边,呆呆看着祁门,心中咒骂:浑小子!你脑子是被门挤了吗?我用得着你帮我出风头吗,还替我打败梵音!啊!你个蠢货!看我回头不收拾你!

"我去!那个叫什么门的,好像很厉害啊!我老大是不是要吃亏啊!我得上去帮忙啊!"赤鲁在台下看得直紧张,预备一个箭步冲上去。此时的宴会厅中,宾客已不约而同地围成了一个圈,观看着大厅中央的表演。"你老实待着吧!你分得清他们在舞些什么吗?你连乐点都分不清楚还敢上去帮忙?你这不是捣乱吗?"冷羿在一旁道。

"啊?啊……对啊,他们在干什么?他们是在比脚力吗?"赤鲁迷糊道。

"音乐的节奏不同,快慢则不同。他们把每一个节拍放快到了五十倍,变成鼓点,踏在了脚下。刚刚那个祁门一上来,就增加到了七十倍。年纪轻轻,很有点功力。"冷羿道。

"那就是比谁踩得快嘛!那我上去也行啊!"赤鲁道。

"笨蛋!当然不是!他们的步伐不是一味地快,当音乐是半拍时,他们的步伐也会随之减半。相反,全拍时他们会全速,而音乐停下来时,他们会休息。"

"停下来,什么停下来?哪里停下了?"

"他们现在脚下的鼓点是跟着那个丝乐一起的,和其他的笛奏、长号、螺音、骨琴都无关。"冷羿道。

赤鲁听着他的话,转头往乐师班看去,只见一百多个乐师正在投入地演奏着。手上、脚下、嘴里的乐器,赤鲁能认出的没有几个。冷羿刚刚说的丝乐是一个百弦竖立演奏的巨大弦乐器,三米高,五米宽,仅由一个灵力超凡的乐师演奏。她指尖波动出的灵力缓缓演奏着音乐,让人声临其境。

"啊……你懂得还挺多。"赤鲁木讷地看着乐师,一头雾水。

冷羿看着雷落心想:为什么谁手下都有一个憨货……那个叫雷落的现在八成要被那个叫祁门的气死了。小音为了那个雷落真是用足了心思,特地唤来了聆龙,要不是聆龙的冥声传响,小音哪能如此准确地判断出乐师的演奏快慢和他对垒。看来小音那一晚没有告诉这个叫雷落的家伙,她已经失聪多年,耳朵不大灵光了。

冷羿是想上去帮助梵音的,可他对音律也不十分精通,而且那俩人明显经常用这种方式对垒,所以他上去只能添乱。再者,小音在当下的时光里很享受,他这个做哥哥的何必去打扰。冷羿在一旁看着梵音和雷落心有所思。他二人经历生死,分别十年重逢,是何等情谊,令人感慨。这许多天来的事情深深敲击着冷羿的心门,他不禁偏过头去,看着不远处的南扶摇,年阙规矩地站在她身边。只这一下,南扶摇便转过头来,两人目光交接都愣住了,却没有躲开回避。

冷羿静静地看着南扶摇,他似乎从来没有这样轻松过,有一些东西慢慢在他心口化开了。南扶摇不知所措,却也静静地接受着冷羿注视着自己的目光,没有惶恐和害羞。两人默契地伫立着。年阙看过南扶摇又看着冷羿,沉默良久,却未打扰。

就在场上三人吸引着全部宴会厅里的目光时,姬菱霄恶恨地、嫉妒地藏在角落。她躲在阴暗处,怕自己过于放纵的情绪被人发现,她要竭力保住自己东菱国大小姐的得体,然而她手里的白丝帕已经被揪出了一个洞。

忽然,姬菱霄颈间一痛,嘴里发出"嘶"的一声,声音很低,没人听到。她往白皙修长的脖颈摸去,心里咒骂:"哪里来的该死的虫子!"然而她拂过颈间却没拍到虫子,倒是摸了一手冰凉。她脖颈上的月沉珠发着白晃晃的光,照得她的脸异常冷白,连血色都没了。姬菱霄又烦躁地胡噜了一遍脖子,整理好妆容,把手帕塞在随侍女仆胡翠手里,堆砌笑脸往宴席走去。北冥还坐在那里,喝了三五杯白酒。

"哥哥,怎么一个人喝闷酒?菱霄虽酒量不佳,却也想陪哥哥一杯,好不好?"姬菱霄端起酒杯对北冥道。

"不用。"北冥回绝道。

姬菱霄见状也不强求:"听说第五姐姐和那个西番的副将是青梅竹马,在秋满山游人村一同长大的。打小的情分就是不同,看着真般配,两人心有灵犀,默契十足,好像融成一个人了一般。哥哥说是不是?其实妹妹也有那样一个哥哥,只是他自己不知道罢了……"姬菱霄轻轻叹了口气,假意偷偷看了一眼北冥,只见他双眸深沉,凌唇紧闭。她知道他定能发现她在看他。

姬菱霄只觉他冷峻异常,她很少有机会这样近距离地接触北冥。原来她只觉得他出类拔萃,是个极好的男孩。这些年过去,北冥越发有了成熟男人的魅力,他的身材不再像十七八岁的少年,透着一股男人坚韧厚重的力道,俊美的脸庞深邃而凌厉。她竟不觉看呆了,心跳随着北冥的呼吸而急促起来。以前她在他面前从不无措,但此刻竟有些慌乱。"哥哥。"说着,姬菱霄再次端起酒杯。

"姬小姐,你我道不同,不相为谋。我心里有人。"北冥忽然回过头来异常严肃地对姬菱霄道,眉宇深沉。

第九十九章
斗舞

姬菱霄愕然地看着北冥,狡黠的心脏被狠狠捅了一刀,她不知被北冥如此直截了当地回绝自己会是这般震惊和难过。她从没想过北冥会和自己"袒露心声"。说罢,北冥自顾自饮尽一杯,目光再次投向了宴会厅。

"是……第五姐姐吗?"

"是。"

姬菱霄的脸不自觉地抽动了一下,呼吸起伏难定。北冥从来不是感情外放的人,每次来到国正厅除了军务再不言其他。可为了她,北冥不介意让一个外人知道他的心事。想到这儿,姬菱霄怨愤难填。她自知自己与北冥的交情生分得连聆龙那个畜生都不如,可越是这样,她越生气。他从不把她放在眼里,在姬菱霄看来,北冥这等直截了当的回绝和坦白等同于侮辱。

姬菱霄觑着眼睛往宴会厅看去:"她还不知道吧?哼,倒是让我先知道了哥哥的心意,菱霄也很荣幸呢。"北冥手中酒杯一顿,心道:心思真细。

台上,梵音足间忽然一滞,祁门笑道:"你输定了!"

"你这就不厚道了,雷落,找了个帮手!"眼见梵音额尖滴下汗水。此时他二人的步伐已经到了秒速百下,堪比军政部急行军。周围的看客早已震惊不已。雷落捂着眼睛,恨不能一巴掌拍远祁门,可如此一来,西番军政部还不被人笑死。

只听梵音大叫一声:"颜童!"瞬间颜童站到了梵音身边,笑道:"怎么了?副将。"

"帮我个忙!"

"没问题。"颜童话音刚落,脚下已展开了急奏。

"哎哟我的妈呀!累死我了!"梵音泄气退到了一旁。

"哎！什么情况？老大怎么叫了颜童不叫我呢！哎！怎么回事！"赤鲁蹬楞一下立起来道。

"他谁啊？"雷落挑起浓眉道。

"我们东菱军政部一枝花,颜童本部长!"梵音竖起大拇指骄傲道。

"哎！"颜童当下差点崴了脚,"副将,您别讽刺我。"

"就他！还一枝花？你俩什么关系！"雷落瞪起眼睛道。

"上下级关系！"颜童道。

"那当然！我们颜童颜部长可是军政部里最会跳舞的男人,没有他不会的！"梵音欢快地骄傲道。颜童听得汗都掉了下来。

"交际花啊？"雷落道。

"是一枝花！"梵音得意道。

颜童被梵音夸得俊脸微红,却也没工夫反驳,霎时间,他的步速再次提升一倍,秒速两百。只见浑然灵力在他脚下如急尘踏浪,雾渺开来,国宴厅的桌椅发出阵阵颤抖,碟盘滑动。

"哎！颜童那小子什么时候会这个的,我怎么不知道！"赤鲁也被惊艳道。

"人家一直精通音律,音舞齐全,当都跟你似的,憨壮莽夫。"冷羿说着风凉话。

"你会不会说话？有本事你上啊！你不和我一样完蛋！"赤鲁气哼哼道。

祁门紧咬着颜童不放,两人铆足全力,不多时,祁门的呼吸开始起伏不平。

"你们在干吗？雷落,这几天你跑哪里去了！我都找不到你！"只见一团秀发慢慢爬上雷落肩膀,发出湛湛紫光,一双肉乎的小手扒着雷落的肩章,脑袋搁在雷落肩上,奶声奶气地说。梵音歪头看去,是一个五六岁大的小女孩。

"你自己睡得跟猪一样,当然不知道我在哪里了。"雷落粗声粗气道。

"嘿！你会不会讲话？你这个混蛋！"小女孩突然跳了起来,站在雷落宽厚的肩膀上,叉着腰,指着雷落骂道。她的脚丫很小,足够放下。雷落翻着白眼不以为意。梵音看小女孩有趣,就在她说话间国宴厅中的人还没发觉她的出现,显然灵力脱俗。小女孩见雷落不理她,一把揪住他的耳朵大声喊道:"喂！你有没有听见我在跟你讲话？你聋啦！"雷落偏头龇了下牙,却没推开她。

"呼！"祁门发出一声短促呼吸。小女孩倏地看了过去,突然双眸睁大,喊道:"啊！祁门！你要输啦！你个笨蛋！"祁门闻声,闭了下眼,显然是被吓到了:"大小姐！"噢,小女孩跳到了祁门头上,指着颜童道:"敢动我西番的人,你死定了！"只见小女孩忽然张开双臂往天空展去,霎时间,乐声高昂,她的手指在天空舞蹈。颜童登时一惊:"这！"

只见小女孩的手中舞蹈仿佛潺潺溪流,连绵不绝,每个音符跳动在她的指甲上,都好像一点雨水汇入大海。十个手指,十种乐器,影影绰绰,千手妩魅,簌簌而动。每个指尖都奏出了百倍音速。颜童急叹,已是跟不上来。

"怎么,军政部一枝花,不行了?"一个魅音在颜童耳边响起,"还是姐姐来吧。"莫多莉灿笑道,轻轻一送,把颜童挤到一边。莫多莉手指轻盈,腕中翻花,香气四溢,醉人满场。她婀娜腰肢宛如仙柳,随风而动,肆意潇洒,比拼小女孩的指舞全不在话下。在场众人无不为莫多莉的身姿倾倒,就连梵音也赞不绝口。颜童只觉莫多莉身上散发出光辉,夺目耀眼。

小女孩见状越舞越急,莫多莉却从容不迫。须臾,小女孩登时立住,祁门一动不敢动。小女孩看着莫多莉,嘴角一翘,霎时间,国正厅大殿宛如堕入姹紫嫣红,绚烂无比。梵音忽觉一阵目眩,整个人飘飘然起来,如履仙境。

"昆儿!"雷落喊道,然而此时已没人能听得到他的声音。九百昆儿的驭火迸发出来。她的万千紫发在空中舞动,仿若星海灿烂,月落凡间。莫多莉的舞姿渐渐不受控制,人们随着九百昆儿的舞动而舞动,少时,一排人倒了下去,再过一会儿,整个大殿倒下大半。梵音定力自持,原地不动,莫多莉身形一晃,倒了下来,颜童一把扶住,莫多莉摔进他怀里。

"没事吧?"颜童道。

"怎,怎么回事?"莫多莉恍惚道。

"九百族的驭火,待着别动。"颜童扶着莫多莉。莫多莉恍惚间往四周看去,发现人们已纷纷倒下,剩下的东倒西歪。莫多莉被一层厚重的防御结界笼罩着,她抬头看向颜童,正是他的。远处的玄花已经精疲力尽,她向莫多莉看来,眼睛又滑过颜童,最终倒了下去。梵音的防御结界也已经展开,她看向众人,除了军政部的军官无碍,剩下的人身姿都有些怪异。她又看向九百昆儿,只见她舞在其中甚是享受,那些倒下的人似乎和她有着某种联系。

"躯体!"梵音惊道。在场的人们均已被操控影响,他们疲累的肉体在倒下后仍然随着九百昆儿的节奏在舞动,无法停止!

忽然,一道凌厉从九百昆儿的灵眸中射出!九百昆儿腾空跃起,一束蓝电袭过。九百昆儿踏着雷兽往主宾席奔去。咚!九百昆儿落在长桌上,双手叉腰,肩膀一耸,百褶紫纱裙飞扬开来,操控术再加持一倍!国宴厅内百奏齐鸣,百弦尽放,交响于天穹。千盏琉璃灯哗哗作响,烛台狂曳,穹顶欲碎!霍!一阵海潮般的狂涌向殿东袭去,人们跟训练过一般再次站立起来,齐齐往东边舞去。北冥拿起酒杯,身朝西侧,一饮而尽,手中一挥,乐浪忽地往西边涌去,人潮的舞动停了下来。九百昆儿再来,扬发飞天！众人齐立！北冥手按桌台,坛酒飞起,倒流而下,狂洒入口！

九百昆儿发难,左倾右斜,聚合四散,呈千姿百态,激鼓声震天。北冥反手推挡,扭转乾坤,气定神闲,酒不离口。数分钟过去,只听九百昆儿大叫一声:"雷落！给我打败他！快点！"呼哧呼哧！九百昆儿急喘着,灵力散去,深紫长发落了下来。满殿众人得到解脱,瘫坐在地。

北冥再想饮酒,忽然手中一滞,一只胖乎乎的白皙小脚踩着他胳膊不让他动。刚才他稍一挥手,满殿人员便不听九百昆儿使唤,自己不听使唤不说,还带着别人跟她唱反调。九百昆儿想着,忽然身体悬到了半空。她回头看去,发现雷落正拽着她的背心把她提溜起来。九百昆儿胡乱扭动着,张牙舞爪道:"快点给我打败他！快点给我打败他！你抓我干什么呢？你个笨蛋！是他！是他！"

雷落看向北冥,两人目光四射,均是不爽！

"你叫什么名字？"梵音凑了过来,笑眯眯地看着昆儿。九百昆儿像个小肉球,看了一眼梵音,回过头来又在北冥面前乱抓乱挠。雷落故意没把昆儿提溜得太远,她的指尖仅差一毫就能挠到北冥的脸。北冥一脸冷漠看着面前二人,此二人有说不出的默契。梵音笑出声来:"看你把小家伙气的。"

"我不是小家伙！我十三岁了！我叫九百昆儿,是西番国的大小姐！你们都是我的臣子！"矮小的跟个团子一样的九百昆儿嚷嚷道。梵音大笑起来。昆儿瞅了她一眼,噘起嘴巴道:"你笑什么,漂亮姐姐！"雷落一怔,九百昆儿从不夸奖别人,今天这是怎么了？

"笑你可爱啊！哈哈哈！"梵音道。

"你不要笑了,漂亮姐姐！"

"哈哈哈,谢谢,谢谢你夸奖我。我当不起。我叫第五梵音,你好。"梵音胡噜了一下昆儿的脑袋。

"你的脸为什么和太阳一个颜色？你的眼睛里面为什么有冰霜？"昆儿道,伸手想扒开梵音眼睛看看,被雷落提溜开了。"你是九霄人吗？怎么穿东菱军装？"

"祖上是,现在是东菱人。"梵音微笑道。

"你和戚瞳不像啊,他长得好奇怪,没有眉毛的！"昆儿忽然掩住嘴巴对梵音小声道,一边还瞄着远处的戚瞳,戚瞳刚刚撤了防御术。

"那就好！"梵音也跟着她小声道。小家伙两眼一瞪,咯咯咯笑了起来。

"这是,这是,天啊！这是昆儿吧？"一个尖叫声响起,胡妹儿从国正厅侍从的保护圈里冲了过来。"菱霄,世贤,快过来。这是昆儿,快来见见昆儿！你们兄弟姐妹好好认认！"胡妹儿招呼道,"天啊！看看我们昆儿,真是个美人坯子！"

"你是谁啊?"昆儿皱起眉头道。雷落已经把她放回自己肩膀稳稳坐好。

"我是你姑姑胡妹儿啊。之前还和你爸爸金辉通了话,可他没说你会来东菱。真是的,不早些告诉我,我好备下东西好生招待你啊!这下好,手忙脚乱了!"

"胡妹儿?谁啊?"昆儿道。

"昆儿,我是你姐姐,菱霄。"说着,一只软糯细手朝昆儿抓去,昆儿猛地抽回小胖手,抓住雷落耳朵,"我不认识你!谁是你妹妹,我没有姐姐!"

"现在有了啊,认识了,小美女。"姬菱霄殷勤笑道。"噫……"昆儿发出嫌弃的声音,身子往后倾去。

"别站着了,快请昆儿坐下吧。太叔主将,您也过来,雷副将,落座落座。"姬仲赶了过来道。刚才九百昆儿的操控术太过霸道,他一早躲了出去,这才从大殿后面过来。

"阿公,他们是谁?"昆儿奶声奶气地冲太叔公道。

"东菱的国主和夫人。"太叔公道。

宴席上的人陆续坐了回来。蓝宋儿捂着腹部有些不适,饮了几口白水,歇在一旁。胡轻轻有些虚脱,靠在她旁边,也不管她是不是同样乏了。原本还有人愤愤不平,可看见太叔公和雷落守在九百昆儿身边,又得知了她的身份,便不敢再恼火。"没意思,我不想在这里玩了。雷落,你陪我出去溜达溜达,好不好?"昆儿道。

"喝一杯?"雷落挑衅地看着北冥。

"正等你,雷副将。"北冥站起身来,手里拎着酒缸。

昆儿看雷落一本正经要和人干仗的样子,便不再打扰他。忽而她紫发一飘,嗖地跳到空中,雷兽稳稳地接住她。

"那边!"昆儿小手一指,正是军政部指挥官落席的地方。雷兽带着她,唰的一下飞了过去。昆儿的小脸在人群中逼近一人,眼看着就要贴到那人脸上了。昆儿的小鼻子对着那人高挺的鼻尖,嗅了嗅,美瞳瞪得圆圆,盯着那人眼睛。

"羿哥哥。"

冷羿魅惑一笑:"小不点儿,人不大,本事不小。"

冷羿话没说完,昆儿咕咚一下跳进冷羿怀里,乐开怀地靠着他,甚是亲昵,脸蛋上的两个小酒窝惹人爱。

"你老爸真是把你宠坏了。"冷羿笑颜看着怀里的小昆儿。周围人傻了眼,冷队长平时对谁这样亲近过?除了第五副将,他就跟瞎了一样看不见别人……现在,这个西番的大小姐对他简直太过放肆。南扶摇也远远望着。

小昆儿咯咯乐着道:"羿哥哥,你长得可真好看,家里没有你的照片,只有姑姑的。爷爷不让看,是爸爸偷偷给我看的,说那是我姑姑。"

"你既没见过我,怎么认得我?"

昆儿鼻子又嗅了嗅道:"哥哥身上有九百家的血,昆儿一闻就闻到了。哥哥不怕我的操控术,哥哥也认得我。"冷羿被她萌化了,揪了一把她的小鼻子。"爸爸告诉我你在菱都,说也许会看到。爸爸告诉我,他很想姑姑的,要是有一日你们回去便好了。""也替我跟舅舅问好。"冷羿有礼道。一来二去,知情人便晓得冷羿是九百斜月的儿子,其实是西番前国主的亲外孙,九百昆儿的表哥。"不理爷爷那个老顽固!"昆儿突然噘起嘴道。看来九百昆儿知道他家不少事情,冷羿心道,笑而不语。

"咦?"昆儿忽然歪头看着冷羿,从他怀里站起来,捏着他的下巴道,"哥哥,你怎么和刚才那个漂亮姐姐很像呢?嗯?昆儿的眼睛、皮肤和你一样,可你的嘴巴、下巴、鼻子都和那个姐姐一样。我怎么没有美人沟?为什么?"昆儿捏着自己的下巴,又伸头往梵音那边看去。冷羿的肤色继承了西番人的晶莹剔透,眉眼魅惑,眼角上翘,而眼睛以下随了第五家的棱角清厉,美中带俊。

"他和谁像?"昆儿刚一回头,梵音已把脸凑到了她的小脸旁,吓了昆儿一跳。"漂亮姐姐!"昆儿叫道,"你怎么过来的?我怎么没看到你就过来了?"

"她要是没这两下本事,也当不了东菱副将了。"冷羿道。

"你怎么和我哥哥长得那么像?"

"因为他也是我哥哥啊。"

昆儿听罢,小眼睛骨碌转了个圈,忽然一乐又跌进冷羿怀里:"那我也可以叫你姐姐了?""当然了。"梵音笑道。"太好了!昆儿一下多了一个哥哥和一个姐姐,以后都不怕闷了!漂亮姐姐,你不知道,西番可无聊了,一个能陪我玩的人都没有,除了那个笨蛋!"昆儿小手一指,正是雷落的背影。"你说是不是,雷兽?"昆儿小手一抓,把雷兽抱在怀里,下巴垫在雷兽身上。雷兽周身还吱吱滋着雷火,昆儿却悠然自得,像抱着个软和玩具兔子般。

"这小丫头好厉害,不怕雷兽身上的天雷火!"聆龙攀在梵音耳廓上道。

"哎!那是什么东西?"昆儿忽然跳了起来,凌空一把抓住聆龙的龙翼,只听聆龙哎呀一声,被她逮住。"啊!你是龙吗?你是龙!你还会说话啊!漂亮姐姐,它是你的宠物吗?好好玩啊!"

"它不是我的宠物,它叫聆龙,是我的朋友。还有,你不用叫我漂亮姐姐了,你叫我小音姐姐就好。"

"放开!放开!放开!松手!"聆龙在昆儿手里拼命挣扎。昆儿大笑起来,乐不可支。"你再这样我翻脸了!"聆龙急道,鼻孔里喷出火气。一团湛蓝雷火的雷兽看到聆龙对昆儿不善,立刻龇出霹雳尖牙,脸上却还是一团乱线,看不到五官痕迹,厉中带萌,甚是可爱。

"昆儿,你这样聆龙不开心,你放开它让它和你玩可好?"梵音温柔道。昆儿想了想道:"好。"她张开手指,聆龙飞了出来。只见九百昆儿指影簌簌,唰的一下又攥住了聆龙,这下可把她乐趴下了,在冷羿怀里直打滚儿。梵音和冷羿看着她喜爱又无奈,真是被宠溺到大的小公主。

宴会将尽,国宴上大家商讨后决定第二天一早,三国在国正厅抽签确定比武人选。三日后,三国比试正式开始。东菱作为东道主派出北唐北冥主将和第五梵音副将二人。九霄和西番只需各派出一位副将以上人选参赛即可。接下来,三国需要再各派出一名部长和纵队长人选进行比试,其中三名部长和三名纵队队长分别进行抽签分组,单独剩下的一人将不必出战。这样下来一共有四战:第一场纵队长比试(三人抽签,两人参赛);第二场部长比试(三人抽签,两人参赛);第三场和第四场为主将与副将之间的较量(抽签决定)。

九百昆儿玩累了睡在了冷羿怀里,冷羿与太叔公打了招呼,把九百昆儿带回军政部休息,因为她揪着他的头发不撒手。太叔公应允,但态度冷漠。冷羿猜想大约是为了当年太叔玄和母亲九百斜月的事。九百斜月拒绝了太叔玄,太叔玄到死时也未娶亲。

"北唐主将,不介意我今日再到府上打扰吧?毕竟我的小音在你军政部暂居,我在东菱又人生地不熟,带不了她去别的地方,只能先随她去她住的地方落脚。"宴会散去时,雷落站到北冥身边低声道。

"她除了我北唐北冥这里,哪里也别想去!西番?哼!做你的春秋大梦去吧!"北冥厉道。两人灵压纵横交错,挡了周围所有。旁人皆不知他二人在干什么。

"干吗呢?还不走?聊天吗?"梵音步伐轻盈地走了过来,换下了她往日严谨的样子。

"看见了吗?她只有在我身边才会这么开心。"雷落假装回头对北冥道,避开梵音目光,对她的鹰眼他了如指掌。北冥当场被激,呼吸稍顿。梵音已经走上前来。

第一〇〇章
情歌

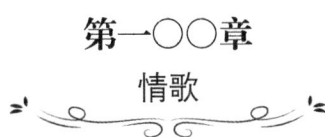

"你们俩说什么呢?"看起来他二人今天的关系好像不错呢,不比第一天见面净说莫名其妙的话,昨天更是不知为何大打出手。梵音本来还有些担心,可现在看来好像没那么糟糕。然而北冥稍稍变化的神情却被梵音看在眼里。

"怎么了?"梵音唇语对他道。北冥自认识梵音,这些年来简单的唇语也会读一些了。私下里,他二人有隐晦交流时,习惯这样沟通。雷落虽在旁边,梵音亦是这样对北冥,心随意动。"没……"北冥刚要说没事,只听雷落粗嗓门道:"他一个大老爷们,被我灌了几杯酒就不行了!用得着你操心吗,还偷偷说!你……"

见雷落这样,梵音冲他龇了下牙,雷落立刻闭嘴了,他可不想大庭广众下被拧耳朵。三人两组,均是默契无限,然而两个大男人心里已是各翻滔天:"混蛋!"两人心中不约而同咒骂着对方。

"这家伙说要去军政部住,我说没房间招待。副将的规格,军政部只有你我两间,别委屈了雷副将。"北冥打岔道。

"北唐主将客气,小音在哪儿,我就在哪儿,住哪里无所谓。我俩在一起就行。"

"是的,北冥,雷落不讲究这些。他去了,住我房间就行。"梵音话落,北冥的脸已经僵住,就差崩碎。"小音……"雷落弱弱道,语气绵绵。

"我住客房就行。"梵音接着道。两个男人都跟着大喘气。"走吧,还站着干吗?昆儿和冷羿都先回去了。"梵音道。

雷落的几个亲随跟着去了军政部。到了军政部,雷落兴致高昂地要拉着梵音去崖边篝火欢歌,崖雅自然也欢喜地一起跟上。魏灵超走了过来,说要一起,小雀儿也跟了过来。再后来,赤鲁、颜童、祁门、白泽都跟上了。天阔怕崖雅再喝多,寸步不离。不一会儿，便聚集了一大帮人。

"北唐主将，您歇着吧。"雷落故意道。

"我怕没人陪你喝酒，雷副将，一起吧。"北冥道。

"你们两个真是，说话怎么还那样见外？都是我的朋友，他叫雷落，他叫北冥，相互称呼名字就好，什么北唐主将雷副将的，听着真别扭。"梵音微嗔道。也不知这二人怎么了，以前也没过节啊，怎么见面总觉得怪怪的。

"都是我的朋友，都是我的朋友……"这句话在北冥、雷落二人心里嗡嗡直响，极是糟心，至于梵音后面说了什么，他二人也觉得不重要了。"朋友……朋友……朋友……仅是朋友……"两个人一齐木讷起来。

"喂！走不走了？发什么呆啊！怎么回事？难不成两个人真喝多了？"梵音道。魏灵超看着北冥和雷落，一脸冷漠。小雀儿不知灵超怎么了，只觉他这几天不太开心，安静地跟在他身边，也不多话。

过了一会儿，众多年轻军官跟着梵音北冥他们到了崖顶，生起篝火，欢歌欢唱，围坐起来。祁门和颜童比了一路脚力，现在又和赤鲁划起拳来。红鸾在夜空盘旋，照得天边和海潮火光灿灿，遥相呼应。雷兽觉得神奇，滋啦滋啦冒着雷火跟在红鸾身边上蹿下跳。

"红鸾，你看那个小怪物，没鼻子没眼睛的，听说是雷电里孕化出来的灵物，哈哈，真有趣。"聆龙抓着红鸾的鸾冠道。红鸾高傲地回头看了一眼雷兽，一个斗转，消失在了夜空。当它再出现时，已到了海中央，时空穿梭百里，甩掉了有些呆头呆脑的雷兽。只听呲呲两声，红鸾眼前炸出了几个蓝色火星。砰！雷兽蹿了出来！它一脸乱线地看着红鸾，忽然在天空绕起圈来，甚是开心的模样。

"我去！不是吧？那个小呆头也能时空穿越！这年头，这本领都那么普遍了吗？"聆龙噌地站了起来，看着欢蹦乱跳的雷兽。红鸾不服，展开百米艳阳翼，张嘴冲着天空一通火燎，焰火燃炸深蓝夜空。雷兽看到，登时身躯越变越大，眼看一个皮球大小的电蓝雷兽瞬间爆发至球状闪电般的体积，对准海面霍然开炮。轰！汪洋大海被雷兽瞬间电爆，雷电在海上蔓延，发出惊涛骇浪般的雷鸣。

"小呆头厉害啊！小胖鸟，你碰见对手了！"聆龙激动地喊道。雷兽似乎听懂了聆龙的话，得意地在天空嘎嘎作响，只见那球状闪电般的巨大体积比红鸾还要长出数倍，闪得人眼前湛白。"小呆头！你变小点！太晃眼了！"聆龙喊道。

崖顶这边，雷落又和梵音畅聊起来，崖雅开心地在一边听着。北冥隔着天阔和他们席地而坐，面无表情。

"你刚才吃饱了吗？在宴会上都没见你吃东西。"梵音对着雷落道。

"看见你,我就不饿了。"雷落咧着大嘴傻笑着。

"傻瓜,饿了我给你拿些东西去。赤鲁让二分部在那边烤着吃食呢。"梵音也笑眯眯道。

"你坐在这里陪我就行,我不饿。"雷落道。

"看你刚才喝了很多酒,我还是去给你拿些过来,你等我。"

"啊,这样啊,"说到这儿,雷落提高了调门故意冲着北冥的方向道,"北唐主将,啊,不是,北冥也喝了一点,你要不要顺便给他也拿一点啊?"北冥看雷落喊他,身子立马又直了三分。

"他不用,他喝酒就够了。"梵音道。

"这样啊,那算了吧。小音,我想吃牛肉团子,你帮我拿两个过来吧。"雷落扯着嗓子喊道,恨不能百米开外的军官都能听见。赤鲁正和祁门掰着手腕,周围各自围着自己的士兵手下。听到雷落大喊,赤鲁道:"你们副将平时说话都用喊的吗?"

祁门调头往雷落看去,也纳闷道:"老大平时说话嗓门是不小,但也不这么吼啊。"

等梵音走远,雷落压着嗓子探头对北冥道:"主将,我帮你问了,小音说你用不着,不好意思啊。"

"雷落,你不用管北冥,他自己饿了会吃。你还想喝点什么,我也帮你拿点过来吧。"崖雅轻快地插话进来。

"啊哈,看看我们家小不点,也是大人了。我想喝青果酒,你能帮我拿点过来吗?"雷落一脸感动道。"没问题!"崖雅也站了起来,往梵音身边跑去。雷落借机凑了过来,讥笑道:"北唐,不好意思啊,我一回来,他们都冷落你了。"北冥只觉头脑发涨,脸色难看。"天阔小老弟,这些年多谢你们哥俩照顾我家小音和崖雅小丫头了啊,待会儿雷大哥敬你哥俩儿一杯!"天阔面上敷衍着,心想:老哥,你得撑住了啊!千万别暴走!

不一会儿,梵音和崖雅提着小筐回来,里面放着吃食和酒水。"雷落,给。"崖雅把手上拿着的青果酒递给雷落。"谢谢小丫头。"雷落灿笑着仰头接过。梵音把吃食放在几个人中间,从里面拿出另一杯青果酒顺手递给北冥。北冥一愣,忘了要接过。梵音举着酒杯见北冥不动:"不喝吗?我以为你想喝。不喝我放下了。""啊,没,没有,我——"北冥伸手接过。

"等等!"雷落忽然大声道。

"怎么了?"吓崖雅一跳。

"他为什么喝青果酒?"雷落道。

"他喜欢喝。"梵音道,"和你一样。"

"不喝了!"北冥和雷落异口同声道。

"为什么?"梵音愣住。

"不渴!"两人又一起道。梵音一屁股坐在地上,懒得搭理他俩,心想:男人碰见个对手就这么别扭吗?她又伸头看了看赤鲁和祁门,好像是这样,那两人手腕子都快掰折了。过了一会儿,北冥见梵音还不说话,便主动要去化解尴尬,再怎么说雷落都是梵音的挚交,他不能失了分寸。"梵……"没承想,他刚一开口,雷落便抢先道:"小音,我带了乐师过来,咱们去唱歌跳舞,好不好?"

"啊?还跳舞啊?"梵音面色稍难。

"好不好嘛!"雷落忽然撒娇道。崖雅激灵一下,惊恐地看着雷落。梵音只好道:"好,好……""走!"雷落拉起梵音便跑。崖顶奏起了欢快的音乐,火苗在木堆里跳跃。灵枢部的女孩凑在一起,有说有笑。小雀儿望着魏灵超,只见他站在赤鲁身旁,眼睛却看着远处的梵音。几个年轻的士兵想去约女孩,但看见主将在便不敢造次。

雷落拉着梵音在人群里转圈,越唱越高兴,梵音应和着他虽不开口,却一直笑着。

"梵音原来喜欢唱歌跳舞啊?"天阔问着身边的崖雅,其实是替北冥问的。他发现哥哥的情绪很低落。

"哪有!"崖雅笑了起来,"梵音才不喜欢唱歌跳舞,都是雷落拉着她的。想当年雷落可是我们村的音律小少年,除了修习灵法,雷落最喜欢的就是唱歌哼曲,虽然他的大部分歌都跟拉大锯一样难听,"崖雅回忆着过往,欢笑起来,"但他持之以恒,乐此不疲,还给村里每个人都写过歌。他真的是被灵法耽误的乐师,虽然这方面他真的没什么天赋。每次写了新歌他都会拉着梵音使劲听,梵音听得耳朵都起茧子了。至于跳舞,梵音就更不会了。她没有舞蹈才华的,连我都不如。村里的篝火晚会,雷落都是独角戏,人们围着他,梵音只在一旁看着,不是迷糊就是吃喝,她才懒得动一下。"崖雅停顿了一下,看着不远处的雷落和梵音,轻轻道,"她太想他了……"

北冥朝梵音望了过去。"他太想她了……"他们两人都想念彼此。北冥忽然有点心痛,猝不及防。

这时,只听鼓点的声音大了起来。"你真是如愿以偿了,在西番军政部组建了一个乐团。"梵音对雷落道。"西番人能歌善舞,和我搭得很,以后你过去了也会喜欢。"雷落道,"好好听我下一首歌哦!"雷落忽然准备好,提高调门道。天空砰的一声爆响,红鸾它们回来了。"正好!"雷落兴奋道。红鸾和雷兽听着雷落的呼喊,在天空盘旋起来,一起欢悦。聆龙不知何时已攀到梵音耳廓。北冥收起了手中信卡,上面写着:"快帮我把聆龙找回来。"

就在雷落拉着梵音起身时,梵音便给聆龙传出信卡,然而聆龙正玩得欢快,根本注意不到这些。梵音即刻求助北冥。北冥秒速间从崖顶回到军政部房间,又从房间闪回崖顶,手中攥着鸾羽。红鸾得到感应,带着聆龙回到这里。天阔挡着北冥身影,他的速度突破光速,无人发现时已经来回,并不耽误北冥听崖雅叙说梵音和雷落的往事。

雷落明快响亮的嗓门响起,所有人被他的抑扬顿挫吸引过去:

我像一颗强壮的顽石在山坡翻滚,
我走过最陡的山路,
看过最壮丽的日出,
烈阳烧得我浑身通红。
我仰天大啸,
我是全山坡最强壮的顽石。
午夜我洗逢雨露,
对夜空说我是最亮的顽石。
押上了脊梁作赌注,
也曾和鬼怪跳过舞。

雷落肩膀抖动,越唱越起劲,崖雅也跟着念了起来:"这是雷落送给他自己十六岁生日的歌!他过生日那天,拉着小音唱了一夜!全村小伙伴都被他累趴了,只有小音陪着他到天亮!"乐响声太大,崖雅只能扯着嗓子对天阔道,"一年后,雷落就和梵音分开了……十年……"崖雅红了眼眶,看着一对老友。

"早已看透那些套路……"雷落继续着。

"一点真就足够了!"这时,梵音忽然大着嗓门和雷落一同大声唱道,配合着他那时少年轻狂,还不知沧桑别离是什么,只会装酷假深沉的样子。然而现在听来,戏文却是那么珍贵。雷落看着梵音,朗笑起来。

我走过的黑暗与孤独,
受过的痛苦和无助,
却依然不肯服输。

"率性而活!"音雷两人再次异口同声喝道。那时的戏文,此时的两人,讽刺般地应了景,成了真,受了苦,再相聚,已是生死别离,大难重逢。嘴间的笑意苦涩的同时,更多地蕴藏着他二人的珍惜赤情。

> 你我都是这天荒间的一颗顽石,
> 不知天高地厚。
> 总有一天可以开天辟地,
> 惊诧世人做英雄。

唱到这儿,雷落托起梵音,轻轻一抛,梵音轻盈地坐在了他的肩膀上。她含羞一笑,却不尴尬,知道她的挚友真的回来了。他二人之间的情谊默契,莫要说北冥,就连普通战士们也觉得像泉水一样清澈,像溪水一样流淌,没有缠腻,岁月静好,只留甘甜。

"喝过最烈的酒!"雷落高唱道。

"泡到过最高傲的妞儿!"梵音与他一同大喊。听到这句,北冥一口烈酒噗地喷了出来!

"帅气得像个浪子!"

"也认真得像个傻子!"雷落一句,梵音一句,仰天大笑!后面的歌词北冥已经听不清了,也没什么可感慨的了。他太阳穴噔噔直跳,指尖加力,啪的一声,酒杯碎了!

"哥!冷静!"

"我冷静个鬼!"

冷羿从军政部过来——昆儿已经在他房间呼呼大睡了——正看到梵音在雷落肩上与他大声合唱"泡到过最高傲的妞儿!"这一句。他的脸立刻同北冥一样垮了下来。我是不是应该把小音从那个傻子身上拽下来?不会又喝酒了吧?拽下来会不会不好?可是也不能一直这么骑在上面啊!虽说是旧情复燃吧……不不!什么旧情复燃!久别重逢,久别重逢!但是不是也不太妥?听说小音以前也和他这样?我是不是太封建了?我封建吗?要不要告诉老爹一声?冷羿的行动已经跟不上他的脑子了,他的心也突突直跳。妹妹多了,真不好弄啊!

"对着烈日叫嚣,我不肯服输!"雷落唱嗨了。忽然,他肩膀一空,梵音被人薅了下去!他骤然心惊!

"北唐!"雷落道。乐鼓还在继续,天阔看情况不妙,拉着崖雅也一起跑了上去,他给颜童打了个眼色。颜童心思机敏,推搡了赤鲁一下道:"一起上去热闹热闹吧。"

"干吗？我不去……"赤鲁有些不情愿，可他忽然想到颜童在国宴上的风头，那小子能歌善舞，净招女孩子喜欢，自己不能输！他嗖的一下站了起来吼道："走！"一时间，东菱和西番军政部的人一齐聚到了篝火中央，随着强烈的节奏跳动起来。灵枢部的女孩子们有些害羞，却也欢喜。男孩子见状，更加嘚瑟起来。

"你怎么也上来了？你对雷落的歌也感兴趣了？"梵音一早察觉到北冥拽自己下来，因为是他，她不觉惊慌突兀，只道他也来了兴致一起玩。

"我……"看着梵音水灵灵的大眼睛，北冥想说的"不"字也咽回去了，"感！兴！趣！"梵音一乐："果然，你们男孩子就喜欢这些不着调的歌！雷落能哼唧一天！""我……"北冥有苦说不出，卡在半路。天阔看准时候，一下把北冥顶到一边去了。北冥搂住梵音腰间转了个圈。

"雷大哥！你真是厉害啊！崖雅，雷大哥以前就这么多才多艺的吗？"天阔借机挡在雷落身前，大声道。"泡到过最高傲的妞儿！"跟着一起凑上来的祁门这时随着鼓点大声唱道。"泡到过最高傲的妞儿！"赤鲁也跟着起劲。哗啦，一堆人围了上来。

"泡到过最高傲的妞儿！"北冥满脑子都是这句话。梵音还不时高兴地看着雷落，踮着脚。他被人群挡住了。"梵音，你，"北冥艰难道，想了想，又换了种问法，"雷落唱的那个人是谁？是你……你和他……""什么？"梵音道，她没听清。"我说，雷落歌词里的那个人是……是谁……"

"歌词里的人？哪句歌词啊？"

"喝过最烈的酒……"北冥勉强从嘴里念出来。

"啊？"梵音没明白。

"下一句……"北冥大喘气。

"泡到过最高傲的妞儿？"梵音边笑边道。北冥尴尬得不知是该乐还是该哭，哼哼了两声。梵音忽然坏笑道："我不告诉你！哈哈！"北冥一怔："为……为什么……"冷汗都掉了下来。看见北冥的可爱模样，梵音偷笑道："什么时候北冥主将也变得这么八卦了？"北冥干笑着。"雷落的秘密，我可不能乱说的。"梵音一脸义气道，忽而她踮起脚尖，靠在北冥耳边道，"这个人，你认识的。"北冥张开大嘴，梵音登时紧紧捂住道："嘘！我就告诉你一个人！你可不能乱说！"北冥要哭的心都有了，一把拽过梵音急道："谁！难道是……"

"咣当！"就在这时，北冥被远处闯过来的雷落撞了个跟头！梵音又被抢了过去！"我什么都没说！我什么都没说！"梵音慌忙解释道，以为雷落发现了什么。

"雷落！"北冥冲了回来！

"北唐！"雷落喊道。

"哎哎哎！不是！我刚才什么都没说！你们两个别误会了！别误会！"看这架势，两人又要干上了，梵音慌忙冲过来道。

"没误会！"两个大男人同时喊道。然而此时鼓乐盛大，歌声震响，没人注意他二人。"哎呀！你们俩别闹！别闹！"梵音急道。嗖，一个人冲了过来，梵音被带走了。

"哎？哥！你干吗？"冷羿插兜站在崖顶远处，梵音被他拐了出来。阵阵音律吵得他脑仁儿疼。"两个男人说话，你别插嘴。"冷羿隔岸观火道。"什么两个男人？什么鬼！我得过去看看！"梵音才不理会冷羿，拔腿就走。"你回来！他们两个合不来，你去了更坏事。"梵音听冷羿这样说，停住了脚步："他们怎么合不来了？"

"还不是因为……年轻气盛……血气方刚嘛……""嗯？"梵音怀疑地看着冷羿。"好斗，男人都好斗。"冷羿转换了态度，诚恳道。"真无聊！有什么可斗的！我去看看！""你掺和，他俩碍于你的面子会施展不开，更不好。男人嘛，打打就好了，我觉得你最好别去。"冷羿装模作样道。"这样吗……"梵音想了想，冷羿说的似乎有点道理，便停下了脚步，远远望去。

"北唐！你当着我的面都敢对小音动手动脚，你活腻了是不是！"雷落气道。

"雷落！我给你三分面子，你别不知好歹！欠揍是不是！"北冥也不遑多让。

"北唐，你敢趁我不在的时候对小音动手动脚，我还没找你算账！你当我死了是吧！"

"我他妈怎么知道你没死！"北冥道。

"呃！"雷落被呛住了。

"你大难不死，为了梵音，我让你几分。你别得寸进尺，以为和梵音相识就了不得了！在我北唐这里没那回事！你想都别想！"

"所以你就敢在众目睽睽之下对小音毛手毛脚！不要脸！"雷落哼道。

"我什么时候对她毛手毛脚了！倒是你，回来以后没完了是吧！你当梵音还是小女孩呢，你说扛就扛！"

"还不承认！在北境你施展时空术，是不是对她搂搂抱抱来的！还黏黏糊糊，腻腻歪歪来的！"

北冥爆了粗口："你他妈在哪儿看见了！"

"西番军政部不是吃素的，眼线遍天下！就他妈因为你对我的小音这样，弄得满天下人都觉得我的小音和你有什么了！我他妈还没找你算账，你还来劲了！"

"去你的！我他妈光明正大带梵音回来！不抱着她，我怎么把她从北境带回来！"

"她还喂你吃药来的吧！解狼毒的药丸子，颗颗都是宝贝！"

"你看得倒全！怎么，不服啊！早一天，晚一天，都是打！还有，我警告你，梵音不是你的！"

"打就打，我怕你！不是我的，难道是你的！你真当我死了是吧！"

"送你一程吗！"

"找死！"

"练练！"

冷羿把梵音强制带回了军政部，说第二天一早要去国正厅抽签，她的对手不是雷落就是戚瞳，不可掉以轻心。梵音拗不过冷羿，随后给天阔发了信卡，让他喊北冥与雷落尽快回部。

图书在版编目(CIP)数据

弥天记 4 / 夜行仙著. —杭州：浙江文艺出版社，2021.9
 ISBN 978-7-5339-6612-6

Ⅰ.①弥… Ⅱ.①夜… Ⅲ.①长篇小说—中国—当代 Ⅳ.①I247.5

中国版本图书馆CIP数据核字（2021）第178904号

选题策划	柳明晔
责任编辑	张　可　张　雯
营销编辑	宋佳音
装帧设计	仙境 WONDERLAND Book design
版式设计	吕翡翠
责任印制	张丽敏

弥天记 4

夜行仙 著

出版	浙江文艺出版社
地址	杭州市体育场路347号
邮编	310006
电话	0571-85176953（总编办）
	0571-85152727（市场部）
制版	浙江新华图文制作有限公司
印刷	浙江超能印业有限公司
开本	710毫米×1000毫米　1/16
字数	304千字
印张	16
插页	1
版次	2021年9月第1版
印次	2021年9月第1次印刷
书号	ISBN 978-7-5339-6612-6
定价	49.00元

版权所有　侵权必究

（如有印装质量问题，影响阅读，请与市场部联系调换）